DON'T STOP THE MUSIC

alloyentertainment

Produced by Alloy Entertainment, LLC

L'édition originale de ce titre a été publiée pour la première fois
sous le titre *Somebody that I used to know aux* États-Unis aux éditions Amazon Publishing.

24-32, rue des Amandiers, 75020 Paris – France

Mise en pages : Nord Compo
Correction : Claire Gaillard, Maxime Gillio
Couverture : Sarah Long

Loi n° 49-956 du 16 juillet 1949 sur les publications destinées à la jeunesse,
modifiée par la loi n° 2011-525 du 17 mai 2011.
Dépôt légal : mai 2023
Imprimé en Turquie. Printed in Türkiye.

DANA L. DAVIS

DON'T STOP THE MUSIC

TRADUIT DE L'ANGLAIS (ÉTATS-UNIS)
PAR ALEXANDRA MAILLARD

AUZOU

CHAPITRE 1

La lettre est froissée, effilochée sur les bords et toute fine à force d'être manipulée. Pourtant, je m'y agrippe comme s'il s'agissait d'un objet sacré et délicat, qui mériterait d'être exposé éternellement entre les murs d'un musée plutôt que de moisir dans le sac de Kiyoshi.

— J'arrive toujours pas à croire qu'elle ait été acceptée.

Je pose doucement la lettre d'admission à la Juilliard School sur le bureau et grimace lorsque ma meilleure amie l'attrape négligemment pour la fourrer dans son sac.

— On s'en fiche, dit Kiyoshi en haussant les épaules. Elle n'y est même pas allée.

— Mais elle a réussi l'audition, je lui réponds. Ta sœur a été *acceptée*. C'est énorme !

— Ça *aurait pu* être énorme.

Ricardo lève les yeux du bloc de colophane qu'il est en train de gratter avec ses clés.

— Sauf que *madame* a décidé d'aller s'encanailler au Royal College of Music de Londres. Non mais quelle sous-douée…, ajoute-t-il.

Kiyoshi se marre. Je m'assieds devant mon pupitre. La répétition de notre quatuor est presque terminée, et on n'a toujours pas choisi ce qu'on va jouer pour le bal d'inauguration de la mairie.

— Bon, on se concentre. Je vote pour l'ouverture du *Quatuor en ut mineur*, de Schubert. C'est élégant, classe, parfait pour l'occasion. Et tout le monde aime Schubert, non ? Vous êtes d'accord ?

— Nan, répond Kiyoshi. C'est une fête, pas un enterrement. On n'a qu'à jouer *Uptown Funk*, de Bruno Mars.

— Carrément ! fait Mary-Ann. J'adore Bruno.

— Les gars… Pour ce genre d'évènement, il faut taper dans du classique. On doit faire bonne impression : c'est notre premier concert rémunéré.

— Alors, jouons le *Canon en ré*.

Mary-Ann envoie valser les partitions de son pupitre au fur et à mesure.

— Le *Canon en ré* marche pour tout, approuve Kiyoshi. Les mariages. Les baptêmes. Les bar-mitsva. Les bat-mitsva. Bref, pour toutes les mitsva.

Elle zippe la mallette de son instrument comme pour mettre un point final à la discussion.

— En plus, on le connaît déjà. Bon, je déclare la répétition officiellement terminée.

— *Week-end time !* lance Mary-Ann en rangeant son alto.

— Tu viens chez moi, Dylan ? demande Ricardo.

Je secoue la tête.

— Il faut que je rentre m'entraîner.

— Dylan ? m'interpelle Kiyoshi, une main posée sur la hanche. Tu es ma meilleure amie depuis la quatrième. Alors, laisse-moi de te donner un bon conseil. Un peu de ma sagesse ancestrale, si tu préfères.

Elle s'interrompt pour passer les doigts dans ses longs cheveux noirs qui lui arrivent jusqu'à la taille et soupire de façon théâtrale, comme si les mots qui s'apprêtent à sortir de sa bouche allaient changer ma vie.

— Meuf. Il faut que tu te détendes.

Je lève les yeux au ciel.

— Très profond et très inspirant, merci. Tu devrais envisager une carrière de coach en développement personnel.

— C'est sérieux, meuf! répond-elle en riant. Sinon, tu vas développer une maladie rare : celle du balai dans le cul. Et c'est très contagieux, personne n'a envie de l'attraper, ici. En plus, ton audition pour la Juilliard est dans genre... mille ans.

— C'est dans un mois.

— Exactement ! (Elle pose une main sur mon épaule.) Viens t'empiffrer de cochonneries et t'abaisser à jouer à Donjons et Dragons avec nous. C'est pas parce que tu vas te détendre UNE journée que tu vas te planter. Tu as déjà passé tous les tests. L'audition en présentiel est juste l'étape finale : une formalité. En plus, tu es prête depuis que tu as douze ans. Tu es la meilleure violoniste du bahut, voire de la ville de Hornsborough tout entière.

Je range mes partitions en évitant soigneusement son regard. Je me sens mal : je devrais avoir envie de m'éclater avec mes amis, de me retrouver assise autour d'une table encombrée de cookies, de bonbons et de cartes de combat, d'entendre Kiyoshi et Ricardo rire et se disputer pour savoir qui sera le maître du donjon cette fois. Mais la Juilliard n'accepte que six pour cent des candidats qui se présentent.

Six.

Pour.

Cent.

Comme dans quatre-vingt-quatorze pour cent sont recalés. Ça veut dire que des gens talentueux ne sont pas admis. Des tas. Et ça pourrait être mon cas.

— Et si on matait le nouveau docu de Legendary ? propose Ricardo. C'est sur sa prochaine tournée mondiale. Tu as vu toute la promo sur Insta ?

— *Oh my God*, grave ! répond Mary-Ann en plaquant les mains sur son cœur. Dylan, tu les as vus passer ?

— Sur Instagram ? (Je lance à Mary-Ann un regard du genre « t'es sérieuse ? ».) Tu sais très bien que je ne suis pas sur les réseaux.

— Désolée ! J'oublie tout le temps que tu es totalement déconnectée du monde.

Mary-Ann secoue la tête tristement, comme si c'était un crime contre l'humanité.

— Moi, je stalke l'Insta de Legendary, donc je suis au courant de tout ! déclare Kiyoshi fièrement. J'en reviens toujours pas qu'il ait grandi dans l'Iowa.

J'espère que mes amis ne voient pas le léger tremblement de mes lèvres et la torsion de mes mains. Je déglutis avec difficulté. Legendary. La personne la plus célèbre du monde.

— Et à deux heures et demie de chez nous ! ajoute Mary-Ann. Ce qui fait de nous, habitants de l'Iowa, des gens éternellement liés à lui. Il est quasiment le héros de notre ville !

Je hausse les épaules, l'air de rien.

— J'aime pas trop sa musique, je dis avec un petit sourire forcé. Mais amusez-vous bien. On se voit lundi !

— Lundi ? gémit Kiyoshi.

Je me retourne : ils se tiennent tous les trois alignés, leurs instruments en bandoulière, leurs regards suppliants.

— Désolée, les gars, je dis d'un ton sincère. C'est juste que je dois bosser mon audition trois heures par jour si je veux rester au top.

— Je n'arrive toujours pas à croire que tu t'entraînes autant, fait Mary-Ann en secouant la tête. C'est dingue.

— Trois heures et demie, même, pour être exacte. (Je m'oblige à nouveau à sourire, mais c'est plus crispé.) Après mon examen, j'aurai plus de temps. Je serai plus relax. ET je trouverai le remède au balai dans le cul. Promis !

J'attrape mon sac et le balance sur mes épaules.

— Et pour ce que ça vaut, je sais très bien qu'il y a des tas d'autres options que la Juilliard. Je reste ouverte. Je vous jure que c'est vrai !

Pas sûre de les avoir convaincus. Mais ils se dirigent quand même vers la sortie en soupirant, à part Kiyoshi qui reste en arrière.

— On se retrouve près de mon casier ! J'arrive dans une seconde ! (Une fois qu'ils ont disparu dans le couloir, elle se tourne vers moi.) Alors, tu leur as dit ?

— Dit quoi à qui ?

— À tes parents... Tu sais... à propos de l'opération « Pas de plan B ». (Elle se penche vers moi pour me murmurer à l'oreille :) L'opération « Personne n'a jamais fait ça à part toi ».

— Des terminales qui s'inscrivent dans une seule université, c'est pas si rare, je lui réponds en fermant mon étui à violon. Et non, je ne leur ai pas encore dit.

— Dylan ! Il faut absolument que tu le fasses !

— Je vais le faire ! J'attends le bon moment. Lorsque j'aurai reçu ma lettre d'acceptation à la Juilliard, par exemple.

— Mais on est en février !... (Elle secoue la tête.) Tu devrais sauter dans un avion et aller à Boston pour auditionner à Berklee, à Los Angeles pour l'USC, à San Francisco, Philadelphie... Enfin... Tes parents ne se demandent pas pourquoi tu ne pars pas passer d'autres auditions ?

— Non. (Je passe la sangle de mon étui sur mon épaule.) Je leur ai dit que j'avais choisi l'option audition sur Zoom pour leur faire économiser de l'argent. Ils étaient ra-vis.

— Aïe, aïe, aïe, fait Kiyoshi en se frappant le front avec la paume. Le fait que tes parents avalent cette histoire d'audition sur Zoom m'inquiète encore plus pour eux que pour toi.

— Hé! Ne me porte pas la poisse, d'abord! Je serai prise. Donc il n'y aura pas de problème, compris? Fais-moi confiance.

Je la contourne pour me diriger vers la porte.

— Attends..., lance-t-elle en m'attrapant le bras. Tu penses que tu pourrais trouver du temps dimanche? Pour aller au café Rainy Day? Juste une petite heure? Steuplaît?

— Dimanche, je dois travailler au magasin avec papa, prendre un cours avec M. Schwarz, garder Chloe et Mikey...

— Mikey a onze ans, et Chloe douze, râle Kiyoshi. Pourquoi est-ce que tu dois garder ces deux vieillards? Tu ne peux pas juste les installer devant la télé et leur commander une pizza?

— Je peux aussi leur laisser des allumettes pour qu'ils fassent cramer la maison.

— Demande à ta tante de les surveiller!

— Si ce n'est pas long, pourquoi pas, mais tu sais très bien qu'on peut pas compter sur tante Edith très longtemps. Bon alors, dis-moi, qu'est-ce qu'il y a?

— Disons que j'ai promis..., articule-t-elle en s'agitant nerveusement,... toi?

— Heu... c'est une question?

— Non. C'est un double rencard. Il s'appelle Josh. Il est aussi musicien, et il est super mignon.

— Tu m'as *promise*? Comme rencard? À un mec au hasard?

— Pas au hasard! s'exclame Kiyoshi. C'est un pote de Nathan. (Elle sort son téléphone portable de sa poche et swipe.) Regarde, c'est lui.

Elle me tend le téléphone. C'est un garçon aux cheveux roux, avec un uniforme de musicien et un hautbois. Je lève les yeux sur Kiyoshi.

— C'est une blague ?

— Non, pourquoi ? Il a vu ta photo et il est tombé raide dingue de toi. Il nous a suppliés de vous présenter !

— Il n'a pas l'air du genre à kiffer les meufs noires.

Je lui rends son portable.

— Je ne comprends même pas ce que cette réplique veut dire. On est en 2023, pas en 1947. Tu es sexy. Les mecs aiment les filles sexy, peu importe leur couleur de peau. Mon Nathan à moi est bien blanc.

— Et alors ?

— *Watashi Nihonjin ! Baka Yarou !*

— Tu sais très bien que je ne parle pas japonais.

— Ce qui est une véritable tragédie. Ça veut dire « arrête de faire l'idiote et viens traîner avec ta meilleure amie ».

— Et avec son mec et le pote geek de son mec…

Elle sourit.

— Dit la geek de l'orchestre !

Je soupire.

— Je vais y réfléchir.

Kiyoshi couine de joie et s'éloigne.

— Super ! Je vais leur dire qu'on a rencard.

— J'ai dit peut-être !

— Je t'envoie un texto plus tard ! me crie-t-elle. C'est trop excitant !

Elle disparaît et me laisse plantée là, pas sûre de ce à quoi je viens de m'engager.

CHAPITRE 2

La brise glaciale transforme ma traversée du parking quasi désert de l'école en un épisode de *Koh-Lanta*. Je rabats la capuche de mon manteau sur ma tête et me dirige vers ma vieille Fiat 500 âgée de neuf ans, dix fois plus petite que le monstrueux pick-up Tacoma couvert de boue juste à côté. Maman et papa m'ont proposé de m'offrir ce genre de voiture pour mes dix-huit ans, l'année dernière, mais j'ai décliné leur offre poliment. Ils pensaient peut-être qu'avoir un gros véhicule, comme la plupart des gens ici, m'aiderait à me sentir mieux dans cette ville.

Une fois à ma voiture, je pose délicatement mon violon sur la banquette arrière avant de me précipiter à l'intérieur et de faire chauffer le moteur. Ne pas être d'ici n'est pas une si mauvaise chose. Et être l'une des deux seules personnes noires de toute la population de Hornsborough High ? Eh bien, disons que ça vous rend spéciale. Et ce sentiment de non-appartenance ? Une motivation absolue dans la quête du bonheur. Pas que je sois malheureuse, ici. C'est juste que ma nomination au bal de fin d'année, mon accession au rang de fille populaire – moi, l'une des seuls nerds de l'orchestre à avoir jamais reçu un tel honneur – et l'attitude plus polie que joyeuse que les gens adoptent en ma présence ont un chouia réussi à m'isoler. Comme si c'était leur façon à eux de prouver que ma *Black life matters.*

Je m'engage sur l'autoroute. J'ai hâte de troquer mon permis de conduire contre un abonnement de métro. New York sera mon chez-moi. La Juilliard, ma maison. Je serai *vraiment* quelqu'un, là-bas. Et je n'aurai pas besoin d'un monstrueux pick-up pour me sentir bien…

♪

Notre allée, normalement vide, est envahie de voitures. En plus de la Toyota Camry de maman et du camion de papa, il y a un SUV, un vieux pick-up, une camionnette sur laquelle on peut lire HANK'S – NETTOYAGE DE TAPIS ET DE TISSUS D'AMEUBLEMENT et une autre avec LA SERVANTE QUI S'ÉCLATE écrit dessus. Mais qu'est-ce qui se passe ici ?

Je me gare dans la rue, attrape mon sac à dos et ouvre ma portière. Tandis que je sors mon violon, maman et un inconnu s'avancent sur notre porche.

— Les tapis ont l'air comme neufs !

Maman tend un chèque à l'homme.

— Merci, m'dame, fait le type en le fourrant dans sa poche. Si vous pouviez laisser un avis sur Yelp, ça m'aiderait bien.

— Je suis nulle en informatique. (Elle me fait signe en me voyant approcher.) Mais voici ma fille. Je vais lui demander de le faire.

L'homme se tourne dans ma direction… Et plisse aussitôt les yeux de confusion. Évidemment ! Je connais bien ce regard.

Celui qui va de ma mère – cheveux blonds, yeux noisette clair et la peau pâle – à moi, dont les yeux peuvent aussi être clairs, avec des lentilles colorées. D'ailleurs, à cause de mon moins sept dixièmes et demi aux *deux* yeux, je n'y vois vraiment rien sans elles. Mais ma peau à moi est foncée. Et même si mes cheveux crépus sont actuellement dissimulés sous de longues extensions, nous ne sommes toujours pas assorties, ma mère et moi.

Genre, pas du tout.

— Salut, je lui dis.

Il me fixe un moment puis nous observe tour à tour maman et moi. Il se demande probablement comment une personne à la peau blanche a pu donner naissance à quelqu'un d'aussi noir que moi. Il n'insiste pas plus longtemps.

— Mesdames, je vous souhaite une excellente soirée.

Nos regards se croisent tandis que je rejoins ma mère, puis elle et moi l'observons grimper dans son van.

— Je suis certaine à soixante-douze pour cent qu'il pense que vous m'avez kidnappée.

Maman salue l'homme d'un geste de la main, puis ouvre la porte d'entrée.

— Suis-moi. J'ai des choses à te dire.

À l'intérieur, ça sent le produit d'entretien et les draps fraîchement lavés. Une équipe de femmes de ménage s'affaire, récurant les sols, dépoussiérant les vieux chandeliers et lustrant la rampe d'escalier. Cette vénérable demeure victorienne n'a jamais autant brillé.

— OK… Je peux savoir ce qu'il se passe ?

— Ton père et moi préférons attendre que vous soyez tous là. Je vais chercher ton frère et ta sœur, on te rejoint au sous-sol.

Je regarde maman filer à l'étage, puis je traverse la maison et ouvre la porte du sous-sol. En bas, tante Edith est déjà lovée dans notre vieux canapé, à siroter le contenu de sa tasse sur laquelle on peut lire LUKE, JE SUIS TON PE… TEUR. Elle lève les yeux vers moi.

— Ah, c'est toi !… Dis-moi, tu ne devrais pas être en train d'apprendre à jouer aux échecs ?

Je pose mon étui à violon et mon sac à dos dans un coin et m'installe à côté d'elle.

— Je vais gagner cette partie, et tu le sais.

— Ha ha ! Je rêve ou on a mangé du clown au petit déjeuner, gamine ? se moque-t-elle.

Tante Edith et moi avons une partie en cours sur l'échiquier géant dans le jardin. Elle me bat toujours, même quand je suis sûre de n'être qu'à un coup ou deux de la victoire.

— Promets-moi juste de ne pas pleurer quand je dirai échec et mat, j'assène.

Elle bâille.

— Je tremble de peur dans mes UGG roses.

Je regarde ses pieds. Elle porte effectivement des UGG roses. Avec des étoiles brillantes dessus.

Des bruits de pas résonnent : mon petit frère Mikey descend, tête baissée, complètement focalisé sur sa tablette. Il s'installe dans le grand fauteuil en face du canapé et pose ses pieds sur un tas de planches en contreplaqué.

— Je sais ce qu'ils vont nous annoncer…

— Ah ouais ?

— Yep. Ils vendent enfin ce trou à rats. Ils nous ont trouvé une baraque avec piscine à Willow Creek.

— Alors dans ce cas, ils ont prévu de m'assassiner pour toucher l'argent de l'assurance, intervient tante Edith avant d'avaler une nouvelle gorgée. Parce que tes parents n'ont pas les moyens de déménager.

D'autres bruits de pas font craquer les marches. Chloe arrive avec maman, suivie de papa.

— Hé, Chlo !

Chloe vient aussitôt s'asseoir près de moi.

— Salut, sœurette.

Je tire sur sa longue queue-de-cheval blonde et elle pose la tête sur mon épaule en réponse.

Mikey et Chloe ont exactement onze mois d'écart, du coup, les gens croient souvent qu'ils sont jumeaux. Ce qui se comprend, vu leurs boucles blondes assorties… Après des années d'échec, notre mère a fini par tomber enceinte de Chloe, mais elle n'avait pas imaginé que ce miracle se reproduirait. Mais genre *jamais*. Sauf que Mikey est arrivé juste après. Chaque fois qu'on sort, les gens nous regardent avec des yeux écarquillés, un peu comme le nettoyeur de tapis tout à l'heure. Je sais que je… détonne. J'avais trois ans quand maman et papa m'ont accueillie chez eux, et quatre quand ils m'ont officiellement adoptée. Le fait que je sois noire n'a pas posé de problème, à l'époque. Et ce n'est toujours pas le cas aujourd'hui.

— Mikey… range ce truc, s'il te plaît, ordonne papa.

— Une minute…, marmonne mon frère. Je suis sur le point de devenir roi.

Maman s'avance et lui arrache la tablette des mains.

— Hé! râle-t-il.

Elle verrouille l'écran.

— Ton couronnement peut attendre.

Elle pose l'appareil sur une autre pile de contreplaqué.

— OK! (Maman et papa, assis en face de nous, échangent un regard pétillant d'excitation.) On a une nouvelle incroyable à vous annoncer.

— Oh, mon Dieu… tu es enceinte! crie tante Edith.

On dirait qu'elle va quitter la pièce et faire ses bagages sur-le-champ.

— Enceinte? fait maman en riant. Mais non…

— Je sais, intervient Mikey en glissant sur le bord de la chaise, et je vous le dis direct: je veux une chambre avec vue sur le terrain de golf.

— Pardon ? (Papa porte toujours son uniforme de Kirkland Hardware. Il fourre les mains dans les poches de son pantalon kaki froissé.) Quel terrain de golf ?

— Bah oui, répond Mikey. Je sais qu'on déménage à Willow Creek.

— Le quartier chic ? demande Chloe, qui en applaudit d'enthousiasme.

— Pas du tout…, intervient maman en secouant la tête. On ne déménage pas à Willow Creek. Ni ailleurs.

Tante Edith me tapote l'épaule et chuchote :

— Je l'avais bien dit.

— Alors pourquoi la maison est toute propre ? demande Chloe. On ne fait jamais le ménage, d'habitude.

— On *fait* le ménage, rétorque papa d'un ton offensé. Bon, peut-être pas aussi bien que ces dames de la « Servante qui s'éclate », mais on le fait quand même. Dis-leur, chérie.

Maman remonte les manches de son pull et se racle la gorge.

— On accueille un invité demain.

Mikey gémit, aussitôt imité par tante Edith et Chloe. Je me joindrais volontiers à eux, mais les parents interprètent déjà très bien leurs réactions, visiblement.

— Un invité ? Argh…, je fais.

— Ne t'inquiète pas. Tu vas l'adorer. (Maman sourit.) Vous vous souvenez de ma vieille amie Derica ?

C'est logique que maman me regarde en posant cette question. Elle sait parfaitement que je me rappelle Derica.

— Qui est Derica ? demande Chloe.

— Tu vois très bien qui c'est, répond maman avec une lueur espiègle dans le regard. La mère de Langston ?

L'infâme Langston… Aujourd'hui plus connu sous le nom de…

— Legendary?! (Mikey bondit sur ses pieds.) Il vient avec elle?

— *Oh my God!* fait Chloe en se levant à son tour. Elle vient avec Legendary? Tu crois qu'elle pourrait nous avoir des billets pour sa tournée mondiale?

— Mais… qu'est-ce qu'elle vient faire chez nous? lance tante Edith. Il y a des hôtels cinq étoiles dans le centre.

— Eh, vous tous! intervient papa, la main tendue pour nous faire taire. Derica n'est pas notre invitée.

Lui et maman échangent un autre regard. Mon cœur cesse de battre pendant une milliseconde, le temps que papa reprenne:

— Notre invité, c'est Langston.

— *Legendary* lui-même ? (Mikey crie comme une gamine de huit ans à un concert de K-pop.) Il va rester ici? Quand Brett et Steve vont le savoir… Ils ne vont jamais le croire!

— Je peux inviter Twyla? demande Chloe en sautant à pieds joints sur le canapé, ses boucles blondes rebondissant dans tous les sens. Et Eileen. Et Krissy! *Oh my God!* La réaction de Krissy quand elle va être au courant!

— Personne ne doit être au courant! intervient maman pour couvrir les rugissements de mon frère et de ma sœur, qui baissent aussitôt d'un ton.

Je profite de ce petit moment de calme pour tenter de comprendre.

Mon ex-meilleur ami, qui est aujourd'hui l'être humain le plus célèbre de la planète viendrait… séjourner ici?

Pourquoi?

Comme si elle avait lu dans mes pensées, maman poursuit :

— On ne sait pas exactement pourquoi Legendary doit habiter chez nous. Mais Derica est une de mes plus anciennes amies, et quand votre plus vieille amie vous demande une faveur, vous dites oui.

— Et ce quelles que soient ses raisons, intervient papa, et puis calmez-vous, s'il voulait être harcelé par vos camarades de classe et exposé sur tous les réseaux sociaux, il irait à l'hôtel.

— Exactement, acquiesce maman. Ici, il pourra être tranquille et avoir une certaine intimité. Il pourra se promener dans les bois, s'installer dans le jardin…

— Ou se prélasser devant la cheminée tout en dégustant un bon chocolat chaud, ajoute mon père.

Un bon chocolat chaud ? Il se croit dans le *Polar Express*, ou quoi ? Je lève la main.

Maman me regarde.

— Dylan ? Tu as une question ?

— Je ne suis pas sûre de comprendre… Pourquoi est-ce qu'il ne saute pas dans son jet privé en route vers des îles paradisiaques et lointaines comme… les Fidji, par exemple ? Ou comme…

J'observe les visages joyeux de mon frère et de ma sœur. Tante Edith, quant à elle, sirote son café comme si elle n'avait pas entendu l'annonce.

— Enfin, il est millionnaire ! Si Legendary cherche de l'intimité et de la sérénité, il a les moyens de se les offrir.

— Dylan, mon cœur…, intervient papa. Tu es trop jeune pour comprendre, parce que vous n'êtes jamais partis d'ici. Mais parfois, ça fait du bien de rentrer chez soi.

Maman sourit.

— Même dans un faux « chez-soi ».

Avant que j'aie le temps de contre-attaquer avec mon nouvel argument (« c'est vraiment n'importe quoi »), Chloe lance d'une voix tonitruante :

— Où est-ce qu'il va dormir ?

— Ici, répond fièrement notre mère. Ta-daa !

Comme si une célébrité de classe mondiale s'apprêtant à ronfler sur un canapé déchiré vieux de vingt ans dans un sous-sol était digne d'un quelconque ta-daa !

— Derica et moi avons pensé qu'il serait vraiment tranquille, comme ça.

— Pouah ! (Le visage de Chloe se plisse comme si elle venait de mordre dans un citron.) Dans notre cave ?!

— Cet endroit est dégueu, ajoute Mikey.

Il y a des piles de contreplaqué à chaque angle ou presque, des étagères mal rangées, des monticules de vêtements et de jouets cassés. OK, l'étagère avec mes médailles et mes trophées de violon est plutôt jolie, mais elle ne compense pas vraiment l'ambiance humide et poussiéreuse. Mikey a raison : c'est dégueu, ici.

— Tout va être débarrassé, nettoyé et organisé aujourd'hui même, explique papa.

— Mais… c'est ma salle de musique !

Je tente de cacher la panique qui monte en moi. Un mois avant l'audition pour la Juilliard, c'est vraiment le pire moment pour retrouver de vieux amis autour d'une tasse de chocolat chaud ! Et surtout dans *ma* salle de répétition !

— Avec mon audition qui approche, je vais devoir m'entraîner encore plus.

— Dylan, ma chérie, dit maman en m'adressant un regard contrit, tu ne peux pas t'exercer dans ta chambre ?

Je pivote vers Chloe, qui tient son téléphone sous différents angles, enregistrant une vidéo Snapchat avec un filtre oreilles de chat.

— La chambre que je partage avec Chloe ?

— Essaie la buanderie, propose tante Edith avec un haussement d'épaules. Le cellier est généralement vide, sinon.

Les autres se remettent à discuter avec enthousiasme. Est-ce que je suis la seule à ne pas être surexcitée ? Cette visite m'enthousiasme autant que la fois où j'ai fait un tour de « Screaming Hyena », une attraction en forme de toboggan aquatique où l'on paie pour tomber en chute libre à 60 kilomètres à l'heure à travers une trappe. J'ai vomi trois fois. D'ailleurs, mon estomac se serre rien que d'y penser.

Je me lève pour attraper mes affaires.

— Je vais répéter.

Et je file dans les escaliers.

Papa m'appelle et me rejoint. Il est tout essoufflé d'avoir couru pour me rattraper.

— Ça va, ma chérie ?

— Ça va, papa.

— Écoute, poursuit-il, je sais que Langston et toi vous vous êtes perdus de vue. J'imagine que ça a dû être difficile pour toi.

— Papa, on avait douze ans… (Je me force à rire.) C'était il y a longtemps.

— D'accord, mais… C'était ton meilleur ami. Et puis…

— Papa, dis-je en secouant la tête. Je te promets que ça ne me dérange pas qu'il reste ici.

C'est un mensonge. Et mentir à mon père n'est pas dans mes habitudes. Papa est un vrai boy-scout, avec ses cheveux noirs soigneusement peignés sur le côté, sa garde-robe kaki, ses pulls colorés, et son humeur toujours enjouée.

— Bon alors… est-ce que tu es excitée à l'idée de retrouver ton vieil ami demain ?

Heu… sérieux ? Pourquoi serais-je *excitée* à la perspective de revoir le garçon qui m'a laissé tomber comme une vieille chaussette aux premiers signes de gloire et de fortune ? Il est devenu une superstar millionnaire et a oublié d'appeler sa meilleure amie !

— Méga excitée ! (Je me retiens de lever les yeux au ciel.) Mais je vais devoir aller travailler, demain. J'ai bien peur de rater le grand évènement, du coup.

Rho… *Trop* dommage !

— Tu crois vraiment qu'on aurait laissé une chose pareille arriver ? dit papa, lumineux comme un sapin de Noël. J'ai demandé à Madeline de te remplacer tant qu'il sera ici. Ça tombe bien, elle a besoin d'argent.

Oh, non !

— P… Pas besoin. Ça me dérange pas d'y aller, tu sais.

— C'est fait, n'en parlons plus. Et tu auras davantage de temps pour répéter, comme ça. Enfin, si tu ne traînes pas trop avec Legendary…

Il me serre l'épaule et pivote vers la porte du sous-sol.

— Oh, et chérie… J'ai failli oublier, ajoute-t-il en se retournant. Madeline m'a dit qu'elle venait de recevoir sa lettre d'acceptation anticipée de l'université où ta mère et la sienne ont fait leurs études.

Madeline et moi travaillons toutes les deux à Kirkland. Elle est en terminale, elle aussi.

— L'Iowa State ? Trop cool.

Papa lève les bras en V.

— Allez, les Cyclones !

Bonne joueuse, je forme à mon tour le signe de la victoire :

— Allez, les Cyclones !

— Elle m'a demandé si tu avais déjà reçu des lettres d'admission anticipée.

— Ah ?…

Je déglutis.

— Je lui ai rappelé que les conservatoires de musique ne font pas vraiment d'admissions anticipées à cause des auditions.

— Tout à fait, dis-je en soupirant de soulagement. C'est comme ça que ça marche.

— Et aussi que tu passais beaucoup d'auditions sur Zoom.

Mes yeux s'écarquillent malgré moi.

— Tu lui as… tu lui as dit ça ?

Heureusement, Madeline veut être ingénieure et elle ignore sûrement tout des cursus de musique.

— Sauf pour la Juilliard.

Il lève à nouveau les bras en V.

— Attends un peu…, fait-il en baissant les bras. C'est quoi la mascotte de l'école ?

— Officieusement ? Le pingouin…

— Alors, allez les Pingouins ! fait papa en riant. Ou l'établissement dans lequel tu iras, quel qu'il soit. Ce sera un endroit incroyable, de toute façon. J'ai hâte que tes lettres d'acceptation arrivent.

Je déglutis.

— Top.

— Je suis tellement fier de toi, ma chérie.

Une fois la porte du sous-sol refermée derrière lui, la culpabilité m'envahit. Mes parents comptent sur moi. Ils croient en moi. Ils me font confiance.

Je ne peux pas les laisser tomber.

♪

J'essaie de faire mes gammes dans la minuscule salle de bains de l'étage. Chloe écoute de la musique et fait des essais pour sa « coiffure pour l'arrivée de Legendary » dans notre chambre pendant que notre maison est bichonnée, alors cette pièce est le seul endroit à offrir un peu d'intimité. Bien qu'honnêtement, l'atmosphère ne soit pas idéale vu que quelqu'un frappe à la porte tous les quarts d'heure pour aller aux toilettes. En plus, le froid qui s'insinue par la fenêtre engourdit mes phalanges, au point que le simple fait d'appuyer sur les cordes en acier me fait grimacer. Depuis ma discussion avec papa, je n'arrête pas de me demander comment il le prendra. Comment il prendra le fait que la Juilliard School est le seul établissement où j'ai postulé. Est-ce qu'il trouvera ça stupide ou incroyablement courageux ?

Je repense à mon premier orchestre, quand j'étais petite. Notre prof nous avait demandé de jouer une variation de « Frère Jacques ». J'avais écouté les autres enfants, tous beaucoup plus âgés que moi, tenter d'interpréter une version jazz. Je n'avais que six ans, à l'époque, mais j'avais décrété qu'ils jouaient mal. Il leur manquait l'énergie, le swing, le blues… Quand on m'a finalement appelée, je me suis levée et j'ai fait glisser mon archet sur les cordes, en montant vraiment le tempo et en m'amusant avec la mélodie. Mon violon était devenu une machine à remonter le temps vers l'époque du ragtime. Une fois mon intervention terminée, ils m'avaient tous applaudie, et notre professeur avait crié : « C'est la meilleure version que j'ai entendue jusqu'à présent ! »

La façon dont « la meilleure » avait semblé glisser sur sa langue, comme s'il l'avait vraiment pensé… Je n'avais jamais été la meilleure en quoi que ce soit avant. En fait, je m'estimais même nulle sur beaucoup de choses. Mais soudain, tout devenait possible, grâce à mon violon. Tout *était* possible. Même le meilleur.

Je m'affale sur le bord de la baignoire et remets mon instrument dans son étui. Je sors mon téléphone, et entre le nom de Legendary dans le moteur de recherche. Les gros titres défilent.

Legendary poursuivi par son ancien agent
Legendary quitte une interview en direct
Legendary n'est plus le visage de la campagne de HGC Apparel
Legendary fait la fête et ne se présente pas à son concert programmé
Legendary va-t-il finir à la rue ? La jeune star choque ses proches en achetant un jet privé à vingt millions de dollars

Ouah ! Et il y en a des dizaines d'autres. Des centaines, en fait. Page après page, histoire après histoire ; des fêtes de folie, des bagarres, des disputes familiales publiques et même… un accident de voiture ? Je clique sur le lien.

Derica Dean, la mère de Legendary, obtient la mise sous tutelle des biens de la jeune star du R&B.

La mise sous tutelle ? Je sais en gros ce que ça veut dire. Je lance une recherche Google pour vérifier.

Mise sous tutelle : concept juridique américain. Un tuteur ou un protecteur est désigné par un juge pour gérer les finances et/ou la vie quotidienne d'une tierce personne en raison des limitations physiques ou mentales de cette dernière.

Soudain, tout s'éclaire. Legendary n'est pas un fils prodigue de retour chez lui. C'est un ado millionnaire qui fait n'importe quoi et qui n'a plus accès à sa fortune. Il ne vient pas ici de son plein gré.

Sa mère l'y oblige.

CHAPITRE 3

Je me réveille. Ma petite sœur est penchée au-dessus de mon lit, vêtue d'un justaucorps en lycra argenté.

Je cligne des yeux.

— Tu trouves que j'ai l'air plus vieille comme ça ? demande-t-elle d'un ton sérieux.

J'attrape mon téléphone pour vérifier l'heure. Mais mon écran n'est qu'une tache floue et confuse, sans mes lentilles de contact.

— Tu peux me filer mes lunettes ?

Quelques secondes s'écoulent avant que je les sente se poser sur ma main tendue. Je les fais glisser sur mon nez, puis tout devient clair. Et… surprenant.

Chloe a l'air d'un clown de douze ans : fard à joues, ombre à paupières rose vif, eyeliner noir. Ses boucles sont tellement couvertes de gel qu'elles sont complètement figées.

— C'est joli, hein ? (Son sourire craquèle son rouge à lèvres violet fluo sur les contours de sa bouche.) J'ai regardé un tuto de Jeffree Star sur YouTube.

— Intéressant…, je fais en consultant l'appli météo de mon téléphone. Tu sais qu'il va faire moins huit, aujourd'hui, et pas dix-huit ?

— Je ne compte pas m'habiller comme ça. Je prépare ma garde-robe des deux prochaines semaines. Je me suis dit que ça pourrait me servir pour mon yoga de l'après-midi, après les cours. Je pense que Legendary voudra y aller avec moi : j'ai lu sur TMZ qu'il s'était mis au yoga, récemment.

— Et depuis quand *tu* t'es mise au yoga?

Je me dirige vers la baie vitrée pour jeter un coup d'œil à l'extérieur. Une épaisse couche de givre recouvre la pelouse et les branches du saule pleureur, qui se balancent sous une brise légère. J'attrape ma robe de chambre. La dernière fois que j'ai vu Langston Legendary Dean, ou Legendary, comme il se fait appeler maintenant, nous étions allongés sous ce saule, à faire des anges de neige dans la poudreuse fraîche.

— Tu ne pourras pas faire des anges de neige à Los Angeles…, je lui avais dit en claquant des dents à cause du froid.

— Je sais, avait-il dit avec tristesse. En plus, je vais devoir me baigner dans l'eau tiède de l'océan, subir le sable blanc des plages ET les nanas bien roulées.

Nous avions éclaté de rire.

— Legend, plus personne ne dit « nanas bien roulées ». Tu n'es vraiment qu'un nerd.

D'un seul coup, il était devenu sérieux.

— Je t'appellerai dès qu'on aura trouvé une maison à L.A., d'accord? Je te le promets.

— Et je viendrai te rendre visite, avais-je réagi avec enthousiasme.

— Évidemment. (Il avait contemplé le ciel en souriant.) Rien ne va changer, D. Je serai toujours ton meilleur ami, et toi ma meilleure amie.

Un coup frappé à la porte de notre chambre me ramène à la réalité : ma mère entre dans la pièce, vêtue d'un jean moulant, de bottes de cow-boy en cuir et d'un tee-shirt à manches longues sur lequel on peut lire NICKELBACK DÉCHIRE.

— Ça te va super bien, maman! fait Chloe avant de siffler.

— Vraiment ? (Maman tire sur les manches du tee-shirt qu'elle a visiblement déterré au fond du placard de Chloe ou acheté dans une boutique pour ados hier.) Et toi, Dylan ? Tu ne trouves pas que c'est trop ? Je cherche un look décontracté.

Niveau décontraction, ce look est vraiment… décontracté. Mais je ne veux pas gâcher le trip « mode » de maman. Je lève le pouce.

— Top !

— Bonjour, la petite famille !

Papa vient de surgir du couloir. Il prend maman dans ses bras et la soulève du sol pour la faire tourner. Il est aussi fringué comme un évadé d'une boutique pour ados : un jean délavé avec des trous au niveau des genoux et un sweat à capuche. Ils rient et s'embrassent.

Il la repose et s'adresse à moi.

— Dylan, ma chérie… Pourquoi est-ce que tu n'es pas habillée ? Langston va bientôt arriver. Dépêche-toi, d'accord ?

Les parents sortent de la chambre.

Chloe fait un pas pour les suivre, mais je l'attrape aussitôt par le bras.

— Hé, la fille au justaucorps… Ce n'est pas ta tenue pour méditer et pour faire du yoga sous le porche l'hiver ?

— Mais trop ! (Elle soupire de manière théâtrale.) Je ferais mieux de me changer.

♫

Il arrive. Ça s'agite, en bas. Des pieds martèlent le parquet. Des ordres sont lancés. Maman me crie de me dépêcher et de descendre les rejoindre, mais au lieu de me presser, je pose mon fer et passe mes mains dans mes extensions fraîchement lissées.

Quand j'étais enfant, mes cheveux naturels étaient toujours tressés. C'est Derica qui me coiffait. Elle et maman étaient si proches que lorsque ma mère lui avait exposé son problème (à savoir qu'elle ne trouvait personne dans toute la ville de Hornsborough pour s'occuper de mes cheveux), Derica s'était mise en tête de venir chaque week-end de Des Moines, qui n'est vraiment pas la porte à côté, pour s'occuper de mes boucles crépues. Et c'est comme ça que Legend et moi étions devenus amis : les tresses terminées, nous nous échappions dans les bois pour grimper aux arbres et jouer aux jeux auxquels les enfants s'adonnent quand être dehors est plus magique que n'importe quelle activité au monde.

Je fais basculer les extensions soyeuses sur mon épaule, retire mes lunettes et mets mes lentilles. Aujourd'hui, mes yeux sont verts. Demain, je choisirai peut-être quelque chose de plus exotique, gris par exemple.

— Dylan ! crie à nouveau maman. Il sort de la voiture !

— Super…, je marmonne.

Je me dirige vers l'escalier en traînant les pieds. À travers les fenêtres du couloir, j'aperçois les arbres plier sous le vent violent. C'est la période de l'année où l'hiver n'est plus une fête et où le froid ressemble presque à une punition divine. Je me demande comment Legend va gérer l'hiver sans fin et lugubre du Midwest après avoir goûté au soleil éclatant du sud de la Californie.

Je m'arrête lorsque papa ouvre la grande porte à double battant. L'infâme Langston, devenu Legendary, pénètre dans la maison.

Ça y est.

Je jette un coup d'œil du haut de l'escalier pour ne pas me faire remarquer. Je ne peux vraiment pas descendre maintenant. Il penserait que c'est une mise en scène prévue pour me permettre de faire une grande entrée, et c'est tout ce que j'aimerais éviter. En fait, je préférerais ne pas faire d'entrée du tout.

— Langston ! fait mon père. On est vraiment ravis de te voir.

— Qu'est-ce que tu as grandi ! s'écrie maman.

Elle se précipite pour l'embrasser chaleureusement, comme elle l'a toujours fait. Papa le gratifie ensuite de sa fameuse « poignée de main ferme et double tape dans le dos ». Les autres membres de ma famille se tiennent à une distance respectueuse, même si Chloe se mord la lèvre et agite le pied de manière compulsive, visiblement pour contenir les cris de fan hystérique qui ne demandent qu'à s'exprimer.

— Ça me fait plaisir de vous voir aussi, monsieur et madame Woods. Tout le monde, en fait.

Sa voix est plus grave, maintenant. Et maman a raison : il a grandi et minci. Il est habillé comme s'il était dans un quartier branché de Miami ou de New York et pas Hornsborough, dans l'Iowa. Je n'ai jamais vu de baskets aussi rouges ni de mains aussi couvertes de tatouages. Bien que je ne distingue pas vraiment son visage, puisque la capuche de son sweat est rabattue, toutes les traces de Langston Dean semblent avoir… disparu, comme une brume matinale qui se serait dissoute au lever du jour. Ou, dans son cas, évaporée en un hit et plusieurs millions de dollars.

— Et vous pouvez m'appeler Legend, ajoute-t-il doucement. Mes amis m'appellent comme ça, maintenant.

— Je te l'avais dit, murmure Chloe à maman.

— Et merci de… de m'accueillir. Je suis… (il s'interrompt pendant un moment légèrement gênant) heureux d'être ici.

Heureux ? Ha ! Échanger sa maison de plusieurs millions de dollars contre la nôtre ressemble plus à une peine de prison qu'à des vacances.

— OK, c'est noté pour Legend, dit maman. Mais seulement si tu m'appelles Holly.

— Et tu peux m'appeler Chloe ! Ou Chlo, s'exclame ma sœur.

Heureusement, elle a troqué son justaucorps contre une combinaison en jean plus adaptée à son âge.

— Reçu cinq sur cinq, Chlo, fait Legend avant de se tourner vers Mikey. Et toi ? Comment t'appelle-t-on, jeune homme ?

Mikey devient écarlate. Il sourit tellement fort que ses joues semblent sur le point de se déchirer.

— Mes copains m'appellent Michael.

Personne n'appelle Mikey Michael. Mais Legend répond :

— OK. Va pour Michael.

— Tu te souviens de moi ? demande tante Edith.

Pour la première fois de la semaine, elle n'a pas de tasse à café pleine de vin rouge à la main. Elle porte un tailleur-pantalon au lieu de son pyjama en flanelle, et ses fines mèches grises sont coiffées en arrière. Je jette un coup d'œil à ses pieds et remarque quand même les UGG roses. Ouf.

— Vous jouez toujours aux échecs ? demande Legend.

— Je pulvérise mes adversaires depuis 1955, répond tante Edith.

— Ça, c'est bien dit ! fait Legend en regardant à nouveau autour de lui. Alors… où est-ce que…

Il s'interrompt. Je déglutis.

Il me cherche. Il se demande où je suis.

— Où est-ce que je suis censé dormir ?

OK… Il ne me cherche pas du tout, en fait !

— Au sous-sol, annonce papa. Ça te va ? On s'est dit que tu aurais plus d'intimité, en bas.

— Pas de problème, répond Legendary avant de faire glisser de son épaule un sac à dos en cuir marron et vert avec des L et des V estampillés dessus. Si ça vous va, ça me va.

— Tu veux manger quelque chose d'abord ? demande maman.

— Oui, intervient Chloe en s'avançant d'un pas. On a fait des crêpes aux myrtilles spécialement pour toi.

— À la farine d'amande, ajoute notre mère. Sans gluten ni produits laitiers. On est au courant, pour tes allergies.

— Ouais, et sans goût, aussi, râle tante Edith. J'ai failli m'étouffer en essayant d'en avaler une.

Maman lance un regard assassin à ma tante, qui se contente de hausser les épaules.

— En fait, dit Legend, je fais un jeûne intermittent. Je ne peux pas manger avant cinq heures du soir.

Les membres de ma famille échangent des coups d'œil confus. Un jeûne intermittent ?

— On peut te préparer un jus de fruits, suggère papa. On n'a pas de presse-agrumes, mais…

— On va en acheter un ! crie Chloe. Peut-être qu'on devrait tous faire un jeûne intermittent. (Elle se tourne vers maman.) C'est quoi, en fait ?

— Non, non, vous n'êtes vraiment pas obligés de faire ça, intervient Legend. Je suis fatigué, de toute manière. J'ai juste besoin de dormir. Je ne ferme jamais l'œil, en avion.

Il regarde à nouveau autour de lui. Je me demande s'il a finalement réalisé que je ne suis pas là. Mais au lieu de chercher à savoir où je me trouve, il s'adresse directement à maman :

— Je vais aller au sous-sol, si ça ne vous gêne pas.

— Oh… Oui, bien sûr.

Je perçois de la déception dans la voix de ma mère. Elle espérait probablement qu'on se lancerait tous ensemble dans une folle partie de Monopoly.

— Tu as besoin d'aide pour tes bagages, Legend ? demande papa.

Le jeune homme fourre ses mains dans les poches de son sweat à capuche.

— Toutes mes affaires sont dans la voiture, avec le chauffeur. Mais c'est bon. Il va me les descendre.

— Je vais les chercher ! décide Mikey en enfilant ses bottes. Sérieusement, mec, demande-moi, si tu as besoin de quoi que ce soit. Tu pourras toujours compter sur moi.

Au lieu de répondre poliment à son plus grand fan au monde, Legend reste mutique. Alors que lui et maman se dirigent tous les deux vers sa nouvelle tanière, il lève soudain les yeux et nos regards se croisent.

Pendant une fraction de seconde, je l'imagine en train de monter les escaliers en courant pour me prendre dans ses bras et planter son menton sur le sommet de mon crâne, comme il le faisait avant.

Sauf qu'il ne monte pas.

Il ne fait rien.

Il se contente de détourner le regard et de disparaître à la suite de ma mère.

CHAPITRE 4

Un peu plus tard ce soir-là, je reçois un SMS de M. Schwarz, mon professeur de violon :

On ne devrait pas annuler. Votre audition est dans très peu de temps.
Si vous avez un invité, faisons notre cours en ville, au bâtiment Redstone.
À tout à l'heure.

Je fourre mon portable dans mon sac de musique et lève les yeux. Chloe est vautrée sur un tapis de yoga, et elle mange des Pringles oignon crème en chattant par vidéo avec une amie.

— Je sais, c'est dingue, hein ? (Elle replonge une main couverte de miettes dans le sachet.) Je viens juste de commencer à en faire et je sens déjà une grosse différence. Le yoga, c'est la vie. Mais genre vraiment.

Je sors mon étui à violon de sous mon lit avant de me diriger vers la porte.

— Hé! m'interpelle Chloe. Tu vas où ?

— Où veux-tu que j'aille ? Je dois répéter.

Je quitte la pièce et fais l'inventaire des endroits où jouer sans être dérangée. Tante Edith avait suggéré le cellier. Effectivement, ça pourrait convenir.

Dans la cuisine, une brique géante, portant le doux nom de NECTAR DE FRUITS MONSTRE XXL, est posée sur le bar. Des tas d'autres produits inhabituels jonchent chaque centimètre carré des plans de travail : des tomates, des citrons jaunes et verts, des pommes et des oranges, du chou kale, des épinards et des choses indéfinissables – est-ce que c'est un melon à cornes ?

Je passe devant la porte du sous-sol. C'est l'heure de dîner, et Legend n'a toujours pas pointé le bout de son nez. Il dort peut-être, à moins qu'il évite la famille chez qui on l'a condamné à séjourner ? Envisage-t-il de rester enfermé pendant toute la durée de ses « vacances » ? Ça m'irait très bien, personnellement.

Une fois dans le cellier, je mets mon étui à violon sur une caisse de Gatorade, puis en sors mon instrument aussi rapidement et délicatement que possible.

Je décide de jouer le morceau le plus difficile pour l'audition, le *Caprice n° 14* de Paganini. Mes doigts glissent pour prendre différentes positions, et la mélodie complexe résonne dans l'espace exigu. Mais au lieu d'évoquer une magnifique marche de trompettes, le *Caprice* imite surtout des chats en train de se battre pour de la nourriture. Pourquoi Paganini a écrit ces morceaux ? Pour torturer les violonistes ? Je le rejoue. Encore. Et encore. Tellement de fois que mes phalanges commencent à s'engourdir et mon violon à peser quarante-cinq kilos au lieu d'un et demi.

— Salut Dylan.

Je me retourne.

Legend. Adossé contre la porte ouverte, comme si de rien n'était.

— Oh mon Dieu ! Je n'ai pas… Heu… (Je déglutis.) Qu'est-ce que tu fais là ?

— Toi d'abord, rétorque-t-il.

Il a raison. Puisque c'est moi qui suis dans le cellier… en train de jouer du violon.

— Je travaille.

Je m'agenouille pour ranger mon instrument, et étire mes mains en compote.

— J'avais besoin d'intimité.

— C'est ici que tu trouves de l'intimité, d'habitude ?

— Non.

Legend ne porte plus de sweat à capuche, juste un débardeur rouge assorti à ses baskets. Je vois très bien son visage, à présent. Mais pour être honnête, sa peau brune couleur miel, ses lèvres pulpeuses et ses yeux marron foncé en amande me sont inconnus. Peut-être parce que ses cheveux sont si impeccablement coupés qu'il semble sortir de chez le coiffeur. Ou peut-être que c'est à cause de ses bras : entièrement tatoués des mains aux épaules. Ils ont l'air vraiment musclés.

Ce n'est pas le Langston que j'ai connu. La personne qui se tient devant moi fait passer Langston pour une image défraîchie dans un vieil album photo. Comme un souvenir trop lointain pour s'y raccrocher.

— Normalement, je répète en bas, au sous-sol. C'est ma salle de musique.

Je m'attends à une réponse polie comme : *oh, c'est ma faute, désolé. C'est moi qui t'ai pris ton espace de travail* ou même un amical *hé, tu peux toujours répéter en bas, si tu veux*. Mais au lieu de ça, Legend me fixe sans me voir. Il pointe quelque chose.

— Tu peux me passer de l'eau ?

Je me retourne et aperçois un nouveau pack d'eau sur l'étagère. De l'eau alcaline. De l'eau alcaline en brique. Il doit s'agir d'un autre achat pour Legend…

— Tu bois de l'eau en brique ? demande-t-il en prenant la brique que je lui tends. Genre c'est un truc de l'Iowa ?

— Même pas. Mes parents ont dû acheter ça spécialement pour toi.

Legend se tourne vers le plan de travail débordant de produits frais.

— Et tout ça ? C'est aussi pour moi ?

Je hoche la tête.

— Je me sens super mal. Tous les efforts que tes parents font pour moi…, dit-il en soupirant. Bon, je crois que je vais te laisser tranquille. Il faut bien que quelqu'un joue encore les bons vieux morceaux rasoir, n'est-ce pas ?

Il rit de sa blague et s'en va.

— T'es sérieux ?

Il se retourne pour me faire face.

— Quoi ? On n'est pas vraiment dans le top ten musical, là, D-Dog.

— D'abord, m'appelle pas comme ça.

— Pourquoi ? fait-il en se grattant la tête. Je t'ai toujours appelée comme ça.

— Je sais. Mais c'était avant. (*À l'époque où tu avais le droit de me donner un surnom.*) Deuxièmement, je ne t'ai pas vu depuis genre… quoi, six ans ? Et tout ce que tu trouves à me dire, c'est… rien, en gros. Juste, file-moi une brique d'eau, merci, et au revoir.

— Heu, OK… (Il passe une main sur ses boucles et gigote, clairement mal à l'aise, comme si le fait de me parler gênait son style de vie de célébrité.) Genre… Quoi de neuf?

Genre… Quoi de neuf?! Je fulmine de rage, j'ai l'impression d'être un boxeur prêt à bondir sur le ring.

— C'est tout ce que t'as à me dire ?

— Heu… Il fait froid en ce moment, non ? Honnêtement, je suis nul pour faire la conversation.

— Tu sais quoi ? Laisse tomber, je réponds sans cacher ma colère. Juste, bouge, s'il te plaît.

Mais il ne se décale pas d'un pouce. Au lieu de ça, il se tourne vers une étagère et commence à l'inspecter.

— Toujours aussi *drama queen*, à ce que je vois.

Moi, une *drama queen* ?!

— Dit le mec qui a pleuré le jour où sa mère lui a acheté des Oreo Double Crème au lieu des normaux.

— Les Double Crème ne devraient pas exister.

Il déplace des boîtes de conserve, des sacs de riz et de haricots jusqu'à ce qu'il découvre quatre bouteilles de vin rouge appartenant à tante Edith.

— On dirait un truc de gangsters, le vin caché derrière les chips.

— Tante Edith planque du vin dans chaque recoin de cette maison. Une fois, j'ai même trouvé une bouteille ouverte dans la baignoire.

Il rit.

— Quelle adorable vieille dame…

— *Troisièmement*, dis-je en plissant les yeux, ne parle pas d'elle comme ça, s'il te plaît. C'est dégradant.

— Je n'ai jamais été aussi intelligent que toi. Qu'est-ce que ça veut dire *dégradant* ?

— Ça veut dire…

Je tangue légèrement. Soudain, j'ai l'impression que les murs du cellier vont se refermer sur moi. Comme s'ils allaient s'effondrer et que j'allais me retrouver engloutie dans un gouffre si je ne sortais pas très vite de là.

— Altérer la qualité. Dégrader, quoi.

— Ah mince…, commente-t-il en secouant la tête. Alors comme ça, « adorable » est dégradant, maintenant. Et les bébés pandas ? Il n'y a pas plus adorable que ces machins.

— C'est pareil. Est-ce qu'on pourrait revenir au moment où tu as dit que ce que je jouais était ennuyeux ? En même temps, je ne devrais pas m'attendre à ce qu'un chanteur de pop comprenne de la musique aussi complexe. C'est du classique, après tout.

— Tu n'aurais pas dû dire *quatrièmement* avant cette dernière remarque ?

Legend me fixe bizarrement, appuyé contre les étagères. Est-ce qu'il y a quelque chose de bizarre chez moi ? J'ai quelque chose sur le visage ? Les cheveux en bataille ? Je passe rapidement une main dans mes extensions avant de les faire basculer par-dessus mon épaule.

— Tes yeux sont verts… Comment c'est possible ? Ne me dis pas que tu as pris un avion pour la Turquie et que tu t'es fait opérer, tu pourrais choper une cataracte précoce, à cause de ça.

— J'ai des lentilles, Einstein. (J'agrippe la sangle de mon étui à violon si fort que mes articulations palpitent.) J'aime changer de look, certains jours.

— Et tu as les cheveux lisses ? Vraiment ?

— La magie du fer à lisser…

— Ce sont tes vrais cheveux ?

— Je les ai achetés. Du coup, oui…

Il sourit, exposant des dents blanches parfaitement alignées. Je sais pertinemment que cette dentition impeccable a nécessité plusieurs années d'appareil dentaire. Je me souviens très bien de son éclat argenté dans la nuit noire, quand Langston et moi perdions la notion du temps et restions trop tard dans les bois.

— Si ça te plaît, ça me plaît, Dylan Woods.

Je passe en mode *poker face*, même si le fait qu'il dise mon nom complet me donne la sensation d'un affront personnel. Il n'a pas encore obtenu le droit de prononcer mon nom du tout, sauf si c'est accompagné d'un *je m'excuse*.

— OK… Bien ! C'était sympa. (Il croise les bras sur la poitrine.) Gênant, mais… sympa.

Bon sang, ce qu'il fait chaud, ici ! Je tire sur ma chemise pour laisser de l'air frais circuler, puis je détourne le regard. Chaque mot qui sort de sa bouche me donne l'impression d'être sur un bateau de croisière géant où tout le monde ferait la fête, se baignerait et jouerait au mini-golf, sauf que je serais penchée par-dessus la balustrade, avec le mal de mer et le cafard.

— Oh, et au fait, ajoute-t-il. Un chanteur de R&B comme moi peut comprendre quelque chose au classique. L'air que tu travaillais, on dirait un *Caprice*, de Paganini… je me trompe ?

Ma mâchoire s'ouvre malgré moi. Il a raison. Legend connaît Paganini ?

— Ça va, remets-toi, Dylan. Et arrête de me sous-estimer, ajoute-t-il en secouant la tête. Tu m'as toujours sous-estimé.

Il disparaît à l'angle du couloir. Quelques secondes plus tard, j'entends la porte du sous-sol grincer en s'ouvrant, puis claquer.

CHAPITRE 5

— Bonjour ! Bienvenue au Rainy Day Café.

Je m'avance dans la chaleur du café. Mes pensées tournent en boucle. Je me repasse ce que Legend m'a dit hier soir. Comment ça, je l'aurais toujours sous-estimé ? N'importe quoi. J'ai même toujours plus cru en lui qu'il ne croyait en lui-même. Qu'est-ce qu'il raconte ?!

— Heu… Bonjour ?

— Oh, désolée… Bonjour.

Je souris poliment à l'hôtesse, qui porte un imperméable vintage et des bottes rouge vif assorties au parapluie qu'elle fait tournoyer sur son épaule. Je tends le cou pour jeter un coup d'œil derrière elle. Le texto de Kiyoshi disait qu'elle était déjà arrivée.

— La verrière est ouverte ? je demande en retirant mon manteau, même si je sais que je ne resterai pas longtemps.

— Ouaip ! (La serveuse brandit un menu.) Il est prévu cent pour cent de pluie pour aujourd'hui. Et il fait une température relativement fraîche de seize degrés.

— Oh… Vous pouvez garder le menu. Je dois partir bientôt.

Elle le range et dit joyeusement :

— Vous le trouverez ici si jamais vous changez d'avis.

— Merci.

Je traverse le café bondé pour rejoindre la verrière. On dit que les propriétaires du Rainy Day sont des milliardaires qui auraient fait fortune grâce à une technologie quelconque, mais qui, une fois à la retraite, se seraient lassés du climat immuable du sud de la Californie et auraient dépensé des millions pour construire ce café pittoresque où la météo change en permanence. Quoi qu'il se passe à l'extérieur, le temps à l'intérieur du Rainy Day est complètement différent. Personnellement, j'adore quand les lumières vives sont allumées, qu'une odeur de noix de coco flotte et que le bruit des vagues et le rire des mouettes donnent l'impression d'être en été.

Je pousse les portes et pénètre dans l'atrium, où le discret clapotis des gouttes martèle le verre selon un rythme apaisant. Le tonnerre gronde. Un courant d'air frais traverse mon pull fin. J'aperçois Kiyoshi à une table, en train de regarder la pluie glisser sur les vitres embuées. Personne ne sait exactement comment la mécanique du café fonctionne, mais aujourd'hui, une grosse averse semble tomber dehors alors qu'en fait, le ciel est bleu à perte de vue.

Je m'installe à côté de mon amie.

— Tu vas me détester, mais je ne peux pas rester.

— Quoi ? (Elle se tourne vers moi, bouche bée, et les sourcils froncés.) Pourquoi ?

— Mei Lein Cho donne une master class au Players Workshop, à Burlington.

— Tu vas à Burlington en voiture ? Maintenant ?

J'opine.

Kiyoshi boit une gorgée rageuse de café glacé en me regardant par-dessus le rebord de sa tasse.

— Et qui est cette Mei Lein Cho, d'abord ?

— C'est… mon idole. Elle a gagné le concours international Yehudi Menuhin l'année dernière.

Mon amie secoue la tête.

— Comme si on en avait quelque chose à faire…

— Et elle est diplômée de la Juilliard. Je peux pas rater ça. M. Schwarz m'a fait la surprise de m'offrir des billets… Il y a vingt minutes de route jusqu'au théâtre, donc il faut que je file maintenant.

— Mais Nate est en route. Avec Josh ! Tu vas vraiment nous laisser tomber ?

— Kiyoshi…, je soupire. Elle travaille Paganini, en ce moment. J'aurais bien besoin des conseils d'une experte comme elle.

— OK. Trente minutes… Reste juste trente minutes.

Je secoue la tête.

— Et si je me retrouve dans les bouchons ?

— D'accord. Vingt, alors ?

Je soupire.

— Allez. S'il te plaît… (Elle croise les mains en prière.) S'il te plaît !

— OK. *Quinze minutes*. Pas plus.

J'étudie le menu – des thés, des cafés et des pâtisseries. Un chai me semblerait très bien, là tout de suite. En plus, je pourrai l'emporter pour le trajet en voiture…

— Mais ensuite, il faudra que j'y aille. Sérieusement.

Kiyoshi décroche son portable qui vibre.

— Salut, chéri ! Oui, elle est là. Je sais, hein ? Un miracle !

Elle écarte le téléphone de son oreille pour me chuchoter :

— Même si elle nous *laisse tomber*.

Elle lève les yeux au ciel et reprend sa conversation.

— OK, chou. On est dans l'atrium. Oh… Je t'aime encore plus, mon raton laveur. (Elle raccroche.) Ils se garent.

— Ce que vous pouvez être pénibles, Nate et toi !

— Désolée que le véritable amour laisse ton cœur de marbre, Dylan, dit-elle en rabattant ses longs cheveux sur son épaule. Oh ! Au fait… J'ai vu ton père au supermarché, tout à l'heure. Il achetait, genre, *cent* carottes. Vous avez adopté un lapin ou quoi ?

— Oh…

Je préférerais qu'on ait ce genre d'invité, mais ce n'est que Legend.

— Non, fais-je en me penchant en arrière. Mais on a un invité qui mange comme un lapin.

— Un invité ? répète-t-elle en haussant un sourcil. C'est qui ?

— Juste, euh…

Mince ! Pourquoi est-ce que je lui ai dit qu'on recevait quelqu'un ? *Dylan, espèce d'idiote !* Je fais tourner mon téléphone portable entre mes mains.

— Personne. Juste une connaissance de la famille.

— Est-ce que je le connais ? Ou *la* connais ?

— Le. Et tu ne voudrais pas le croiser. Il est du genre à se croire tout permis. Hyper arrogant. Il s'affame jusqu'à cinq heures du soir. Et il boit… de l'eau en brique.

— Houlà ! Un vrai cauchemar, effectivement. Quand est-ce qu'il repart ?

— Pas avant deux longues et pénibles semaines.

Nate et Josh franchissent alors les portes de l'atrium et retirent leurs gros manteaux. Josh ne ressemble pas tout à fait à sa photo. Il est même très différent, en fait. Bon, déjà, il n'a plus son hautbois entre les mains et il ne porte plus l'uniforme de la fanfare. Mais surtout, je n'avais pas remarqué les jolies taches de rousseur qui ornent son nez ni ses yeux couleur vert trèfle.

Kiyoshi bondit sur ses pieds et se précipite dans les bras de Nate pour l'embrasser comme s'ils ne s'étaient pas vus depuis une éternité (alors que c'était hier).

— Salut.

Josh s'approche timidement. Je me lève, puis nous nous serrons la main. La sienne est froide et… légèrement moite. Il la retire et l'essuie sur son jean.

— Désolé. Les belles filles me rendent nerveux.

— Oh… Vous êtes trop choupis. Vous allez trop bien ensemble, déclare Kiyoshi en passant un bras autour de Nate.

Heu… vraiment ?

— Grave…, fait Nate en opinant. Et tu savais que Josh a postulé à la Juilliard, lui aussi ?

— Pas possible ! (Je me tourne vers lui, les yeux écarquillés de surprise.) Tu as déjà auditionné ?

— Oui. Mais je n'ai pas été retenu pour passer une audition sur place, contrairement à toi. (Il déglutit, gêné, et tire sur ses cheveux roux hirsutes.) Mais j'en ai une à Oberlin, dans l'Ohio, et à l'Institut Peabody, à Baltimore. Même si j'ai détesté ces deux villes quand je les ai visitées… Juilliard a toujours été un pari risqué, de toute manière. Tout le monde la met sur sa liste « on ne sait jamais », mais personne ne compte vraiment dessus. Tu vois ce que je veux dire.

— Elle ne voit pas du tout ce que tu veux dire, intervient Kiyoshi en prenant une nouvelle gorgée de café. Elle n'a même pas postulé ailleurs.

— Kiyoshi !

Je lui assène un regard assassin.

— Oups. Désolée, D. (Elle hausse les épaules d'un air penaud.) Ça m'a… échappé.

Mais Josh n'a pas la réaction choquée attendue après une telle révélation. Au lieu de ça, il se tourne vers moi et me demande simplement :

— Pourquoi ?

Comme je viens à peine de rencontrer Josh, je n'ai pas vraiment envie de lui ouvrir mon cœur ni de lui expliquer mon amour pour la Juilliard. Du coup, je réponds :

— Si la vie de violoniste était les Jeux olympiques, alors la Juilliard serait la médaille d'or. Je n'ai jamais été du genre à viser l'argent.

— En tant que meilleure amie, je peux en témoigner, déclare fièrement Kiyoshi. Elle est premier violon depuis la sixième. Plus personne ne se donne la peine de contester sa place.

— Ouah ! fait Josh. C'est énorme. J'aimerais être comme ça. Parce que des fois, il m'arrive de me dire que je serais heureux avec la quatrième place. Et la quatrième n'a même pas droit à un prix.

— Je suis sûre que tu mérites un prix, toi aussi, Josh.

— Oh… J'adore ! Vous êtes vraiment trop mignons !

Mon amie sourit tellement fort qu'elle doit imaginer des bébés biraciaux aux cheveux roux, c'est sûr.

— J'allais oublier. (Josh fouille dans la poche de son jean.) Je t'ai apporté quelque chose. J'avais pensé à des fleurs, mais… tiens.

Il sort une petite boîte en métal. De la colophane ?

— C'est idiot, je sais.

Colophane d'or Evah Pirazzi. La seule que j'utilise. Je prends le minuscule étui dans mes mains.

— J'ai dit à Josh que c'était en rupture de stock sur Amazon depuis des lustres, explique Kiyoshi, et que tu n'arrivais pas à en trouver.

— Je l'ai commandée directement auprès du fournisseur, ajoute le garçon avec un regard plein d'espoir. Ça te plaît ?

— Oui, beaucoup, Josh, dis-je en le posant délicatement sur la table. Merci.

Il expire et semble se détendre un peu.

Mon téléphone s'illumine. Ma mère m'a envoyé deux textos. Aïe… Et maintenant, elle appelle ?

— Heu, désolée… Il faut que je réponde. Je reviens tout de suite.

Je me lève et me dirige rapidement vers un coin tranquille. J'accepte l'appel visio et le visage de maman apparaît.

— Salut, chérie. Le dîner est dans une heure. Pourquoi est-ce que je vois de la pluie ? Tu es au Rainy Day ?

— Oui. Avec Kiyoshi.

— Oh, fait-elle en fronçant les sourcils. Mais tu vas partir bientôt, non ?

— Oui. (M. Schwarz a dû lui parler de la master class.) Mais il n'y a que vingt minutes de route jusqu'à Burlington, donc j'y serai à temps.

— Burlington ? répète ma mère en m'adressant un regard étrange. Tu ne vas pas conduire jusqu'à Burlington ce soir, quand même ?

Quoi ?

— Qu'est-ce que tu veux dire ? Il y a une master class sur Paganini. M. Schwarz m'a offert des billets, c'était une surprise.

Elle ne pense quand même pas que je manquerais une opportunité pareille… si ?

— C'est complet depuis des mois ! Je ne peux pas rater ça !

— Eh bien, nous avons un dîner de famille, ici. Papa fait des hamburgers aux champignons Portobello.

— Je sais même pas ce que c'est.

— En plus, il pourrait neiger ! déclare-t-elle, comme si c'était exceptionnel dans l'Iowa. Tu vas faire la route jusqu'à Burlington toute seule ? Ce n'est vraiment pas une bonne idée.

— Mais, maman…

— Ne discute pas. Tu n'y vas pas.

Je reste sans voix. Maman m'a déjà laissé conduire jusqu'à Burlington par moi-même. Des tas de fois. Où est le problème ?

— Au fait, chérie, puisque tu es au Rainy Day, tu pourrais leur demander s'ils ont du Sencha Cultivar Kamairicha et Samidori bio s'il te plaît ?

Qu'est-ce qu'elle raconte ?

— Ça fait partie de la recette du burger aux champignons ?

— Non, non. C'est du thé. Je ne sais pas exactement lequel, mais Derica a dit que c'était le préféré de Legend, et qu'il avait oublié le sien dans l'avion. J'ai pensé que ça lui ferait plaisir.

Tout s'explique ! Un dîner en famille avec Legend.

— Maman. Je suis sûre qu'ils n'ont pas de thé… pour les riches. Et… (Je ne suis toujours pas prête à laisser tomber la master class.) Et si je conduisais avec M. Schwarz ? Il y va, lui aussi.

— Dylan… Paganini lui-même pourrait y aller, ça ne changerait rien. Ma décision est prise. Tu aurais dû nous demander la permission avant d'accepter un tel cadeau, de toute manière.

Je me dégonfle. Maman a sa voix « Ne discute pas ». Une master class avec Mei Lein Cho… et dire que je vais rater ça.

— Renseigne-toi pour le thé, chérie.

— D'accord, fais-je en grommelant. Je vais demander et je te rappelle.

— Je peux patienter.

Elle est sérieuse ? Est-ce que Legend est en feu et que ce thé est la seule chose qui puisse éteindre les flammes ? Un des serveurs en bottes et imperméable passe devant moi.

— Excusez-moi ?

Il se retourne et s'avance vers le recoin où j'ai trouvé refuge.

— Oui ?

— Est-ce que vous auriez… (Je tiens le portable en l'air.) Maman, comment ça s'appelle déjà ?

— Passe juste ton téléphone au serveur.

Je lui lance un regard en biais.

— Fais-moi confiance, chérie, il a déjà fait des appels vidéo avec des mamans.

— Très bien. (Je tends l'appareil au garçon.) C'est ma mère. Désolée…

Il prend l'appareil, baisse les yeux sur le visage de maman, puis se tourne rapidement vers moi avec une expression troublée. Je ne sais jamais trop quoi faire dans ces cas-là. Est-ce que je devrais expliquer ? Crier « Je suis une enfant adoptée ! » ou simplement faire comme si de rien n'était ?

— Allô, jeune homme ? Bonjour !

La voix de maman résonne dans le haut-parleur. J'ai juste envie de ramper et d'aller me cacher sous le plancher.

— Oh, désolé… Oui ?

(Il semble s'être remis du choc de la mère blanche/fille noire.)

— Vous avez des Sencha Cultivar Kamairicha et Samidori ?

— Jamais entendu parler, répond-il. Ce sont des… ?

— Des thés verts. (Kiyoshi vient de nous rejoindre.) Des thés verts japonais, pour être précis.

Mon amie prend le portable au garçon, qui paraît ravi de pouvoir aller voir ailleurs s'il y est.

— Je m'en occupe. Bonjour, madame Woods. Oui, oui. Ce sont tous les deux des thés verts. Essayez le marché Marukai. Ils en auront sûrement. OK. Vous aussi ! Je vous repasse Dylan.

Elle me tend le téléphone et chuchote :

— De la colophane importée d'Allemagne ? Je t'avais dit qu'il était trop cool. Maintenant, raccroche ce téléphone !

— OK, maman. Je vais te laisser.

Je ne peux peut-être pas aller à Burlington, mais au moins, je peux rester un peu plus longtemps avec mes amis. Ce n'est pas génial, comme consolation, mais c'est mieux que rien.

— Attends ! lance ma mère. Tu pourrais aller au marché Marukai pour acheter ces thés avant de rentrer pour que tu sais qui puisse boire du thé ce soir ?

Je regarde Kiyoshi.

— Tu me donnes une minute ?

— OK, mais dépêche-toi ! fait mon amie avant de tourner les talons.

Je regarde par la fenêtre. Le bruit des gouttes contre le verre me rappelle le métronome que j'utilise quand je répète à la maison. Apaisant. Stable. Rassurant.

— Maman, le marché Marukai est carrément à l'autre bout de la ville. Il faudrait que je parte *maintenant* pour être à l'heure pour le dîner.

— Parfait. Il va être tellement content. Apparemment, il a vraiment besoin de ce thé. Fais bien attention sur la route, ma chérie.

— Mais…

Elle a déjà raccroché. Je reste là sans rien dire pendant un moment. Je pourrais être en route pour passer une soirée avec Mei Lein Cho mais non, au lieu de ça, je me retrouve coincée, à devoir jouer les livreuses pour Sa Majesté ! Je me traîne lentement vers la table.

— Hé, les gars, je déteste faire ça, mais il faut que j'y aille. Genre maintenant.

— Non, il ne faut pas, réplique Kiyoshi en secouant la tête tout en brandissant son téléphone. Tu as dit que tu pouvais rester encore un peu. Ne sois pas ridicule. Burlington c'est pas si loin.

— Je ne vais plus à la master class. C'est ma mère. C'est… une longue histoire. (Je me tourne vers Josh.) Merci beaucoup pour la colophane. J'adore. Et je suis vraiment désolée de devoir partir… On remet ça?

Il a l'air abasourdi, mais il prend sur lui et sourit faiblement.

— OK. Un rencard au Rainy Day. C'est noté.

— Je suis vraiment désolée, les gars.

J'attrape mon sac, mon manteau et ma nouvelle boîte de colophane et je sors.

— J'espère que vous avez passé une bonne journée pluvieuse. À bientôt! me lance l'hôtesse d'accueil.

Avant que j'aie eu le temps de répondre, les portes se referment derrière moi, m'isolant de l'ambiance réconfortante du café et me laissant frigorifiée dehors. J'enfile mon manteau et me fraye un chemin parmi les voitures garées sur le parking. Alors que je rejoins ma Fiat, j'entends Kiyoshi crier mon nom.

— Dylan Woods! lance-t-elle, une main posée sur la hanche, essoufflée d'avoir couru pour me rattraper. Tu es à trois secondes et demie de gagner un nouveau prix: celui de la pire meilleure amie du monde!

Elle a raison. Je dois lui dire…

— Monte. (J'ouvre les portières de ma voiture.) Je vais t'expliquer.

— T'as plutôt intérêt…

Elle grimpe sur le siège passager.

— Accroche-toi.

— Je suis prête, fait-elle en haussant les yeux au ciel.

Bon… C'est parti.

— Maman a annulé Burlington parce qu'elle veut que je rentre à la maison pour dîner avec notre invité. Et notre invité… (je m'interromps pour prendre une grande inspiration) c'est Legendary. (Je me retourne pour regarder Kiyoshi droit dans les yeux.) C'est lui qui est chez nous.

Les yeux de celle-ci s'écarquillent, puis se plissent.

— Pardon mais… quoi ?

— Le chanteur slash danseur. Legend. *Aka* Legendary. Tu sais, le garçon le plus célèbre de la planète. Celui que tu suis sur Insta. Il est chez moi. Dans mon sous-sol. Et il attend que je lui livre du thé vert japonais en main propre. Raison pour laquelle je dois partir maintenant.

— C'est pas possible, murmure-t-elle.

— Et pourtant, si, dis-je d'un air sombre. Nos mères ont grandi ensemble. Elles étaient pom-pom girls, rédactrices pour le journal et meilleures amies au lycée. Elles sont… étaient… vraiment très proches.

— Donc tu… (elle déglutit) *connais* Legendary, genre ?

J'opine.

— Et tu ne me l'as jamais dit ?

Elle chuchote toujours. Ce qui est vraiment, mais *vraiment* flippant.

— Disons que je le connaissais. Avant. Quand j'étais enfant. Le fait qu'il vienne chez nous aujourd'hui est arrivé comme ça, par hasard. C'est sorti de nulle part.

Et ça paraît même un peu suspect, pour être honnête. Pourquoi ici ? Et pourquoi maintenant ? Je pose l'arrière de mon crâne sur l'appuie-tête.

— C'est censé être un secret, alors ne le dis à personne. Mais il est ici. Enfin, là-bas, chez nous. Et apparemment, je fais en levant les bras en signe d'exaspération, il faut du thé vert japonais à monsieur ! Du coup, je dois aller en chercher. Maintenant, tout de suite. Parce que les dieux interdisent que ce garçon vive ne serait-ce qu'une heure sans les choses dont mes parents pensent qu'il a besoin !

— C'est pour ça que ton père vidait un bac de carottes à l'épicerie ? murmure Kiyoshi avant de poser une main sur mon épaule. Merde !

Je remarque l'éclat dans ses yeux et ses joues légèrement crispées. Je sais qu'elle est à deux doigts de se mettre à crier comme une fan hystérique.

— Dylan Woods…

Je ferme les paupières et attends. Trois… Deux… Un…

— *Oh my God! Oh my God! OH MY GOD!*

Elle hurle. Et hurle. Et hurle encore. Ça y est. La grenade est dégoupillée.

— T'as pas entendu la partie où j'ai dit que personne n'est censé être au courant ?

Elle inspire profondément, marmonne un OK, et pose une main sur son cœur.

— Je suis calme. Je suis calme…, répète-t-elle en s'éventant avec les mains. J'y crois pas, D ! Legendary est chez toi. Et tu l'as laissé tomber pour moi ? Pour Josh ? Oh… Tu sais que je t'aime plus que tout ? Tu es une super amie ! Tu es la meilleure meilleure amie du monde ! (Elle se penche en avant pour me prendre dans ses bras.) Quand est-ce que je le rencontre ? Puisque je suis de la famille. Qu'est-ce que tu penses de… genre… maintenant ?

— Non, je soupire en la repoussant. Tu n'es même pas censée savoir qu'il est là.

— C'est compréhensible, déclare-t-elle en acquiesçant. Et si je passais chez vous par hasard ? Et si je demandais à ma mère de lui préparer un *donburi* et des *melonpan* maison ? Et s'il restait chez moi au lieu de chez toi ?

En parlant de mères… Mon téléphone s'illumine dans ma main. Je montre l'écran à Kiyoshi.

— Tu vois ? Elle appelle *encore*. Je dois vraiment filer. Elle va être super énervée si elle comprend que je ne suis toujours pas partie.

— OK, c'est bon, je te crois. C'est trop tiré par les cheveux pour être un mensonge, de toute façon.

Kiyoshi se mordille la lèvre.

— Mais il faut qu'on trouve une solution. Je dois absolument le rencontrer. J't'en prie. Steuplaît, Dylan ! *Allez !*

— OK…, je soupire. Je vais voir ce que je peux faire.

Elle m'embrasse sur la joue avant d'ouvrir la portière.

— Et ne t'inquiète pas pour Josh. Je lui dirai que tu ne te défiles pas, mais que tu as vraiment une urgence familiale. Hé… (Elle fait une pause.) Tu crois que tu pourrais tomber amoureuse ?

Mon souffle se bloque dans ma gorge, me rappelant la sensation que j'ai eue, dans le cellier, quand il est apparu.

— De Legend ?

Elle rit.

— Mais non, idiote ! De Josh.

— Ah…

Est-ce que je pourrais aimer Josh ? Ses yeux ont illuminé le temps nuageux et pluvieux du café.

— Il est plutôt… gentil.

— Et donc ? (Elle sourit.) Qu'est-ce que tu dirais d'un deuxième rencard ?

— Je pense qu'un deuxième rencard me plairait assez.

CHAPITRE 6

— Allô ?

J'arrive enfin à la maison, chargée d'un sac contenant trente-sept dollars et soixante-deux cents de thé vert en vrac. Il va falloir que quelqu'un me rembourse. Je pose mon violon et m'avance dans la cuisine.

— Maman ?

Elle est en train de remplir une bouilloire avec de l'eau en briquettes. Papa est posté devant la cuisinière allumée, des éclaboussures de farine et d'autres substances alimentaires inconnues partout sur son visage et ses vêtements, et s'occupe joyeusement de casseroles et de poêles à frire bouillantes. On dirait, et on sent, qu'un massacre de légumes a récemment eu lieu dans cette cuisine.

— Oh, Dylan ! Parfait, tu es là. (Ma mère me fait signe d'approcher.) Apporte-moi le thé vert pour que je puisse préparer une tasse pour Legend.

— Le thé ? répète une voix grave.

Je me tourne. Legend. Il est si près que son odeur arrive jusqu'à moi. C'est comme s'il avait sauté dans un champ d'épices fraîches : cannelle, encens, myrrhe… Comment on peut sentir aussi bon ? C'est un truc de célébrité ?

— S'il vous plaît, ne me dites pas que vous avez envoyé Dylan chercher mon thé dans toute la ville ?

— Ça ne la dérangeait pas, déclare maman avant de se tourner vers moi. Hein, Dylan ?

— Tout dépend de ta définition de déranger, je réponds. Puisque ça a pris, genre, une heure. Que j'ai dû planter mes amis. Et payer moi-même. (Je me dirige vers l'escalier.) Prévenez-moi quand les hamburgers aux champignons seront mangeables.

— Oh, Dylan, ne fais pas ton cinéma. (Maman agite une main dédaigneuse.) Et s'il te plaît, épluche le gingembre avant de monter, chérie !

Je regarde le comptoir. Du gingembre émerge en effet au milieu des monceaux de légumes ravagés.

— Pourquoi est-ce que j'éplucherais du gingembre ?

— C'est pour le thé. Pour Legend.

Maman verse de l'eau bouillante dans une petite tasse contenant une boule à thé.

— Sois gentille, aide-moi.

— Euh…

Legend me lance un regard gêné.

La dernière chose que je souhaite, c'est qu'il se sente désolé pour moi. Déjà qu'il est incroyablement chiant. Imaginez un peu s'il savait à quel point ça m'énerve. Il serait comme un moustique enragé et n'arrêterait pas de me piquer. Je ne veux pas qu'il pense qu'il a le pouvoir de m'énerver. Je suis solide comme de l'acier. Je suis une femme forte. Écoutez-moi rugir. J'affiche mon plus beau sourire mielleux et me dirige vers l'îlot central. Alors que je farfouille dans le tiroir à la recherche d'un couteau, Legend vient se planter derrière moi et se penche par-dessus mon épaule. Je me fige alors qu'il ouvre le tiroir à côté du mien.

— C'est plus facile d'éplucher du gingembre avec une cuillère.

Il me prend le couteau des mains et le pose sur le comptoir. Le bout de ses doigts effleure mes articulations au passage. Ses doigts sont vraiment doux, ce qui provoque un léger picotement dans les miens.

— Et je vais te rembourser, pour le thé. C'était combien ?

— Oh, Legend, c'est tellement attentionné de ta part, intervient maman avec un autre sourire éclatant. Maintenant, tu veux bien aller te préparer pour le dîner, s'il te plaît ? Ça devrait être prêt dans dix minutes, environ. Pas vrai, chéri ?

Papa laisse échapper un couinement. Une éclaboussure de graisse vient de sauter d'une des poêles.

— Euh… quinze, je dirais.

Legend nous regarde tour à tour, maman et moi, comme s'il envisageait de défier les ordres de ma mère et de m'aider quand même. Mais il finit par acquiescer avant de filer au sous-sol.

Ma mère se frotte les mains.

— Le thé est en train d'infuser. Laisse-le encore cinq, six minutes, et ensuite, sors la boule de la tasse.

Est-ce que Legend ne peut pas s'occuper de ses boules lui-même ?!

— Tu auras besoin d'aide pour la centrifugeuse ? demande maman.

— Non.

J'utilise la cuillère pour décoller légèrement la peau épaisse du gingembre.

— J'ai suivi le cours Super Jus de Fruits Monstre XXL, en sixième. J'avais eu vingt.

— Très drôle… (Ma mère pose une main sur l'épaule de mon père.) Je vais monter chercher des bougies.

— Bonne idée, chérie, répond papa.

Elle quitte la cuisine. Je jette quelques morceaux de gingembre dans la centrifugeuse et appuie sur le bouton « ON ». Je verse ensuite le jus dans la tasse à thé, puis vais dans le cellier à la recherche d'un pot de miel. De retour dans la cuisine, du mouvement attire mon regard de l'autre côté de la fenêtre.

C'est Legend. Il n'est pas en train de se rafraîchir comme maman le lui a demandé, il traîne seul dans le jardin.

J'écarte les rideaux et l'observe marcher sur l'échiquier géant, à l'ombre du saule pleureur. Les branches ploient sous le vent tandis qu'il déambule autour des pions, comme s'il les étudiait.

— Jésus, Marie, Joseph ! glapit à nouveau papa tandis que de la graisse s'échappe d'une autre poêle.

Je soupire. Je suppose que le thé de Sa Majesté sera servi dehors.

𝄞

Je descends les marches du porche avec prudence. J'ai pris le temps de mettre mon manteau, mais le vent glacial me fouette le visage. Legend a l'air surpris de me voir approcher. Il ne porte qu'un sweat léger, sa capuche rabattue sur la tête. Je me demande pourquoi il ne frissonne pas comme moi.

— Je me sens hyper mal, D, déclare-t-il avant de faire un pas vers moi. Je ne savais pas que ta mère t'avait envoyée chercher du thé pour moi.

— C'est bon… (Je lui tends la tasse.) J'ai ajouté du miel.

— Oh…

Il grimace.

— Quoi ?

— Je ne mange pas de sucre.

— Même pas dans le thé ? dis-je.

— Euh… non.

Oh, il est fort. *Très* fort. Il y va à fond. Il essaye de me pousser à bout. Mais je suis solide comme l'acier.

Une femme forte.

Grand sourire.

— Pas de problème. Je vais te préparer une autre tasse.

— C'est bon, Dylan. Tu en as assez fait. Et je peux préparer mon thé moi-même.

Ah oui ? Évidemment, qu'il peut, mais… pourquoi est-ce qu'il est aussi… sympa, tout à coup ?

Son regard se tourne vers la fenêtre de la cuisine.

— À moins que ton père ne mette le feu à la maison…

— Parfait ! Bon, je pense que ma mission ici est terminée.

Je pivote sur mes talons pour partir.

— C'est une partie d'échecs en cours ?

Je pivote dans l'autre sens.

— Oh, ça… Oui.

Son regard me fait trépigner de nervosité. Il ne m'a jamais scrutée de cette façon. J'ai quelque chose sur le visage ou quoi ? Est-ce qu'il me trouve différente à ce point ? C'est sûrement à cause de mes extensions. De ce qu'il m'a dit dans le cellier : « Si ça te plaît, ça me plaît. » Que l'on pourrait traduire par « je déteste ».

Je fais exprès de passer une main dans mes cheveux.

— Tante Edith et moi avons commencé cette partie il y a pratiquement un mois. On n'a pas fini, c'est triste, mais je suis très occupée. On jouait beaucoup, quand j'étais plus jeune. Cela dit, je l'ai jamais battue.

— Mais est-ce que tu t'es améliorée à force de perdre ?

Legend se souvient bien de moi.

— Un peu. Je suis toujours aussi compétitive.

— Je me rappelle la fois où je t'ai battue aux dames ; tu avais renversé le plateau et tu t'étais enfuie en pleurant.

— Bien tenté…, dis-je en m'esclaffant. *Tu* t'étais enfui en pleurant.

— Oh, c'est vrai. (Il rit.) C'était moi.

— Tu ne m'as jamais mis la pâtée à quoi que ce soit.

Il me lance un autre regard étrange.

— Tu adorais ça, n'est-ce pas ? Être tout le temps meilleure que moi. En tout.

— Pas en tout. Je ne savais pas jouer du piano. (Je monte sur l'échiquier.) Et je vais battre tante Edith, cette fois. Je le sens.

— Elle est blanche ?

Je lui fais les gros yeux.

— Comment ça ? Tu sais très bien que tante Edith est blanche, tu…

— Je voulais parler des pions, abrutie. Les blancs ou les noirs ?

— Oh… Elle joue avec les blancs, ouais. (Je fronce les sourcils.) Est-ce que tu viens vraiment de me traiter d'abrutie ?

— J'ai dit la vérité. (Il contourne l'un des pions blancs en tenant la tasse de thé brûlant qu'il ne peut pas boire.) Ce qui m'amène à la prochaine vérité. Tu vas perdre cette partie.

— Comment tu sais ça ? je fais en me dirigeant vers mon cavalier. C'est à moi de jouer. Si je déplace mon cavalier en C3, au prochain coup, ce sera échec. La partie est pratiquement pliée, tu veux dire.

— Si tu fais ça, la partie sera effectivement pliée.

Je le fixe tandis qu'il pose la tasse à côté d'un pion en pierre, puis traverse lentement l'échiquier. Il y a vraiment quelque chose de spécial, chez lui. Comme s'il était allé à l'école des célébrités et avait appris à marcher et à parler pour que les gens soient frappés de sidération et ne regardent que lui.

— Tu aurais dû roquer ton roi à côté de l'autre roi.

Je l'arrête d'un geste de la main.

— Ne le prends pas mal, mais je ne suis pas d'humeur pour un cours d'échecs. Surtout venant d'un garçon qui comprenait à peine les règles du morpion.

— C'était avant, D. Les choses changent. Les gens aussi.

— Legend… j'ai commencé à jouer aux échecs quand j'avais douze ans.

— J'ai commencé à douze ans, moi aussi.

— C'est pas une compétition.

— En fait, c'est exactement ce que c'est, déclare-t-il en souriant. Entre toi et tante Edith, je veux dire.

Je serre si fort les dents que j'ai l'impression qu'elles vont se briser. Est-ce qu'il cherche à me faire péter les plombs ? S'il a eu le temps d'apprendre les échecs, il avait clairement le temps d'appeler sa meilleure amie, dans ce cas. Pourquoi est-ce qu'il ne l'a pas fait ? Est-ce que notre amitié était si facilement… oubliable ?

— OK, Einstein. Comment est-ce qu'elle va gagner ? Puisque tu es *si* intelligent.

— Si tu amènes ton cavalier en C3, elle mettra sa reine en E5. Échec. (Il se tourne vers moi.) Et mat.

J'étudie le plateau. Mince ! Il a raison. J'attends qu'il rie et qu'il m'assène une petite phrase bien cinglante accompagnée d'un regard dégoulinant de satisfaction. Mais rien. Il connaît Paganini. Et visiblement aussi très bien les échecs. Je l'ai peut-être sous-estimé… Quelles autres surprises ce nouveau Legendary me réserve-t-il ?

— Alors, c'était qui, ces amis ?

Il continue d'étudier les pièces de l'échiquier comme s'il cherchait désormais un moyen de me faire gagner.

— Ces amis ?

— Tu as dit que tu avais laissé tomber tes amis. Lesquels ?

Alors là, t'es beaucoup trop curieux.

— J'étais avec ma meilleure amie, Kiyoshi, son petit ami, Nate, et… un pote de Nate.

— Un pote de Nate ? (Il hausse un sourcil soupçonneux.) Vous aviez un rencard ?

Je ne réponds pas. C'est pas ses oignons.

Il soupire.

— Laisse-moi deviner. Le fameux pote s'appelle Logan ? Non. Quelque chose de plus blanc. Connor ? (Il claque des doigts.) Spencer ! Mais tout le monde l'appelle Spence pour faire court.

— Vraiment, Legend ? je réplique en fourrant mes mains dans les poches de mon manteau. Il s'appelle Josh.

— Il est blanc ?

— Il est humain.

— Et voilà… Je pars quelques années et regardez ce qui arrive.

— Hein ?

De minuscules perles de sueur se forment instantanément sur mon front, même s'il fait dix degrés dehors.

— Je ne vois pas de quoi tu parles.

— De nouveaux yeux clairs, de nouvelles extensions, et maintenant, un nouveau mec blanc. Voilà pourquoi les Blancs ne devraient pas avoir le droit d'adopter des enfants noirs.

— Premièrement, j'ai pas de mec, je lui réponds aussi calmement que possible. Deuxièmement, le fait que je lisse mes cheveux et que je porte des lentilles pour changer de look ne veut pas dire que les Blancs ne pourraient pas adopter des enfants noirs ! T'es sérieux, là ? Je rêve ou te balader à travers le pays et donner de tes nouvelles à tes millions de fans sur TikTok pour leur dire à quel point ta vie est géniale prouve juste à quel point tu es narcissique ?

J'imite la danse la plus stupide qui me vient en tête – celle du floss, où on balance les hanches d'un côté et de l'autre en entrecroisant les bras.

— Oh, regardez-moi ! Je suis un touriste américain qui n'en a rien à faire de profaner la Grande Muraille de Chine. Matez un peu comme je bouge mon corps !

— *Hater*..., commente-t-il en secouant la tête. Les gens ont adoré ma danse de la Grande Muraille de Chine !

— Je m'en fiche. Excuse-toi. Ce que tu viens de dire était vraiment nul.

— OK, je suis désolé. Mais reconnais que ta famille doit être choquée de voir à quel point tu... tu t'intègres bien. Je parie qu'ils ne s'attendaient pas à ça.

Mon sang se glace dans mes veines. Je suis figée, je ne sais même plus comment j'arrive à respirer. Je ne suis plus en train de rebondir contre les cordes d'un ring avant de m'élancer, je suis un bombardier volant haut dans le ciel sur le point de lâcher son tout premier missile.

— Qu'est-ce que tu fais encore ici, Legend ? Si tu t'intéressais à quelqu'un d'autre qu'à ta petite personne, tu remonterais à bord de ton stupide jet privé et tu retournerais à ta vie de riche pourri gâté !

Je fais demi-tour et m'élance vers la maison. Est-ce que je viens vraiment de perdre mon sang-froid ? Pourtant, je suis une femme forte. Et en acier. Écoutez-moi... gémir ? Je m'essuie les yeux. Et *pleurer* ? Bon sang, Dylan !

Legend m'appelle. Il court derrière moi pour me rattraper.

— Dylan, attends ! (Il me tire doucement par le bras pour me faire pivoter face à lui.) Je suis désolé. Je suis sincèrement désolé, d'accord ? Vraiment. Je n'aurais pas dû balancer... tout ça. C'est sorti n'importe comment. Je voulais juste dire...

— Je me fiche de ce que tu voulais dire, je grince en retirant mon bras. Et je sais que tu es ici uniquement parce que ta mère t'y a obligé.

— Qu'est-ce que tu viens de… ? (Il me dévisage, les muscles de sa mâchoire crispés, les yeux plissés de confusion.) Qui t'a dit ça ?

— J'ai fait des recherches ! je dis en levant les mains en signe d'exaspération. Je sais que ta mère a obtenu ta mise sous tutelle financière. Que tu étais hors de contrôle. Qu'elle t'a envoyé ici pour te punir. J'ai compris. (Je croise les bras sur ma poitrine.) Cette maison, c'est ton premier avertissement. Prochaine étape : le centre de détention pour mineurs.

Il rigole.

— J'ai dix-huit ans. Donc si je vais en prison, ce sera pour de bon.

Je secoue la tête, agacée.

— Heureuse de voir que la mise sous contrôle de ta vie par le tribunal t'amuse.

— Tu te trompes. Ma mère ne m'a pas envoyé ici pour me punir.

— Bien. J'ai tort, alors. Mais les millionnaires ne prennent pas de vacances à Hornsborough, dans l'Iowa. Ma famille est peut-être aveuglée parce que tu es là, mais je sais que tu ne nous as pas tout dit.

— Tu as raison.

Il retire sa capuche et passe une main sur sa crinière bouclée.

— Il y a plus que ça.

J'étudie son air sérieux, attendant qu'il poursuive. Durant quelques secondes, il reste planté là, à tirer nerveusement sur ses cheveux.

— Je dois te montrer quelque chose.

Il fouille dans sa poche arrière et en sort une feuille abîmée. Je le regarde la déplier soigneusement et la lisser contre son torse.

— Tu te souviens de ça?

Je la lui prends des mains. Abasourdie et sans voix, je découvre une liste vieille de dix ans.

Les huit commandements de Langston et Dylan.
(Toutes ces activités devront être réalisées
avant leur dix-huitième anniversaire)

1. Sortir en douce de la maison et rester dehors après minuit.
2. Regarder Langston se produire
à son premier concert live à Hornsborough.
3. Faire quelque chose d'amusant, mais de dangereux.
Et survivre pour le raconter!
4. Faire un vœu en voyant une étoile filante,
tous les deux en même temps.
5. Danser sous la pluie.
6. Apprendre une formule magique… et s'en servir.
(Il faut qu'elle marche, sinon ça ne compte pas.)
7. Résoudre un mystère non résolu.
8. Changer la vie de quelqu'un en positif.

Lu et approuvé, le 23 octobre 2010.

— Bien sûr que je me souviens de ça.

C'est écrit à l'encre violette, rose et bleue avec mon stylo arc-en-ciel. Nous avions passé des heures et des heures sur cette liste, à revoir chaque détail, convaincus du fond du cœur que ces huit commandements pouvaient, et allaient, se réaliser.

— Pourquoi tu l'as avec toi ?

— Avant de répondre à cette question, dit-il, sache que je ne perds pas le contrôle de ma vie. (Il glisse ses poings dans la poche de son sweat.) C'est juste que ma mère pense que c'est le cas.

— Alors elle t'a envoyé ici…

— Non. C'est là que tu te trompes. C'était mon idée. (Il passe sa main sur sa nuque, gêné.) Tu as entendu parler de ma prochaine tournée mondiale, non ?

J'ai beau faire en sorte d'éviter toutes les nouvelles sur Legendary, il y a des choses trop grosses pour être ignorées.

— Oui, mes potes en parlaient.

— Le truc avec cette la tournée, c'est qu'il y a un *énorme* contrat financier à la clé, et je me suis engagé. Mais avec la tutelle de maman, je n'ai plus le droit de prendre de décisions financières. Ma signature arrive seulement en deuxième position après la sienne. En gros.

Il s'interrompt. Je respire à peine. Je me demande quel genre de bombe il va lâcher.

— Je dois commencer à préparer ma tournée mondiale, mais je ne peux pas. Parce que ma mère n'a pas encore signé les contrats. Elle refuse de les signer.

— Qu'est-ce que ça a à voir avec ça ? je lui demande en montrant la liste des commandements. Et avec moi ?

— Elle refuse de signer tant qu'elle ne constatera pas un début de, je cite, « effort notable et efficace pour changer tes habitudes, Legend ». J'ai essayé de changer mes habitudes. Vraiment. Mais ma mère n'y croit pas.

Je me souviens bien de Derica. Si je ferme les yeux, je la revois comme si c'était hier me tresser les cheveux tout en discutant et en riant avec maman dans la cuisine, alors que ça remonte à presque dix ans. Sa foi, son dévouement en tant que mère – c'était comme une seconde peau pour elle.

— Si Derica n'y croit pas, alors tu devrais peut-être envisager de changer de stratégie.

— C'est exactement pour ça que je suis ici, Dylan. Pour sortir des sentiers battus. J'essaie de me reconnecter à la seule bonne personne que je connaisse : toi.

— Moi ?

Il désigne la *bucket list*.

— Quand j'ai retrouvé notre vieille liste de commandements, j'ai pensé au groupe d'amis que j'ai maintenant, comparé à l'amie que tu étais pour moi, et il y a pas photo. (Il s'interrompt pour tirer à nouveau sur ses cheveux.) Et je te jure que je ne pensais pas vraiment le faire, mais ma mère m'a entendu dire que j'allais aller à Hornsborough et arranger la situation avec toi en faisant tout ce qu'il y a d'écrit sur cette liste et que nous n'avons jamais eu l'occasion de faire. Et là, elle est devenue super excitée. Elle m'a serré dans ses bras, elle a dit qu'elle était fière que ma vie prenne enfin un tournant positif. Et, surtout, elle a promis qu'après ce voyage elle signerait les contrats et validerait tous les détails de la tournée. Et encore mieux..., fait-il avant d'inspirer profondément, elle a dit qu'elle remplirait les papiers pour mettre fin à la tutelle.

Quoi ?

— Alors c'est pour ça que tu es là ! Pour faire croire à ta mère que tu es sur le chemin de la rédemption ?

— Ce truc est allumé, non ? dit-il en montrant sa bouche. Tu n'as pas entendu ce que je viens de dire ?

— Oh, si ! Tu te sers de moi ! J'y crois pas...

Je me retourne et fonce vers la maison. Legend me talonne.

— Dylan, attends...

— Non, toi, attends!

Je m'arrête et me tourne vers lui en le menaçant du doigt.

— Tu veux te servir de moi pour avoir l'air honnête aux yeux de ta mère et ne plus être sous tutelle.

— Je viens de t'expliquer que ce n'est pas ça, Dylan! Je suis ici parce que je le veux. Je suis ici à cause de toi. Et il y a un tas de choses que tu ignores sur moi, des choses que tu ne peux pas trouver sur Google. Il faut que je t'explique tout ça. Je peux le faire. Et je le ferai.

Il s'arrête avant d'inspirer profondément. Je m'aperçois alors qu'il claque des dents. Il doit être perturbé par le changement de température. Je me sens mal pour lui. Enfin, presque.

— Je suis désolé pour toutes les choses stupides que j'ai balancées tout à l'heure, Dylan. Tu ne te fonds pas dans la masse. Tu te démarques. Comme toujours. (Il secoue la tête.) Ça me gêne de me retrouver comme ça, à genoux, à te supplier… s'il te plaît, redeviens mon amie.

— Redeviens mon amie… et aide-moi à me libérer de ma tutelle et à faire signer les contrats de ma tournée à ma mère.

— D'accord, oui, aussi, gémit-il. Écoute, c'est vrai que j'ai dépensé beaucoup d'argent. C'est une information qu'on trouve facilement sur Internet. Et c'est vrai que cette tournée remettrait les compteurs à zéro, mais je jure que mon envie de venir te voir est sincère! Je suis ici parce que je veux retrouver mon ancienne meilleure amie. Crois-moi…

Je fixe le sol, refusant de lever les yeux vers lui de peur d'apercevoir le moindre soupçon de malhonnêteté dans ses yeux et de perdre ce petit morceau d'espoir qui s'est insinué dans mon cœur: *peut-être que tout ce qu'il dit est vrai?*

— Je n'étais pas obligé de te parler de ma mère ni du contrat, D. J'aurais pu me contenter de balancer «allez, Dylan, c'est reparti, quoi ! » ou un truc du genre. Mais je ne voulais pas de ça entre nous. Tu ne vois pas que je suis ici parce que je le veux ? Enfin... on parle de toi et moi, là. Tu ne sens pas qu'on est faits pour être meilleurs amis ?

Il tend les mains et sourit comme s'il présentait quelque chose sur scène.

— C'est vrai, quoi. On était tellement synchro. Les autres meilleurs amis ressemblaient à Spider-Man et Venom, à côté. Ils voulaient tous être comme nous : le modèle ultime des meilleurs potes.

Je le regarde enfin et sens une vague de chaleur me parcourir. Certes, une partie de moi ressent... cette sensation dont il parle. Mais une autre, plus grande, aimerait hurler qu'il est un meilleur ami pourri.

— Je ne sais pas, Legend. Je... je ne sais pas.

Il se gratte la tête.

— Hé... Et si je t'offrais un cadeau pour m'excuser ? Est-ce que ça t'aiderait à me faire confiance ?

— Non.

Comme s'il ne m'avait pas entendue, il enchaîne :

— Oh ! J'ai trouvé le cadeau parfait. Tu vas aller à ton audition à la Juilliard en avion. Laisse-moi te surclasser. Ou mieux ! Avec mon jet privé. Et tu pourras rester dans mon penthouse en ville. Je te laisserai même utiliser ma voiture pendant que tu seras là-bas. Bon, pas la Lamborghini, quand même, mais la BMW. Ou non, la Mercedes. Ou attends. Le Range Rover serait pas mal non plus.

Quatre voitures pour un garçon d'à peine dix-huit ans.

— Legend... pas étonnant que tu aies des problèmes financiers.

— Je n'ai pas de problèmes financiers, en soi. Ou disons que je n'en aurai plus. Quand ma mère aura signé les papiers. Et puis… (Il prend une grande inspiration. Ses dents claquent encore, son corps tremble.) Si tu es acceptée, *quand* tu seras acceptée… laisse-moi payer pour Juilliard.

Quoi ?

— Legend, je peux pas te laisser faire ça.

— Pourquoi pas ? Tu sais combien d'argent je vais gagner avec cette tournée ? Payer tes frais de scolarité, ce sera pas grand-chose, en comparaison. Alors, accepte. Comment tu vas faire, d'ailleurs ? Tes parents n'ont pas les moyens.

— De la même façon que les autres, dis-je. Je vais faire un emprunt. Eux aussi. J'ai aussi fait des demandes de bourses. Et mes parents ont des économies pour mes études.

— Vraiment ?

De la pitié voile son regard brun. Ma gorge se serre. Pourquoi est-ce qu'il me dévisage comme ça ?

— Euh, oui. Parfaitement.

— Je n'étais pas en train de laisser traîner une oreille ou un truc du style, commence-t-il en grimaçant. Parce que ce n'est vraiment pas mon genre. Mais j'ai entendu tes parents discuter dans la cuisine, quand j'étais en bas. Ils ne peuvent même pas payer les billets d'avion pour ton audition. Ils sont à court d'argent. Et ils ont essayé de renégocier l'emprunt de la maison pour pouvoir payer tes frais de scolarité.

Quoi ?!

— Ma mère et mon père n'ont pas de problèmes d'argent. Ils n'ont pas besoin de ta charité, et moi non plus.

— Attends, tu es sérieusement en train de me regarder droit dans les yeux et de me dire : « Je n'accepte pas tes excuses » ?

— Non, fais-je en secouant la tête. J'accepte tes excuses. Mais je pense que tu devrais rentrer chez toi. Et vite.

Legend reste sans voix.

— Mon audition arrive et j'ai littéralement pas de temps pour ça. (Je replie la liste et la lui rends.) Enfin si tu veux, reste ici, si tu es obligé pour que tes contrats soient signés. Profite de ma famille. Profite… de Hornsborough. Dans deux semaines, tu retrouveras ta vie et je serai contente pour toi. Mais ne me mêle pas à tes problèmes.

J'abandonne Legend dans le jardin et je rentre à l'intérieur.

CHAPITRE 7

— Kiyoshi ? Pourquoi tu ne dis rien ?

Je suis en visio avec ma meilleure amie, qui est allongée sur son lit. Elle fixe le plafond et lance une balle antistress en l'air.

— Allô ?

— Désolée, désolée… C'est moi, déclare-t-elle enfin. J'étais en train de réfléchir. J'essaie de digérer tout ça. (Elle serre la balle et se tourne vers la caméra.) Donc, pour récapituler, histoire d'être sûre que j'ai tout compris. Legendary, LE Legendary, se présente comme ton meilleur ami *for ever*. Il revient vers toi après toutes ces années, il t'offre sa loyauté éternelle et te supplie de lui pardonner. Et toi, tu es assise là, au téléphone avec moi. Heu… je peux savoir pourquoi ?

— Tu crois qu'il dit la vérité ?

— Meuf… Tes capacités de déduction commencent sérieusement à m'inquiéter.

— Kiyoshi, dis-je en m'avançant au bord du lit. Reconnais quand même que ça paraît légèrement louche que ça suffise pour qu'il ne soit plus sous tutelle. Comme par magie !

— Meuf, mais qu'est-ce qu'on en a à faire ? C'est un peu comme des mini peines de prison, ces trucs-là. Alors, libérez Legendary !

— Kiyoshi. Tu pourrais être sérieuse deux secondes et demie ?

— Je n'ai jamais été aussi sérieuse de ma vie ! L'Univers t'envoie un magnifique cadeau : l'opportunité de retirer le bâton que tu as… où je pense, et de sortir avec le mec le plus célèbre du monde, qui est tellement sexy que je suffoque rien qu'à l'idée qu'il se trouve actuellement dans ton *sous-sol*. La vie est trop courte ! Être la meilleure demande parfois de faire une pause. Fais une pause, meuf. Passe du temps avec LA légende incarnée. Tu sais ce qui est arrivé au meilleur violoniste du monde ?

— Paganini ?

— Ouais. Lui. Voilà. (Elle lance la balle antistress en l'air.) Paganini. Tu sais ce qui lui est arrivé ?

— Non.

Je bondis du lit et me dirige vers la baie vitrée. Il fait nuit noire dehors, je ne vois que mon reflet sur le verre.

— J'ai lu beaucoup de choses sur Paganini, mais pas tout, j'avoue. Qu'est-ce qui lui est arrivé ?

Elle regarde droit dans la caméra.

— Il est mort !

Je lève les yeux au ciel.

— Kiyoshi… Il est né au XVIIIe siècle !

— On s'en fout. Le mec est mort. On meurt tous. Ce qui est plutôt terrifiant. Donc, il faut essayer de… tirer le meilleur parti de notre vie. C'est cool de vouloir être la meilleure, tu sais, d'être notre Paganinette. Mais tu n'es pas obligée de te rendre malheureuse pour ça. C'est peut-être bête, mais tu ne crois pas que tu mérites de t'amuser un peu ?

— Mais imagine qu'il se serve juste de moi, et que j'aie à nouveau le cœur brisé quand il m'abandonnera pour la deuxième fois ?

— C'est le problème avec la vie, soupire Kiyoshi. Il faut prendre des risques. Parfois, ça en vaut la peine. Parfois non. Mais ce concept te dit sûrement quelque chose…

Même si le geste amical de Legend ne me convainc pas à cent pour cent, Kiyoshi a raison. J'ai l'habitude des paris. Mais est-ce que je suis vraiment prête à miser sur Legend?

— Et de toute manière, il ne va pas te prendre tout ton temps. Tu pourras toujours répéter. C'est vrai, quoi, vis ta vie. Si tu lui rendais visite, je suis sûre qu'il organiserait plein de trucs pour toi: concert au Madison Square Garden, achat de Lamborghini, virées avec des top-modèles. Tu sais… une journée ordinaire pour lui.

Des virées avec des top-modèles?

— En parlant de top-modèles, continue Kiyoshi, je me demande si c'est sa meuf.

Un sentiment de malaise s'installe soudain au creux de mon estomac sans que je comprenne très bien pourquoi. Il n'a jamais parlé d'une petite amie, mais…

— Tu parles de qui? Il doit en avoir plusieurs.

— Celle qui est sur beaucoup de ses photos. Elle est sublime.

— Euh… à quoi elle ressemble?

— Imagine que Zendaya, René-Jean Page et Timothée Chalamet aient un bébé ensemble, genre.

— C'est… plutôt difficile à imaginer.

— Je vais t'envoyer une photo.

Quelques secondes plus tard, le message de Kiyoshi arrive. Ouah! C'est la plus belle fille que j'aie jamais vue.

— Tu l'as reçue? demande Kiyoshi. Elle est grande, elle a la peau brun clair, des lèvres énormes, des yeux verts, un cul gigantesque…

— Ouais, ouais. Je l'ai reçue.

— Elle s'appelle Leilani Florentino, explique Kiyoshi. Elle est mannequin sur Instagram.

Je ne suis pas surprise que le style de femme de Legend appartienne à une espèce surhumaine. Le genre de beauté rare qui… J'étudie l'image de plus près ; quatre cent mille likes pour avoir mis une chaussette ? C'est littéralement tout ce qu'elle a fait. Et la légende qui accompagne la photo est #socks. C'est censé être intéressant, ça ? Enfin, on s'en fiche ! Ce qui me surprend davantage, c'est que cette image me donne un peu mal au ventre.

— Dylan ? Le dîner est prêt !

— C'est maman. Je dois y aller. Je t'appelle plus tard, OK ?

— Je veux tous les détails ! Et souviens-toi. Paganini est *mort* !

— Bye, Kiyoshi !

Je rigole et verrouille l'écran avant de me lever pour aller dîner. Je ne me sens qu'un tout petit peu coupable d'espérer ne plus *jamais* voir la copine top-modèle de Legend.

Il s'avère que les hamburgers aux champignons ne sont pas une spécialité de papa.

— Le mien est en miettes.

Mikey montre les restes de son « burger », qui se désagrège littéralement entre ses doigts. Des bouquets de tomate, de concombre, d'avocat et de germes de luzerne gisent en désordre dans son assiette. On dirait une salade qu'un enfant de quatre ans aurait mise sur le côté.

— Tu dois le tenir avec les deux mains.

Chloe lui fait une démonstration en agrippant fermement le sien et en prenant une gigantesque bouchée. La plupart des légumes tombent du « pain » de champignons et atterrissent droit dans son assiette.

Tante Edith jette un coup d'œil à son burger comme s'il allait s'animer si jamais elle tentait d'en manger un morceau.

— Qu'est-ce que c'est ? demande-t-elle avec méfiance en donnant un coup de fourchette dans une bouillie orange.

— C'est une purée de patates douces, explique fièrement papa. Avec un crumble aux noix de pécan dessus.

Les yeux de tante Edith s'écarquillent avant de se plisser.

J'essaie de me concentrer sur mon assiette végétalienne expérimentale, mais mon regard se tourne sans cesse vers la place vide en face de moi. Celle de Legend. Mon estomac se serre, et pas parce que maman vient d'attraper une cuillerée de nouilles grises dont l'odeur de cacahuète m'agresse les narines.

— Ce sont des spaghettis au beurre de cacahuète et à la gelée ? demande Mikey en prenant une nouille grise entre ses doigts pour l'observer.

— Ce sont des nouilles de riz cuites dans une sauce aux cacahuètes, effectivement, explique papa, tout sourire. Goûte. Elles sont meilleures qu'il n'y paraît.

— Je passe mon tour…, fait Mikey en repoussant son assiette. Pourquoi est-ce qu'on mange ce truc pourri alors que Legendary n'est même pas avec nous ?

— Pourquoi est-ce qu'il n'est pas là ? s'attriste Chloe.

— Son texto disait qu'il ne se sentait pas bien et qu'il avait besoin de se reposer.

Le regard de maman se tourne vers moi.

— Dylan, tu es la dernière personne à lui avoir parlé. Il s'est passé quelque chose ?

— Passé quelque chose ?

Répéter une question me donne toujours le temps de réfléchir à une bonne réponse.

— Qu'est-ce qui te fait penser ça ?

— Tu peux descendre le voir ? me demande mon père. Il doit être affamé. Va voir s'il a changé d'avis pour le dîner.

— OK.

Je repousse ma chaise et me lève.

— Et insiste pour qu'il nous rejoigne ! ajoute papa. Dis-lui que le repas est absolument délicieux.

— Dis-lui juste que c'est prêt, intervient tante Edith.

— Bien sûr. (Je me tourne vers ma mère.) Hé, maman, j'ai une question un peu bête, mais quelle compagnie d'avion vous avez choisie pour mon séjour à New York ?

Mes parents échangent un regard. C'est peut-être mon imagination, mais ils ont l'air tendus, tout à coup… Legend aurait raison ? Ils n'auraient pas assez d'argent pour le voyage ?

— On avait l'intention de t'en parler, fait maman d'un air contrit. Avec le prix des billets d'avion et le temps que ça prendrait sur mon travail, on ne peut pas vraiment… tout payer.

Alors il disait la vérité ? Je m'accroche au bord de ma chaise.

— Ça veut dire qu'on n'y va pas ? Parce qu'on pourrait toujours y aller en avion et repartir le jour même, non ? Ça économiserait au moins le prix de l'hôtel. On n'a pas forcément besoin d'un hôtel, pas vrai ?

Moi qui voulais avoir l'air calme, c'est raté !

— Calme-toi, chérie. (Ma mère prend une bouchée de bouillie orange.) Bien sûr qu'on y va.

— Ouf !

Je pose une main sur ma poitrine. Mon cœur bat toujours. Je suis vivante. Tout va bien.

— On ne te laisserait jamais, *jamais* manquer l'audition la plus importante de ta vie, déclare maman avant de boire une gorgée d'eau. Mais il va vraiment falloir trouver des billets pas chers. Et un endroit où loger. Ton examen est vers midi. Ce serait trop risqué de prendre l'avion le jour même. Imagine qu'il ait du retard ?

— Ne t'inquiète pas, ma chérie. (Évidemment, papa a l'air joyeux et positif.) J'ai déjà trouvé un plan B. Tu te souviens de Justin Halt ? Un vieil ami à moi. Il est venu à notre secours. Il nous a donné tous ses miles supplémentaires et il nous a même proposé son Airbnb. Donc les vols et la chambre sont… gratuits !

— Vraiment ? C'est trop top !

Note à moi-même : envoyer à Justin Halt la plus grande et la plus belle carte de remerciement que notre supermarché local ait en solde. Je respire. Problème résolu. Crise évitée.

— Il y a juste une chose, marmonne mon père, la bouche pleine de burger aux champignons. Un petit problème, mais qui n'en est pas vraiment un, à mon avis.

Un problème ?

— Heu… lequel ?

Papa croque à nouveau dans son burger.

— Son Airbnb est à Philadelphie.

— Philadelphie ? Comme dans… Philadelphie ?

— C'est un peu loin. Mais c'est gratuit, intervient maman.

Maman sourit de façon rêveuse, comme si loger à Philadelphie dans cette situation était tout à fait logique.

— On a vraiment de la chance, ajoute papa en prenant une nouvelle bouchée de « burger ».

Je sors mon portable et lance une petite recherche. Distance Philadelphie/Juilliard. Je cligne des yeux. Il faut prendre le train et le trajet dure deux heures ? Comment je suis censée me concentrer et me préparer pour mon audition en étant dans un autre État, coincée dans un train, angoissée à l'idée d'arriver en retard ?

— Bien sûr. Philadelphie… Youpi!

Je quitte la salle à manger et me dirige vers la cuisine, soudain traversée par l'envie de vomir sans même avoir mangé. Si maman et papa ne peuvent même pas financer le voyage jusqu'à New York pour mon audition, comment vont-ils payer mes frais de scolarité?

— Legend?

Je frappe doucement à sa porte puis, en attendant une réponse, je cherche «Paganini mort» sur Google. Pourquoi est-ce que je veux savoir comment Paganini est mort? Je jette un coup d'œil à mon téléphone. D'une hémorragie interne? Merci, Kiyoshi! Je verrouille l'écran et ouvre la porte pour passer une tête dans l'escalier.

— Tu es là?

Pas de réponse. Le froid qui monte du sous-sol me fait frissonner.

— Les parents m'envoient. Ils se demandent pourquoi tu n'es pas en train de te gaver de hamburgers aux champignons.

Je descends jusqu'en bas. Legend est debout devant l'étagère, à regarder mes trophées et médailles de concours.

— Pourquoi tu réponds pas?

— Parce que je me demandais, fait-il en pivotant face à moi, un ruban vert à la main, Tu as eu du vert au concours national des jeunes artistes? Qu'est-ce que ça veut dire? C'est bien?

— Mention honorable.

— Yo, tu t'es fait avoir, meuf! (Il le repose sur l'étagère et me montre un ruban rose.) Et ça, c'est pour quoi? La plus belle violoniste?

— Legend…, je fais en croisant les bras sous ma poitrine. Pourquoi tu n'es pas monté dîner? Mon père a préparé un festin végétarien.

Il hausse les épaules.

— Parce que j'ai écouté mon cœur, je suppose. Je ne me sentais pas prêt à faire face à celle qui m'a rejeté. Un homme a sa fierté.

Il se laisse tomber sur le canapé.

Je remarque soudain le radiateur dans un coin. Je le branche et le mets en route.

— Tu devrais le laisser allumé, sinon tu vas mourir de froid.

— Ça te ferait plaisir, hein.

— Legend…, je soupire en m'installant à l'autre bout du canapé. Même si tu m'as ghostée pendant six ans, je ne veux pas ta mort. Regarde… (Je désigne le radiateur.) Je me soucie même de ton bien-être.

— Ah oui ?

— Oui. Et je voulais aussi… accepter ton cadeau de paix.

Il hausse un sourcil.

— Tu parles de payer pour la Juilliard ?

— Non. Je dois m'en sortir seule si je suis acceptée. *Quand* je le serai. Je pourrai obtenir une aide. Une bourse. Un prêt… Je me débrouillerai. On trouvera une solution, avec mes parents. Mais est-ce que la proposition du… du jet privé et du penthouse tient toujours ?

— Vraiment ? Est-ce que ça veut dire ce que je crois que ça veut dire ? Tout va bien, alors ? On peut s'occuper de la liste ensemble ?

— Attends…, fais-je en levant une main. Il y a quelques trucs dont on doit discuter d'abord. Des conditions.

Il se tourne vers moi.

— Je t'écoute.

— Je dois répéter au moins trois heures par jour. Rien de ce qu'on fera pendant ton séjour ne devra interférer avec ça.

— Je suis impressionné. (Il se penche en avant et pose ses coudes sur ses genoux.) Tu t'entraînes vraiment trois heures par jour ?

— Parfois plus. C'est pour ça que mes parents me donnent l'usage exclusif du sous-sol. Ce qui m'amène à ma prochaine condition : tu peux dormir ici, mais j'ai besoin de venir répéter. Donc, quand je descendrai, tu n'auras qu'à aller traîner dans la chambre de Mikey. Dans le salon. Ou la cuisine.

— En gros, il faudra que je trouve quelque chose à faire dans ces moments-là. Compris.

Je soupire de soulagement.

— Adios, Philadelphie ! Ravie de ne pas t'avoir connue.

— Quoi ?

— Rien, rien, dis-je en souriant. Tu m'épargnes juste deux heures de train pour aller à mon audition.

— Alors, c'est tout ? Pas d'autres conditions ?

— C'est tout.

— C'est le moment où on s'embrasse et où on chante « Count On Me »? demande-t-il en souriant à son tour. Je peux te faire un câlin, Dylan ?

Heu… est-ce qu'il peut ? Mais avant que mes lèvres se soient remises à fonctionner normalement et qu'elles m'aient permis de répondre, l'un des trois téléphones posés sur la table basse vibre soudain. Je jette un coup d'œil à l'écran. Ma bouche s'assèche aussitôt. La photo du contact qui s'affiche est celle de cette fille. Future Miss Univers. Celle aux yeux verts et aux longues vagues de cheveux soyeux. Celle que j'espérais ne jamais revoir.

— Une seconde… (Legend attrape son portable.) Leilani ! Quoi de neuf?

J'entends résonner une voix douce et sensuelle.

— Hé, bébé. Pourquoi tu as ignoré mes appels ?

J'ai soudain l'impression de m'immiscer dans une conversation très privée. Je me lève.

— On se retrouve en haut.

Il retire le téléphone de son oreille et chuchote :

— Désolé, D, il faut que je prenne cet appel. Mais je monte dans une seconde. Promis.

Et là-dessus, il retourne à sa conversation.

— Heu, ouais, désolé, dit-il doucement. Nan, c'est promis. Je suis tout à toi…

Il disparaît dans la salle de bains. J'emprunte l'escalier. Je ne sais pas trop quoi penser du retour du meilleur ami parfait après toutes ces années… surtout avec Miss Univers à ses côtés.

CHAPITRE 8

— C'était vraiment pas mal, monsieur Woods.

Legend pose sa fourchette sur son assiette vide.

— Même plutôt bon, en fait.

Il ne ment même pas. C'était meilleur que ce à quoi je m'attendais, surtout les patates douces. Et pour le dessert, on a eu droit à une tarte à la crème de banane végétalienne. À laquelle Legend a à peine touché, d'ailleurs. Il a préféré siroter son thé vert japonais à la place… Je me demande si ses deux cents millions de followers sur Instagram le trouveraient encore cool s'ils le voyaient boire un thé vert japonais au gingembre frais avec le petit doigt levé.

Papa est rayonnant, il doit penser que le repas est un succès. Ma mère et lui se mettent à débarrasser la table et Legend commence à les aider.

— Non, non! lance maman avant de se précipiter près de lui et de lui prendre les assiettes des mains. Tu es notre invité. Les enfants vont le faire.

— Ma mère va me tuer si elle pense que je ne fais rien.

— Ne t'inquiète pas, lance papa à Legend avec un clin d'œil. On enverra un rapport positif à Derica. En plus, tu nous inspires. (Il embrasse maman sur la joue avant de lui prendre une pile de vaisselle des mains.) On pourrait faire de cette soirée végétarienne une habitude.

Mikey s'agite.

— Bon… c'était bien, mais faudrait quand même pas exagérer. (Il s'adresse à Legend.) Hé, Legendary. Tu voudrais jouer à Among Us avec moi ?

Chloe se plante devant Mikey en faisant tourner ses longues boucles dorées autour de son doigt, ses grands yeux bleus rivés sur Legend comme s'il était l'incarnation vivante de tous ses rêves.

— C'est tellement ennuyeux. Joue plutôt à Roblox avec moi. J'ai deux mégalicornes fluo. Tu veux les voir ?

— Il a une Lamborghini, fait Mikey en poussant sa sœur. Tu crois qu'il s'intéresse à tes fausses licornes débiles ?

— Maman ! pleurniche Chloe en repoussant son frère. Mikey dit des gros mots !

— Non, c'est toi, fait ce dernier en lui donnant un coup d'épaule. T'es super chiante.

— Among Us, Roblox ! (Tante Edith avale d'une traite le restant de liquide ambré dans son verre.) Ces deux-là ne peuvent pas imaginer pire façon de passer une soirée. Cours, Legendary. Sauve-toi vite !

— Yo ! lance Legend en riant. Une mégalicorne fluo ? Je vote pour. Et j'aime bien Among Us, j'y jouais tout le temps. (Il bâille.) Mais est-ce qu'on pourrait faire ça demain ? Je pense que je vais aller me coucher tôt, si ça ne vous ennuie pas. C'est le décalage horaire.

— Moi, ça me va ! dit Mikey avec enthousiasme. Et après, tu pourras peut-être m'aider avec la cabane que je construis ?

— Et faire du yoga avec moi ? ajoute Chloe gentiment. Je fais du yoga, de la méditation et d'autres trucs. Tu sais… comme toi.

Le regard de Legend croise le mien par-dessus la table.

— « Yoga, méditation et autres trucs », c'est très à la mode, ici, à Hornsborough, dis-je.

— Ah oui ? J'ai hâte de voir ça. (Il me fait un signe de la main.) Super, bonne nuit, tout le monde !

Et là-dessus, il quitte la salle à manger.

Une fois la porte du sous-sol fermée, maman dit :

— Quelle soirée parfaite. Ça s'est vraiment très bien passé.

— Mais tellement… (Chloe applaudit comme la préadolescente surexcitée qu'elle est.) C'est fou le nombre d'endroits cool où il est allé. Et méditer avec des moines dans l'Himalaya… C'est mon rêve

— Des allers simples pour l'Himalaya sont actuellement en vente.

Soit Chloe ne comprend pas mon sarcasme, soit elle s'en fiche, car elle me répond :

— Vraiment ? On devrait y aller.

— Je peux regarder la télé dans le salon avant de me coucher ? demande Mikey. Enfin, après avoir fini la vaisselle ?

— Pas question ! râle Chloe. Maman a déjà dit que je pouvais regarder *Bachelor*.

Comme on n'a qu'une seule télé dans toute la maison, les heures d'écran doivent être programmées à l'avance, ce qui crée toujours des débats.

— Désolée, fiston, répond notre mère en haussant les épaules. Chloe a demandé en premier. Tu peux toujours regarder avec elle.

— Regarder *Bachelor* ? (Mikey fait semblant de vomir.) Je préférerais encore manger des hamburgers aux champignons jusqu'à la fin de ma vie.

Mon téléphone vibre. Un SMS, envoyé d'un numéro inconnu.

Vous avez des tueurs en série dans les bois ? Oui ou non

Hein ? C'est qui ?

WTF... Legend

Je lève les yeux vers maman. Elle est perchée sur l'une des chaises de la salle à manger et souffle les bougies. Elle ou papa ont dû lui donner mon numéro, car ce n'est certainement pas moi qui le lui aurais filé.

Des tueurs en série ? JSP. Non.

Cool. Alors, retrouve-moi là-bas. En soum soum.
Pour discuter de la liste !

Discuter de la liste au fond des bois avec Legend ou profiter de ma chambre sans Chloe – une situation hyper rare...

DSL. Impossible. Je dois répéter. Demain peut-être ?

AZY ! Rabat-joie !

Bonne nuit, Legend.

— Hé, maman ! Ça te dérange si je saute l'étape vaisselle ? Histoire d'aller répéter un peu ?

— Bien sûr, dit-elle. On prend le relais.

Je suis déjà à mi-parcours dans l'escalier quand elle m'interpelle.

— Dylan, chérie ? J'ai failli oublier...

— Oui ? je demande en me penchant.

— Est-ce que ça t'intéresserait d'être tutrice pour le groupe de soutien à l'adoption transraciale ? Tu as l'âge d'y participer.

Une nouvelle mère blanche célibataire vient d'adopter une petite fille noire de six ans qui s'appelle Ebony. Je pense que vous pourriez bien vous entendre. Apparemment, elle joue du piano.

Maman est très active au sein de la communauté de l'adoption transraciale. Qu'il s'agisse de groupes de soutien en ligne, d'évènements locaux ou autres, elle les repère et trouve toujours le moyen de s'infiltrer.

— Ta tutrice était si gentille, dit ma mère. Tu te souviens de LaShay ?

LaShay Bateman. Aussi connue comme la fille qui m'a appris la fameuse phrase : « Laissez-moi vous expliquer comment ça va se passer parce que vous n'avez visiblement pas bien compris à qui vous avez affaire, ma p'tite madame ! » Phrase qui m'a valu de me retrouver direct chez le principal le premier jour de collège.

— Tu crois que je serais… assez cool pour être tutrice ?

— Dylan…, fait maman en me lançant un regard incrédule. Tu plaisantes…

— Absolument pas ! LaShay était drôle. Et unique. L'équilibre parfait entre le culot et le sérieux. Elle n'a pas fini à Harvard ?

— À Yale.

— Oups. Bon, c'est kif-kif. Alors qu'elle n'était clairement pas du genre première de la classe.

— Arrête ça. Tu ferais une tutrice géniale. Tu es l'équilibre parfait entre intelligence, gentillesse, exigence, audace et… intrépidité.

— Maman ! fais-je en rigolant. Audace et intrépidité ? On dirait des prénoms nazes de jumeaux.

— Désolée, je suis à court d'adjectifs. Le fait est que… tu es incroyable. (Elle me sourit.) Alors dis oui, et je leur transmettrai.

— Hmm…, je réponds en attrapant mon menton de manière théâtrale et en fermant les yeux comme si je réfléchissais profondément. Un programme de mentorat fait pour mettre les enfants noirs en contact avec la culture noire ? Et avec quoi je vais les mettre en contact, moi, exactement ? Puccini et Vivaldi ?

— Précisément. Lui montrer qu'il y a mille façons d'être Noir et génial. En plus, elle a six ans. Tu pourrais lui faire découvrir le *Muppet Show*. Je suis sûre qu'elle adorerait.

J'opine.

— OK, très bien. (Le *Muppet Show*, *ça*, je peux le faire.) Compte sur moi, maman.

♪

Bien qu'il ne faille pas plus de deux minutes pour interpréter le mouvement *Presto* de la *Sonate n° 1*, de Bach, il y a plus de mille notes à jouer et des dizaines de choses auxquelles penser. Ça fait tellement longtemps que je travaille dessus que mes épaules commencent à me faire mal et qu'une légère migraine pointe. Mais je persévère.

Mes doigts glissent sur les cordes, mon archet se déplace à la vitesse de l'éclair, mon corps se balance sur la mélodie. Je voyage dans un autre monde. Une autre dimension, où la musique est la Force. Et moi l'Incroyable Hulk. Je brûle de me libérer de tout ce qui ose m'entraver.

Un léger coup à la porte me fait sursauter. Mon archet grince sur les cordes et s'arrête au milieu d'une mesure.

Je regarde mon portable posé sur le lit – minuit et demi ? Chloe a dû s'endormir devant la télé.

— Chloe, c'est ouvert… Pas la peine de frapper.

Mais au lieu d'une Chloe trébuchante de sommeil, emmitouflée dans une couverture et bâillant à s'en décrocher la mâchoire, c'est un morceau de papier qui glisse à travers la pièce.

Dylan ! J'ai découvert quelque chose de parfaitement SCANDALEUX sur Legendary. Retrouve-moi dans la remise tout de suite ! Essaie de ne réveiller personne.

Bisous,

Tante Edith

Je soupire. Pour organiser des réunions nocturnes dans la remise, tante Edith a dû mettre du Red Bull dans sa vodka du soir. Qu'y a-t-il de si scandaleux concernant Legend qui ne puisse pas attendre demain matin ? En plus, elle sait très bien que je déteste quand on m'interrompt en plein travail. Je range mon instrument sous mon lit et attrape mon manteau et mes bottes. Je m'attends presque à trouver ma tante plantée dans le couloir lorsque je sors de la chambre, mais tout est vide et silencieux.

Je me dirige vers l'escalier sur la pointe des pieds, dans l'espoir que le vieux parquet centenaire, qui grince comme dans un film d'horreur, ne réveillera pas maman ou papa. Une fois dehors, le froid me brûle le bout des doigts. Je fourre mes mains dans les poches de mon manteau et descends les marches. La lumière est allumée dans la remise.

— Tante Edith !

J'ouvre la porte d'un coup sec et entre.

— Merci d'être venue me retrouver.

Un éclat lumineux se braque soudain sur moi, je trébuche en arrière de surprise et heurte le mur de la remise. Une boîte d'écrous et de boulons bascule par terre tandis que j'atterris brutalement sur les fesses.

— Aïe !

— Oups… Tu vas bien, D-Dog ?

Je lève les yeux en me frottant le bas du dos. Assis sur l'un des établis de papa, la torche de son téléphone braquée sur moi, Legend est mort de rire.

— Legend ?

— Oh, cette photo n'a pas de prix ! fait-il en regardant l'écran de son smartphone. Ta tête ! On dirait que tu as la pire peur de ta vie.

— C'est toi qui as écrit cette lettre ? je m'insurge en me relevant.

— Comment j'aurais pu te faire sortir de la maison, sinon ? (Il fouille dans sa poche et exhibe la liste.) Tu réalises ce qu'on vient de faire ? On a fait le mur après minuit ! Commandement numéro un, respecté !

La liste des commandements ?

— Dis-moi… Je rêve ou je t'ai expliqué que tant que tu serais ici, rien ne devrait m'empêcher de pratiquer ?

Je ferme les yeux de frustration. Il soupire en réponse.

— Ne m'en veux pas, mais j'écoutais à la porte. Et ton jeu, c'est du feu, mais tu ne faisais que répéter la même chose encore et encore : ça sonnait chaque fois pareil. Comme une playlist qui tourne en boucle. Tu avais besoin de faire une pause, crois-moi.

Il descend de l'établi et grimace de douleur au moment où ses pieds touchent le sol. Je hausse un sourcil.

— Allons marcher. Comme ça, on aura encore plus l'impression de faire quelque chose d'interdit.

— Tu t'es tordu la cheville ?

— Tordu la cheville ? Non, meuf, c'est simple, mes chevilles sont bioniques.

Son visage semble raconter une histoire différente. Ses sourcils sont froncés, il a l'air tendu et ses mains sont serrées le long de ses flancs.

— Alors c'est autre chose, et c'est pas bionique, parce que t'as l'air d'avoir mal.

— OK, très bien. Peut-être que je t'ai fait sortir en pleine nuit pour une autre raison. À cause de quelque chose que j'ai sur le cœur. Quelque chose que tu devrais probablement savoir. Viens, on va faire un tour.

♫

Habituellement, les arbres au fond du jardin débordent d'un feuillage vert qui dissimule le ciel. Mais c'est l'hiver, et seules des branches noueuses s'étirent au-dessus du sentier. Je lève les yeux : le dôme céleste est une toile noire parsemée d'un milliard d'étoiles argentées. Je viens rarement ici la nuit, mais chaque fois, j'ai l'impression de me retrouver dans un tableau de Bob Ross.

— Alors… Pourquoi tu m'as fait venir ici en imitant la signature de tante Edith ?

— On avait l'habitude de traîner dans ces bois, alors c'est un peu comme au bon vieux temps, pas vrai ?

Il a raison. C'est un peu comme au bon vieux temps. Mais avec une touche surréaliste.

— C'est comment Crosby Creek, en ce moment ?

Il sort une paire de gants de la poche de son blouson en cuir et l'enfile.

— On avait toujours de l'eau jusqu'aux genoux, là-bas.

— Mon père a construit une passerelle il y a quelques années. On n'a plus à patauger dans l'eau.

— Génial ! Je veux voir ça, déclare-t-il en s'élançant sur le chemin.

Je lui emboîte le pas.

— Ça n'a pas besoin d'être triste, tu sais, Dylan.

— Pourquoi tu dis ça ?

— C'est juste que tu n'as pas l'air… toi-même. La Dylan dont je me souviens était rigolote, toujours à faire des blagues, et pleine d'énergie.

J'ai été un peu prise par la préparation de mon audition, mais je suis encore cette fille-là. Enfin, je crois…

— La Dylan dont je me souviens aurait éclaté de rire en tombant, dans la remise.

— Eh bien, peut-être que je ne suis plus cette Dylan. Ça fait longtemps, Legend.

— Peut-être…

Il flanque des coups de pied dans des brindilles. Nos bottes crissent sur les feuilles gelées. Un hibou ulule au loin. Hormis le froid glacial, cette nuit est parfaite.

— On pourrait construire une tyrolienne.

— Hein ?

— La liste… (Il fait un geste vers les grands arbres.) « Faire quelque chose d'amusant, mais de dangereux. » On n'a qu'à construire une tyrolienne. Ça fera l'affaire pour le commandement numéro six. Et en plus, on aura des photos géniales de nous en train de la mettre au point. Et d'acheter tout le matériel chez Home Depot.

— Des photos ?

— Oui, pour nos albums souvenirs. Tu ne prends pas de photos, Dylan ?

— Si, mais…

Pourquoi veut-il prendre des photos ? Pour les montrer à sa mère ? Pour que tout ça ait l'air bien réglo et qu'elle signe les papiers ?

— Rien. Mais laissons les tyroliennes aux professionnels. Je ne peux pas me lancer dans une activité où je risquerais de me blesser.

— À propos… Je voulais te montrer quelque chose. (Il enlève sa veste et me la tend.) Tiens-moi ça.

Je m'exécute. Ensuite, il soulève son sweat-shirt et exhibe un ventre qui semble fait uniquement de muscles. Un *six pack* serait un euphémisme. Un huit ? Un douze ?! En fait, je n'ai jamais rien vu de pareil. Enfin, pas dans la vraie vie. Wow. On dirait une sculpture, comme si un artiste avait taillé son corps à la perfection.

— Heu… tu m'as fait faire tout ça pour me montrer tes *abdos* ?

Il passe une main sur son ventre.

— Pas mal, hein ?

— Bof.

C'est un mensonge. C'est impressionnant. Très.

— Arrête de mentir, fait-il en riant et en me tendant la main. Viens par ici. Je veux te faire toucher quelque chose.

Je hausse un sourcil. Il glousse à nouveau.

— Oh là ! Dites-moi, mais qu'est-ce qu'on a en tête, jeune fille, mmh ? Ce n'est pas ce genre de film. Celui-là est tout public. Promis.

Je m'approche. Legend prend ma main et la pose sur le bas de son dos.

— Tu le sens ? demande-t-il.

Toucher sa peau nue me fait frissonner. À moins que ce ne soit le froid. Je sens vraiment… quelque chose. Un truc… sous sa peau ?

— Qu'est-ce que c'est ?

— Un stimulateur de la moelle épinière. On m'a opéré un peu après l'accident.

Comme il est très mince, je trace facilement le contour d'un appareil disposé à l'intérieur de son corps. J'écarte ma main et recule d'un pas, soudain beaucoup plus concernée.

— Legend, c'est quoi un stimulateur de moelle épinière?

— Je n'en sais rien, répond-il en haussant les épaules. Pas vraiment, je veux dire. Mais je sais que ça marche. Ça redirige la douleur. Du coup, le cerveau ne sait plus qu'elle est là, ou un truc dans le genre.

— Tiens. (Je lui tends sa veste.) Il ne faut pas que tu prennes froid.

Je repense à mes recherches. Je ne me souviens pas avoir vu qu'il avait été blessé dans l'accident.

— C'est ce que je voulais dire à propos des choses qu'on ne trouve pas sur Internet, Dylan. Personne n'est vraiment au courant. Mon équipe de relations publiques a bossé dur pour garder cette info secrète, donc ne la mets pas en ligne, sur Twitter par exemple, et ne la donne pas à la presse, OK? Je ne rigole pas du tout avec ça.

Je lui lance un regard en coin. Juste au moment où Legend ne m'énerve pas à cent pour cent, il faut qu'il balance un truc horripilant à deux mille pour cent!

— Je ne tweete pas. Je n'ai même pas de compte Twitter. Et tu penses que j'ai le magazine *People* en favori, peut-être?

— Relax, Dylan. Je dis juste ça comme ça. J'ai été blessé, et je ne veux pas que la presse le découvre. « Dommages nerveux à la suite d'une fracture partielle des vertèbres. » Heureusement, grâce à un mode de vie super sain et au stimulateur, je gère la douleur et je vais bien. Enfin, la plupart du temps. Il y a encore des mauvais jours.

— C'est arrivé comment?

— Accident de voiture.

Oh… Donc, il a en effet été blessé dans l'accident.

— Leilani était dans la voiture avec moi. Ça a été assez moche.

Leilani ? La future Miss Univers ?

— Elle… va bien ?

Il laisse échapper un profond soupir.

— Elle n'a pas été blessée. Heureusement !

Une vague de culpabilité me noue soudain l'estomac.

— Tu avais vraiment besoin de ce thé et de ce gingembre, en fait, n'est-ce pas ? Et moi qui te croyais juste difficile.

— Disons que ça aide. Et la façon de m'alimenter, aussi. Tu sais, si je te taquinais autant, c'est sûrement en partie parce que j'avais peur. Je pensais bien que j'allais devoir te le dire un jour. Ce n'est pas facile pour moi d'en parler.

Crosby Creek s'étire soudain devant nous – gelée, bien sûr. L'épaisse couche de glace scintille sous le clair de lune et les étoiles. Legend étudie la petite passerelle que papa a construite.

— Est-ce que ce truc est *safe* ?

— Probablement pas.

— Cool ! Vivons dangereusement !

Il se dirige vers la passerelle. Mon cœur bat à tout rompre dans ma poitrine. Plus personne n'utilise ce machin. Enfin, personne ne s'aventure dans les bois surtout. Plus depuis que Facebook, Instagram, TikTok, Snapchat et tous les sites Internet pas vraiment adaptés aux enfants ont pris le pas sur les activités extrascolaires de Mikey et Chloe. Qu'est-ce qui se passera si Legend tombe et atterrit sur la glace ? S'il se blesse ? Encore ?

— Hé, Legend…

Il a déjà un pied sur les planches en bois. Il n'y a qu'une cordelette effilochée à laquelle s'accrocher. Je me précipite vers lui pour le rattraper.

— Legend, attends !

Mais il a déjà emprunté la passerelle. Je ferme les yeux et déglutis. Je m'attends à entendre le craquement du bois suivi d'un cri terrifié. Mais il n'y a que le silence parfait des forêts en hiver. J'ouvre lentement les paupières et trouve Legend debout et calme, les yeux rivés sur le ciel.

— Ces étoiles..., dit-il d'un ton rêveur. Les gens paient beaucoup d'argent pour venir me voir, alors qu'ils peuvent lever la tête et assister à ce spectacle gratuitement. Et il est bien meilleur. (Il croise les bras sur son torse et se tourne vers moi.) Pourquoi tu flippes ?

Mes doigts tremblent. Je serre les poings.

— J'ai cru que tu allais tomber.

Il jette un coup d'œil en contrebas.

— Tu veux dire de quatre-vingt-dix centimètres ? fait-il en me tendant la main. Ne me traite pas comme si j'étais handicapé, Dylan.

Je décide d'abandonner toute prudence et de le rejoindre. La structure est bien stable. Je regarde le ciel nocturne comme si je ne l'avais pas fait nuit après nuit toute ma vie. Je me sens en sécurité et protégée, debout à côté de Legend. Et j'ai vraiment l'impression qu'on pourrait se reconnecter, lui et moi.

Il se tourne vers moi, son téléphone à la main.

— Tu veux bien prendre une photo pour ma mère ? Elle adorerait voir ça. Et elle ne t'a pas vue depuis tellement longtemps.

La réalité me rattrape alors comme une ancre qui plongerait vers le fond de l'océan. Pourquoi est-ce qu'il veut envoyer une photo à sa mère ? Pour avoir une preuve qu'il s'améliore, la voilà, la raison !

— Hé, tu sais quoi ? fais-je en lui prenant le téléphone. Pourquoi se contenter d'une photo quand on peut faire une vidéo ? Ça lui donnera vraiment le sourire.

Lui et Chloe doivent venir de la même planète, parce que mon sarcasme ne l'atteint pas.

— Bonne idée, D-Dog ! (Il déverrouille son portable et me le tend.) Elle va adorer.

Je lève le téléphone devant moi et commence à parler.

— Cette journée marque le premier jour de mes retrouvailles avec mon ancien meilleur ami, Langston Legendary Dean, dis-je en passant un bras autour de sa taille et en posant ma tête sur son épaule. On a retrouvé notre liste de commandements vieille de mille ans, et ce soir, on réalise le premier. Ensuite, on a prévu d'attendre une étoile filante et de faire un vœu. Prêt, mon BFF ?

Je me tourne vers Legend et lui pince la joue. Bien qu'il fasse frais dehors, lui est extraordinairement chaud.

— Mon vœu est que nous soyons meilleurs amis pour toujours ! Rien ne me tient plus à cœur ! j'ironise.

— Sérieusement, Dylan ? lance Legend en m'arrachant le téléphone des mains. C'est une blague pour toi tout ça ?

— Quoi ? J'essayais d'être la meilleure actrice possible pour maman.

— Qu'est-ce que ça veut dire ?

— Allez, Legend ! je soupire en passant les doigts dans mes cheveux glacés. Prenons une photo pour maman, OK ?

— Quoi ? Qu'est-ce qu'il y a de mal à ça ? Elle t'aime beaucoup.

— C'est vrai, dis-je en opinant. Elle m'aime tellement que comme toi, elle a tout fait pour garder le contact ces dernières années.

— Je suis désolé, D.

Le visage de Legend se décompose. On dirait un policier qui viendrait de débarquer sur une scène de crime particulièrement atroce.

— Et si tu as besoin que je te le répète mille fois, je le ferai.

Les lattes de bois de la passerelle craquent sous son poids tandis qu'il redescend.

— Legend, attends…

Il se retourne pour me faire face. Je plonge mon regard dans le sien pendant quelques secondes. C'est celui dont je me souviens quand j'étais enfant. Brun. Chaleureux. Gentil. Des yeux en amande. J'aimerais croire que ces yeux disent la vérité. Que Legend est toujours une personne de confiance. Qu'il est ici parce qu'il en a vraiment envie. Je voudrais me précipiter dans ses bras et crier : « Tu es de retour ! Youpi ! » Mais quelque chose me retient. Une force si puissante qu'elle me bloque là, sur cette passerelle, comme si mes chaussures y étaient collées. Peut-être que Kiyoshi a raison ? Peut-être suis-je atteinte de cette maladie rare connue sous le nom du balai-où-je-pense ?

— Je suis désolée, moi aussi, OK ? Ce n'est pas facile pour moi.

— Oui, fait-il en soupirant profondément. Je sais.

J'arrive enfin à faire un pas timide hors du pont.

— Je peux te poser une question ?

— Bien sûr, D-Dog.

Il a l'air soulagé. Comme si une question pouvait nous sauver de ce moment terriblement gênant.

— Demande-moi tout ce que tu veux.

Je déglutis nerveusement. J'ai ma fierté. Mais qui ne tente rien n'a rien. Et je préférerais éviter de mourir idiote, alors…

— Je t'ai appelé une centaine de fois. Je t'ai laissé plein de messages. Qu'est-ce que j'ai fait de mal ? Pourquoi tu ne m'as jamais rappelée ?

Son expression s'assombrit, et ma question plane étrangement entre nous. Au bout d'un moment, il finit par parler.

— Je peux répondre à cette question. Je veux y répondre. Mais on pourrait remettre ça à un autre jour ? Je suis épuisé. Il s'est passé beaucoup de choses, aujourd'hui.

— D'accord.

J'affiche un sourire éclatant pour qu'il ne voie pas ma douleur. J'ai attendu presque dix ans. Je peux bien patienter quelques jours de plus. Et j'ai ma fierté.

— Ça fait beaucoup, c'est sûr.

Nous marchons l'un à côté de l'autre sur le sentier. Les feuilles gelées crissent sous nos bottes.

— Alors ? Tu veux réaliser un autre commandement, hein ? (Sa voix grave résonne dans la nuit.) Parce que moi, oui.

Mince, alors. La force… Elle est de retour. Celle qui m'a maintenue sur le pont au lieu de me laisser courir rejoindre mon vieil ami pour l'embrasser. Celle qui me dit que certaines choses sont trop belles pour être vraies. Celle qui martèle que la plupart des gens ne changent jamais. Et elle a toujours raison. Je dois rester concentrée. Garder mon objectif en vue. La Juilliard School est tout ce qui compte.

— Ça pourrait être intéressant, je réponds doucement.

Ce n'est pas une excitation de folie, mais ça fera l'affaire pour le moment.

CHAPITRE 9

— Je peux être méga excitée pour toi ?

Kiyoshi ôte le couvercle d'une boîte à bento parfaitement organisée.

— Alors ? Quel prochain truc drôle vous comptez faire, les deux tarés ?

— Je ne sais pas, dis-je en prenant une petite gorgée de jus d'orange. J'ai commencé à rassembler quelques idées. Des points de détail sur des façons créatives de réaliser les commandements. Mais c'est plus dur que je ne le pensais.

— Bien sûr que c'est dur ! Tu n'as pas la bonne approche.

— Comment ça ?

— Non mais franchement. On dirait le Grinch à la période de Noël, déclare-t-elle en plissant le visage de dégoût. « Des points de détail sur des façons créatives de réaliser les commandements ? » Alerte à la lose ! On ne te demande pas une disserte sur l'environnement. Tu traînes avec le mec le plus célèbre du monde ! (Elle ouvre sa gourde d'eau.) Répète ce qu'il y a sur votre liste, parce que tu as clairement besoin de mon aide.

Je les récapitule tous les huit. Kiyoshi écoute attentivement, visiblement hypnotisée.

— D-Dog ! J'ai une super idée !

Elle enfonce une paire de baguettes dans son poulet et son riz avant d'en fourrer une bonne quantité dans sa bouche.

— Misez tout sur le numéro quatre ce soir ! Chez moi ! « Apprendre une formule magique qui marche », dit-elle en mâchant.

— Comment veux-tu qu'on fasse ça chez toi ce soir ?

— Notre rendez-vous D&D qu'on a dû décaler : tu joues une sorcière demi-elfe, tu te souviens ? Enfin, quand madame daigne nous honorer de sa présence. Quand elle ne nous jette pas comme des vieilles chaussettes malodorantes parce que *madame* doit répéter. Ou qu'elle a baby-sitting. Ou des devoirs. Ou parce qu'elle doit aller à Burlington pour une master class…

— C'est bon, Kiyoshi, j'ai compris. Je suis la pire amie de la Terre.

— Non, tu es la meilleure. Alors, prouve-le. Et apprends un sort avec Legend. Un qui marche, comme le dit la liste ! *Oh my God*, c'est tellement excitant ! couine Kiyoshi.

Est-elle juste folle ou génialement folle ? Legend traînant avec mes amis et jouant à Donjons et Dragons ? Attendez une minute…

— Nan. Ça ne fonctionnera pas. Il ne veut pas que n'importe qui apprenne qu'il est ici, tu te souviens ?

— Mary-Ann, Ricardo, et moi ? C'est pas n'importe qui, ça ! déclare-t-elle fièrement. En plus, on sait garder un secret. On sera cools et on ne se comportera pas comme des fans hystéro. C'est gagnant-gagnant.

Est-ce qu'une soirée de nerds dans sa ville natale serait bizarre pour M. Star Internationale ?

— Je ne peux rien promettre. Mais je vais lui poser la question.

— Top ! lance Kiyoshi avant de fourrer à nouveau ses baguettes chargées dans sa bouche. Je n'arrive pas à croire que je vais peut-être rencontrer…

— Kiyoshi ! (Je me penche en avant et me mets à chuchoter.) On ne doit même pas prononcer son nom.

— Relax, espèce d'idiote. Je lui ai donné un pseudo : Boromir.

— Boromir ? dis-je en picorant les « fruits frais » de mon plateau repas, qui sont en fait des fruits en boîte qui baignent dans du sirop. Tu ne crois pas que les gens vont se demander pourquoi on parle d'un personnage du *Seigneur des Anneaux* ?

Elle pince les lèvres.

— La vraie question est : cheveux lâchés ou chignon quand je rencontrerai Boromir ?

— Boromir ?

Nous levons les yeux et tombons sur ma partenaire de pupitre à l'orchestre, Abigail, debout à côté de notre table, son déjeuner dans un sac en papier à la main et une expression étrange sur le visage.

— Vous allez au Comic Con ? demande-t-elle. Et vous parlez du vrai Boromir ou d'un cosplay Boromir, genre ?

— Heu…

Je lance un regard noir à Kiyoshi, qui se contente de sourire avant d'ingérer un peu plus de nourriture.

— Boromir est un… machin de sauvetage. Un chien, je veux dire. On l'a adopté… elle… enfin lui… temporairement.

Pourquoi est-ce que je mens si mal ?

— Kiyoshi… tu te coifferais pour un *chien* ? fait Abigail avant de soupirer. Trop bizarre. Même venant de toi.

— Joli sac pour ton déjeuner. (De la nourriture tombe de la bouche de Kiyoshi tandis qu'elle parle.) Vous avez une sortie au zoo avec ta classe de CE1 ?

Abigail montre le sac.

— Ça s'appelle prendre soin de la planète, Kiki, lance-t-elle avant de désigner du doigt la boîte à bento de Kiyoshi. Le plastique n'est pas écologique et détruit la Terre à lui tout seul ou presque. Tu le saurais si tu n'étais pas si occupée à te faire belle pour un chien débile.

— Tu marques un point, Abigail, fais-je pour couper la parole à Kiyoshi avant qu'elle ne transforme cet échange en nouvelle dispute explosive.

Le livre des records en la matière est assez rempli pour le moment.

— Le biodégradable. Voilà un sujet auquel il faut s'intéresser ! Bref, merci d'être passée. On se voit à l'orchestre.

— En fait…, commence Abigail en reportant le poids de son corps d'un pied sur l'autre et en s'éclaircissant la voix comme si elle allait faire un discours. J'aimerais te parler de l'orchestre.

Elle fouille dans sa mallette, qu'elle utilise comme cartable depuis le CE2. Je suis sûre que c'est à cause de gens comme Abigail Millstein que l'expression « geeks de l'orchestre » existe. Elle pose des feuilles de musique sur la table à côté de mon plateau.

— Les coups d'archet que tu as écrits pour le nouveau Mozart. Ils sont inutilement compliqués, sans vouloir te vexer…

À cette phrase, Kiyoshi s'étouffe avec sa nourriture, se frappe la poitrine et prend une petite gorgée d'eau.

— Inutilement compliqués ? je réplique, en souhaitant qu'une trappe engloutisse soudain Abigail et sa fichue mallette. En tant que premier violon, j'écris les coups d'archet des morceaux que nous interprétons pour que les mouvements de notre pupitre soient coordonnés, fluides et uniformes.

— Nous sommes peut-être des virtuoses, déclare la jeune fille avec suffisance.

— Depuis quand tu es une virtuose, déjà ? l'interrompt Kiyoshi. Parce que j'ai raté un épisode, dans ce cas.

— Comme je le disais, poursuit Abigail en ignorant mon amie, sa maigre queue-de-cheval se balançant tandis qu'elle s'assoit en face de moi, nous sommes peut-être des virtuoses, mais les autres violonistes du pupitre des premiers violons, comme Kiki ici présente (elle lance un regard triste en direction de celle-ci), ont besoin d'indications simples. Sans vouloir te vexer, Kiki.

— Est-ce que dire « sans vouloir te vexer » après avoir balancé quelque chose d'hyper vexant est un genre de super-pouvoir ? demande Kiyoshi.

— Donc, histoire de te rendre service, je les ai tous réécrits, assène Abigail avant de passer en revue les feuilles de musique posées sur la table devant elle. Tu vois ? Je les ai montrées à Mme Tjaden, et elle a convenu que mes indications étaient plus simples et plus faciles à suivre pour les nouveaux et les novices. (Elle regarde à nouveau Kiyoshi.) Sans vouloir te vexer.

Elle se tourne alors vers moi et poursuit :

— Et j'ai déjà fait des copies pour les autres. De rien, avec plaisir.

Je fixe les partitions sur la table. Je suis sans voix.

— Bref. (Abigail se lève et désigne la boîte à bento de Kiyoshi.) Rappelle-toi. Du biodégradable, Kiki. Nous devons préserver cette planète pour les enfants de nos enfants.

À ces mots, elle et sa queue-de-cheval décollent et traversent la cafétéria bondée en se balançant d'un côté et de l'autre.

— J'aimerais qu'une directive présidentielle ordonne de l'envoyer dans l'espace.

« Kiki » flanque des coups de baguette assassins dans sa nourriture.

— Si j'étais Présidente, je réponds en ramassant les feuilles de musique et en les glissant dans mon sac à dos, ce serait ma première mesure.

— Elle, virtuose? Ha! Même pas en rêve. « Tu n'es qu'une pauvre loser, Dylan. »

Mon amie relève rapidement ses cheveux en queue-de-cheval et bouge sa tête de droite à gauche pour l'imiter.

— « Sans vouloir te vexer ».

Nous éclatons de rire. L'image d'Abigail larguée dans l'espace qui crie « sans vouloir te vexer! » tout le long du parcours est bien partie pour rester.

𝄞

— Concernant ceux qui travaillaient dans le secteur industriel, les syndicats se sont battus pour obtenir de meilleurs salaires…

Je bâille: mon prof n'en finit pas de parler. Je jette un coup d'œil à mon téléphone. Plus que quelques minutes avant d'être libérée de cette leçon d'histoire, que les cours se terminent et que je puisse rentrer m'exercer. Bien entendu, je me demande comment Legend s'occupe en attendant mon arrivée. J'espère que tante Edith n'a pas une trop mauvaise influence sur lui. Si c'est le cas, on va le retrouver à siroter du whisky et mater non-stop des épisodes des *Feux de l'amour* qu'elle a enregistrés sur son disque dur. Je tourne une page de mon cahier pour relire ce que j'ai écrit, c'est-à-dire pas des notes sur l'histoire américaine, mais sur la façon dont Legend et moi nous pourrions mettre notre liste de commandements à exécution.

— Mademoiselle Woods?

Je lève les yeux. M. Darren me regarde fixement. Pourquoi est-ce qu'il me dévisage comme ça?

— Euh… Oui ?

— Voulez-vous bien vous mettre debout et nous lire votre réponse à la question au tableau ?

— Non, ça ira, merci.

L'ensemble des élèves se met à rire.

— Très drôle…

Il croise les bras et baisse la tête de façon à me dévisager par-dessus le bord de ses lunettes.

— Laissez-moi reformuler. Levez-vous et lisez-nous votre réponse à la question.

Je louche sur le tableau noir. La question griffonnée est : Pourquoi les mouvements réformateurs étaient-ils en désaccord avec le syndicalisme ?

Mais qu'est-ce qu'on en a à faire, sérieusement ?

— Eh bien, dis-je, en essayant de penser à une réplique adaptée aussi impressionnante que décousue. Peut-être parce que…

— Non, non. S'il vous plaît, levez-vous et lisez ce qu'il y a sur la feuille. Sur votre feuille.

Je déglutis.

— Sérieusement ?

— Sérieusement. Et quand vous aurez terminé, vous me remettrez votre cahier pour que je puisse m'assurer que vous avez bien lu ce que vous avez réellement écrit et vous éviter une heure de retenue.

Pendant une seconde, j'envisage d'avouer que je n'étais pas très concentrée. Voire pas du tout. Et ensuite, de demander pitié. Les autres n'attendent que ça pour se moquer à nouveau de moi.

Foutue pour foutue… Je pose mon crayon sur mon bureau, me lève lentement et attrape mon cahier.

— Faire une excursion d'une journée et marcher sur les sentiers du parc du comté de Scott avec Boromir. S'assurer qu'il pleuve ce jour-là pour que nous puissions danser sous la pluie.

D'autres rires fusent à travers la salle.

— Boromir ? interrompt M. Darren.

— Euh… mon chien d'assistance.

— Ah ! (Il attend que la classe se calme.) Très bien. Continuez.

— Bien, fais-je avant d'inspirer profondément. Ensuite : patiner sur le lac Moustique avec Boromir. Même s'il ne sait sans doute pas patiner, j'ajoute aussitôt.

Tout le monde explose de rire. La cloche sonne. Je pousse un soupir de soulagement. Tout le monde range déjà ses livres et ses feuilles. M. Darren m'interpelle par-dessus le vacarme :

— Mademoiselle Woods, vous avez évité la retenue. Mais, s'il vous plaît, soyez attentive pendant mon cours au lieu de planifier des excursions avec votre chien… OK ?

— Oui, monsieur. Désolée, monsieur.

Je fourre mes affaires dans mon sac à dos et rejoins la file de mes camarades de classe qui se dirigent vers le couloir.

— Hé, Dylan !

Stephanie McGovern et Lisa Lomas sont plantées devant les casiers et me font signe. Presque tous ceux qui passent près d'elles leur disent bonjour ou les regardent comme si elles étaient des anges tombés du ciel.

— Oh mon Dieu… C'était trop drôle !

Les yeux verts de Stephanie pétillent d'amusement tandis qu'elle mâche un énorme chewing-gum rose.

— Carrément, fait Lisa en écho. Une sacrée façon de montrer à M. Darren à quel point son cours est chiant. Genre, on peut arrêter cinq minutes de parler du passé et se concentrer sur l'avenir ?

— Ouais, je sais !

Je m'oblige à rire en espérant que Stephanie et Lisa ne remarquent pas à quel point je suis tendue.

— Bon, sauf si c'est fait en version rap.

La jeune fille fourre d'un geste brusque les livres de son casier dans son sac à dos, avant de faire basculer ses longues boucles auburn par-dessus son épaule d'un mouvement de la tête. On dirait la princesse Mérida du film Disney. Ses cheveux mériteraient un compte Instagram à eux tout seuls.

— On s'en fout, de l'histoire. J'ai raison ou j'ai raison ?

— Mais tellement !

Je caresse mes extensions du plat de la main. Je me demande si les gens au bahut me trouveraient jolie si j'avais des cheveux comme les siens. Non pas que le fait de ne pas avoir eu le moindre rencard en quatre ans dans ce lycée m'inquiète… Heureusement, j'avais quand même réussi à convaincre Ricardo d'être mon cavalier au bal de fin d'année. Bon, il a passé la majeure partie de la soirée à jouer à Fortnite sur son iPhone. Mais au moins, je n'étais pas seule.

— Au fait…, ajoute Stephanie en refermant son casier. (Elle se tourne vers moi en faisant une énorme bulle avec son chewing-gum, qu'elle aspire aussitôt dans sa bouche.) Ma mère fait une vraie fixette sur toi.

— Ah bon ? dis-je en tirant nerveusement sur les bretelles de mon sac à dos. Pourquoi ?

— Sûrement parce qu'elle a découvert que tu allais à la Juilliard. C'était son rêve de jeunesse ou un truc du genre.

Stephanie hausse les yeux au ciel, comme si c'était complètement naze.

— Oh…, je réponds en souriant faiblement. C'est possible que j'y entre. Je dois passer une audition en présentiel. À New York.

— Bonne chance, alors, meuf. (Elle fait une autre énorme bulle, qui disparaît à nouveau aussitôt.) Ma mère s'était plantée. Bien sûr.

— Oh. Désolée.

Et je le suis vraiment. La seule pensée d'une lettre de refus me serre la gorge.

— Tu devrais traîner avec nous un jour, lance Lisa sans quitter son téléphone du regard.

Kiyoshi arrive soudain, bouche bée et les yeux écarquillés de surprise. Je lui fais signe d'approcher.

— J'adore *trop* tes cheveux !

Soit Stephanie ignore Kiyoshi, qui se tient maintenant nerveusement juste à côté d'elle, soit elle ne l'a pas vue.

— Tu les lisses, genre ? Parce que mon autre pote noire – elle n'est pas au bahut, bien sûr –, porte une coupe afro trop cool.

— Oh mon Dieu, les afros c'est tellement classe ! déclare Lisa en quittant enfin son téléphone des yeux et en tendant la main pour toucher mes cheveux. Tu pourrais faire ça, toi aussi, une afro ou un truc du genre ?

— Oui, sûrement.

J'aimerais lui taper la main et lui dire : « On ne touche pas les cheveux des gens ! » Mais je m'abstiens. Du coup, elle continue.

— Bon, il faut qu'on y aille. On a entraînement de pom-pom girls.

Stephanie souffle une autre bulle et se tourne vers Kiyoshi comme si elle réalisait enfin qu'elle se tient juste à côté d'elle.

— Oh… Je peux faire quelque chose pour toi ?

— Qui, moi ? dit celle-ci en se pointant du doigt. Heu… (Elle respire vite, comme si elle hyperventilait.) Je suis avec Dylan. On est amies. Elle te l'a dit, non ?

Stephanie et Lisa échangent un regard amusé avant de se tourner vers moi.

— À bientôt, Dylan ! disent-elles à l'unisson, comme si elles jouaient dans un film d'horreur bien flippant.

Kiyoshi les suit des yeux. Je tire sur sa manche.

— Arrête de les mater comme une stalkeuse.

— Je n'y arrive pas !

Elle secoue la tête, incrédule, tandis que nous empruntons le couloir bondé dans la direction opposée.

— Les populaires te parlent, Boromir cherche à être ton ami, et la Juilliard School pense que tu es assez douée pour venir leur faire un petit coucou, et passer l'audition d'entrée tant qu'on y est. Tu as un sacré bon karma. Si tu n'étais pas ma BFF, je serais trop jalouse.

— Ne les appelle pas les populaires. C'est nul.

— C'est ce qu'elles sont. Je t'appelle bien la virtuose, dans ton dos. Hé… elles t'ont déjà demandé de traîner avec elles ?

J'imagine une soirée avec Stephanie et Lisa et leurs petits amis sportifs : faire semblant de rire pendant que les garçons ingurgitent des boissons énergisantes et que les filles font des défis TikTok.

— Non, je mens. Jamais.

— Meuf, ça serait trop cool, dit Kiyoshi d'un ton rêveur. Dommage.

Tandis que nous continuons d'avancer dans le couloir bondé, j'essaie d'imaginer Stephanie ou Lisa toucher les cheveux de leurs copines blanches sans leur demander la permission en disant « c'est tellement classe ». Difficile à imaginer.

— Ouais, j'acquiesce, vraiment dommage.

CHAPITRE 10

Fidèle à sa parole, Legend m'a laissé le sous-sol ces trois dernières heures, ce qui m'a permis de me concentrer sur la musique et de me vider la tête. Même si essayer de ne penser à rien est difficile. Je soupire : si seulement j'étais comme Kiyoshi, je pourrais sortir sans *to-do list*. Legend dit que je ne suis plus la Dylan qu'il connaissait. Que j'étais rigolote, avant, toujours en train de faire des blagues, déchaînée. Ai-je vraiment perdu mon côté… fun ?

Je retire mon épaulière et la range avec mon violon. J'étire mes mains pour en évacuer les tensions. Il fait pratiquement nuit dehors, à présent, mais je jette quand même un coup d'œil par les hautes fenêtres du sous-sol. Je distingue à peine la silhouette de Legend. Il est seul. Et il observe l'échiquier. Le garçon le plus célèbre du monde traîne dans mon jardin, et je préférerais commencer mon exposé de géographie ! Qu'est-ce qui ne va pas chez moi ? Je gravis l'escalier et sors par la porte de derrière.

— Hé, je t'ai entendue jouer, lance Legend alors que je m'approche de lui. Et jouer. (Il sourit.) Et jouer encore.

— C'était bien ? Si tu étais un juré de la Juilliard, tu m'accepterais ?

— Je serais le pire juré de la Terre. Je donnerais les places uniquement aux jolies filles. (Il me regarde, maintenant.) Alors oui, je t'accepterais.

Mes joues sont soudain en feu, comme si toute la chaleur de mon corps se concentrait là. J'ai l'impression que ma tête va exploser. Est-ce qu'il vient de dire que je suis… jolie? Le pense-t-il vraiment? Ou est-ce qu'il plaisante? Depuis le temps que je connais Langston Dean, il n'a jamais dit que j'étais jolie.

— Heu… (Le moment est venu de changer de sujet, je crois.) J'ai trouvé des idées pour accomplir les commandements.

Il sort son portable de la poche de son sweat à capuche.

— Oui, je sais. J'ai reçu ton mail avec la liste à puces. (Il reporte son attention sur les pions géants, comme s'ils allaient s'animer et l'attaquer.) Yo, comment tante E peut-elle encore me battre aux échecs?

— Alors? Qu'est-ce que tu as pensé de mes idées?

Il flanque un coup de pied dans un pion et le renverse.

— Ne m'en veux pas, D-Dog, mais je les ai trouvées nulles.

— Hé! fais-je en croisant les bras sous ma poitrine. J'ai failli me prendre une heure de colle pour ça!

— J'apprécie tes efforts, vraiment. Mais déjà, on peut enlever l'allée des Serpents de la liste : je déteste les serpents.

— L'allée des Serpents est une rue. La rue la plus tordue du monde.

— Tu veux m'emmener dans une rue? dit-il en fronçant les sourcils. Et à quel commandement est-ce que ça répondrait?

— À faire quelque chose d'amusant, mais aussi de dangereux. Et à survivre pour pouvoir le raconter ensuite. Cette rue se trouve sur une colline vraiment raide. Elle a été construite dans les années 1800. De travers. Sûrement pour que les gens qui conduisaient ne glissent pas et… ne meurent pas. Et c'est ce qu'il se passe. Les voitures dérapent un peu, mais personne ne meurt.

Legend grimace.

— D-Dog… c'est comme ça que les gens s'amusent, dans l'Iowa ? Ils font des glissades dans des rues tordues pour défier la mort ?

Mon téléphone sonne. Je le sors de la poche de mon manteau. C'est Kiyoshi.

TU LUI AS DEMANDÉ ?!?! Azy ! D&D !!!

— Qui c'est ? demande Legend. Ton petit ami ? Josh le Moche ? (Il fait des bruits de baisers.)

— T'as douze ans ou quoi ?

— C'est celui qui le dit qu'il l'est, réplique-t-il aussitôt. Tout ce que tu dis rebondit sur moi.

— Certaines choses ne changent vraiment jamais…

Je me concentre à nouveau sur le texto de Kiyoshi. Legend aurait-il sa place à notre Table ronde des Chevaliers ? (Qui est en fait une vieille table de cuisine dans la cave de la maison de Kiyoshi.) Choisirait-il d'être un gnome ? Un elfe ? Un gobelin ? Se ferait-il tuer par une meute de striges dès les cinq premières minutes de jeu ? Oh, et puis tant pis. On pourra toujours garder l'allée des Serpents pour un jour de neige, non ?

— Ça te dirait de jouer à Donjons et Dragons, genre, ce soir ?

Il me lance un regard intrigué.

— Le jeu de rôle ?

— Oui. Avec Mary-Ann, Ricardo et Kiyoshi. Et peut-être Nathan, le petit ami de Kiyoshi. Il y joue, parfois. Ce sont tous des amis proches. Je leur fais confiance : ils ne prendront pas de photos de toi, ne posteront rien et ne diront à personne que tu es ici. Mon perso est un ensorceleur demi-elfe. Tu pourrais choisir ce perso, toi aussi. On pourrait apprendre une formule magique ensemble. Une qui fonctionne. Comme le demande le commandement. Mais si cette idée te paraît nulle…

— Laisse-moi réfléchir une seconde, dit-il en se frottant le menton.

Finalement, il approuve d'un signe de tête.

— Ça me plairait de rencontrer tes amis. Je pourrais voir comment tu vis d'habitude. C'est exactement ça que je voulais !

Soudain, la perspective de Legend et moi assis à la Table ronde, étudiant nos cartes de bataille tout en mangeant des quantités industrielles de Nachos, Springles, et autres 3D – enfin de Legend grignotant des bâtonnets de céleri – bref. Ça semble une excellente façon pour de vieux amis de se retrouver ! Kiyoshi a géré.

Je lui réponds.

OK, on vient.

Ses cris suraigus doivent pulvériser les vitres de chez elle en ce moment même. Je rejoins Legend sur l'échiquier et me mets à l'étudier de plus près pendant qu'il observe les pièces.

— Laisse tomber. Tante Edith est imbattable.

Je regarde ses mains. Il porte des bagues en argent à chaque doigt. Sur chaque anneau sont gravés des symboles tribaux en harmonie avec ses tatouages noirs. Il ressemble presque à un guerrier maori.

— Est-ce que tes tatouages signifient quelque chose ?

Je m'approche un peu plus près et tends le bras avant de suivre du doigt le contour d'un des symboles.

Il se tourne vers moi, et lève la main pour caresser doucement ma joue. Je me recule d'un pas.

— Qu'est-ce que tu fais ?

La zone de mon visage qu'il vient de toucher me donne l'impression d'être en feu.

— Tu vois ? me taquine-t-il. Toucher sans demander la permission, ce n'est pas très réglo, tu ne trouves pas, D-Dog ?

— Désolée.

Mince… il a raison. J'étais la première à me plaindre quand Lisa me tripotait les cheveux sans permission.

— Je regardais seulement tes tatouages.

— Et j'admirais seulement tes joues de chipmunk.

— J'ai compris. Je ne te toucherai plus.

— Non, tu peux le faire. Mais dans ce cas, sache que je le ferai aussi. (Il me scrute fixement, tout d'un coup.) Tes yeux sont gris, aujourd'hui.

— Ouaip, dis-je avant de cligner des paupières. J'étais assortie au ciel, tout à l'heure.

Il continue à me dévisager, comme s'il essayait de comprendre la couleur de mes iris. On dirait qu'il n'a jamais vu quelqu'un porter des lentilles de contact.

— Quoi ?

— Je les préfère marron. C'est tout. Tu aimes le marron, n'est-ce pas ?

Bien sûr que oui !

— J'aime toutes les couleurs, Legend.

— OK, parfait. C'était juste pour vérifier. Et qui est Ricardo ? Un autre petit ami ?

— Sérieux ? Mais qu'est-ce que tu as avec les petits amis ?

— Je ne veux pas aller à une fête pour te voir embrasser un de tes petits amis blancs (Il fait semblant de vomir).

— Ton estomac peut se calmer. Parce que, premièrement, Ricardo n'est pas blanc et, deuxièmement, je ne l'intéresse pas.

— Les jolies filles ne sont pas son type ?

Encore jolie ? OK, c'est officiel ! Legend se fout vraiment de moi.

— Très drôle, dis-je en souriant, mais non. Les jolis garçons sont plus son truc.

Legend soupire, comme s'il était soulagé. Avant que j'aie la possibilité de donner à son expiration dramatique une autre explication, il quitte l'échiquier.

— J'ai le temps de prendre une douche rapide et de me changer ou pas ?

— Pour quoi faire ? Tu sens déjà le pot-pourri.

— Tu me touches et maintenant, tu me *sens* ?

Il croise les bras sur sa poitrine comme si je venais de le surprendre nu.

— Dans certaines cultures, ces choses-là sont taboues, tu sais.

— Dépêche-toi, dis-je en levant les yeux au ciel. On se retrouve à ma voiture.

Legend filme avec son téléphone portable comme si nous faisions un safari en Afrique au lieu de tourner dans Harrison Street. Ma Fiat attaque l'ascension d'une colline dans un quartier calme aux bâtisses encore plus anciennes que la nôtre, et en moins bon état. Certaines d'entre elles devraient même être condamnées et démolies. Les cours sont jonchées de vieux toboggans et de maisonnettes pour enfants branlantes. Il y a même des tondeuses à gazon, des outils de jardinage cassés, et des voitures rouillées – dont certaines sans pneus et reposant sur des parpaings – qui n'ont probablement pas fonctionné depuis plusieurs décennies. De nombreux porches s'affaissent, des fenêtres sont condamnées, les bardages écaillés, le bois pourri et la peinture fanée. Kiyoshi n'habite pas à proprement parler du mauvais côté de la ville mais à Hornsborough, tous les coins, ou presque, sont « mauvais » à leur manière. Seuls les riches peuvent vivre dans des quartiers comme Willow Creek. Legend continue de scruter fixement la nuit. Un mec comme lui, propriétaire d'une maison à Beverly Hills et d'un appartement sur Park Avenue, doit trouver cet endroit plutôt déprimant. Mais s'il le pense, il ne le dit pas.

— Tu es sûre que tes amis vont être cools alors que je m'incruste dans leur petite soirée jeu ?

— Cools ? Heu… Ça ne fait pas vraiment partie de leurs qualités premières.

Nous passons devant une allée où un drapeau américain géant drape un Monster Truck. Legend le regarde comme s'il voyait un vaisseau spatial.

— Les gens écoutent ma musique, ici ?

— Tout le monde écoute ta musique. Mais mes amis…

Nous dépassons d'autres baraques délabrées aux porches effondrés. On dirait un alignement de vieux fatigués qui s'ennuieraient en maison de retraite.

— Je pense qu'ils kiffent surtout des artistes comme…

— Taylor Swift ?

Je lui lance un coup d'œil en biais.

— Vraiment ?

— Quoi ? À part les *haters*, tout le monde aime Swift. Elle est top.

Je tourne mon regard vers la route.

— J'allais dire Imagine Dragons ou Foster the People.

— Ouais… Tes amis ne sont pas très originaux, déclare-t-il avant de rire. Je plaisante, je plaisante. Tu aimes Foster the People et Imagine Dragons ?

— C'est plutôt pas mal. J'écoute surtout des bandes originales de films de compositeurs comme Henry Jackman, ou Danny Elfman. Ça s'appelle de la pop orchestrale. Et des tonnes de musique classique, bien sûr. Certaines pièces emblématiques comme la *Toccata et fugue en ré mineur*, par exemple. (Je soupire.) J'aime tout Bach, pour être honnête.

— La *Toccata et fugue en ré mineur* ? répète Legend. Le morceau à l'orgue super flippant qu'on entend dans les films de démons ? C'est ça, la musique que tu kiffes ?

Une fois de plus, Legend parvient à me surprendre. Comment connaît-il ce morceau de Bach ? Je ne savais même pas qu'il écoutait du classique.

— Entre autres. Tchaïkovski et Beethoven sont…

— Morts.

— Legend !

Je me gare dans l'allée, juste derrière le minivan bleu du père de Kiyoshi.

— Parce qu'un artiste est mort, sa musique ne serait plus bien ? Drôle de logique.

— C'est pas de la logique. C'est de la musique d'ascenseur.

— Et alors ! J'aime entendre de la musique dans un ascenseur.

— Attends…

L'odeur de son parfum flotte jusqu'à moi tandis qu'il défait sa ceinture de sécurité. Elle est différente de toutes les fragrances que j'ai déjà senties. Elle évoque un verger, où Legend aurait coupé de vieilles branches de pommiers sans transpirer. Une envie de vin chaud à la cannelle me saisit soudain.

— Bon, disons que tu prends l'ascenseur, OK ? Tu t'apprêtes à rentrer chez toi après une longue journée où tu as enchaîné les réunions. Tu appuies sur le bouton du rez-de-chaussée. Pendant quarante-deux étages, tu entends la *Sonate au Clair de lune*, ou un truc aussi inintéressant que cette fugue démoniaque que tu adores. (Il remonte la fermeture de sa veste en cuir.) Mais quand tu es dans ta voiture ou dans le métro pour le long trajet qui te ramène chez toi, tu as besoin d'une musique qui capte ton attention, Dylan. (Il se frappe le torse comme s'il était Tarzan.) Une musique tellement intense qu'elle te donne envie de vivre éternellement !

De la musique qui donne envie de vivre éternellement ?

— J'aime bien, ça. Ça pourrait être le titre de ton prochain album.

Je coupe le moteur. La température de l'habitacle chute aussitôt. L'air glacial de la nuit se fraie un chemin par les interstices des portières et des vitres, refroidissant instantanément ma minuscule voiture.

— Mais le classique n'est pas de la musique d'ascenseur. Si tu penses ça, c'est que tu n'as pas écouté de la « bonne » musique classique.

Je me penche pour ouvrir ma portière, mais Legend m'attrape doucement le bras. Je me tourne pour lui faire face.

— Dylan, je crois savoir pourquoi tu es si coincée.

— Pardon ?

— Non, ne sois pas désolée. Je pense que c'est plus fort que toi.

Pile au moment où on commençait à se réconcilier !

— Je ne m'excusais pas ! je proteste en retirant mon bras. Je demandais juste de quoi tu voulais parler, bon sang !

— Laisse-moi mettre tes playlists à jour. Toute cette musique classique te tire vers le bas. Je pourrais même t'aider pour ton audition à la Juilliard. T'apprendre un truc ou deux.

Mes yeux se plissent. Le garçon qui a claqué des millions de dollars en quelques années a des conseils à me donner ?

— Tu veux dire des trucs sur la responsabilité, le sacrifice et… la retenue?

— Peuh… Dylan, je sais que j'ai plein de trucs à apprendre de toi. Pourquoi tu crois que je suis ici? J'ai trop besoin que ta bonté déteigne sur moi.

Il me flanque un coup d'épaule.

— Alors apprends-moi tes trucs, et je t'apprendrai les miens. En commençant par le moyen de ne pas mourir d'ennui en écoutant de la musique pour retraités.

Il brandit son portable.

— Dis *cheese*!

Le flash du téléphone m'éblouit avant que j'aie le temps de sourire. Legend étudie la photo.

— Mmh… plutôt mignonne.

— Fais-moi voir. (Obtenir une bonne photo de moi avec un portable est quasi impossible.) C'est moi qui peux juger de ça.

Mais Legend a déjà fourré son appareil dans la poche de son manteau.

— Non, pas la photo, abrutie. Je parle de toi. Tu es devenue plutôt mignonne.

D'abord jolie, et maintenant mignonne.

— OK. Qu'est-ce qui se passe? Tout à l'heure, tu m'as dit que j'étais jolie. Et maintenant, je suis mignonne? (Je pose une paume sur son front). Tu es un peu chaud. Tu es malade? Parce que Langston Dean ne sortirait jamais des choses pareilles.

Il repousse ma main et rit.

— Parce que quand on était petits, tu avais une tête en forme de boule. Un peu comme Dora l'exploratrice. (Il me pince les joues.) T'as bien vieilli, comme le bon vin.

— N'importe quoi. Et si j'avais une tête en forme de boule, la tienne était carrée, Legend. Genre… comme Bob l'éponge.

— Yo, mais c'est un compliment, ça ! Bob est top !

— Ouais, enfin, pour une éponge…

Nous éclatons de rire, puis Legend entonne le thème du dessin animé. Je me joins à lui ; comment résister à l'envie de chanter sur « Bob l'éponge » ? Nous sommes carrément hilares, à la fin de la chanson.

— Dylan… Enfin, je te *vois*… (Il tient son pouce et son index en l'air légèrement écartés.) Juste un peu, ajoute-t-il en opinant, mais tu es bien là.

Je pose ma main sur la poignée de la portière.

— Je te vois aussi, Legend.

— Tu en es sûre ?

Je me tourne vers lui.

— Évidemment que j'en suis sûre.

— Tu me voyais, avant. Quand on était enfants, dit-il sérieusement. Mais est-ce que tu me vois encore maintenant ?

Je l'observe pendant une seconde. Même si sa tenue est plutôt décontractée, elle donne quand même l'impression d'avoir coûté dix mille dollars pour un jean, un tee-shirt à manches longues et des boots en cuir. Ce qui, soyons honnêtes, doit être le cas. Les mains tatouées, le fondu enchaîné avec les boucles parfaites… Il a vraiment l'air légendaire. Mais au-delà de ça…

— Je pense qu'on ne peut voir que ce que les gens nous permettent de voir. Et sachant ça, même l'ami le plus proche peut rester un mystère.

— Yo, c'est profond ! J'aimerais être profond comme Dylan.

— Je ne suis vraiment pas profonde. (J'ouvre la portière en m'esclaffant.) Allez viens. C'est l'heure d'aller jouer. On a un sort à apprendre.

Nous sortons dans la nuit. Je fais basculer mes longues extensions sur mon épaule et tire sur mon pull gris trop grand assorti à mes lentilles.

— Pour ton information, dis-je à Legend tandis que nous marchons, normalement, on apprend un sort uniquement en changeant de niveau. N'oublie pas non plus que le niveau de tes emplacements de sorts est différent de celui de ton personnage. Mais on pourra peut-être convaincre le maître de Donjon.

— Dylan, ouah !

Legend pose une main sur mon épaule tandis que nous gravissons l'escalier du porche de Kiyoshi.

— Je parlais couramment le nerd-geek avant, mais je suis un peu rouillé. Tu peux redire tout ça en langage normal ?

— Fais juste comme moi. Joue un ensorceleur demi-elfe, dis-je en sortant mon portable pour envoyer un texto à Ricardo. Ricardo est le MD. Il sait pourquoi on fait ça. Il va nous aider.

La porte d'entrée s'ouvre sans que nous ayons eu le temps de sonner. Kiyoshi apparaît, un livre géant à la main et… une pipe à la bouche ?

— Oh, quelle surprise ! dit-elle avant de tirer une bouffée de tabac et de se mettre à tousser violemment.

— Kiyoshi ? (Legend et moi la contournons pour entrer. L'odeur de sa pipe nous saisit de plein fouet.) Mais qu'est-ce que tu fais ?

Elle se tapote la poitrine.

— Pardon, c'est ma faute. Tu sais que j'aime fumer la pipe au coin du feu, n'est-ce pas ?

À ces mots, elle se racle la gorge et m'adresse un clin d'œil conspirateur, du genre *allez, Dylan, joue le jeu !*

— Ah, oui ! fais-je en balayant la fumée de la main. Je suis contente que tu aies réussi à descendre à une seule pipe par jour.

Elle fixe Legend avec des yeux tellement ronds que c'est à se demander si elle y voit encore. Elle ne peut pas s'empêcher de se mordre la lèvre et de faire tressauter sa jambe. Les mains tremblantes, elle pose la pipe sur le banc de l'entrée et referme son grimoire (qui, en y regardant de plus près, est une vieille encyclopédie).

Legend désigne la pipe, qui continue de cracher de la fumée.

— Tu es sûre que c'est prudent de la poser comme ça sur du bois ?

— Oh, excellente remarque, Legendary, déclare-t-elle en fourrant une petite mèche de cheveux dans le chignon parfait au sommet de son crâne. Tu es non seulement très séduisant et talentueux, mais aussi extrêmement intelligent. (Elle jette la cendre chaude de la pipe sur le banc.) Voilà. Ça devrait le faire…

— Kiyoshi !

Je lui prends la vieille encyclopédie et la flanque sur les braises pour empêcher que le banc ne prenne feu.

— Plus besoin d'appeler les pompiers, maintenant, je murmure.

Legend tend la main à Kiyoshi.

— Appelle-moi Legend.

— *Oh my god!*

Elle arrête de jouer la comédie, se jette sur Legend et passe les bras autour de son cou.

— Je te promets de rester cool, mais j'ai juste besoin de dire *Oh my God* encore une fois, avant ça, d'accord ? *OH! MY! GOD!*

Il semble sur le point d'étouffer. Je retire les bras de mon amie.

— Kiyoshi ! Il a besoin d'air pour vivre !

Legend rit, mais il est visiblement reconnaissant que je le sauve de cette étreinte mortelle.

— Je suis *trop* in love, murmure mon amie. Genre, sans déconner.

— Vraiment ? lance Legend avant de pivoter vers moi. Parce que Dylan a dit que tu étais plus Foster the People. Ce qui m'a vexé. Sans déc.

Kiyoshi me regarde fixement.

— Qu'est-ce qui ne va pas chez toi, meuf ? Je déteste ce groupe !

Elle se tourne à nouveau vers Legend.

— Il faut lui pardonner. Elle ne sait pas ce qu'elle dit. J'ai mémorisé les paroles de toutes tes chansons. Chacune. De. Tes. Chansons. Ah, et aussi, ne t'inquiète pas à propos de mon amour pour toi.

Elle passe un bras sous le sien et pose sa tête sur son épaule.

— Ouah ! Tu sens bon ! Bref, mon amour n'est pas du genre stalker. Ni du genre à donner des envies de bébés. Quoique…, lance-t-elle en soupirant. Les bébés blasian peuvent être super mignons. Enfin, j'dis ça, j'dis rien.

Est-ce que Kiyoshi vient de proposer à Legend d'avoir un bébé blasian avec elle ?

— Allez viens, il faut que je te montre à d'autres personnes pour vérifier que tu n'es pas le fruit de mon imagination, d'accord, Legendary ?

Il se retourne vers moi.

— Tu ne m'avais pas dit que ton amie était si hilarante.

— Oh, je suis hilarante ! répète Kiyoshi. En plus, j'ai confisqué les téléphones portables des autres et je leur ai fait jurer solennellement, sur une pile de comics X-Men *vintage*, qu'ils ne posteraient rien sur toi. Donc, tout est OK.

À ces mots, elle nous entraîne derrière elle.

La cave de Kiyoshi est différente de la nôtre. C'est ce qu'on appelle un lieu fini, c'est-à-dire aménagé comme le reste de la maison et où des éléments clés, au hasard, des murs par exemple, sont présents. À part un gigantesque tas de linge sale dans un coin et un tapis de course poussiéreux et cassé abandonné sur le côté, tout semble plutôt normal. Sauf... Ma mâchoire s'ouvre d'un coup lorsque nous arrivons au bas de l'escalier.

Le sous-sol est entièrement tapissé de souvenirs de Legendary : des affiches ornent tous les murs. Une énorme découpe en carton de la récente couverture du magazine *People* trône en plein milieu. Il y a des assiettes et des tasses Legendary, et deux bannières WE LOVE YOU, LEGENDARY ! sont accrochées. Et comme si ce décor ne suffisait pas à me donner envie de hurler « qu'est-ce qui ne va pas chez vous ? », chaque convive présent porte un tee-shirt avec une photo personnalisée du visage de Legendary imprimée dessus. Kiyoshi dézippe son sweat à capuche, et le même tee-shirt apparaît. Pour finir, déjà installé à la Table ronde, mais sans uniforme Legendary, j'aperçois l'adorable Josh à tête rousse. Qui me fait signe d'un air excité.

Mais qui a invité Josh ?

Mon regard se tourne vers Legend, qui a l'air de trouver ça très drôle. Et évidemment, pour compléter cet étrange tableau, personne ne parle. Tout le monde est debout, les yeux écarquillés, les paupières fixes. Parfaitement immobile.

— Eh bien ! lance Legend, brisant ce silence gênant avant de sortir son téléphone portable pour photographier l'installation. Merci de me laisser m'incruster dans votre soirée D&D.

Il examine la pièce. Son regard s'arrête sur le carton découpé, dont il prend un cliché.

— Je suis fan de Feng Shui.

— Quelle mal élevée je fais ! lance Kiyoshi, son bras toujours sous celui de Legend. Je ne t'ai pas présenté aux autres ! (Elle l'entraîne vers le groupe.) Voici Mary-Ann. Elle joue de l'alto. Fait amusant : son père est né à Londres, mais pas elle. Elle a vu le jour ici.

Mary-Ann fait la révérence comme si elle était en présence du roi d'Angleterre.

— C'est un honneur de vous rencontrer, Milord.

— Inutile de m'appeler Milord, répond Legend en glissant son téléphone dans la poche de sa veste.

— S'il vous plaît, ne l'appelez pas comme ça ! je lance.

— Suivant !

Kiyoshi remonte la rangée d'invités jusqu'à Ricardo. Il a les larmes aux yeux. Genre… de *vraies* larmes ! Super façon de la jouer cool, les gars !

— Et voici Ricardo. Il sera notre MD, ce soir. Il est aussi violoncelliste, et un être humain absolument génial.

— Oh, mec…, articule un Ricardo tout ému, tu es mon idole. Ta musique m'a aidé à traverser une période très *dark* de ma vie. Demande à Dylan.

Legend se tourne vers moi.

— Ma musique aurait aidé ce garçon à traverser une période *dark* de sa vie, et tu ne m'as rien dit, Dylan ?

Selon moi, la seule « période *dark* » que Ricardo a connue se résume à la fermeture du McDo à côté de notre lycée. Je hausse les épaules.

— Quand nous serons BFF, ce qui arrivera sûrement, ajoute Ricardo en s'essuyant les yeux, j'entrerai dans les détails de ce que j'appelle « la nuit la plus noire de mon âme ». (Il tend la main pour toucher l'épaule de Legend.) Ouah… J'ai touché Legendary.

Kiyoshi entraîne Legend loin de Ricardo, lui évitant de se ridiculiser un peu plus.

— Et lui, c'est mon petit ami. Est-ce qu'il n'est pas *trop* mignon ?

— Yo, man, fait Nathan en se frappant le torse d'une main, puis en faisant un signe de paix de l'autre.

Je n'ai jamais vu Nathan dire « Yo, man ». Ou se taper le torse avec le poing. Ou faire le signe Peace & Love. Et pourquoi ses cheveux sont-ils hérissés ? C'est comme s'ils avaient été enduits de colle. En plus, il porte un pantalon en cuir avec son tee-shirt Legendary. Je connais ce pantalon. C'est celui qu'il avait mis quand il s'était déguisé en Prince, pour Halloween. On aurait pu penser qu'il l'aurait flanqué à la poubelle ensuite, mais apparemment pas. Il donne un coup d'épaule dans celle de Legend, qui recule d'un pas.

— Ravi de te rencontrer, mec.

— Euh…, fait Legend en retrouvant l'équilibre, prenant visiblement sur lui pour ne pas éclater de rire. C'est quoi ton nom, mec ?

— Mon nom ?

Nathan abandonne son numéro de Machine Gun Kelly, se penche en avant et serre Legend dans ses bras, comme Kiyoshi il y a quelques minutes.

— Je fais un câlin à Legendary ! s'écrie-t-il avant de s'écarter et de se calmer aussitôt. Désolé… Moi, c'est Nathan.

Kiyoshi désigne Josh du doigt.

— Et lui, c'est Josh. J'espère que c'est bon pour toi. C'est mon Nathan, qui l'a amené. Il est super cool, lui aussi.

— Je suis trop fan !

Josh lui adresse un signe depuis la table. Ses cheveux bouclés partent dans toutes les directions.

— Je joue du hautbois, si jamais tu as besoin de prendre des cours !

Legend semble se tendre à la vue de Josh, mais c'est peut-être mon imagination… En tout cas, il ne le salue pas en retour. Au lieu de ça, il se tourne vers Kiyoshi.

— Que la fête commence, alors !

Là-dessus, il l'attrape par l'épaule. Les genoux de mon amie se dérobent sous elle. Pourvu qu'elle ne s'évanouisse pas !

CHAPITRE 11

En pleine conversation avec Mary-Ann, Ricardo ouvre une nouvelle canette de Coca et en prend une grande gorgée. La table ronde est jonchée de cartes de bataille, de dés et d'une maquette de village avec des personnages minuscules que nous avons achetée en commun sur Etsy l'année dernière. Une montagne de boissons et de snacks à moitié consommés encombre également le plateau. On dirait presque que le garde-manger de Kiyoshi a explosé et qu'il a atterri ici. Cela fait plus d'une heure que la partie a commencé, mais personne ne montre le moindre signe de fatigue – ce qui est une excellente chose, parce que Legend n'a pas encore le niveau suffisant pour obtenir un sort décent.

— D-Dog…

Legend se penche vers moi pour me chuchoter à l'oreille. Qu'il chatouille au passage. Il étudie sa fiche de personnage comme si elle commençait à avoir du sens.

— Quand est-ce que je vais avoir une vraie formule magique ?

— Je sais, je sais…, je réponds à voix basse. T'inquiète pas. Ricardo a promis de nous aider.

— D'accord, mais…

Il plonge la main dans un sac de pop-corn soufflé, le snack le plus sain que Kiyoshi avait à proposer.

— On est coincés dans cette tempête. Et il grêle des boules de feu depuis environ vingt minutes.

— C'est parce que Mary-Ann a dû en lancer, je murmure en retour. Détends-toi.

Ricardo et Mary-Ann, qui joue un druide halfling à l'esprit fantôme, vont et viennent, discutant de sa quête actuelle.

— Désolé, dit Legend. J'ai simplement hâte de trouver un grimoire et d'apprendre une formule magique pour pouvoir…

— Hé, je ne voudrais pas vous interrompre, chuchote Josh (il est assis juste à ma gauche et a probablement entendu tout ce que Legend et moi avons dit), mais Maître Ledgend…

Legend m'adresse un regard « qu'est-ce qui lui prend de m'appeler par mon pseudo ? » avant de sourire poliment.

— Euh… oui, Joshinator ? murmure-t-il en retour. Qu'est-ce qu'il y a, mec ?

— Bon, la conversation que nous allons avoir est vraiment méga nerd, fait Josh en se penchant en avant. Tu pourrais être un peu perdu. Mais en bref, tu joues un ensorceleur, donc ta magie est innée.

— Où veux-tu en venir ? répond l'autre.

— Les ensorceleurs apprennent des sorts en montant de niveau, explique le roux. Ils sont plus du genre grimoires et parchemins. Ce que vous essayez de faire n'est pas un *move* classique. Vous comptez sur la chance, les dieux, le Ciel… bref, tu vois.

— Le fait que tes propos aient du sens, dit sérieusement Legend, me fait légèrement flipper. Dylan… je crois que je m'implique trop.

Ricardo s'éclaircit la voix de façon théâtrale. Nous levons tous les yeux vers lui.

— Ce truc est allumé ? Vous m'entendez ? commence mon ami en désignant sa bouche. La tempête s'est calmée… un territoire montagneux et poussiéreux vous a *tous* conduits à un petit village pittoresque, où une commerçante vous accueille afin que vous puissiez vous reposer.

Attendez… une *commerçante*? Je me réveille.

— Une commerçante, que vous soupçonnez d'être une sorcière, poursuit Ricardo, qui me sourit avant de prendre une nouvelle gorgée de Coca. Une sorcière avec une grande connaissance des sorts et une importante collection de grimoires.

— Oui! s'écrie Legend. Vends-nous un grimoire, sorcière!

Ricardo parle soudain plus fort, et avec un vieil (et très mauvais) accent irlandais.

— Je ne suis pas prrête à vous vendrre un de mes grrimoirres! Mais…

Il se met à ricaner.

— On dirait Ed dans *Le Roi Lion*…

Kiyoshi éclate de rire avant de fourrer une poignée de bretzels dans sa bouche.

— Je vais vous offrrirr un de mes parrchemins magiques, ajoute Ricardo. Il fonctionnerra pourr vous deux, ensorrceleurrs. Qu'il en soit ainsi!

Legend et moi échangeons des sourires exaltés. Le Maître du jeu a tenu parole. On va avoir un sort! Mes pieds martèlent le sol d'excitation.

— Mais pour lancer le sorrt maintenant, vous devrrez accomplirr une tâche pourr moi.

Ricardo se met à parler plus bas, toujours d'une façon théâtrale.

— Parrce que si un ensorrceleurr jette ce sorrt parrticulier, le fameux « sorrt Légendairre », poursuit-il en adressant un clin d'œil à Legend, il tuerra n'importe quel dragon blanc dans un rrayon de dix mètres. Et il se trrouve qu'un drragon blanc aussi morrtel que dangerreux vit dans ma grrotte. Je suis son prrisonnier.

Legend lève son regard vers Ricardo.

— Est-ce que Dylan et moi, on peut lancer le sort ?

— Oui da ! acquiesce Ricardo. Je ne vois pas pourrquoi je m'y opposerrais. Obtenez vingt, et la bête serra morrte.

— Désolé de vous interrompre, mais d'après le *Manuel des joueurs*, fait Josh en sortant un petit livre du sac à dos posé à ses pieds et en le mettant sur la table, on ne peut pas lancer de sort à deux. Vous voyez ? C'est écrit juste ici. (Il ouvre le livre et nous le montre.) Et on ne peut définitivement pas donner un grimoire à un ensorceleur. (Il tourne quelques pages.) C'est écrit là. Et là.

— Ce n'est qu'un parchemin, et… non, mais sérieux, Josh !

Ricardo hausse les yeux au ciel si longtemps que je pense pendant un moment qu'ils pourraient ne jamais redescendre. Un *Manuel des joueurs* ? C'est le genre de truc dont je me sers pour allumer des feux dans mon jardin !

— Désolé, fait Josh en attrapant une poignée de chips avant d'avouer, la bouche pleine, je suis très à cheval sur les règles.

— Alors tu sais tout sur le *homebrew*. La meilleure règle de toutes.

Ricardo reporte son attention sur Legend et moi.

Homebrew est le terme Donjons et Dragons pour dire, en gros, « je fais ce que je veux ». Ce qui signifie que maintenant que Legend et moi possédons tous les deux le parchemin, nous pouvons aussi lancer le sort ensemble.

— Juste une chose, dit Legend. Comment on sait si le sort fonctionne ?

Je ramasse le dé à vingt faces en quartz rose posé sur la carte.

— Il a dit qu'on devait obtenir un vingt.

Je laisse tomber le dé dans la paume de Legend.

— Attends…

Legend replace le petit objet dans la mienne, puis prend ma main.

Ce que les siennes peuvent être douces ! Genre, *très* douces. Et chaudes. Une drôle de sensation parcourt mon estomac. C'est comme si une décharge électrique me traversait. Je n'ai jamais ressenti ça avant que Legend ne me prenne la main. Et on s'est déjà tenu la main des dizaines de fois. Voire des centaines. En traversant Crosby Creek à pied. En récitant une petite prière avant de faire quelque chose d'extraordinairement stupide. Ou en campant sous les étoiles dans mon jardin.

— Qu'est-ce que tu fais ? dis-je à voix basse, consciente que tous les regards sont tournés vers nous.

La mâchoire de Kiyoshi est pratiquement tombée jusqu'au sol, et Josh a les sourcils furieusement froncés.

— On doit lancer le dé ensemble. Un point c'est tout, déclare Legend.

— Oh, OK ! fais-je en hochant la tête.

On compte jusqu'à trois, et on jette le dé.

— Non, mais matez-moi un peu ça ? fait Ricardo en se penchant au-dessus du plan pour lire le résultat. Vingt !

— Oh mon Dieu ! On l'a fait !!!

Je me jette sur Legendary et le serre dans mes bras.

Lui passe les siens autour de ma taille. Pendant une seconde, c'est comme si nous étions les deux seules personnes au monde. Ou les deux seuls ensorceleurs des Royaumes, dans le cas présent.

— Hum, hum… (Kiyoshi se racle la gorge.) Je peux avoir un câlin, moi aussi ?

La voix de ma meilleure amie me rappelle que nous ne sommes pas seuls aux Royaumes D&D. Et que tout le monde nous mate avec des yeux écarquillés de surprise. Nous nous écartons aussitôt l'un de l'autre.

— C'est bon, ça ! commente Ricardo en oubliant son accent irlandais. Je ne crois pas avoir déjà vu un sort légendaire aussi bien lancé. Vous êtes sacrément forts, ensemble.

Le sourire de Legend illumine toute la pièce lorsqu'il me regarde. Je ne peux pas m'empêcher de sourire à mon tour.

— Sauf que dans le *Manuel des joueurs*…

L'air toujours renfrogné, Josh brandit à nouveau son bouquin. Tout le monde se met à gémir.

— Désolé, désolé ! C'est juste qu'un dragon blanc a besoin de plus de vingt – voire de quarante – points de vie pour mourir. Vous comptez réutiliser le *homebrew* ? Parce que ça ne serait pas très fair-play.

— Toc, toc !

La mère de Kiyoshi descend l'escalier avec un grand plateau chargé de fromages, de crackers et de charcuterie. Comme si nos estomacs avaient encore un creux à combler.

— Vous avez besoin de faire une pause ? Tenez, grignotez donc un peu.

— En fait, oui, nous avons vraiment besoin d'une pause, répond Legend en regardant Josh. Et certains d'entre nous plus que d'autres…

— Oui, ça tombe très bien, dit Ricardo. Campons devant la boutique de la sorcière et revenons dans quinze minutes.

Tout le monde quitte la table, et en profite pour passer près de Legend, me poussant à m'écarter, comme s'il était la flamme qui leur tenait chaud et non le feu en train de faire flamber le sous-sol.

— C'était sympa, hein ? (Josh allonge ses longues jambes et regarde Legend, que Kiyoshi présente à sa mère.) Je n'en reviens pas que vous soyez amis. C'est tellement dingue. Comment ça se fait ?

Je regarde de l'autre côté de la pièce. Legend apprend les pas d'une danse inconnue à la mère de Kiyoshi.

— Il est pratiquement de la famille.

— Oh… (Josh passe une main dans sa tignasse et soupire de soulagement.) Il est de ta famille. Je comprends mieux.

J'observe Legend danser tel l'expert qu'il est. Les muscles de ses bras se contractent sous son tee-shirt fin pendant qu'il bouge. Est-ce qu'il est de ma famille ? Pas vraiment. Disons qu'il en fait partie. Comme un cousin très, très éloigné. Un cousin éloigné super attirant et sexy qu'on voit seulement aux réunions de famille. Et dont on découvre plus tard, en se penchant sur sa généalogie, qu'il n'a aucun lien de parenté avec qui que ce soit, d'ailleurs.

— Au fait. Tu es très jolie ce soir, ajoute Josh.

Oh…

— C'est gentil, Josh. (Ça compense *presque* le fait qu'il a été vraiment chiant.) Merci.

— Désolé si je suis un peu pointilleux avec le *Manuel des joueurs*.

— Pas de problème, mais…, j'ajoute en désignant son sac à dos, j'ai vu que tu avais aussi apporté l'édition limitée collector.

— Je plaide coupable, fait Josh en riant. Pour ma défense, c'est un cadeau.

— T'inquiète. Legend et moi, on cherche juste à faire un truc qu'on veut faire depuis longtemps. Et Ricardo nous a aidés.

Josh attrape un Maltesers dans un sachet posé sur la table et le jette en l'air. Il tente de le rattraper avec sa bouche, mais le rate de peu. Le bonbon enrobé de chocolat retombe sur le sol dans un bruit sourd.

— Oups… Désolé. Au fait, où en est notre dette ? Tu te souviens ? Tu m'avais promis.

C'est vrai. J'ai promis à Josh qu'on retournerait ensemble au Rainy Day Café.

— Ça te dirait d'aller dîner ? demande-t-il. Genre, vendredi ? Je pourrais réserver au Hungry Hunters. C'est cool là-bas, tu ne trouves pas ?

C'est sûrement le plus beau restaurant de Hornsborough. Mais…

— C'est juste que…

J'ignore si j'aurai le temps avec la préparation de l'audition, les devoirs, les cours, et maintenant la liste de commandements avec Legend. En parlant de Legend… Nos regards se croisent à travers la pièce. Mais il ne mime pas un vomissement comme la fois où il m'avait vue discuter seule à seul avec Josh. Cette fois, il semble… triste. Est-ce qu'il pense que Josh est indigne de moi ? À cause de ses cheveux roux ? Ou du nouveau Maltesers qu'il vient de lancer en l'air, qu'il a encore raté, puis qui roule à présent sur le sol et que Mary-Ann s'apprête à piétiner ? Ou bien a-t-il éprouvé une sensation étrange au creux de l'estomac, lui aussi, quand nous nous sommes tenu la main ?

— C'est qui cette fille avec qui on te voit tout le temps ? demande Kiyoshi en fourrant son téléphone sous le nez de Legend.

Nous rompons notre contact visuel. Il baisse les yeux sur l'écran.

— Oh ! C'est ma copine, Leilani.

— Elle est super jolie ! s'extasie Kiyoshi.

Il acquiesce.

— Oui… Elle est géniale.

Donc, c'est vraiment sa petite amie. Je me demande pourquoi je suis surprise. Un type comme lui a probablement une copine différente pour chaque jour de la semaine. Et qu'est-ce que ça peut me faire, de toute façon ? Je me retourne vers Josh.

— Tu sais quoi ? C'est d'accord. J'adorerais dîner avec toi.

Il lève les mains en signe de victoire en criant « *Yes !* ».

♪

— C'était sympa, dit Legend, en enfilant sa veste.

Il fait signe à Nathan depuis l'entrée.

— Désolé que mon sac de haricots se soit transformé en monstres de puissances occultes et qu'ils t'aient tué.

— Être tué par Legendary…, fait Nathan en passant un bras autour des épaules de Kiyoshi. C'est une mort dont je me souviendrai longtemps. Enfin, tant que je serai en vie. Bref, tu vois ce que je veux dire.

Il porte désormais un pantalon de jogging appartenant au grand frère de Kiyoshi vu que celui en cuir d'Halloween s'est déchiré au niveau des fesses quand Legend nous a appris le « Toosie Slide » de Drake.

— On devrait remettre ça. (Legend passe un bras autour de mes épaules.) Pas vrai, D ?

J'observe les visages des autres. Ils essaient tous de rester calmes. Kiyoshi a les yeux écarquillés. Les cheveux gorgés de gel de Nathan sont au garde-à-vous. Et Mary-Ann et Ricardo se balancent sur leurs pieds en souriant comme le chat du Cheshire.

— Carrément. Salut, les gars ! dis-je en leur adressant un signe de la main. On se voit au bahut.

À peine la porte fermée, nous entendons des cris et des acclamations éclater à l'intérieur de la maison, comme si les Hornsborough Bees venaient de gagner leur premier match. Est-ce que c'est Nathan ou Ricardo qui crie : « Putain ! C'est vraiment arrivé ou je suis mort ? » ? Sûrement Nathan.

Legend et moi échangeons un coup d'œil amusé.

— J'aimerais que les gens hurlent « putain » quand je quitte une pièce, je soupire.

Nous ouvrons les portières pour nous glisser sur les sièges en cuir froid de ma Fiat.

— Alors…, dis-je en tirant ma ceinture de sécurité. Ça fait deux commandements de moins.

— Il en reste encore six.

Il sort la liste de la poche de son jean et attrape un stylo pour barrer « formule magique ».

— Franchement, qui aurait cru que D&D pouvait être aussi excitant ? Je vais faire jouer mes potes quand je rentrerai chez moi.

Legend et ses amis célèbres jouant à Donjons et Dragons ?

— Je paierais cher pour voir ça, je commente tout en montant le chauffage.

— D'accord, mademoiselle l'Ensorceleuse extraordinaire. J'admets que tu m'as appris des choses, ce soir.

— Si tu le dis. (Je fais basculer mes cheveux par-dessus mon épaule tout en plaisantant.) Mais de rien. Et oui, c'est vrai, je suis géniale.

— Et tellement modeste, ajoute Legend en s'attachant lui aussi. Maintenant, mate un peu ça. À ton tour d'apprendre deux ou trois trucs de moi.

Il branche son téléphone sur le câble USB de ma voiture et se décale légèrement sur son siège pour se rapprocher et me montrer l'écran de son portable. C'est une vidéo YouTube d'un trompettiste noir jouant en live avec un groupe. Je regarde l'enregistrement par-dessus son épaule.

— Il est vraiment bon. *Très* bon.

— Il s'appelle Wynton Marsalis. C'est un trompettiste et compositeur de jazz super célèbre.

— Je n'ai jamais entendu parler de lui. C'est dingue…

Nous continuons de regarder la vidéo. Le public applaudit à tout rompre lorsque le groupe termine le morceau et en entame aussitôt un nouveau.

— Et devine quoi ?

Legend me regarde, puis lève la main pour passer ses doigts dans les mèches qui retombent sur mon front. Un frisson remonte le long de ma colonne vertébrale. Je me penche en arrière pour remettre de la distance entre nous.

— Pour… Pourquoi tu fais ça ?

— Tu avais des confettis dans les cheveux.

— Oh ! fais-je en soupirant. Je ne savais pas que le père de Kiyoshi aurait un pistolet à confettis.

— C'était vraiment une drôle de façon de me souhaiter la bienvenue.

Legend a déjà reporté son attention sur la vidéo.

— En tout cas, le grand Wynton Marsalis est allé à la Juilliard.

Une petite douleur pointe dans mon estomac. Ce n'est pas de la jalousie. Comment pourrais-je être jalouse d'un trompettiste dont je n'avais jamais entendu parler jusqu'à cet instant ? Nous ne sommes pas en compétition. En plus il joue dans la catégorie des cuivres et moi dans celle des cordes. Et il joue du jazz, et moi du classique. Malgré tout, le fait d'apprendre qu'il a été à la Juilliard ravive mon anxiété et toutes mes tensions. Ma poitrine se serre et mes épaules se raidissent.

— Il est incroyable, Legend.

— Ah, mince… (Legend se tourne vers moi.) Pourquoi tu dis ça comme ça ?

— Comme quoi ?

Il affiche une expression exagérément souffrante.

— « Il est incroyable. » On dirait Tristesse dans *Vice-Versa*, de Disney.

Aïe… J'avais vraiment cette voix ?

— Je suppose que… je ne sais pas. C'est juste que j'aimerais aller à la Juilliard, moi aussi. C'est tout.

— Ah, D. Je sais que tu es une compétitrice. Mais pas au point d'être jalouse de Wynton Marsalis, quand même.

— Je ne suis pas une compétitrice dans ce genre-là. Et je ne suis jamais jalouse.

Legend me lance un petit regard en coin.

— Dylan Woods… Je t'ai vue jeter ton prix de la deuxième place dans la broyeuse, un jour, quand personne ne te voyait.

Je gémis.

— Je m'en souviens !

C'était au concours de l'enfant le plus talentueux de la foire de Scott County.

— Ils avaient donné la première place à une majorette et son bâton à la noix. Elle ne le méritait pas !

— Yo, meuf, ses bâtons étaient enflammés et elle avait les yeux bandés !

— Pfff… Trop nul, je grogne en secouant la tête.

Legend éclate de rire.

— Dylan, tu penses que la deuxième place est pire que la dernière. Tu faisais systématiquement la course avec moi jusqu'à la voiture !

— D'abord, oui, la deuxième place est pire que la dernière. Parce que la dernière n'a aucune chance de gagner. Alors que celui ou celle qui obtient la deuxième a pratiquement touché la gloire du doigt. Et ça, ça fait mal ! Et en quoi ça pose problème de faire la course jusqu'à la voiture ? Ce n'est quand même pas ma faute si tu étais lent.

— Je ne savais même pas qu'on faisait la course !

— Bon, d'accord. J'aime *légèrement* la compétition. Mais je ne suis pas jalouse de Wynton Marsalis. Sa musique est précieuse. Je veux faire la même chose. C'est tout.

— Tu le feras un jour. Je le crois vraiment.

— Comme tu le fais toi, hein ?

— Tu vas aller dans des endroits dont je ne peux même pas rêver, Dylan, dit-il en souriant. Comme la Juilliard School.

Nous continuons de regarder la vidéo. La musique me donne l'impression de voyager dans le temps et de me retrouver dans un recoin sombre et bondé du Lenox Lounge, à Harlem, un club autrefois célèbre. Je danse avec Legend au son du timbre sourd d'une fanfare au lieu d'être assise dans ma petite voiture devant la maison de Kiyoshi, à Hornsborough.

— Dis-moi, Dylan. (La foule de la vidéo laisse éclater un tonnerre d'applaudissements alors que le groupe termine un nouveau morceau.) Je sais que tu aimes le classique. Mais qu'est-ce que tu penses de ça ? Qu'est-ce que tu en penses vraiment ?

J'écoute attentivement tout en me grattant la tête.

— Honnêtement, je trouve ça… familier.

Attendez une seconde… Je comprends quelque chose, tout à coup.

— Mais… (J'augmente le volume.) C'est le *Lac des cygnes* ! C'est de la fusion. C'est un hybride classique-jazz !

— Ouah ! fait Legend en dodelinant de la tête. Je l'entends maintenant ! Le *Lac des cygnes* n'a jamais été aussi cool.

— Tu vois ! Ça prouve mon point de vue. C'est pour ça que j'aime le classique. Parce que c'est la seule musique qui ne vieillit pas. On ne peut pas vivre éternellement. Mais elle, oui. Elle est éternelle.

Je penche la tête en arrière et me mets à regarder le plafond de la voiture.

— Je voudrais pouvoir jouer tous les morceaux que j'aime à mon audition, au lieu de ceux qu'on me demande. Comme un medley ou un truc du genre. Un hybride de toutes mes œuvres classiques préférées. En y ajoutant même un peu de pop orchestrale tirée de bandes originales de films, peut-être.

— Fais-le, dit Legend, l'air sérieux. Fais le « casse du siècle ».

— Le casse du siècle ?

Le morceau de la vidéo se termine. La foule laisse éclater un tonnerre d'applaudissements.

— Qu'est-ce que tu veux dire ?

— Le temps sur scène est à toi. Tu l'as gagné. Joue tout ce qu'ils attendent de toi, et puis à la fin, donne-leur-en un peu plus. Les gens font ça tout le temps, aux auditions. Même nous, quand on a auditionné des danseurs pour la tournée mondiale, on a fini par engager ceux qui nous donnaient quelque chose de plus. Et si Wynton Marsalis peut faire sonner la musique classique aussi bien, je sais que tu peux le faire aussi.

Est-ce que je pourrais vraiment faire ma maligne ? Jouer quelque chose que je ne suis pas censée jouer ?

— Je ne sais pas…, dis-je en secouant la tête. Je ne pense pas en avoir le temps, pour être honnête. Je m'entraîne à jouer les morceaux demandés depuis plus d'un an. Je ne peux pas mettre au point et apprendre une nouvelle partition maintenant.

— Tu plaisantes ? Kanye West a écrit « All Falls Down » en quinze minutes. Adele mis au point « Hometown Glory » en moins de dix. Paul McCartney a composé « Yesterday » en moins d'une minute. Et je suis sûr que les mecs morts que vous aimez tant, vous les classicos – Beethoven et tous ses potes… Je parie qu'eux aussi, ils ont écrit des morceaux à la vitesse de l'éclair. Je pourrais même t'aider, D. Je t'en dois une.

Un coup frappé à la vitre me fait sursauter. Je me retourne et découvre Josh debout à côté de la voiture, en train de m'adresser un signe de la main. Je baisse la vitre.

— Hé, Josh. Euh… quoi de neuf?

— Je suis vraiment désolé!

Il ne porte pas de manteau. Il a les poings fourrés dans les poches de son pantalon en velours côtelé, et il sautille pour ne pas grelotter.

— J'étais aux toilettes. Du coup, je ne t'ai pas dit au revoir. Je t'enverrai un message pour notre dîner, d'accord? J'ai hâte. Un deuxième rendez-vous avec Dylan… Trop de chance! (Il regarde Legend.) Et c'était cool de te rencontrer, Legend. Tu es totalement, absolument génial.

— Heu, absolument…, répond celui-ci en hochant la tête. C'était sympa de te rencontrer aussi.

À ces mots, Josh se précipite vers la maison.

— Désolée.

J'enclenche la marche arrière et commence à sortir de l'allée.

— Tu veux bien mettre un autre morceau de Wynton?

J'ai envie que sa musique me transporte dans le temps. Je vois pratiquement Ella Fitzgerald chanter dans un club enfumé.

— Non, c'est bon. Fais ce que tu veux, réplique-t-il.

Legend arrête la musique et se met à scroller sur Instagram. Une étrange tension plane soudain. Une barrière nouvelle semble se dresser entre nous. Que se passe-t-il?

— OK.

Je tripote les boutons de mon volant et sélectionne une playlist « Vieux tubes Motown » sur Spotify. À l'exception des sons de Stevie Wonder, le reste du trajet se passe en silence.

CHAPITRE 12

Je me précipite vers l'ascenseur du hall d'entrée tout en sirotant mon café glacé au caramel, fascinée par les dômes du plafond ornés de carreaux de mosaïque, qui projettent des ombres scintillantes sur le sol en marbre du Redstone Building.

Je me faufile entre les portes de l'ascenseur juste au moment où elles se referment et appuie sur le bouton du quatrième étage. Quand j'arrive dans la salle de répétition, M. Schwarz est installé à un vieux piano droit et attend.

— Dylan Woods, fait-il en levant son téléphone pour me montrer l'heure, vous êtes en retard.

— Désolée, monsieur Schwarz. (Les glaçons s'entrechoquent dans le gobelet de café que je brandis.) Je me suis arrêtée au Coffee Korner de l'autre côté de la rue.

J'avale le restant de boisson et jette le gobelet à la poubelle.

— Comment se présente le Paganini ?

— Bien. Dommage que j'aie raté la master class, dis-je en posant mon étui à violon sur une chaise pliante. Comment c'était ?

— Pas exceptionnel. Rien qu'on n'ait déjà entendu.

Il réordonne des partitions disposées sur le piano.

M. Schwarz détonne à Hornsborough. Il est né à Düsseldorf et c'est un prodige du violon, il a été déclaré virtuose à neuf ans. Avec sa crinière sauvage et grise et son accent prononcé, on dirait Beethoven ressuscité.

— Commençons par le Paganini, dit-il.

Je fais courir mon archet sur les cordes pour accorder mon instrument tout en tournant les chevilles en bois. J'ai une oreille parfaite, donc je n'ai pas besoin d'un piano ou d'un diapason comme la plupart des musiciens. J'entends vraiment les notes dans ma tête. Ma mère m'appelle le piano humain.

— N'oubliez pas de tenir votre archet le plus légèrement possible. Les doigts doivent entrer délicatement en contact avec la baguette, déclare M. Schwarz. La souplesse des doigts absorbera le rebond de l'archet.

— C'est compris.

Je pose mon chiffon de velours sur ma mentonnière et enfonce mon violon au-dessus de mon épaule, sentant l'arôme du bois et la résonance des ouïes en forme de « f » au moment où je plante mon archet dans les cordes et commence à jouer. Mes doigts glissent sur la touche alors que je passe d'une position à l'autre. De petites particules de colophane bondissent dans les airs et mon corps se balance en rythme avec la mélodie. Je joue depuis un peu moins de deux minutes lorsque le *Caprice* prend fin. Malgré tout, mes épaules sont lourdes, et mon archet une ancre qui tenterait d'entraîner mon bras vers le bas. J'ouvre les yeux et me rends compte que j'ai retenu ma respiration durant les dernières secondes. J'inspire une bouffée d'air. Mon cœur s'emballe au moment où j'abaisse mon archet, dans l'attente des commentaires de M. Schwarz. Il se contente de refermer le couvercle du piano, les épaules affaissées, et de pousser un profond soupir.

— Ouah ! (Je retire mon violon de sous mon menton.) Je ne pensais pas que c'était mauvais à ce point-là.

— Dylan, ma chère…

Sa voix est grave et douce, ses sourcils froncés comme ceux de papa lorsqu'il est particulièrement stressé.

— Vous êtes douée. Votre jeu est précis, exact et équilibré.

Précis, exact et équilibré ?

— On dirait une critique pour un architecte sur Yelp.

— Un excellent architecte, alors, ajoute mon professeur.

— Monsieur Schwarz. C'est un *Caprice* de Paganini. Je n'y peux rien si ce n'est pas ultra excitant. C'est un peu le problème avec ce genre de morceau.

— Je ne suis absolument pas d'accord. Vos techniques d'archet et votre expressivité à elles seules devraient donner envie de se lever et d'applaudir ! assène-t-il en se tortillant sur le banc de piano pour se tourner complètement vers moi. Vous avez accompli un gros travail depuis trois ans que je vous connais, mais la vérité, c'est que nous ignorons ce qui vous attend le jour de votre audition. Peut-être qu'il y aura seulement deux places de violonistes, cette année, et que trente auront été convoqués – trente violonistes qui pratiquent autant que vous. Qui jouent depuis aussi longtemps que vous. Et qui ont accompli autant de choses que vous. Voire plus.

— Vous voulez me faire peur, monsieur Schwarz ?

— Je n'essaie pas de vous effrayer. Je me contente de présenter les faits. « Je n'y peux rien » ne fonctionnera pas. Avez-vous la moindre idée du nombre de fois où ces jurés ont entendu ces airs ?

Oui, j'en ai une petite idée. Probablement des centaines. Et des centaines.

— Ils dorment et rêvent sur ces mélodies. Vous devrez les réveiller.

— Et comment fait-on ça, exactement ?

Je m'effondre sur la chaise métallique à côté de mon pupitre et pose mon front entre mes mains. Je repense à la foule applaudissant à tout rompre lorsque Wynton Marsalis jouait. Lui sait comment tirer les gens de leur sommeil. Ou à l'inverse, leur donner des insomnies.

— Je joue du mieux que je peux. (Et c'est vrai.) Je fais tout ce que vous me dites de faire. Et ce serait toujours pas assez ? À ce stade, est-ce que vous ne devriez pas plutôt me complimenter et me dire que je suis géniale ?

Cette dernière réplique était censée être une blague, alors je suis surprise quand mes yeux se remplissent de larmes. Je n'ai jamais pleuré devant M. Schwarz. (Bien que j'aie vu et entendu d'autres personnes le faire au fil des années.) J'essaie de m'essuyer les yeux avant qu'il le remarque, mais trop tard.

— Oh, ma chère Dylan, ne pleurez pas, s'il vous plaît, dit-il doucement. Rappelez-vous que vos seconds choix sont excellents. Carnegie Mellon est une merveilleuse école. Le Berklee College of Music est l'une de mes préférées et…

— Je n'ai pas postulé dans ces écoles.

— Oh ? (Il me regarde par-dessus ses lunettes.) Le Conservatoire de musique de Nouvelle-Angleterre était bien sur votre liste, pourtant, n'est-ce pas ?

— Il l'était, dis-je en hochant la tête. Mais je n'ai pas postulé là-bas non plus.

— Et l'École de musique de Manhattan ? L'Institut des Arts de Californie ?

Sa voix est montée d'un cran dans les aigus.

— Non et… non.

— Dylan… (M. Schwarz s'assoit tout raide sur le banc de piano et tire ses épaules en arrière.) Je ne comprends pas. Où avez-vous postulé alors ?

— Seulement à la Juilliard.

Voilà. C'est dit. Il sait. Le soulagement m'envahit.

Maintenant, il va pouvoir éclater. Me dire que c'est complètement absurde. Agripper ses cheveux gris à deux mains et me déclarer folle. Me rappeler que j'ai manqué les autres dates limites d'inscription et que je passerai une année entière sur la touche si la Juilliard ne m'accepte pas. Je ferme les paupières, dans l'attente de l'assaut.

Mais seul le silence se fait entendre. J'ouvre un œil pour m'apercevoir que M. Schwarz annote calmement sa partition au crayon.

— Heu… Monsieur Schwarz ?

Il se tourne vers moi.

— Oui ?

— Pourquoi vous ne me criez pas dessus ? Pourquoi vous ne me balancez pas des gros mots en allemand ?

Il pose son crayon.

— Vous voudriez que je le fasse ?

— Non.

— Apparemment, la Juilliard signifie beaucoup pour vous, pour que vous preniez de tels risques. Alors, j'attends.

J'attends ?

— Vous attendez quoi ?

— Que vous m'expliquiez pourquoi, dit-il d'un ton égal et calme. Il y a d'autres bonnes écoles. Excellentes, même. Vous êtes une musicienne de haut niveau. Vous mériteriez une place dans un conservatoire de musique renommé. Dans le pire des cas, vous resterez un an sur le carreau. Mais ce serait bien triste quand même.

— Non. Le pire des scénarios serait de vivre à Pittsburgh, Boston ou… Bloomington, dans l'Indiana, dis-je d'un ton définitif. Monsieur Schwarz, j'ai jamais choisi où je voulais vivre. On a même décidé de ma famille pour moi.

M. Schwarz hausse un sourcil.

— Ne vous méprenez pas, j'ajoute. J'aime ma famille plus que tout au monde. Mais je peux pas m'empêcher de me demander comment ma vie serait si je choisissais ma propre voie. Je n'ai pas choisi Hornsborough. Je n'ai pas choisi mon lycée. (Je tends le bras.) Je n'ai même pas choisi cette peau. (Je pose une main sur ma joue.) Ni ce visage.

Je m'interromps, à la recherche des mots justes pour exprimer ce que je ressens.

— Monsieur Schwarz, quelqu'un a choisi mon nom, le quartier dans lequel j'ai grandi, même ce que je mange et les vêtements que je porte… la plupart de ces choses ont été choisies à ma place. (Je montre mon violon.) Mais avec lui, j'ai une voix. J'ai… le choix. Je ne veux pas d'une autre école. Je veux la meilleure. Je sens que je le mérite. Pourquoi est-ce que ce serait mal ? Pourquoi devrais-je me contenter de moins ?

Nous restons assis en silence pendant un long moment. J'entends la circulation en contrebas à travers les vitres fines des vieilles fenêtres en bois. Les pas des gens qui vont et viennent dans le couloir pour rejoindre des salles de répétition. M. Schwarz finit par s'éclaircir la voix et dire :

— Vous avez raison, Dylan.

Attendez… Quoi ? Je lève les yeux.

— Vous êtes… d'accord avec moi ?

— Je suis d'accord avec vous. Vous ne devriez pas avoir à faire de compromis. Pas si vous ne le souhaitez pas.

Il acquiesce, comme si, après toutes ces années, il me comprenait enfin.

— Et donc, si la Juilliard est notre seule option, nous allons devoir nous assurer que vous y entriez. Cela vous convient-il ?

— Oui. Merci, je réponds doucement.

— Bien. Récapitulons : vous faites partie d'une catégorie supérieure d'interprètes. Vous maîtrisez la technique, cela va sans dire. Votre stratégie est sans faille. Vous travaillez votre violon comme une partie d'échecs.

Un petit sourire fait se soulever les commissures de mes lèvres. M. Schwarz étant avare de compliments, je sais qu'il est sincère.

— Mais ce n'est pas un jeu !

Il croise les jambes et déboutonne sa veste en velours côtelé bleu foncé. Pendant un instant, je crois voir Sherlock Holmes, avec sa chemise blanche débraillée et sa veste froissée.

— Dites-moi, Dylan. Pouvez-vous me citer un de vos morceaux classiques préférés ? De la période romantique, par exemple ?

En général, ça ne me dérange pas de répondre à cette question. Mais pour être honnête, ma connaissance de la musique romantique commence et se termine avec Chopin.

— Je pense à un prélude de Chopin. Le *Prélude en mi mineur*. Je l'adore.

— Ah ! Un morceau bien sombre.

— Il m'évoque le voyage d'une vie. À la fois magnifique, mais triste aussi, par moments. Vous voyez ?

— On dirait que vous aimez le *Prélude en mi mineur* de Chopin parce qu'il vous fait éprouver des choses.

Je déglutis pour faire disparaître la grosse boule qui vient de se former dans ma gorge. Je pense aux nuits où je veille dans mon lit alors que toute la maison dort, mon casque sur les oreilles, les yeux fermés, à écouter la mélodie obsédante de ce prélude, telle la plus douce et la plus sombre des sérénades.

— Ce n'est pas ce qu'il me fait éprouver. C'est plutôt qu'il m'autorise à le faire. Quand j'entends cette mélodie au piano, c'est comme si j'avais la permission de m'apitoyer sur mon sort. Être triste est généralement considéré comme mal. Comme égoïste, si l'on pense à ce que d'autres moins chanceux vivent. Mais un auto-apitoiement peut être poétique, *magnifique*. (Je hoche la tête.) Et ça, ça me paraît bien. Positif.

— Dylan. C'est exactement ce dont vous avez besoin ! Voilà comment vous atteindrez votre plus haut potentiel. Ne cherchez pas à les impressionner avec votre précision et votre technique.

— Mais il faut bien que je le fasse ! je m'écrie.

Je renifle, et essuie une autre larme qui vient de se former au coin de mon œil.

— Est-ce que ce n'est pas ce qu'ils attendent ?

— À ce niveau, ces qualités sont un prérequis. Mais ce que vous *devez* faire, poursuit-il en se penchant en avant, c'est leur offrir la possibilité de ressentir. Les autoriser à ressentir ce que vous éprouvez. Que ressentez-vous lorsque vous interprétez ce *Caprice* de Paganini ?

C'est très *spiccato*. On dirait une marche militaire. C'est tellement rapide. J'essaie de faire sonner mes cordes comme des cors, mais le résultat n'est pas probant. En plus, une seule note ratée se remarque quand on joue trois cordes en même temps. Il faut être très concentré et avoir une intonation parfaite. Honnêtement, ce que je ressens en jouant cette partition, c'est…

— Du stress, dis-je fermement. C'est à peu près tout ce que j'éprouve.

— Je vois. (M. Schwarz ôte ses lunettes et les pose sur le piano droit.) Je pense que nous devrions terminer plus tôt, aujourd'hui. Prenez ce temps-là jusqu'à notre prochain cours, entre deux répétitions de quatre heures par jour…

— Trois heures et demie, je corrige. Pour être précise.

— Entre trois et cinq heures de pratique par jour, pour être précis. Essayez de définir ce que vous éprouvez en dehors du stress. Imaginez que vous êtes une compositrice hors du commun. Et que vous avez récemment terminé plusieurs chefs-d'œuvre. Votre audition de vingt minutes à la Juilliard sera leur présentation.

— J'espère y arriver, monsieur Schwarz.

— J'ai entièrement confiance en vous.

♫

Une neige fine commence à tomber lorsque je sors du Redstone Building. Je lève les yeux vers le ciel, laissant de gros flocons se poser doucement sur mes cils. Je cligne des paupières, imaginant que ce sont des larmes. Et dire que je pratique le violon plusieurs heures par jour depuis des années sans savoir ce que les morceaux que je joue me font éprouver. Peut-être que je devrais vraiment me rebeller… Mais en suis-je capable ? Et aurai-je le temps de mettre au point mon morceau idéal, de l'apprendre et de le perfectionner ?

— Tu aimes la neige ?

Je me retourne. Un homme est appuyé contre un poteau électrique. On dirait un sans-abri. Il a les mains enfouies dans ses poches. Des cheveux bruns ébouriffés visiblement emmêlés dépassent de son chapeau de pêche sale, tellement enfoncé sur sa tête que l'on distingue à peine son visage.

— Oui, je réponds avec un signe de tête poli. Bonne journée, monsieur.

— T'aurais un peu de monnaie ?

Sa voix est bourrue, mais gentille. Quelque chose en lui donne l'impression qu'il est inoffensif. Sa chemise – en flanelle, peut-être ? – et ses bottes me rappellent celles en vente à notre quincaillerie. Et le taux de criminalité à Hornsborough est inférieur à zéro, à cette époque de l'année. Il fait trop froid pour les criminels ! J'aimerais l'aider. Dommage que je n'aie pas de monnaie.

— Désolée, je marmonne en me dirigeant vers le parking.

Quand soudain, j'aperçois le Coffee Korner sur le trottoir d'en face. Je me retourne vers l'homme et je lui dis :

— Je n'ai pas d'argent. Mais j'ai une carte cadeau Coffee Korner. (Je la sors de ma poche arrière et la pose sur une boîte postale bleue.) Il reste à peu près dix dollars dessus. Vous pourrez vous acheter ce que vous voulez.

— Eh bien… (Il frissonne. J'aimerais lui trouver un manteau correct.) Le café non bio compte parmi les cultures les plus traitées aux pesticides.

— Heu…

Quelque chose chez cet homme me paraît familier, tout à coup…

— Donc, poursuit-il, vu que je n'aime pas vraiment ingérer de l'heptachlore, du chlordane ou de la dieldrine – des pesticides toxiques, au cas où tu te poserais la question –, je vais passer mon tour.

Soudain, je sais exactement qui est ce « sans-abri ».

— Legend ? dis-je à voix basse.

Il soulève le chapeau de pêche élimé et sourit.

— Chut…, fait-il en pressant un doigt tatoué contre ses lèvres. Tante E m'a confectionné un camouflage pour que je puisse sortir. Qu'est-ce que tu en penses ?

Je me couvre la bouche pour étouffer un rire hystérique. Il porte un chapeau de pêche, une vieille chemise en flanelle de papa, un pantalon taché d'huile et un…

— C'est quoi ces cheveux sous ton chapeau ?

— C'est la perruque d'Halloween de ton père. (Il prend la pose.) Appelle-moi Elvis le Noir.

— Tu as l'air ridicule, dis-je en essuyant mes yeux larmoyants. Et comment tu es venu jusqu'ici ?

— Chloe avait rendez-vous au centre commercial avec ses amis, explique-t-il avec un petit regard en coin. J'ai proposé à ta mère de l'emmener. Du coup, elle a laissé tante E m'habiller comme un candidat du *Bonheur est dans le pré* et elle m'a filé les clés de sa voiture. Elle m'a indiqué où je te trouverais.

Je ne sais pas comment j'ai fait pour la rater, mais la voiture de ma mère est effectivement garée juste devant le bâtiment. Chloe est installée sur le siège passager, et elle nous filme avec son portable. Voyant que je l'ai enfin remarquée, elle pose le téléphone avant de m'adresser un signe excité de la main. Là-dessus, elle baisse la vitre et hurle :

— J'ai tout filmé. C'est trop drôle !

Je lui tire la langue avant de me tourner vers Legend.

— Le centre commercial, hein ? Tu dois avoir une idée en tête. Tu détestes les centres commerciaux.

— Ne fais pas comme si tu me connaissais.

Il s'écarte du poteau et rajuste sa chemise. Il est vraiment méconnaissable.

— Mais oui, j'ai bien une idée en tête : éviter ta liste de commandements à puces. Aujourd'hui, tu voudrais nous faire aller dans un… attends, laisse-moi prendre mon téléphone, parce que c'est trop bizarre, meuf. (Il tapote l'écran de son portable.) Ah voilà. C'est là ! Dans un « centre de réhabilitation de la faune pour aider les ratons laveurs aveugles à vivre en pleine nature ». À quel commandement ça répond, exactement ?

— À « changer la vie de quelqu'un en positif ».

— La vie de *quelqu'un*. Pas d'un raton laveur. Et pourquoi voudrait-on relâcher des ratons laveurs aveugles dans ce monde ?

Il fouille dans sa poche et me tend les commandements.

— Nous allons nous attaquer au numéro deux, aujourd'hui.

Je lis la liste à voix haute.

— « Regarder Langston se produire à son premier concert live à Hornsborough ».

Je lève les yeux vers lui.

— Tu vas te produire ici ?

— Yep. Au centre commercial.

— Ça ne risque pas de flinguer ta couverture ?

— Pas si tout se passe comme prévu. Écoute un peu ça, dit-il en se frottant les mains : Chloe a dit qu'il y avait un piano dans ce grand magasin. Comment il s'appelle, déjà ?

— Von Maur ?

— Oui, voilà. Celui-là.

Von Maur est sans aucun doute le magasin le plus populaire et le plus cher de la ville. Un magnifique piano à queue trône effectivement au beau milieu du rez-de-chaussée. La plupart du temps, il joue tout seul « comme par magie ». Mais de temps en temps, un pianiste intervient en live.

— Je vais interpréter une chanson sur ce piano, fait-il en étirant ses doigts. Sauf que personne ne saura que c'est moi qui joue.

Je secoue la tête et me marre.

— Attends, laisse-moi réfléchir… qu'est-ce qui pourrait mal tourner ? Oh, à peu près tout.

— On se tait, Mercredi Addams. Tu n'auras qu'à t'asseoir et profiter du spectacle au lieu de t'inquiéter pour les rats-taupes nus de ta réserve naturelle à la noix.

Il me prend la liste des mains et la plie soigneusement avant de la glisser dans sa poche.

— On reviendra chercher ta voiture plus tard. Et ne t'en fais pas pour Chloe. Je suis sûr qu'elle ne flinguera pas ma couverture. Elle a un rencard secret avec un gars, un certain Takely ? Jakely ?

— Oh…, fais-je en hochant la tête. Blakely. C'est un de ses potes du collège. Mais Chloe n'a pas vraiment le droit de sortir avec des garçons. Sauf si ça se passe à la maison, et qu'elle n'est pas toute seule.

— Elle a dit à ta mère qu'elle rejoignait Jessica et Madeline. Mais j'ai l'impression qu'elle a plutôt rendez-vous avec ce Blakely dont elle n'arrête pas de me parler.

— On verra bien.

Je récupère la carte Coffee Korner posée sur la boîte aux lettres.

— Quand on y sera, elle va dire, genre « Oh, j'ai une petite course à faire dans ce magasin, mais on se retrouve plus tard ! » imite Legend.

Ça ressemble trop à Chloe. Mais vraiment.

— C'est exactement le scénario qu'elle m'a joué la dernière fois que je l'ai emmenée au centre commercial ! Je me demande si Blakely était là… Quelle chipie !

Alors que nous nous dirigeons ensemble vers la voiture, Legend passe un bras autour de mon épaule.

— Tu es tellement grand, maintenant. (Je lève les yeux vers lui, et me remets à rire de plus belle.) Cette perruque est vraiment dégueu.

— Elle est surtout sexy, tu veux dire. Allez, admets-le, ironise-t-il en la tirant en avant. Au fait, merci pour le café.

C'était tellement « Dylan » de ta part. Comment fais-tu pour être aussi gentille ? Apprends-moi tes trucs.

Il fourre la clé de la voiture dans la paume de ma main.

— Ça te dérangerait de conduire ? Vu que je ne sais pas où on va…

— Pas de problème.

Je fais tourner la clé dans mes mains, étrangement excitée à l'idée d'un concert dans un centre commercial avec le grand et unique Legendary.

— Ça ne me dérange pas du tout.

CHAPITRE 13

Si parler de soi H24 était un sport officiel, Chloe serait capitaine de l'équipe de son collège.

— Elle a 672 followers sur TikTok et 890 sur Insta, et elle pense qu'il n'y a que ça qui compte. Alors que moi, je m'en fous. Franchement, il n'y a pas que les réseaux sociaux dans la vie!

— C'est vrai, acquiesce Legend. Ça peut rendre certaines personnes complètement tarées. (Il se tourne vers moi.) Tu as combien de followers sur Insta et TikTok, toi, Dylan? Cent millions?

— Dylan sur les réseaux? rit Chloe. Ha! Elle est beaucoup trop cool pour ça. Elle a pas de compte. Alors que c'est, mais *tellement* important pour l'expression de soi.

Je m'engage sur le parking du centre commercial de Northpark alors que Legend alimente le bavardage narcissique incessant de Chloe en lui consacrant toute son attention.

— Et tu sais quoi, Ledge? ajoute Chloe. J'ai supprimé mon compte TikTok cette nuit. Parce que j'ai réalisé que ce n'était pas important et que ça me prenait trop de temps.

— Et parce que maman t'y a obligé, je précise en me garant.

— Elle l'a suggéré, corrige-t-elle. C'est moi qui ai pris la décision.

— Je suis impressionné, Chloe. Tu es vraiment mature pour ton âge. Dylan, pourquoi tu ne m'as pas dit que Chloe était si mature?

— Je ne sais pas…, fais-je en coupant le moteur. Peut-être parce que la voir faire des concours de pets avec Mikey a légèrement influencé mon jugement ?

— Dylan !

Ma petite sœur se penche en avant, passe ses bras autour de mes épaules et plante son menton sur le sommet de mon crâne. Ses longues vagues de cheveux blonds retombent sur mon visage.

Je glousse de rire.

— Chloe, arrête ! Tu me fais mal.

— Ça, c'est ma vengeance pour les concours de pets ! dit-elle en ricanant.

Un cliquetis retentit. Chloe et moi nous tournons vers Legend. Il a sorti son téléphone.

— Désolé, les filles, mais c'est trop mignon. Ça méritait une photo. Tout cet amour entre vous…

— Ne poste pas ça ! lance Chloe en menaçant Legend du doigt. Oh, au fait… (Elle se rassied, puis ramasse son sac à dos et son portefeuille rose.) Il faut que j'aille faire un tour chez Lala pour acheter les boucles d'oreilles arc-en-ciel que j'ai vues en ligne. On se retrouve plus tard ? J'aurai mon téléphone.

Legend et moi échangeons un petit coup d'œil complice.

— Lâche-lui les baskets, D., murmure-t-il.

— Bon, Chlo, quand tu auras trouvé tes « boucles d'oreilles », envoie un SMS pour qu'on se retrouve, OK ?

— OK ! fait-elle en ouvrant la portière de la voiture. Mais ça pourrait prendre longtemps, tu sais.

Ma sœur a claqué la portière et file vers l'entrée du centre commercial avant que j'aie pu répondre.

— Sois cool avec ta frangine, même si elle te tape sur les nerfs. Elle n'a que douze ans.

Legend rajuste son chapeau et sa perruque devant le petit miroir du pare-soleil.

— Qui t'a dit qu'elle me tapait sur les nerfs ?

Il me pince la joue.

— Tu es encore plus stressée que d'habitude, espèce de joues de chipmunk. Et je lis dans tes pensées.

— Ah oui ? fais-je en me tournant vers lui. Alors, à quoi je pense, là maintenant ?

— Tu penses à…

Legend me fixe intensément comme s'il était médium et qu'il avait besoin d'un contact visuel intense pour obtenir des infos claires. Je me tortille sur mon siège. Sa façon de me sonder du regard me donne le feu aux joues.

— Alors, tu as réussi à lire dans mon cerveau ?

Je détourne la tête et fais semblant de chercher quelque chose dans mon sac, bizarrement mal à l'aise à cause de ce contact rapproché.

— Legend est super sexy même lorsqu'il est déguisé en Bill le fermier.

Je lève les yeux.

— Hein ?

— C'est à ça que tu pensais. Je me trompe ?

— Tu ressembles à un clown de rodéo.

Je fouille dans mon sac et prends un chewing-gum.

— Les voilà, mes pensées !

— La prochaine fois, j'ajouterai une fausse moustache.

Il rabat son chapeau sur son visage.

— Allez, on y va.

𝄞

Je ne sais pas comment Legend fait pour jeûner. Les odeurs qui s'échappent des restaurants situés à l'entrée du centre commercial me mettent l'eau à la bouche et font gronder mon estomac comme si je n'avais rien mangé de la journée. Un restaurant italien propose des parts de pizza fraîches et un autre sert des nuggets avec des frites maison. Des vieilles dames en baskets papotent comme si le centre commercial était leur club de sport personnel. Des employés des boutiques qui bordent les grandes allées distribuent des échantillons de parfum et lancent des jouets lumineux.

— J'ai pas mis les pieds dans un centre commercial depuis cinq ans, dit Legend tandis que les gens passent devant nous sans se rendre compte qu'ils croisent le seul et unique Legendary.

— Chanceux.

Le centre commercial de Northpark est la sortie préférée de maman. Elle nous force à y aller tous les week-ends.

— Quand j'ai rejoint le… (il se penche sur mon épaule pour me murmurer à l'oreille :) boys band…

Ah oui, c'est vrai, sa carrière avait débuté comme ça.

— C'était quoi son nom, déjà ? Je l'interromps. Clé de sol, c'est ça ?

— Yes, Clé de sol.

— Wow ! C'est vraiment naze.

— C'est clair, fait-il en opinant. Bref. À cause de cette histoire, j'ai été trop occupé pour aller faire du shopping dans les centres commerciaux. Ensuite, j'ai arrêté Clé de sol, mon hit est sorti, et depuis j'ai un coach perso.

— Ouais, on sait, dis-je avant de lui flanquer un petit coup d'épaule. Tante Edith…

Nous dépassons une longue file de clients attendant leurs biscuits chauds à la Cookie Factory.

— En gros, ça fait dix ans que tu n'as pas pu profiter des joies d'un centre commercial du Midwest. Alors laisse-moi te faire la visite. À ta droite, tu trouveras notre magasin de nourriture bio à nous, je dis en désignant le magasin de cookies.

— Tu penses qu'ils ont des smoothies ?

— À base de biscuits et de morceaux de sucre ? Bien sûr.

Nous continuons à nous enfoncer dans l'agitation du centre commercial.

— On dirait que cet endroit est resté coincé dans le temps.

Legend regarde autour de lui comme s'il était au muséum d'Histoire naturelle.

— Ça n'a pas changé du tout.

On arrive alors devant l'entrée du Von Maur. Legend fixe les colonnes blanches géantes indiquant le début du territoire de l'immense magasin.

— Bon, je crois que c'est le moment de mon concert gratuit. Prête à me voir jouer en live ?

Avant que j'aie pu répondre, il s'enfonce dans les rayons, et je le suis aussi vite que je peux. Un agent de sécurité aux cheveux poivre et sel et aux yeux bleus menaçants nous regarde d'un air suspicieux. Je ne sais pas si on nous laissera toucher au piano. Est-ce qu'on va ajouter « altercation avec la police » à notre liste ?

— Legend, attends !

On slalome entre les vêtements de luxe ; mannequins sans tête en tenues de sport, costumes avec des cravates fantaisie et sacs à main de créateurs enfermés dans des vitrines en verre.

— Et si on allait dans un parc pour enfants ? Tu pourrais me chanter un truc sur une balançoire. Ça serait marrant.

— Chanter sur une balançoire ? C'est vraiment bizarre. Et tu sors ça juste au moment où je trouvais que tu commençais à te détendre.

Legend se dirige vers les robes et en sort une verte XXL avec des volants, des manches bouffantes et des motifs cachemire orange.

— Ah, au fait… Sans vouloir spoiler, je comptais t'offrir ça pour ton anniversaire.

— J'adore. Ce sera pratique si jamais on manque de couvertures l'hiver prochain.

Il raccroche le cintre sur le portant.

— Arrête de faire ta vieille. Je vais jouer *Chopsticks* au piano. Tu vas me regarder et halluciner pendant que les gens se promèneront sans avoir conscience qu'ils devront débourser deux cents dollars pour m'entendre jouer ça dans un mois. Et voilà ! Commandement accompli. Tadaa ! On ira s'offrir un smoothie, après ça.

Deux vieilles femmes en train d'essayer des chapeaux le regardent passer avec des yeux exorbités, comme si elles allaient appeler l'agent de sécurité à l'air mauvais pour qu'il les protège. Mais Legend s'en moque visiblement parce qu'il leur lance d'un ton faussement bourru :

— Mesdames, bien le bonjour !

Un air de piano retentit soudain. La musique dérive à travers le magasin telle une petite brise pendant que l'élite de Hornsborough inspecte les rayons de vêtements de luxe en papotant comme si les problèmes du monde extérieur ne l'atteignaient pas. Aujourd'hui, une vraie pianiste est assise au piano. Ses doigts glissent de manière fluide sur les touches d'ivoire.

— Elle joue ta musique, dit Legend.

— Sérieux ? je réagis en lui lançant un petit coup d'œil en coin. Du ragtime ?

— Ben quoi ? fait-il en souriant. Je croyais que tu aimais la musique d'ascenseur.

Il se rapproche de la pianiste et se met à la regarder fixement. Elle joue ce morceau difficile sans effort et tourne les pages de sa partition sans rater la moindre mesure.

— On ne peut pas l'interrompre, je chuchote. On n'a qu'à laisser tomber la mission ou revenir demain.

— Je n'abandonne jamais une mission.

Legend applaudit avec enthousiasme lorsque la pianiste s'arrête.

La femme lève les yeux, visiblement surprise. Nous sommes à peu près les seuls à l'écouter.

— Merci, c'était génial ! déclare-t-il, les bras croisés sous la poitrine. Vous acceptez les commandes ?

— Eh bien, dit-elle en ramenant une mèche de cheveux gris derrière son oreille, je ne sais pas trop. Je n'ai pas l'habitude de jouer devant du public.

Legend est fringué comme un vagabond parisien des années 1940, mais la femme a l'air de s'en moquer.

— Mais on m'a déjà demandé des morceaux. Vous pensiez à quoi ? lui demande-t-elle gentiment.

— Vous avez joué un ragtime, répond Legend. Que diriez-vous d'un morceau du roi du ragtime ? Scott Joplin. J'adore ce mec.

— Tu connais Scott Joplin ? fais-je en me tournant vers Legend, clairement étonnée. Sa musique date du début du XXe siècle.

— Et alors ?

Il me regarde comme s'il essayait de comprendre où je veux en venir.

— D'après ta logique, ce serait de la musique d'ascenseur, dis-je.

La pianiste rit.

— Je n'ai jamais entendu du Scott Joplin dans un ascenseur.

— Voilà ! Vous non plus. (Legend va se poster juste derrière elle pour jeter un œil aux partitions.) Parce que les gens ne voudraient plus en descendre.

Soudain, la femme se met à jouer *L'Arnaqueur*, un des morceaux les plus populaires du compositeur. Cette mélodie joyeuse m'évoque des montagnes russes sur une promenade au bord de l'eau. Ou une fête foraine avec des rires d'enfants, une odeur de barbe à papa fraîchement filée et de pop-corn au beurre. À la fin, Legend et moi l'applaudissons à en avoir mal aux mains.

— D'autres demandes ? (Elle se tourne vers nous.) J'ai encore une heure avant de plier bagage et d'abandonner cette vieille fille, dit-elle en tapotant le quart-de-queue.

Legend et moi échangeons un coup d'œil nerveux. Est-ce qu'on va attendre qu'elle parte ?

Il semble lire dans mes pensées.

— Les gens ont le droit de jouer quand vous n'êtes pas là ?

— Oh, non !

La pianiste rabat le couvercle du clavier, une coque en plastique dur transparent à travers laquelle on voit le clavier.

— Le couvercle se verrouille à la fin de mon service et le piano joue tout seul jusqu'à la fermeture du magasin.

Elle se penche en avant pour ajouter avec un clin d'œil :

— Mais pas aussi bien que moi.

Zut…

— Alors dans ce cas, j'aurais une autre demande.

Legend a laissé tomber sa voix bourrue. Il ressemble beaucoup plus à son personnage habituel.

— Moi et mon ancienne meilleure amie…

La femme se retourne pour me regarder. Je lui adresse un petit signe de la main.

— C'est moi !

— C'est elle, confirme Legend. On tient une sorte de liste depuis qu'on est enfants. De choses qu'on a toujours voulu faire.

— Une *bucket list* ? J'en avais une, moi aussi, quand j'étais petite !

— C'est ça ! Enfin, en quelque sorte. Nous, c'étaient des commandements.

Legend fouille sa poche et en sort la feuille, qu'il déplie et présente à la pianiste.

— Vous voyez ? « Donner son premier concert live à Hornsborough ». C'est écrit juste ici.

— C'est trop mignon ! fait la femme en étudiant le document. Vous aviez de très grands rêves, tous les deux.

— Et on s'est dit, quel meilleur endroit que ce magasin pour réaliser ce rêve ? Je pourrais jouer un truc très court ? Qu'est-ce que vous en pensez ? Je n'ai jamais joué sur un piano à queue.

Je suis pratiquement sûre qu'il ment. Il ment carrément, en fait ! Je me souviens de sa presta aux Grammy Awards, l'année dernière, sur un quart-de-queue en verre coloré. Chloe m'avait fourré son téléphone sous le nez et obligée à la regarder avec elle sur YouTube.

— La direction ne voudra pas. (La femme jette un coup d'œil par-dessus son épaule pour vérifier que personne ne la surveille.) Et je pourrais perdre mon travail.

Oups. La mission va tomber à l'eau, du coup.

— Oh, pardon…, dit tristement Legend. On ne veut surtout pas ça.

— Je suis désolée, dit la femme d'un ton sincère. J'aimerais beaucoup vous entendre jouer. Et votre liste est vraiment adorable.

— Excusez-moi ?

Nous nous retournons. L'agent de sécurité se tient maintenant à quelques mètres de l'instrument, la main posée sur l'étui de sa matraque et de son pistolet paralysant.

— Mademoiselle ? (Il s'adresse à la pianiste.) Ces individus vous importunent ?

La pianiste reste perplexe pendant quelques secondes avant de répondre.

— Non, pas du tout.

Cette réponse aurait dû suffire à faire fuir le type, mais il continue à nous regarder avec méfiance.

— Vous êtes là pour faire du shopping ou pas ? demande-t-il.

Legend vient se poster lentement près de moi. Aucun de nous deux ne répond.

— Vous n'avez pas entendu la question ? assène le gars en s'approchant encore.

— Si, si, fait Legend, qui a retrouvé la parole. On a très bien entendu.

L'agent de sécurité croise les bras.

— Si vous n'êtes pas venus acheter quelque chose, alors je vais vous demander de bien vouloir partir.

— Vraiment ?

Legend prend ma main dans la sienne et la serre fort, comme ma mère lorsqu'on traversait des rues animées quand j'étais petite.

— C'est comme ça que ça se passe, maintenant, dans les centres commerciaux ? Parce que si c'est le cas, je n'ai pas eu l'info.

— Tu joues au plus malin avec moi, petit ?

— Si je joue au plus malin avec vous ? reprend Legend d'un ton glacial. C'est possible…

— Et si vous partiez ? Sinon, je vais demander à la police de venir vous…

Le portable de l'agent de sécurité se met à sonner. La petite musique résonne à travers tout le magasin. Le grincheux jette un coup d'œil à l'écran avant de répondre.

— Oui, allô ?

Il nous lance un regard furieux tandis que son interlocuteur lui répond sur haut-parleur.

— On a un homme sur le parking sud-ouest, environ quatre-vingts ans, désorienté. Il tourne en rond. Il faudrait aller là-bas avant qu'il tue quelqu'un.

— Bien reçu. J'y vais.

Sur ce, il se tourne vers la pianiste, toujours assise au piano, le regard fixé droit devant elle.

— Je reviens tout de suite, m'dame.

L'homme glisse son portable dans la poche arrière de son pantalon et sort une carte.

— Mon numéro, en cas de problème.

Nous le regardons se diriger vers la sortie. Legend finit par me lâcher la main. Nous soupirons profondément en même temps.

— Dylan, commence-t-il en plantant son regard dans le mien, j'espère vraiment que tu vas aller à New York, parce que cet endroit te mérite pas. Allez viens, tirons-nous d'ici.

Il est tellement en colère que les veines de ses tempes palpitent.

— Attendez, s'il vous plaît !

La pianiste se lève et s'avance vers nous. Elle se tord les mains, qui tremblent légèrement.

— J'aurais besoin d'aller faire un petit tour aux toilettes.

Legend et moi échangeons un regard confus.

— Pendant ce temps, poursuit-elle avec un petit sourire, j'espère que vous ne… toucherez pas à ce piano, dit-elle avec un clin d'œil avant de se pencher en avant et de murmurer : Mais si vous le faites, personne ne pourra me le reprocher vu que je n'étais pas là. Et cet horrible type non plus.

Elle attrape son sac à main et s'éclipse sans nous laisser le temps de réagir.

Legend et moi restons plantés là pendant quelques secondes. Est-ce qu'on va vraiment le faire ? J'ai l'impression d'être dopée au Red Bull, tout à coup.

— Et si le vigile revient ? dis-je.

Je regarde par-dessus mon épaule, m'attendant presque à ce qu'un Transformer arrive en bondissant et crie : « Foutez le camp, les mioches ! »

— Je vais faire vite, lance Legend en sortant son portable dont il active l'appareil photo avant de me le tendre. Prends des photos !

Je cadre l'objectif sur Legend, et je décide finalement de faire une vidéo. Je n'ai l'ai jamais vu jouer en live. C'est un moment à immortaliser…

— Mesdames et messieurs, je chuchote dans le micro, Langston Legendary Dean va donner son tout premier concert live à Hornsborough en présence de sa meilleure amie, comme le commandement l'exige.

— Comme le commandement l'exige…, répète Legend, tout sourire, en étirant ses mains tatouées.

Je jette un nouveau coup d'œil par-dessus mon épaule. Personne ne semble faire attention à nous. Ça n'empêche pas mon cœur de battre tellement fort que j'ai du mal à repirer.

— Dylan, t'es censée regarder.

— Oui, oui.

Je jette à nouveau un petit coup d'œil à l'écran pour m'assurer que le portable filme bien.

— Prête ? C'est parti !

Les tatouages des mains de Legend deviennent flous alors qu'il se met à jouer *Maple Leaf Rag*, un morceau ultra rapide de Scott Joplin. Je suis sidérée. Je savais que Legend jouait du piano, mais là, il envoie carrément. Tandis que j'observe ses doigts courir sur les touches, je repense soudain à ce que M. Schwarz a dit : que la musique permet aux gens d'éprouver des émotions. Je ressens une vraie admiration, tout à coup. Pour Legend, qui arrive à rendre la magie d'une mélodie très ancienne, et pour Scott Joplin, qui a su défier la culture ultra raciste du début des années 1800 et gagner le surnom de roi du ragtime. Voilà de quoi la musique est capable : elle peut changer le monde. Legend plaque l'accord final quelques minutes plus tard. Je pose aussitôt le téléphone et applaudis à fond. Je n'aurais pas dû éviter de regarder Legendary jouer pendant toutes ces années, parce que j'ai vraiment raté quelque chose.

— Wow !

Nous nous retournons. La pianiste est revenue. Elle a l'air aussi sidérée que moi. J'aimerais que cet imbécile d'agent de sécurité soit là, lui aussi. Histoire qu'il réalise son erreur. Combien de gens marchent dans les rues et sont traités comme des moins-que-rien et humiliés, exactement comme nous tout à l'heure ? Les êtres humains peuvent être magiques. Il suffit de s'y intéresser pour s'en rendre compte.

Legend se lève.

— Je suis désolé, mademoiselle. Vous nous aviez formellement interdit de jouer sur ce piano, déclare-t-il en lui adressant un clin d'œil. Excusez-moi.

Elle reste là un moment sans rien dire, à regarder Legend avec une profonde admiration. Le fait que ce type avec son vieux chapeau de pêche sale et son pantalon Dickies taché d'huile puisse être un tel pianiste la sidère clairement.

— Vous êtes vraiment incroyable, jeune homme.

— Merci, répond-il en lui tendant la main. Au fait, comment vous appelez-vous ?

— Clarky. (Ils se serrent la main.) Tous mes amis m'appellent comme ça.

— On se reverra, Clarky, dit Legend. Et merci d'avoir pris notre défense. C'est vous qui êtes incroyable.

J'attrape Legend par le coude et l'entraîne derrière moi pendant que la pianiste entame un nouveau morceau de Scott Joplin. Le quart-de-queue recommence à résonner.

— Tu viens d'offrir un concert gratuit à ces gens et ils ne le savent même pas ! dis-je en lui rendant son téléphone. Ça m'a mis une de ces claques ! Je regrette presque d'avoir choisi le violon comme instrument.

— Tu pourrais te mettre au piano. Eh… mate un peu ça, Dylan. On a encore barré un commandement de la liste ! se réjouit-il en me prenant par l'épaule. Je peux te dire un truc ? Tu m'as vu jouer et ça, c'est mieux que tout.

— Mais oui, c'est ça, bien sûr ! je réponds en gloussant.

— Sérieux ! J'ai toujours cherché ton approbation, D. J'ai toujours voulu paraître spécial à tes yeux.

Je me tourne vers lui, les yeux écarquillés de surprise.

— Mais je t'ai toujours trouvé spécial, Legend.

— *Oh my God!* Dylan ?

Legend et moi nous retournons au même moment. Stephanie du lycée, s'approche, en compagnie d'une femme plus âgée. Sa mère, je dirais, vu leurs sublimes vagues de cheveux auburn. Oh, non, elles ne m'ont pas entendue l'appeler Legend, au moins ? Est-ce qu'elles vont le reconnaître malgré son costume ridicule ?

Et ses mains… Une vraie fan remarquerait direct ses tatouages. Merde, pourquoi est-ce qu'il n'a pas mis de gants ?

— Désolée, je marmonne. T'inquiète, je vais me débarrasser d'elle.

— Pas de problème. J'ai rien d'autre à faire, de toute façon.

Il va s'asseoir sur un banc et croise les jambes comme s'il avait tout le temps du monde.

— Dylan, J'hallucine ! C'est ouf de te voir ici !

Stephanie se plante pile en face de moi. Elle porte une minuscule jupe en jean par-dessus des leggings, des UGG fourrées et un tee-shirt qui dévoile son épaule.

— Mais trop !

Je me place volontairement devant Legend pour lui bloquer la vue.

— Comment ça va ?

— Trop bien, répond-elle avant de montrer la femme à côté d'elle d'un geste théâtral. Ma mère était justement en train de parler de toi. Je t'ai dit qu'elle faisait carrément une fixette ?

— Oh, Stephanie chérie, arrête… Je ne fais pas de « fixette », comme tu dis. Je suis juste admirative. Bonjour, Dylan.

Sa mère est très sophistiquée, elle porte un tailleur-pantalon et un sac à main de marque. Ses cheveux sont les mêmes que ceux de sa fille, en version courte et coiffée.

— Bonjour, madame McGovern.

— Je suis violoniste, moi aussi. Enfin, j'étais. Ça fait des années que je ne joue plus, déclare-t-elle avant de s'interrompre pour enlever une peluche sur sa veste. Qu'as-tu choisi pour ton audition à la Juilliard ?

— Maman… arrête de la harceler ! intervient Stephanie. Tu ne vois pas que tu l'embêtes ?

— Pas de problème, ça ne me dérange pas du tout, dis-je. Du Mozart. La trente-neuvième symphonie. Le quatrième mouvement.

— Mmh… Difficile. Et ambitieux. Excellent choix, fait Mme McGovern en soupirant d'un air rêveur. Ah, si seulement je pouvais redevenir jeune.

— Maman, s'il te plaît, geint Stephanie. Laisse-nous. Ça devient gênant, là.

— Très bien, je m'en vais. On se retrouve à l'étage. J'espère qu'ils ont la veste que j'ai commandée. (Elle me fait un petit signe de la main.) Au revoir, Dylan. Et bonne chance. Même si tu n'en as pas besoin. On est tous avec toi !

Stephanie la regarde s'éloigner avant de se tourner vers moi.

— Désolée… elle n'aurait pas dû se mêler de tes affaires comme ça. Franchement, les parents sont les pires !

Je n'ai pas vraiment envie d'avoir cette conversation, d'autant que sa mère était carrément sympa. Mais je m'abstiens de le dire.

— Ouais, trop !

— Je viens de recevoir ma lettre d'admission à l'université de l'Iowa. Du coup, maman organise une petite soirée pour fêter ça. Je suis excitée à… vingt-deux pour cent. J'aurais carrément préféré aller à l'UCLA, mais j'ai reçu un big non. C'est la vie ! Vive les plans B !

— Exactement ! fais-je en hochant la tête. Les plans B peuvent être carrément mieux.

— Mais trop ! répond Stephanie en souriant. Dans quelles écoles tu as postulé à part la Juilliard ?

— Oh…, dis-je, ça fait longtemps que je n'ai pas regardé la liste. Il y en a tellement !

— Tu as demandé l'USC ? Il paraît qu'ils ont un super cursus de musique.

— Euh… oui, oui.

— La Californie est *tellement* cool. Tu passerais ton temps à la plage, si tu y allais, non ?

— Et *tellement* branchée. Carrément. Je serais à fond à la plage.

L'océan est effectivement à une petite heure de route de l'USC. Mais après une journée de cours, qui aurait le temps d'aller faire de la bronzette ? Enfin, ça ne vaut pas la peine d'expliquer ça à Stephanie.

— Ouais, la plage à fond.

Elle regarde soudain derrière moi.

— Qui c'est ?

— Mmh ? Qui ça ?

Je recommence à jouer les idiotes, ma solution pathétique préférée, mais il faut bien faire avec les moyens du bord.

Legend s'éclaircit la voix et m'écarte doucement sur le côté.

— Je suis son cousin, explique-t-il en reprenant son ton bourru. Je m'appelle Booba… Junior Ray… Cyrus.

— Oh !

Stephanie plisse le nez comme si Legend ne méritait pas qu'elle gâche sa salive et son temps avec lui.

— Bon, je ferais mieux d'aller retrouver ma mère avant qu'elle m'achète des fringues pour le dîner de ce soir. La dernière fois qu'on est venues, elle a trouvé une salopette avec des émojis jaunes, genre *OMG*, la daronne, WTF !

— Nan ! Sans déconner ! dis-je.

— Bon allez, je file. *Bye !*

Elle me fait signe et s'en va. Je me retourne vers Legend.

— Désolée pour ça… Booba Junior Ray Cyrus, c'est ça ?

— *OMG ! WTF !* Sans déc, imite-t-il avant de faire semblant de rejeter des cheveux imaginaires sur son épaule. Oh ouais, tellement la plage. Mais trop, meuf.

— Je parle pas comme ça.

— Je sais, fait-il en se levant. C'est pour ça que c'était *trop* gênant.

— Pardon ? fais-je en plantant mon poing sur ma hanche. Qu'est-ce que tu veux dire ?

— Laisse-moi t'expliquer dans ton autre langue.

Il imite ma position.

— T'étais genre « mais carrément, mais trop, sans déconner, OMG, WTF, hi hi hi », avec ta copine.

— Ça s'appelle être sympa.

— Ça s'appelle être faux-cul. Je sais reconnaître certaines choses quand je les vois, Dylan.

Je ne dis rien et le suis vers une autre partie du magasin. Il s'arrête brusquement devant un rayon de tee-shirts graphiques et en attrape un avant de me le montrer. Il dit : « Je suis avec M. CRÉTIN » accompagné d'une flèche pointée vers la gauche.

— Je devrais l'acheter et aller me poster à côté de l'autre abruti d'agent de sécurité.

— Attends…, dis-je en me plantant face à lui. On peut revenir au moment où tu m'as traitée de faux-cul ?

— Les plans B peuvent être carrément mieux ? Vraiment, Dylan ?

Il repose le tee-shirt.

— À moins que tu te sois réincarnée et que je sois en train de parler avec ton avatar, tu crois pas aux plans B ! Moi non plus, d'ailleurs.

— Et qu'est-ce que j'étais censée dire, hein ? Elle a pas été prise dans la fac de son premier vœu. J'ai pas voulu l'enfoncer.

— Ça, ça me va. Mais sortir que la plage est « tellement branchée » ? (Il lève les yeux au ciel.) Quand on était gamins et qu'on allait à la piscine, l'été, tu mettais toujours de l'écran total cent cinquante, tu portais un jean et une veste, et tu te planquais sous le parasol.

— Y a pas de crème solaire cent cinquante…

— On s'en fout. Y avait cent et quelques écrit sur le tube.

Il fait un pas vers moi, le regard planté dans le mien comme s'il cherchait quelque chose. Je déteste cette façon qu'il a de me dévisager !

— Quoi ?

Je recule en fixant le sol en marbre.

— Et l'USC, hein ? Tu n'as pas l'air très sud de la Californie, comme meuf. Tu as vraiment postulé là-bas ?

— Eh bien… (Je déglutis.) L'USC est… euh… une grande université. Pourquoi je ne m'y inscrirais pas ?

Magnifique esquive, Dylan ! Répéter les questions pour éviter de répondre est devenu mon nouveau super-pouvoir. Mon portable sonne. Je l'extirpe de la poche de mon manteau et regarde l'écran : un SMS de Chloe.

Suis au Booknook je bois un thé envoie-moi un texto
quand vous voulez décoller on se retrouve à la voiture.

Elle joint une photo d'elle avec un gobelet à la main, assise sur la terrasse du minuscule café de la librairie indépendante. Elle est seule. Il n'y a aucun Blakely dans les parages.

— Chloe est seule, dis-je en fourrant mon téléphone sous le nez de Legend. Tu vois ? J'ai l'impression que tu t'es planté.

— Allons vérifier.

Il file vers la sortie et je me précipite à sa suite.

— Alors, c'est quoi la prochaine étape sur la liste, Dylan ? Aller sauver des rats-taupes naturistes dans ta réserve naturelle à la con ?

Nous passons devant une aire de jeux. Une douzaine de bébés et d'enfants crient, pleurent et hurlent. C'est sûrement pour ça que je ne lui réponds pas. Ou alors, ses derniers commentaires ont mis mon cerveau en ébullition et mes pensées font les autos tamponneuses. Peut-être que je ne suis effectivement plus tout à fait moi-même quand je me retrouve avec Stephanie et ses copines ? Si Abigail fait ressortir mes mauvais côtés, Stephanie et Lisa me font balancer des « trop », « OMG », « WTF », « mais tellement », à tout bout de champ. Je ne dis pas ce genre de trucs d'habitude. Je me sens exposée, tout à coup. Comme si toutes les personnes présentes dans ce centre commercial voyaient à travers moi aux rayons X.

— La Terre à Dylan ? lance Legend alors que nous laissons loin derrière nous les gamins hurlants, et passons devant un marchand de glaces à la file d'attente interminable. Qu'est-ce que t'as ? T'es à l'ouest.

— Je change de comportement, c'est ça ?

— Ah, c'est pour ça que tu es si loin. (Il soupire.) Désolé. Excuse-moi pour tout à l'heure. Tout le monde fait ça.

— Pas toi. Tu es toujours toi-même.

Il éclate de rire.

— Si c'était vrai, je serais en prison.

Je hausse un sourcil.

— Qu'est-ce que tu veux dire ?

— Tu crois que cet agent de sécurité est le premier à me traiter comme de la merde ? Tout le monde ne sait pas qui je suis. Et même quand elles le savent, certaines personnes s'en contrefoutent. Dans ces cas-là, je n'ai plus qu'à serrer les dents, sourire et me comporter en « bon garçon », sinon on me déprogrammera, mon label me lâchera, et je pourrai dire adieu à tout ce pour quoi j'ai bossé si dur.

Qu'il soit obligé de jouer le jeu quand des individus comme cet agent de sécurité ne le font pas me révolte. Mon sang se met à bouillir.

— Ça craint. Vraiment, Legend.

— Non. Ça fait partie du jeu. Et si tu as le sentiment que tu dois être « WTF, carrément, trop », pour avoir l'approbation des autres, je comprends. Fais ce que tu as à faire, déclare-t-il avant de me donner un petit coup d'épaule. Mais d'après ce que j'observe depuis mon retour, c'est toi, la légende de cette ville. Ce sont les autres qui devraient changer de comportement, pas toi.

J'ai l'impression de m'illuminer de l'intérieur, tout à coup. Ou qu'un rayon de soleil a percé le plafond et qu'il m'éclaire directement.

— Tiens, tiens, regardez-moi un peu ce qu'on a là, fait Legend en tendant le bras.

Il désigne la librairie bondée. Chloe est assise à une petite table du café attenant. Elle joue avec une de ses mèches de cheveux. Son regard pétillant est rivé sur… Blakely.

— Je te l'avais dit! lance Legend, tout sourire.

Chloe est trop jeune pour sortir avec quelqu'un… Même en journée et dans un centre commercial. Blakely a de longs cheveux d'un noir de jais, des ongles laqués de noir, un regard sombre bordé de liner. Il est habillé tout en noir et a des énormes Rangers aux pieds. Son style émo n'a rien de flippant; en fait, lui et ma sœur ont surtout l'air nerveux et innocents.

— On ne peut pas lui dire qu'on s'en va. C'est trop mignon.

— Très… (Legend sort son portable pour prendre une photo des deux tourtereaux.) Mais je vais quand même t'envoyer ça. On ne sait jamais, si tu as besoin de mettre la pression à ta sœur, un jour.

Excellente idée!

— Top! Merci!

— Alors? C'est quoi la suite, Dylan? Parce que, perso, je m'éclate.

— Tu t'amuses?

— Toujours quand je suis avec toi.

Vraiment?

Mon portable sonne. Je regarde l'écran: c'est Josh.

— Euh…

Il doit se demander pourquoi je n'ai pas réagi au texto qu'il m'a envoyé il y a des lustres.

— Il faut que je réponde.

J'accepte l'appel.

— Hé, Josh!

— Dylan… Salut! Je t'appelle pour te dire que j'ai confirmé notre résa au restaurant ce soir. Je leur ai dit 19 heures, ça te va? Je passe te prendre ou on se retrouve directement là-bas?

Il n'est pas sur haut-parleur, mais Legend est assez près. Je sais qu'il entend tout ce que dit Josh. Est-ce que je dois annuler? L'idée d'une soirée avec Josh m'excite autant que de passer un concours d'une université plan B. Mais j'ai promis.

— L'opération dîner est confirmée! dis-je d'un ton faussement enthousiaste. On peut se retrouver directement là-bas, je pense.

— Top! J'ai hâte.

— Trop top! fais-je en retour avant de raccrocher.

Mmh… quel enthousiasme, Dylan!

Legend me regarde droit dans les yeux en fronçant les sourcils.

— Tu vas dîner avec Josh ce soir?

— Est-ce que ça pose problème?

— Ben, je ne sais pas, qu'est-ce que tu en penses ? Ton meilleur ami est de retour et ça fait pratiquement dix ans que vous ne vous êtes pas vus. Tu ne peux pas lui filer rencard un autre soir ? Après mon départ, genre ?

Après son départ ? Pour une raison incompréhensible, cette pensée me chamboule. Bien sûr qu'il va repartir. Et peut-être que je n'aurai plus de nouvelles de lui pendant six ans, après ça.

— Effectivement on ne s'est pas vus depuis pratiquement dix ans. À qui la faute, Legend ? Et tu n'es pas mon meilleur ami. Tu es mon ex-meilleur ami. Qui a débarqué ici sans prévenir. Et je suis censée laisser tomber ma vie pour qu'on puisse faire mumuse avec ta liste ?

Legend semble s'être pris un uppercut en plein dans le ventre. Je cherche aussitôt le moyen d'effacer ce que je viens de dire. Mais comment ?

— Je suis désolée. Je voulais pas dire ça.

Il hausse les épaules.

— Laisse tomber. Tu ferais mieux d'envoyer un message à Chloe pour lui dire qu'on rentre. J'en peux plus de cette perruque. Elle gratte trop.

Avant que j'aie le temps de répondre, Legend file déjà vers le parking. Notre virée au centre commercial est officiellement terminée. Je soupire tout en le regardant s'éloigner. Il est clair que les parties de moi qui se sentent étrangères à Hornsborough – celles qui ne sont pas tout à fait « à leur place » – se sentent à l'aise quand Legend est là. Comme un puzzle dont on aurait retrouvé la pièce manquante et qui serait enfin complet. Legend a dit qu'il s'amusait bien, avec moi. Je voulais lui dire que moi aussi.

Je me dirige vers le parking en traînant les pieds, et en me demandant si le fait que Josh ait toujours un timing aussi pourri ne serait pas son super-pouvoir.

CHAPITRE 14

La playlist « Scott Joplin » tourne sur Spotify au moment où je me gare au Hungry Hunters Steakhouse.

— Pourquoi il y a de la musique du carnaval de La Nouvelle-Orléans dans ta caisse ?

La voix de Kiyoshi résonne dans le haut-parleur de mon téléphone posé sur mes genoux.

— Oh ! c'est Scott Joplin.

Je souris en repensant au moment que j'ai vécu avec Legend au centre commercial.

— Tu as raté un de ces trucs. Legend a joué une version parfaite de *Maple Leaf Rag*, chez Von Maur. Comme il était déguisé, personne ne l'a reconnu. C'était trop drôle, dis-je en riant. On s'est un peu disputés après ça, j'ai dit un truc débile. Mais je me suis excusée. Au moins dix fois. Et avant que je file pour mon rencard, il m'a redit que c'était pas grave. C'est cool. Tout va bien. Mais pour en revenir à son interprétation, c'était dingue. Wow, quelle claque ! Il est incroyable.

— Cet appel est piraté ou quoi ? demande mon amie.

— Pardon ?

— T'es en boucle sur Legend comme une vraie fan de base.

— Quoi ? Non…

Des hommes avec des gilets rouge pétard s'agitent autour du stand des voituriers.

— Et je déteste quand tu dis « fan de base ». On dirait que tu parles de Loki, dans *Thor*.

— Ben quoi ? Loki veut devenir chef suprême de la Terre. Je suis la version soum soum de Loki. Mais je me demande si tu ne serais pas en train de tomber amoureuse de Legend.

— Hein ?

— Meuf… tu ne tournes jamais en boucle sur personne, d'habitude. Et là, tu viens de sortir qu'il est incroyable et que tu l'as trouvé *tellement* inspirant et que le Soleil lui-même brillait par son popotin !

— Je n'ai jamais dit la fin de cette phrase.

J'ignore pourquoi un étrange sentiment de malaise s'installe en moi. Je ne suis pas du tout en train de tomber amoureuse de Legend, ce serait complètement débile.

— C'est mon ami.

— Mmh mmh… Ricardo aussi. Et tu ne t'es jamais comportée comme une fan de base avec lui.

— Arrête de dire fan de base ! C'est horripilant !

On frappe à la vitre. Un voiturier me fait signe.

— Kiyoshi, il faut que je te laisse.

— Amuse-toi bien ! Appelle-moi quand tu sors. Je veux tous les détails !

— OK !

Je balance mon téléphone dans mon sac et jette un coup d'œil à mon reflet dans le rétroviseur. Pour une raison que j'ignore, l'image de la petite amie surnaturelle de Legend m'obsède. Leilani. Voilà son genre de femme. Pas les meufs normales comme moi.

On frappe encore. Le gars en livrée me fixe avec un air agacé et me fait à nouveau signe.

— Désolée !

J'ouvre la portière et sors. Hungry Hunters Steakhouse est un restaurant situé en haut d'une colline, célèbre pour son panorama sur la ville.

— Non ! Trop fort ! On est assortis.

Josh l'a jouée cool, il porte un jean noir, une paire de boots noires et un pull bleu pâle qui est… exactement le même que le mien.

Je me couvre la bouche pour cacher mon rire.

— Je savais bien qu'il y avait quelqu'un dans ma penderie !

— Je plaide coupable, fait-il en riant à son tour.

Je me détends un peu. Cette soirée avec Josh ne sera peut-être pas si terrible ?

— J'ai choisi ce pull pour aller avec mes lentilles de contact, j'explique avant de cligner très fort des paupières. Ça te plaît ?

— J'adore que tu changes. Je porte des lentilles, moi aussi. Mais pas colorées. J'ai quatre dixièmes soixante-quinze à un œil et deux dixièmes soixante-quinze à l'autre.

— Je gagne le concours de la vision la plus pourrie : moins sept dixièmes et demi aux deux yeux.

— Ouah ! fait-il en passant une main dans ses cheveux roux. Milady, si jamais vous oubliez vos lentilles, sachez que vous pourrez compter sur moi pour vous guider. (Il désigne l'entrée.) On y va ?

Une hôtesse en robe noire sobre s'avance aussitôt vers nous.

— Bonsoir. Bienvenue au Hungry Hunters Steakhouse.

— Bonsoir, répond Josh en retirant son manteau. J'ai une réservation au nom de Wolder.

Des tables sont disposées au centre de la salle principale, bordée de magnifiques box en cuir rouge sur les côtés. Il y a une cheminée avec un feu romantique à souhait et une cuisine ouverte entièrement vitrée où des sous-chefs vêtus de blanc préparent des salades et des mises en bouche. L'hôtesse nous conduit jusqu'à un box situé près des baies vitrées, qui s'étirent du sol au plafond. D'ici, la ville de Hornsborough ressemble à New York ou Los Angeles : j'ai l'impression d'être dans un monde parallèle.

— Ouah, Josh. C'est top !

Nous nous installons l'un en face de l'autre.

— Carrément. Je ne suis jamais venu, mais il paraît que les steaks sont hallucinants. C'est ce que ma mère dit, en tout cas. Tu manges de la viande, au moins ? J'aurais dû te poser la question avant de réserver dans un resto pour carnivores, fait-il en se frappant le front avec les articulations de la main. Bon sang, Josh. Quel crétin !

— T'inquiète, tout va bien. Je suis carnivore.

J'observe la table, puis me penche vers lui pour murmurer :

— Je crois que la fille de l'accueil a oublié de nous filer les menus, en revanche.

Même si des enceintes diffusent une musique discrète, le restaurant est étrangement calme, comme si les gens autour de nous écoutaient notre conversation.

— Oh, y a pas de menu. Il change tous les soirs pour proposer une « expérience » différente. Je crois que tout le monde mange la même chose. Tu n'as pas d'allergies ?

— Non, et toi ?

— Pas vraiment, dit-il avant de poser les mains à plat sur la table. Bon, c'est le moment des confidences : c'est mon premier rencard. Et toi ?

Le serveur arrive et verse de l'eau dans nos verres.

— Bienvenue au Hungry Hunters, fait-il en posant la carafe en verre ciselé. Souhaitez-vous connaître les détails de notre expérience gastronomique de ce soir ou préférez-vous vous laisser surprendre ?

— Vous savez quoi ? répond Josh en se penchant en arrière et en se tenant le menton comme s'il était en pleine réflexion. Surprenez-nous ! Enfin, si ça te va, bien sûr.

Je ne suis pas comme Legend, je mange de tout.

— Oui, pourquoi pas ? C'est plus marrant.

Le serveur hoche la tête.

— Qu'aimeriez-vous boire ?

— Une limonade bien fraîche pour moi, dis-je.

— Décidément, nous sommes jumeaux. (Josh me sourit.) Je prendrai la même chose.

— Très bien, dit le serveur avant de repartir.

Josh regarde autour de lui, se tord les mains, tape du pied, et se mord l'intérieur de la joue.

— Je n'ai pas eu beaucoup de rencards non plus, je lui dis pour le rassurer.

Il est un peu nerd sur les bords, mais un nerd adorable. Je ne voudrais pas qu'il se sente gêné…

— Et jamais avec quelqu'un du bahut. Mais mon père est le directeur général de Kirkland…

— Oh, la quincaillerie ? Nate m'a dit que tu y bossais. Cool.

— Oui, à temps partiel, bien sûr.

Je m'interromps pour boire une gorgée d'eau. Elle a la saveur des écorces d'orange et de citron.

— Un garçon de mon âge y bossait avec moi. On est sortis ensemble pendant quelque temps, mais rien de sérieux.

— Pourquoi ça n'a pas duré ?

Ça aurait pu devenir sérieux, avec Nigel. Il était plutôt sympa.

— Sa famille a déménagé au Texas et on n'a pas gardé contact. Rien de grave.

— J'espère que tu ne trouves pas ça trop bizarre que je n'aie aucune expérience. C'est juste que je suis méga occupé. Je passe ma vie à bosser mon instrument. Quatre heures par jour, pour être exact, et parfois plus.

— Ouah, Josh ! Et moi qui pensais que mes trois heures et demie étaient rares. Tu t'investis à fond, dis donc.

— J'aimerais jouer avec le Philharmonique de Vienne, un jour, déclare-t-il, le regard soudain rêveur. Et même si je déteste l'idée d'aller à Oberlin ou au Peabody Institute, il faudra bien. Les établissements publics sont mes seules autres options. Ce n'est pas la fin du monde, mais pas loin.

L'idée de Josh promenant son hautbois jusqu'en Autriche pour intégrer l'Orchestre philharmonique de Vienne me semble assez magique.

— Ces facs auront de la chance de t'avoir. Elles te prendront.

— Merci, Dylan. (Il boit une gorgée d'eau.) Et toi, c'est quoi tes objectifs ? Jouer pour un orchestre symphonique professionnel ?

Je souris. Une vraie carrière pro ? À quoi ça ressemblerait ? À trimbaler mon violon dans le métro new-yorkais pour me rendre au boulot ?

— Jouer pour un orchestre symphonique serait un rêve. Ou être musicienne de studio et enregistrer des bandes originales de films et des trucs du genre serait génial, aussi. Mais j'ai un autre rêve : ouvrir une école pour que les jeunes Noirs puissent apprendre à jouer d'un instrument à cordes. Je participe à pas mal de concours solistes et je ne croise pratiquement jamais d'enfants noirs, c'est super triste. Du coup, j'aimerais fonder une école de ce style quelque part. Partout, en fait.

Mon téléphone posé sur la table se met à vibrer. Je me penche : Legend.

Vous planquez des cadavres dans le sous-sol ?

De quoi tu parles ?

J'ai trouvé une boîte remplie d'os dans le placard.
Vous êtes cannibales ou quoi ?

Sérieux ? C'est des décos d'Halloween !

Oh ! Je pensais que vous cuisiniez des gens.

Je lève les yeux vers Josh.

— … En gros, c'est comme ça que j'ai commencé à jouer du hautbois.

Oh, oh… Je n'ai rien écouté.

— Euh. Ouah, Josh ! C'est… hallucinant.

Mon téléphone vibre à nouveau.

Le chauffage d'appoint est HS. Y a moyen de sortir autre chose ?
J'ai les paupières en mode Picard.

Je réponds rapidement.

Demande à ma mère. On en a un 2e dans le placard du salon.

— Tout va bien ? fait Josh.

— Oui, oui, désolée.

Je retourne le téléphone.

Le serveur revient avec deux limonades et deux petits bols disposés sur des soucoupes roses. La soupe est accompagnée de tranches de tomate et d'un morceau de baguette croustillante dégoulinante de beurre fondu. L'odeur est incroyable.

— Ça a l'air dingue ! fait Josh en attrapant sa cuillère en argent et en la plongeant dans son bol.

Je l'imite. La soupe n'est pas chaude, mais froide et épicée. Elle est très fraîche, comme si les légumes avaient été cueillis il y a quelques heures dans le jardin privé du restaurant.

— C'est trop bon, dis-je en soupirant tandis que les saveurs explosent sur ma langue.

— C'est carrément le paradis, tu veux dire !

Josh engouffre les cuillerées comme s'il avait oublié que je suis assise en face de lui.

Mon téléphone vibre à nouveau. Je le retourne pour l'éteindre quand j'aperçois un autre texto de Legend.

Vous avez Deliveroo ou Uber Eats, genre ?

Tu n'as pas dîné ?

Si. Mais j'ai encore faim. Je rêve d'un poké bowl vegan.
On trouve ça dans l'Iowa ?

Un poké bowl veggie ? Je regarde Josh. Il me raconte une autre histoire en détail. Il est tellement absorbé qu'il regarde le plafond en riant tout seul. Je profite qu'il est distrait pour lancer une petite recherche. Poké bowl. Je fronce les sourcils. Du poisson coupé en cubes ? Enfin, poisson végétalien en petits cubes ? Comment ça peut exister un truc pareil ?!

— Dylan ?

Je lève la tête.

— Oui ?

— J'ai l'impression que tu ne m'as pas entendu. Je t'ai demandé quand tu t'es mise au violon.

— Désolée. Je ne sais pas trop.

Il se gratte le crâne.

— Comment tu peux ne pas savoir ça ? Tes parents ne peuvent pas te le dire ?

— J'ai été adoptée. Je savais jouer en arrivant.

Mon portable vibre. Encore.

— Vraiment désolée, Josh. C'est super mal élevé. Attends, j'éteins ce machin.

Un nouveau message de Legend clignote à l'écran au moment où je commence à appuyer sur le bouton.

Vous avez un squat de souris dans la cave ? Ça couine.

Des *souris* ?

— Hé, Josh, ça te dérange si je vais passer un appel vite fait ? Ça a l'air urgent. Tu m'en veux pas ?

— Pas de problème. Je dirai au serveur d'attendre si jamais il se pointe avec la suite. On doit avoir la surprise ensemble. Prends ton temps !

La culpabilité me serre les entrailles, tout à coup. Josh est adorable alors que ça fait cinq minutes que je suis au téléphone. Je me glisse hors du box et traverse le restaurant quand je passe devant un couple en train de déguster un sublime gâteau au chocolat à plusieurs couches. Mon estomac gargouille à la vue de ce délice, excité à l'idée qu'il fasse partie de notre expérience gastronomique. J'entre dans les toilettes, file dans une cabine, et appelle Legend. Il décroche aussitôt.

— Tu crois qu'il y a une souris dans la cave ?

— Au temps pour moi. J'ai trouvé d'où ça vient. Techniquement, ce n'était pas une souris.

— Comment ça ? C'était quoi ?

Un *écureuil* s'était invité dans la maison, un été.

— C'était le vent qui faisait cliqueter un vieux tricycle dehors. Super, l'ambiance film d'horreur ! Pourquoi vous ne jetez pas ce truc à la poubelle ? Hé, au fait, ça gaze ton rendez-vous avec Josh ?

— Plutôt. Jusqu'à ce que tu m'envoies des textos à propos de souris, de poisson découpé en cubes et de cannibales.

— Est-ce qu'il t'a apporté un exemplaire du *Manuel des joueurs* de Donjons et Dragons avec un joli nœud autour ?

— T'es sérieux ?

— Bref, j'ai une idée pour le commandement numéro quatre, mais il faudrait aller à Des Moines. Je vais demander à ma mère si elle veut bien qu'on prenne mon jet.

— Ton jet ? C'est quoi, déjà, le numéro quatre ?

— Faire un vœu en voyant une étoile filante. Il y a le Centre des Sciences de l'Iowa, à Des Moines. Ils ont un IMAX trop cool et…

— Legend, je l'interromps. On pourrait parler de ton jet privé et de Des Moines plus tard ? Je suis au resto, et j'aimerais bien retourner dîner.

— Yo, attends ! Une dernière question.

— *Oui*, Legend ?

— C'est quoi la pointure de Mikey ?

— Pourquoi ?

— Il aimerait bien avoir des Yeezy. Je voudrais lui faire la surprise et les commander maintenant. J'ai entendu parler d'un mec qui en aurait des paires en stock.

— Non, pourquoi je connaîtrais la pointure de Mikey ?

— Parce que c'est ton frangin ?! Je parie qu'il connaît la tienne, lui.

— Ça m'étonnerait beaucoup.

— Et la mienne, tu la connais ?

— Non plus.

— C'est trop naze. (Son soupir résonne dans le haut-parleur de mon téléphone.) Attends… tu chausses du combien ?

— OK, je raccroche !

Je fourre mon portable dans ma poche arrière et sors de la cabine. Legend veut qu'on prenne son jet privé pour aller à Des Moines ? Qu'est-ce que vont dire mes parents ? Je regagne la table. Le fait de voir Josh seul, en train de boire sa soupe froide à petites gorgées me donne l'impression d'être le pire rencard de la Terre.

— On ne sera plus interrompus. Promis.

Je m'assois en face de lui.

— Pas de problème.

Josh s'éclaircit la voix. Bruyamment. On dirait plus un aboiement ou un grincement, voire un gargarisme. Je hausse un sourcil.

— Tout va bien ?

Il se gratte l'arrière de l'oreille.

— Oui, oui, dit-il avant de se racler à nouveau la gorge. Alors, qu'est-ce que ça fait d'être convoquée pour une audition à la Juilliard ?

— C'est juste le plus beau jour de ta vie.

Il se frotte le cou, maintenant. Très fort.

— J'ai couru dans toute la maison en hurlant comme une tarée.

— C'est trop cool, Dylan. Vraiment énorme.

Il se gratte le front. Genre *méga* fort.

— Josh ?

Je me penche en avant. Des petites bosses se forment à la racine de ses cheveux et au-dessus de ses sourcils.

— Tu as des allergies alimentaires ?

— Pas vraiment, répond-il en continuant à se gratter. Enfin… une.

Le serveur passe près de nous. Je lui fais signe.

— Excusez-moi ?

Josh s'attaque à ses aisselles, et son front est rouge et granuleux.

— Oui ? Vos salades seront prêtes bientôt, mademoiselle. Comment trouvez-vous votre gaspacho ?

— Qu'est-ce qu'il y a dedans ? J'ai l'impression que mon compagnon fait une réaction allergique.

— Je ne crois pas. (Les oreilles de Josh sont écarlates.) Je n'ai pas d'intolérance alimentaire. Sauf au concombre.

— Au concombre ? dit le serveur en suffoquant. C'est un des ingrédients principaux du gaspacho !

— Oh, non, fais-je en laissant retomber ma tête dans mes mains.

— C'est rien. (Josh tire carrément sur ses oreilles, maintenant.) Ce n'est qu'une petite allergie.

— Ça ne me paraît pas rien, je chuchote. Tu es rouge comme une tomate.

— Vraiment ? fait Josh en sortant son téléphone pour s'observer avec l'appareil photo. La vache ! C'est affreux !

Je secoue la tête.

— Non, pas tant que ça.

Je mens. *C'est* affreux. Avec ses cheveux roux et son visage rouge tout boursouflé, on dirait une des marionnettes du *Muppet Show*.

— Ça doit faire dix ans que je n'ai pas mangé de concombre, déclare-t-il en se grattant soudain la joue.

J'inspire profondément en pensant à ma mère. En cas d'urgence, elle reste toujours calme au lieu de péter les plombs et de courir dans tous les sens comme papa et tante Edith.

— Monsieur, vous auriez une trousse de premiers secours? Mieux, du Benadryl?

Je parle doucement pour ne pas faire de scène, mais certains convives se retournent quand même pour voir d'où l'agitation provient.

— Euh…, balbutie le serveur en secouant la tête. Je n'en suis pas sûr.

— Vous pourriez aller vérifier, s'il vous plaît? Vite?

— Oui, mademoiselle. Tout de suite.

Une douce pression se fait sentir sur mon épaule. Je me retourne et tombe nez à nez avec une ravissante jeune femme aux cheveux bruns courts, qui tient un grand sac par les poignées.

— Excusez-moi. Je m'appelle Kelly, dit-elle d'une voix basse. Je suis infirmière, je travaille à Genesis. J'ai surpris votre conversation. Vous voulez bien me suivre aux toilettes? (Elle fait un geste pour désigner Josh.) Avec lui, bien sûr.

Je sors du box et entraîne Josh à la suite de Kelly, qui me rappelle beaucoup ma mère dans le genre « tout le monde reste calme ». Elle marche lentement et sourit aux clients comme si elle leur disait : « Vous pouvez vous retourner, y a rien à voir! Ce garçon au visage rouge comme une tomate et couvert d'urticaire ne ressemble à rien, mais il va super bien! »

Une fois aux toilettes, Josh va aussitôt se regarder dans le miroir, et pousse un petit cri.

Les plaques, qui font maintenant la taille d'une pièce de monnaie, couvrent la majeure partie de sa tête et de son cou. Je suffoquerais bien moi aussi, mais je ne voudrais pas que Josh flippe encore plus.

— Aide-le à s'asseoir.

Elle fouille son sac et en extrait une trousse de premiers secours. Alléluia!

— Apparemment, tu es allergique au concombre.

Elle sort une plaquette de Benadryl de sa trousse.

— Tu as déjà pris ce genre de médicament ? Ça peut rendre légèrement somnolent.

Josh ne répond pas et se contente de déchirer l'emballage, puis d'avaler deux comprimés.

Kelly lui tend ensuite un tube de crème.

— J'appliquerais ça sur mon visage, si j'étais toi, dit-elle avant de pointer ses bras du doigt. Tu peux remonter tes manches, s'il te plaît ?

Josh le fait aussitôt. Je pose une main sur ma bouche pour qu'il ne m'entende pas. Ses bras sont couverts d'urticaire. On dirait une œuvre de Yayoi Kusama.

En quelques secondes, Kelly et Josh ont tartiné la majeure partie de la peau exposée. Il a l'air soulagé parce qu'il soupire à fond. Il sourit même.

— Tu vas bien ? je lui demande.

Il prend ma main ; sa façon à lui de répondre, j'imagine.

— Il des urgences pas loin. Il devrait y aller. Histoire de vérifier que tout va bien.

Kelly jette le tube de crème vide à la poubelle avant de se tourner vers Josh.

— Tu devrais appeler tes parents. J'aimerais être au courant si mon fils faisait une réaction allergique aussi grave. Et évite le concombre, à l'avenir, ajoute-t-elle en lui tapotant l'épaule.

— C'est clair.

Josh se tourne vers moi. Il passe du rouge tomate au blanc, en me regardant.

— La prochaine fois, je demanderai tous les détails du menu. Je suis vraiment désolé, Dylan.

CHAPITRE 15

En rentrant, je file à l'étage. On n'entend que le craquement du plancher sous mes pas et l'ordinateur de tante Edith. Elle doit regarder de vieilles émissions télé. Je reconnais *Absolutely Fabulous*. Je m'arrête devant la porte de sa chambre quand j'entends sa voix étouffée :

— Patsy Stone est une incomprise !

Elle ne dort pas. Cool ! Je frappe doucement.

— Qu'est-ce que vous voulez ?

— Tante Edith, c'est moi. Dylan.

— Dylan qui ?

— Tante Edith…

La porte s'ouvre lentement. Elle porte un pyjama avec des rennes rouges et ses UGG roses. Elle jette un coup d'œil dans le couloir avant de poser un doigt sur ses lèvres et de me laisser entrer. Je tombe sur… Legend et Mikey, allongés par terre, cernés par des centaines de photos tirées de vieux albums.

— Salut ! (Je sais pas pourquoi mais voir Legend me fait sourire comme une débile.) Qu'est-ce que vous faites ?

— C'est top secret.

— Ah oui ? dis-je. Parce qu'on dirait juste que vous matez les vieux albums de papa et maman.

Tante Edith acquiesce.

— T'es un cerveau, toi, hein ?

— C'est pour leur fête surprise, explique Mikey.

— Leur fête surprise ?

— Yep.

Tante Edith s'assoit à son bureau.

— Après votre retour de New York, ce sera les vingt-cinq ans de mariage de vos parents. Legend et Mikey m'aident à trouver des photos pour le diaporama. Ce sera une soirée chic, au Redstone Building.

— Oh non…

Je m'accroupis par terre entre Mikey et Legend. J'étais tellement concentrée sur la Juilliard que j'ai oublié cet évènement.

— J'avais pas promis de te filer un coup de main ?

— Eh bien, fait-elle en baissant le son des Golden Girls sur son ordinateur. On m'a nommée présidente et directrice générale du comité d'organisation. J'ai donc décidé que tout ce que tu devais faire, c'est jouer quelque chose de très long et de très ennuyeux avec ton banjo.

— Tante Edith, Dylan joue du violon, pas du banjo, marmonne Mikey. Ça n'a rien à voir.

Elle lève les bras au ciel comme si elle ne comprenait pas la différence.

Legend brandit une photo de moi, à trois ans, couverte de bulles de savon, dans la baignoire.

— On pourrait commencer le diaporama par celle-là.

— Sûrement pas, non, dis-je en lui arrachant la photo des mains pour la ranger dans un album.

— Tu rentres tard, lance Legend en se redressant.

On se retrouve épaule contre épaule. Il porte un pantalon de survêtement bleu foncé remonté jusqu'aux genoux et un sweat noir avec PARCE QUE C'EST MON BIZ brodé dessus. Ses boucles normalement bien coiffées partent dans tous les sens. Cette version brouillonne et nocturne de Legend est ma préférée.

Je la trouve douillette et confortable, comme à l'époque où on passait nos dimanches à mater des films sur le canapé.

— Alors, ce rencard ? C'était comment ?

— Eh bien, je rentre tard parce que j'ai accompagné Josh, sa mère et ses grands-parents aux urgences, et que j'ai attendu qu'on l'autorise à sortir.

Legend se tourne face à moi.

— Ah merde ! Qu'est-ce qui s'est passé ?

— Un truc de dingue, dis-je. Il a fait une méga réaction allergique.

Tante Edith s'anime.

— Il est mort ?

— Tante Edith… (Je lève les yeux sur elle.) Pourquoi on l'aurait autorisé à quitter les urgences s'il était mort ?

— J'ai l'air de travailler dans le médical ? balance-t-elle en réponse.

— J'ai un copain qui a fait un choc anaphylactique à l'école, un jour. Paul Hadden, il s'appelle. C'était à cause d'une piqûre d'abeille. Ton rencard s'est fait piquer par une abeille ?

— Non. Il est allergique au gaspacho. Au concombre, exactement. Il avait des plaques d'urticaire énormes.

— Ouah, la soirée pourrie ! fait Mikey en sifflant.

— Quelle histoire ! C'est mille fois mieux que l'épisode des *Feux de l'Amour* où Skye était tombée dans un volcan ! ajoute tante Edith, avant de boire une gorgée d'eau qui, à l'odeur, est plutôt du gin tonic.

— Bref, Josh va bien, pour ceux que ça intéresse. On peut changer de sujet ?

— Sérieusement, je suis content qu'il aille bien, déclare Legend.

— Moi aussi, dit Mikey en se levant et en s'étirant. Parce que ça aurait vraiment été trop con de mourir à cause d'une soupe froide. Je vais chercher un truc à grignoter. Tu veux quelque chose, Legend ?

— Non, ça va, merci.

— Moi non plus, cher frère. Mais merci de m'avoir posé la question.

Mikey hausse les épaules.

— Désolé, sœurette. Tu veux quelque chose ?

— Non, c'est bon.

C'est la vérité. Le restaurant nous a préparé des doggy bags, du coup, j'ai pu déguster mon menu sur le parking des urgences.

— Attends-moi, Mikey, fait tante Edith en se levant. J'ai l'impression qu'il manque des albums. Il faut que j'aille vérifier au sous-sol. Legend, ça te dérange si je descends ?

— Tant que vous me promettez de ne pas fouiller dans mes affaires comme vous l'avez fait tout à l'heure, marmonne-t-il.

— Ben quoi, fait tante Edith avec un petit sourire. Je cherchais de l'argent.

— Que je n'ai pas sur moi, répond Legend.

— Maintenant je le sais, lance tante Edith d'un ton malicieux avant de rejoindre Mikey.

Je fronce les sourcils.

— Elle a vraiment fouillé dans tes affaires ?

— Non ! rit-il. Mais elle y a pensé. Ça s'est vu à sa tête.

Je m'esclaffe tout en passant en revue l'énorme tas de photos éparpillées. Il y en a plein que je ne connais pas. J'en attrape une, décolorée et déchirée au milieu. On y voit mes parents debout à côté d'un panneau VENDU planté devant la maison. Je la montre à Legend.

— Ouah ! Je n'étais pas née, à cette époque.

— Et le monde était beaucoup plus triste.

Il s'attaque à une nouvelle pile.

— Blague à part, je suis vraiment désolé que votre rendez-vous se soit mal passé. C'est une des histoires de premier rencard les plus pourries que j'aie jamais entendues.

— Il saura qu'il y a du concombre dans le gaspacho maintenant, dis-je en mettant de côté la photo de mes parents devant la maison. Il faut vraiment mettre celle-là dans le diaporama.

— Il te plaît ?

Je tourne la tête vers Legend, me demandant si ses yeux brillent à cause de l'éclairage tamisé de la pièce.

— Dylan ? Allô ? fait-il en agitant une main devant mon visage.

— Mmh ?

Je secoue la tête comme si je voulais chasser une étrange pensée. Est-ce que Josh me plaît ?

— Il est cool. Enfin, je crois.

— C'est oui ou non, normalement, D.

Il m'observe à nouveau, si intensément que je commence à avoir chaud. Pourquoi il me regarde comme ça ? Il devrait s'être habitué à mon visage. C'est à cause de mes lentilles bleues ? Il a dit qu'il les détestait. Je cligne des paupières.

— C'est juste que… je crois que… je ne sais pas encore.

Je détourne la tête pour me reconcentrer sur les clichés étalés au sol.

— Mais on a beaucoup de choses en commun.

— Ah oui ? Lesquelles ? demande Legend, les bras croisés et le regard scrutateur.

— Euh… (Mais pourquoi il continue de me regarder comme ça ?!) Il joue d'un instrument, lui aussi, et il travaille énormément. Et on habite tous les deux à Hornsborough.

— Ouah ! Vous êtes carrément siamois.

— Ben quoi ? C'est quoi, pour toi, avoir des choses en commun ?

— C'est toi et moi, déclare-t-il simplement.

— Vraiment ?

Mes mains sont moites, tout à coup. Je les frotte contre mon jean.

— Tu es une superstar mondiale, tu gagnes des millions et tu roules en Lamborghini. Je ne vois pas très bien ce que j'ai en commun avec toi.

— Dylan… Je sais ce qui te motive. Je suis pareil. On… matche. On l'a toujours fait. C'est une question de cœur.

Il finit par détourner le regard pour reporter son attention sur les photos. Je soupire de soulagement et tire discrètement sur mon pull pour laisser passer un peu d'air frais. Qu'est-ce que c'est que cette histoire de cœur, encore ? Et pourquoi il fait si chaud ? J'ai l'impression que je pourrais carrément prendre feu. Je pose une paume sur mon front. Il est froid et moite. Comme la main de Josh tout à l'heure.

— Qu'est-ce qu'il y a ? Tu as attrapé quelque chose aux urgences ?

Je secoue la tête.

— Je n'y suis même pas entrée.

Legend se rapproche. La température de mon corps grimpe encore plus.

— Ça va, dis-je. À part que j'ai méga chaud et que je transpire. Je ne sais pas ce que j'ai…

Il pose une main sur mon front et la laisse là un petit moment.

— Tu n'as pas de température, mais tu transpires carrément.

J'écarte son bras et m'essuie le visage avec le dos de la main.

— Je ne comprends pas ce que j'ai.

— Il te faut du thé vert au gingembre. Je vais aller t'en préparer. Ça guérit tout, déclare-t-il avant de froncer les sourcils. Sauf les chocs anaphylactiques, peut-être…

Je lui lance un regard mauvais.

— Désolé, fait-il, les mains levées en signe de reddition. J'arrête. Promis.

— Du thé vert avec du jus de gingembre ? Pouah, dégueu ! C'est bon, ça va.

Nous restons assis en silence pendant un long moment à trier l'énorme quantité de photos. Je commence à me calmer.

— Oh, j'ai failli oublier, dit Legend. J'ai parlé à ma mère de notre voyage au Centre des sciences de Des Moines. Elle est d'accord.

— Tu avais vraiment besoin de sa permission ?

— Le jet est à moi, mais ça coûte cher de le faire voler. Il faut payer les pilotes, le hangar de stockage, le carburant… J'ai besoin de sa signature pour débloquer les fonds. Tu préfères quel jour ?

Est-ce que j'ai vraiment le temps de prendre l'avion pour Des Moines ? Comme s'il lisait dans mes pensées, il ajoute :

— Le vol dure quarante minutes. Ça prend quinze minutes pour aller au Centre des sciences en voiture. On pourrait boucler le commandement en deux heures max. Allez, vis un peu, D.

— Je ne sais pas, Legend. Ça me paraît beaucoup. Je n'ai pas bossé du tout, aujourd'hui. D'ailleurs, ça te dérange si je squatte la cave ?

— Pas du tout. Mais il est déjà minuit moins le quart, dit-il en me montrant l'écran de son portable. J'ai une meilleure idée. On laisse tomber tante E et Mikey et on va se payer un bon yaourt glacé végétalien sans sucre.

— Heu… tu oublies qu'on est à Hornsborough et en semaine. Tout est fermé. Et personne ne mange de yaourt glacé végétalien sans sucre, ici. Mon audition c'est genre demain. Il faut absolument que je bosse. Surtout si je veux la jouer prise de risques…

— Tu vas le faire, alors ?

— Peut-être. Je sais pas encore. Pour ça, il faudrait que j'apprenne un nouveau morceau. (Je me frotte les tempes pour faire disparaitre la migraine qui pointe à cette seule pensée.) Et je suis pas sûre de pouvoir supporter du stress supplémentaire.

— D-Dog?

— Mmh?

Je lève les yeux. Legend me montre une vieille photo de nous.

— Nan!

Je la lui arrache des mains. Legend et moi prenons la pose, assis épaule contre épaule, exactement comme maintenant. Sauf que sur l'image, on est sous une tente dans le jardin et qu'on dévore des Snickers géants. Son appareil dentaire brille au soleil. Ma chevelure est une magnifique crinière de boucles crépues.

— Tes cheveux naturels sont trop beaux.

— Ah oui?

Son compliment semble plus sincère que ceux de Stephanie et de Lisa.

— Peut-être que je me recoifferai comme ça un jour.

— Fais-le! Enfin, si ça te branche...

Il ouvre un album orange avec des fleurs séchées en couverture.

— Perso, je kifferais, c'est sûr. Les cheveux noirs ont tellement d'avantages.

Ah oui?

— Comment ça?

— Tresses, afro, twists, dreads... Qui d'autre peut faire des coiffures aussi différentes?

Legend a raison. Mais ces derniers temps, je cache systématiquement mes cheveux naturels sous des extensions.

— Je ne me souviens pas de cette journée. Pourquoi on mangeait des Snickers sous la tente?

— On fêtait quelque chose.

Legend s'appuie sur mon épaule. La chaleur vient bien de lui et elle est plus intense que le radiateur de tante Edith.

— Tu venais de gagner ton premier concours. On avait monté la tente dans le jardin et trouvé la cachette de bonbons d'Halloween dans le grenier. On était restés debout toute la nuit et on avait tout mangé. On a été malades comme des chiens après.

Oh mon Dieu…

— J'en reviens pas que tu te souviennes de ça.

— Comment oublier ? J'avais maté ton trophée toute la soirée. Tu étais une superstar.

— C'était juste un concours régional. Rien de très important.

— Ça l'était, pour moi. Je me suis dit « ça, ça compte », ce jour-là.

— Toi aussi, tu as des trophées, maintenant. Comment on appelle ces trucs, déjà ? dis-je pour plaisanter. Des Grammys ?

— Des Grammys, des Billboard Awards, des MTV Awards, des People's Choice, Junos… J'en ai tellement que je ne peux plus les compter ! fait-il en bombant le torse.

Je sais qu'il ne se vante pas vraiment. Mais il pourrait se le permettre, sincèrement.

— Je suis hyper fière de toi, Legend.

Il écarquille les yeux avant de faire semblant de s'évanouir et de tomber raide mort sur le tapis.

— Arrête ! Qu'est-ce que tu fais ? dis-je en rigolant et en lui attrapant le bras pour le redresser. Les urgences, j'ai déjà donné, merci bien.

— Yo ! (Il pose une main sur son cœur.) Dylan Woods vient de dire qu'elle était fière de moi. C'est du lourd ! Ça fait des siècles que j'attends ça. Merci, déclare-t-il avant de soupirer. Bon, écoute, si le trip Des Moines te paraît trop, t'inquiète.

Je ne veux pas te mettre la pression. Je suis venu te voir pour qu'on s'amuse. *No stress.*

Son portable vibre. Je jette un petit coup d'œil à l'écran. La photo de Miss Univers s'affiche.

Legend refuse l'appel. Le téléphone revibre à peine une seconde plus tard. Il soupire.

— Désolé. Elle va pas me lâcher si je réponds pas.

Legend a l'air énervé, comme si Leilani était la dernière personne avec qui il avait envie de discuter.

Son téléphone n'est pas sur haut-parleur, mais j'entends tout ce qu'elle dit.

— Tu es plus difficile à joindre que le Président !

Legend se lève. Je remarque aussitôt qu'il a du mal à marcher. Il s'arrête même pour se masser le dos avant de traverser la pièce et d'aller s'appuyer contre le bureau de tante Edith.

— Ah oui ? Non, c'est cool, dit-il, le visage crispé comme s'il souffrait. Je ne peux pas, Lei. À cause de la tournée, tu le sais bien. (Il s'interrompt pour écouter.) J'en sais rien. Peut-être.

Il me regarde. Je me concentre illico sur les photos et en attrape une, que je fais semblant d'étudier. C'est une porte. Pourquoi mes parents gardent ce genre de trucs ?

— Laisse-moi voir et je te rappelle, OK ?

Legend se tourne vers moi.

— Il faut que j'aille m'occuper d'un truc.

— Pas de problème. Ça va ? Tu as l'air d'avoir mal.

— Non, ça va.

Il se masse encore le dos et fronce légèrement les sourcils.

— Tu n'auras qu'à frapper quand tu auras besoin du sous-sol.

— OK.

Je regarde à nouveau la photo de la porte. Elle est vraiment naze. Mais la regarder me permet de ne pas bombarder

Legend de questions, genre quand est-ce qu'il se sont rencontrés et qu'est-ce qu'ils ont en commun ? Depuis combien de temps ils sont ensemble ? Elle a entendu parler de moi, l'ancienne meilleure amie de l'Iowa ? Je peux peut-être poser une question, quand même…

— Tout va bien avec ta copine ?

— Oui, oui.

Son téléphone bipe. Il sourit en regardant l'écran. Elle lui a envoyé un texto ? C'est pour ça qu'il sourit ? Le visage de Legend s'illumine quand il sourit… Le mien fait ça, lui aussi ?

— Meuf, Leilani va tourner une pub sur le pont Kawarau et elle me demande si je pourrais lui prêter mon pendentif pour le tournage. C'est un motif sculpté en pounamu, un modèle unique.

— C'est où le pont Kawarau ?

— À Queenstown, en Nouvelle-Zélande.

Ah oui !

— Mais je ne suis pas sûr de l'avoir apporté. Et même si je l'avais, il faudrait que j'aille à la poste.

— Tu peux toujours y aller déguisé en Bill le fermier.

— C'est vrai ! dit-il en riant.

Puis il glisse son téléphone dans sa poche.

— Tu n'auras qu'à descendre quand tu seras prête. J'éviterai de me balader tout nu, promis.

— Ça me va. (Je sens mes joues rougir.) Le « pas tout nu », je veux dire.

Leilani… Un joli prénom pour une jolie fille. Je ne suis pas du genre curieux, mais… Je lance une petite recherche sur mon téléphone.

Leilani et Legendary.

En quelques secondes, des centaines de photos surgissent sur l'écran de mon iPhone, À des fêtes. Sur des tapis rouges.

Ils ont l'air en couple, même s'ils ne se tiennent pas la main et ne s'embrassent pas. Un couple étonnant. C'est comment d'être comme eux ? Que les gens s'arrêtent quand ils vous croisent dans la rue ? Les gens s'arrêtent et me regardent, à Hornsborough. Mais parce qu'ils se demandent ce que cette fille noire fait ici. Je clique sur un lien de l'Insta de Leilani. Sur les photos, elle est à l'étranger, en train de faire du rafting, du snowboard, de nager avec des requins, de plonger du haut d'une falaise… Ses longs cheveux noirs cascadent jusqu'au milieu de son dos. Elle a des courbes sublimes, et un regard pétillant sur chaque cliché, comme si la tristesse, la colère ou toute émotion en dehors du bonheur et de la joie n'existait pas. Elle est parfaite.

Je passe une main dans mes cheveux. Des cheveux qui ne sont même pas les miens. Legend dit qu'il adore mes vrais cheveux, mais est-ce qu'il est vraiment honnête ? Comment ma crinière crépue peut-elle rivaliser avec une chevelure à la Moana comme celle de Leilani ? C'est ce style que les garçons préfèrent, non ?

— J'avais raison, fait tante Edith en réapparaissant. Je les ai trouvés. (Elle pose deux nouveaux albums sur son bureau.) Oups… Qu'est-ce que tu as au visage ?

Je lève les mains pour toucher mes joues.

— Pourquoi ?

Je me lève d'un bond et me précipite vers le grand miroir suspendu à l'intérieur de son placard. Tout semble normal. Je me retourne vers ma tante.

— Qu'est-ce que j'ai ?

— Quand je suis entrée, tu avais l'air de la fille la plus triste de la Terre. Qu'est-ce qui s'est passé ?

Je contemple mon téléphone. Les photos de Leilani sont toujours affichées.

— Tiens, fais-je en le tendant à ma tante. Jette un coup d'œil.

— Je regarde quoi, exactement ?

— Tu ne vois pas ? Cette fille fait du rafting, du snorkeling, du saut à l'élastique… Elle fait même de la plongée en apnée. Mais qui fait ça ?

Je récupère mon portable et m'affale sur le lit. Je clique sur une photo de Leilani debout devant un miroir, en bikini, avant de tendre à nouveau le téléphone à tante Edith.

— Regarde. Comment est-ce qu'on peut ressembler à ça ? C'est trop injuste.

Tante Edith fait une moue de poisson, pose avec une main sur la hanche et en cambrant le dos pour faire ressortir ses fesses.

— Tu fais quoi ?

— Je l'imite. Tu pourrais ressembler à ça, toi aussi. Même si c'est pas très confortable.

— Tante Edith… (Je secoue la tête.) Tu vois très bien ce que je veux dire.

— Pourquoi est-ce que tu joues comme ça ?

— Quoi ?

— Pourquoi tu joues aussi bien du banjo ?

— Du violon.

— Peu importe. Pourquoi ?

— Parce que je bosse énormément.

Tante Edith acquiesce.

— Si je m'entraînais, tu crois que je pourrais être championne de basket ?

Je souris.

— Tu mesures 1,50 m, et tu as soixante-neuf ans !

— Exactement.

Tante Edith s'assoit sur le lit à côté de moi.

— Dans la vie, il faut accepter que certaines choses soient hors de portée. Être une top-modèle Instagram et… (tante Edith attrape mon téléphone et fait défiler les photos de Leilani) sauter du haut de trucs ou faire des moues de poisson rouge est hors de ta portée. Être une joueuse de banjo virtuose est sûrement hors de la sienne.

— OK, mais c'est juste que… Je me sens moche, par moments. Personne ne me regarde quand je marche dans la rue. Tu n'as jamais voulu être belle, toi ?

— La beauté est relative. Pour moi, tu es magnifique.

— Je parle du genre de beauté qui pousse les gens à s'arrêter pour te mater. Comme cette fille. Comme Legend. Les gens hallucinent quand ils les voient. Mate cette photo d'elle assise sur une chaise. Elle a cent soixante-douze mille likes ! Moi, tout le monde s'en foutrait si je me photographiais comme ça.

Tante Edith se lève et prend un album photo qu'elle a remonté de la cave.

— Belle comme elle ?

Je contemple de vieilles images d'une fille étonnante d'environ dix-huit ans, aux yeux bleus étincelants et aux longs cheveux blonds soyeux. Elle est carrément canon.

— Grave ! C'est qui ?

— Edith Woods.

— … (Ma bouche s'ouvre grand malgré moi.) Je n'avais jamais vu de photos de toi jeune.

— J'étais belle, hein ? dit-elle en se regardant. Notre apparence physique ne nous définit pas. Même si la plupart des gens le pensent. C'est très facile de péter les plombs en se souciant seulement des apparences. Ça m'est arrivé. Jusqu'au jour où je me suis réveillée. Je ne me suis pas reconnue. Mes cheveux blonds devenaient gris, ma peau se relâchait, mon regard pétillant était fatigué. Plus personne ne disait « Comme elle est canon ! » en me voyant. Je me suis vraiment sentie perdue. Du coup, j'ai commencé à chercher une nouvelle voie. (Elle soupire.) Mais je ne crois pas l'avoir trouvée. Peut-être que je devrais arrêter d'essayer et accepter que je suis arrivée au bout du chemin. C'est plutôt triste, mais bon…

Tante Edith a emménagé avec nous après la naissance de Mikey pour aider maman et lui permettre de reprendre le boulot. Notre famille ne serait pas au complet, sans tante E. Son histoire n'est pas triste. Enfin, pas de mon point de vue.

— Tante Edith, la vie c'est comme une chanson. Pleine de sens, même si elle peut paraître tragique, par moments.

Je passe un bras autour de sa taille, et elle pose sa tête sur mon épaule.

— Ton désir d'être incroyablement belle n'a rien d'extraordinaire, Dylan. Certains êtres humains font tout pour être beaux. Et pour montrer qu'ils ont réussi leur chirurgie plastique et leur remise en forme, ils prennent des selfies et les postent sur Instagram. Et puis il y en a d'autres, qui posent des bases qui changeront le monde un jour. Si tu veux mon avis, c'est ça, la vraie beauté. C'est toi.

— Tante Edith, je pense que tu as raté ta vocation. Tu ferais une sacrée psy.

— Ça, je sais pas, mais je sais que je t'aime, mon petit cœur. Même si tu es la pire joueuse d'échecs de ce côté du Mississippi. Je peux te dire une dernière chose ? (Elle me regarde droit dans les yeux.) Le snorkeling, c'est surfait. J'en ai fait. T'as qu'à voir…

À ces mots, elle refait sa moue de poisson, la main posée sur la hanche, avant de défiler à travers la chambre.

J'éclate de rire.

CHAPITRE 16

— Mais qui est allergique au concombre, franchement ? chuchote Kiyoshi.

— Ben Josh, justement, je murmure en retour.

Nous sommes blotties au fond de la salle de répétition tandis que Ricardo et Mary-Ann travaillent leur partie de Schubert pour l'inauguration de la mairie.

Kiyoshi est consternée.

— Quelle tragédie !

Elle tapote ses cordes du bout des doigts.

— Ta corde de *mi* est trop aiguë d'un demi-ton, lui dis-je, et ta corde de *la* joue un *la bémol*.

— Tiens, fait-elle en me tendant son violon. T'as qu'à l'accorder. Et comment ça se passe avec Legendary ?

— Il veut que j'aille avec lui au planétarium de Des Moines pour qu'on puisse faire un vœu en regardant des étoiles filantes. C'est pour le commandement numéro quatre. Mais j'ai trop de boulot. Je suis sûre qu'on pourrait faire ça ici.

Elle pose une main sur mon front.

— Je peux savoir ce que tu fais ? fais-je en la retirant.

— Je vérifie que t'as pas de fièvre. T'es complètement tarée ou quoi ?

— Pas du tout, mais je suis hyper focus.

Je refais courir l'archet sur les cordes du violon de Kiyoshi qui sonne juste maintenant.

— Legend a très bien compris. Il est pareil. On ne devient pas Legendary sans bosser comme un dingue, tu peux me croire.

— On est prêts ! lance Mary-Ann. On a noté tous les coups d'archet. Et on a réglé le problème.

— Ah oui ? Parce que je sais bien que l'ouverture en *ut* de Schubert démarre lentement, mais ça ne veut pas dire mollement.

— Justement…, dit Mary-Ann en lançant un petit regard à Ricardo. L'ouverture *est* le problème qu'on a réglé.

Je fronce les sourcils.

— Je ne comprends pas.

— C'était *l'ouverture*, le problème.

Ricardo s'assied devant son pupitre et Mary-Ann brandit des partitions.

— Tadaaa ! Je vous présente le morceau qu'on va jouer. RIP Schubert et son ouverture trop chiante.

Je lui arrache la partition des mains et lis le titre à voix haute.

— *Can't Stop the Feeling* ? dis-je avant de la regarder. C'est quoi ?

— C'est *Les Trolls* ! répond Mary-Ann joyeusement. Tu sais, la bande originale du film ?

— Cool ! commente Kiyoshi en s'installant sur la chaise à côté d'elle. Princesse Poppy à notre secours !

Je fixe la partition. J'imagine la haute société de Hornsborough nous écoutant jouer la BO d'un dessin animé.

OK, c'est plutôt marrant, en fait.

— Vous êtes sûrs de votre coup, les gars ?

— Trop, fait Mary-Ann en me tapotant l'épaule. Il y a un temps et un lieu pour tout, et pour l'instant, bye-bye Schubert.

— Ouais, on joue pas pour un enterrement…, dit Kiyoshi. On fait un essai à l'arrache ? J'arrive pas à croire qu'on va jouer un truc aussi *chill*.

La musique est légère et entraînante, et la jouer fait battre mon cœur plus vite. Le morceau se termine par un accord à l'unisson. Les notes se réverbèrent comme si la salle était remplie d'hélium et que nous flottions tous au-dessus de nos sièges.

— Alors ? lance Ricardo en se tournant vers moi. Dylan Woods approuve ?

— À deux cents pour cent, je déclare. Ce sera top.

— *Yes !* crie Ricardo en frappant dans ses mains. Elle a dit oui !

— J'aimais bien le Schubert. Mais ça me plaît. Où est-ce que vous avez dégoté la partition d'un morceau pareil ?

— Grâce au mec qui a fondé le site « Musique de chambre pour le nouveau millénaire », explique Ricardo tout en tirant sur les manches de son sweat. Il transcrit des morceaux de ce style.

— Gratuitement, ajoute Mary-Ann. Parce qu'il kiffe la musique et qu'il trouve que c'est super important.

Ah oui ? Je repense à la discussion que j'ai eue avec tante Edith. Ce type fait sûrement partie de ceux qui œuvrent à changer le monde. Rendre ce genre de musique accessible aux quatuors et aux orchestres est génial. Si je dois prendre des risques et jouer un truc dingue à mon audition, ça pourrait me donner des idées ?

— Je vais aller voir son site direct. Bon, on y retourne ?

— Carrément, fait Kiyoshi.

Nous répétons une deuxième fois. Une troisième. Une quatrième. Tellement de fois que j'ai l'impression d'avoir couru le marathon.

— J'ai dû boire trop de café ce matin, dis-je en posant une main sur ma poitrine alors que les autres commencent à ranger leurs instruments, parce que mon cœur bat super vite.

— Le mien aussi, commente Kiyoshi, mais j'ai arrêté la caféine. Donc, c'est pas ça.

Je regarde Mary-Ann et Ricardo et m'aperçois qu'eux aussi respirent rapidement.

— Ma mère appelle ça de la musique joyeuse, dit Ricardo. De la musique qui donne envie de danser, quoi.

— Ou de vivre éternellement, j'ajoute.

Une annonce retentit dans les haut-parleurs : « Votre attention, s'il vous plaît, ce message s'adresse aux élèves des activités extrascolaires. L'établissement fermera ses portes dans dix minutes. Veuillez cesser vos activités, rassembler vos affaires et vous diriger vers la sortie. »

— Tu te souviens l'année dernière, quand Avery s'était retrouvé enfermé et qu'il avait dû dormir ici ? (Mary-Ann frissonne à ce souvenir.) Sa mère avait même dû appeler la police.

— Et quelqu'un s'était amusé à faire un GIF de son interview aux infos. Au moment où il avait fondu en larmes…, ajoute Kiyoshi. On ferait mieux d'y aller.

— En parlant des infos, dit Mary-Ann alors qu'elle et Ricardo se dirigent vers la sortie, quand est-ce qu'on va revoir Legendary ? On doit trop lui manquer, maintenant qu'il nous connaît.

— Ses assistants n'auront qu'à appeler les miens…

Du haut de son mètre soixante-dix, Ricardo a l'air d'un nain avec son violoncelle sur le dos, qui le dépasse de deux bonnes têtes.

— Donc tu voudrais que l'agent de Legend appelle tes parents ? je balance.

Kiyoshi éclate de rire.

— Niark, niark, niark ! répond Ricardo avec sarcasme. Tu devrais surtout te bouger pour qu'on puisse le revoir avant son départ. Parce que je me demande encore si tout ça n'était pas un rêve.

— Je te dépose, Kiki ? je lui demande.

— Non. Ma mère m'a laissé prendre la Mercedes décapotable, aujourd'hui.

— Tu veux dire le Caravan Dodge ?

— Gna, gna, gna…

Elle fourre son classeur de partitions dans son sac à dos.

— Alors, très chère meilleure amie. Qu'est-ce que ça fait d'avoir un nouveau crush ? Excitant, non ?

— Josh est sympa, mais je ne suis pas sûre que « crush » décrive vraiment ce que je ressens pour lui.

— Dylan Woods, fait Kiyoshi. Je ne parlais pas de Josh, et tu le sais très bien. (Elle s'avance pour me murmurer à l'oreille.) Tu kiffes Legendary. Admets-le.

— Tu ne vas pas recommencer avec ça.

— Dylan…, continue-t-elle, la tête penchée sur le côté et l'air de dire « Sérieux ? ». On est BFF. Pourquoi tu fais semblant ?

— Je peux te jurer sur une pile de X-Men que tu te plantes.

— Pas sur ma pile, alors !

— Kiyoshi, tomber amoureuse de Legend serait complètement crétin.

J'ignore pourquoi je chuchote vu qu'on est seules.

— Ce serait comme avoir un crush pour Michael Jordan. *Et* Spider-Man !

— Je suis trop à fond sur Michael Jordan. Et sur Spider-Man ! Dylan, tu te souviens, en quatrième, quand je t'ai chopée en train de pleurer dans ton coin à la cantine et que je t'ai sauvée d'une vie de merde sans amis ?

— C'est toi qui pleurais.

— C'est pareil ! Je te connais. J'ai vu la façon dont tu le regardais à la soirée D&D.

— Je ne l'aime pas, d'accord ? C'est juste un pote. Ce que tu crois avoir vu c'était juste de l'amitié.

Elle se met à me fixer droit dans les yeux tout en se mordillant la lèvre et en jouant avec ses cheveux.

— T'es en pleine expérience extracorporelle ou quoi ?

— Dylan…

Elle s'avance encore, le regard toujours plongé dans le mien, et pose une main sur mon épaule.

Je la repousse.

— Arrête ! Tu me fous les jetons. Sérieux !

— Je te montre juste ce que j'essayais de te dire.

Elle finit par rompre son contact visuel flippant et croise les bras avec un air de défi, comme si elle venait de répondre correctement à une question ultra difficile de *Questions pour un champion*.

— Montrer quoi ? Que tu me fous grave la trouille ?

— C'est comme ça que tu matais Legend à la soirée. Ce qui n'est pas *du tout* la façon dont on regarde un très bon ami.

Oh, non… Je plaque une main sur ma bouche.

— Je l'ai vraiment regardé comme ça ?

Mon ton paraît fébrile, tout à coup.

Elle acquiesce.

Je serais amoureuse de Legend ?! Merde ! Je m'affale sur une chaise et fourre ma tête entre mes mains.

— Hé… (Kiyoshi s'agenouille à côté de moi.) Qu'est-ce qu'il y a ? OK, tu le kiffes. Et alors, où est le problème ?

— Ben, d'abord, il aime Moana.

— Moi aussi, j'adore ce dessin animé. Qui aurait cru que Dwayne Johnson pouvait chanter comme une rock star sous stéroïdes !

— Non ! (Je lève les yeux.) Leilani. Miss Univers. La fille de Zendaya, Harry Styles et Superman. La meuf des selfies sur Instagram. C'est son style. Pas les meufs comme moi.

— Oh, Dylan…, fait Kiyoshi en secouant la tête. Tous les mecs du bahut tueraient pour pouvoir sortir avec une meuf comme toi.

— T'as raison ! Attends, je compte combien m'ont demandé de sortir avec eux… Ah bah non, aucun en fait !

— Tu les intimides. Je parie que les filles n'abordent pas Legend pour lui filer un rencard.

— Ça risque pas, dis-je en fourrant mon classeur de partitions dans mon sac, vu qu'il a déjà une petite amie.

— Tu es sûre qu'ils sont en couple ?

Est-ce que j'en suis sûre ?

« Votre attention, s'il vous plaît. Ce message s'adresse aux élèves des activités extrascolaires. Les portes du lycée fermeront dans cinq minutes. Veuillez prendre vos affaires et vous diriger vers la sortie. »

— Je t'accompagne à ta voiture, dit Kiyoshi. Au fait, tu sais que je suis hyper douée pour stalker en ligne ?

Je hoche la tête.

— Oh ! oui.

— Eh bien figure-toi que je les ai stalkés et je pense pas qu'ils soient ensemble. Je n'ai trouvé aucune photo sur Insta où ils apparaissent tous les deux. Les seules que j'ai pu dégoter viennent de paparazzis. Les gens en couple s'affichent toujours sur Insta. C'est comme… une règle de base. Donc, fonce

— Je sais pas.

— Tu veux savoir ce que j'ai fait quand j'ai réalisé que j'aimais Nathan ?

— Mmh… Tu as piraté son compte Insta et tu as changé sa photo de profil pour en mettre une de toi ?

— Nan, avant ça. Je lui ai dit : « Hé, mec, je te kiffe. » C'est aussi simple que ça, Dylan. La première étape pour toi, c'est d'admettre que tu n'as pas de problème. Il n'y a rien de mal à aimer quelqu'un.

— Je n'ai jamais dit que je l'aimais.

— Mais qu'est-ce que t'es chiante!

— Bon, OK, peut-être que je l'aime bien, ça te va? J'en sais rien!

— C'est ça…

Elle m'arrache mon téléphone des mains.

— Hé!

Puis elle le lève devant mon visage pour le déverrouiller avant de se mettre à swiper.

— Qu'est-ce que tu fais?

— Détends-toi. J'envoie un texto à Legend.

— Quoi?

J'essaie de récupérer mon portable, mais Kiyoshi se met carrément à courir!

— Arrête ça tout de suite!

— Je ne l'enverrai pas, sauf si tu me dis de le faire! crie-t-elle par-dessus son épaule. Regarde.

Elle me montre le SMS.

J'ai changé d'avis. On pourrait aller à Des Moines samedi ? Trop hâte ! Yeah !

— Allez, Dylan, steuplaît! Fais un break. Vis. Fais le grand saut dans l'inconnu!

— «Trop hâte?», «Yeah?», mais je parle pas comme ça. Il va jamais gober que c'est moi qui ai écrit ça!

— OK. Je supprime cette partie. Je peux l'envoyer, maintenant? Allez, steuplaît!

— Non. Désolée. Je sais que tu veux bien faire, mais…

— Oups !

Je plisse les paupières.

— Quoi, oups ?

— Mauvaise manip. (Elle déglutit.) J'ai… cliqué sans le vouloir.

— Quoi ?

Je lui arrache le téléphone des mains. Le message a bien été envoyé. Je lève les yeux sur ma meilleure amie.

— T'es sérieuse ?

— Tu pourrais peut être lui en renvoyer un du genre : « Oups, juste une blague ! »

Avant que j'aie le temps de réagir, le téléphone vibre : Legend vient de répondre.

— C'est lui, hein ?

Elle m'arrache à nouveau le portable des mains.

— Kiyoshi ! Rends-le-moi !

— Tout doux, la flippée. Tu as de la chance. Il a un empêchement. Tu peux te détendre.

— Vraiment ?

J'ai l'impression que tout l'oxygène du couloir a disparu. Je suffoque tout à coup.

— Il dit qu'il ne peut pas y aller ?

— Il a écrit : « Déso, D. Peux pas. Je dois repartir pour un concert à Vancouver. »

Mais… Et les commandements ? Sa mère n'a pas déjà signé les contrats pour la tournée mondiale, si ? Et tous nos projets ?

— Il ne peut pas s'en aller comme ça…

— Ha ! T'es triste, hein ? (Elle pose une main sur mon épaule avec une expression désolée.) T'as envie de te rouler en boule sous ta couette et de méditer sur le sens de la vie tout en engloutissant un litre de glace vanille cookies, pas vrai ?

— Non, c'est pas grave.

— Tu sais pourquoi tu te sens comme ça ? (Son air peiné se transforme en sourire malicieux.) Parce que tu craques trop ! Ha, ha ! rit-elle avant de me rendre mon téléphone. Allez, lis le vrai message, meuf.

Je regarde l'écran. J'ai l'impression que des ailes me poussent dans le dos et que je flotte.

PK attendre samedi ? Allons-y ce soir. X

— OMG ! je hurle.

Je lève les yeux sur mon amie, qui me dévisage toujours avec malice.

— T'as de la chance d'avoir une pote comme moi.

— Kiyoshi, attends ! (Je me précipite pour la rattraper.) Qu'est-ce que je réponds ? Je ne peux quand même pas prendre l'avion pour Des Moines ce soir !

— Pourquoi pas ?

— Parce que j'ai des tonnes de devoirs dont une dissert à finir. Vu que mes parents travaillent, je vais sûrement devoir garder Chloe et Mikey. Sans oublier de bosser la musique et d'apprendre un nouveau morceau, bien sûr !

— Dylan…

Kiyoshi pousse les portes d'entrée et nous nous retrouvons sous une pluie grise hivernale.

— Normalement, je dirais ça dans ton dos parce que tu es ma BFF et que je t'aime. Mais si tu te détends pas un peu, tu vas finir vieille fille avec au moins quinze chats, à écouter du Schubert et à faire des sudokus en ligne du soir au matin, déclare-t-elle avant de pousser un gros soupir. Ouah ! Ça fait du bien de balancer ce qu'on a sur le cœur. (Elle désigne mon téléphone.) Dis-lui que tu es partante. Lâche prise pour une soirée. Je te promets que tout va bien se passer.

Un petit voyage à Des Moines avec Legend, à bord de son jet privé ? Vraiment ?

— Mais il y a cette force, là, et elle est méga puissante. On dirait qu'elle fait tout pour m'éloigner de lui…

— Oublie la force ! Que la force ne soit pas avec toi !

OK. Exit la force. Fuir mes responsabilités. Un aller-retour en jet privé avec Legend. Je peux le faire.

— Tu es sûre que je vais pas le regretter et que ça va pas foutre en l'air toutes ces années de travail acharné et de sacrifice ? Tu me le promets ?

— Meuf…, fait-elle, les yeux écarquillés. Je te le promets. C'est bon ? Fais un break. Prends une journée. Non, tu sais quoi ? Deux, même !

— OK.

Je réponds à Legend, les doigts tremblants.

OK pk pas

Kiyoshi s'avance et me prend dans ses bras.

— Un voyage en jet. Un trajet en SUV. Un film en IMAX dans une salle obscure à regarder des étoiles filantes avec lui… Après ça, tu sauras s'il a une copine et s'il t'aime, ou je ne m'appelle pas Kiyoshi Nakano.

Elle a raison. Vingt-quatre heures loin de mon violon ne peuvent pas me tuer. En plus, je saurai si Legend a une petite amie. Et s'il pourrait aimer une fille comme moi. Plus important encore, je saurai si je l'aime aussi.

CHAPITRE 17

— Dylan, souris ! m'ordonne ma mère.

— Maman…, fais-je entre mes mâchoires serrées, les sourcils froncés tandis que j'essaie de sourire pour la millième fois. Je suis assise dans le noir à l'arrière d'une voiture qui roule ! Ça ne donnera rien.

Elle prend quand même une millième photo. C'est tante Edith qui surveille Mikey et Chloe, et qui a promis de ne pas boire jusqu'au retour de mes parents.

— Legend t'a envoyé un message ? demande mon père qui conduit.

— Ah oui, j'ai oublié de vous le dire. Vous pourrez passer la sécurité avec moi pour voir l'avion.

— C'est vrai ? (Papa pousse un petit cri et tape sur le volant.) Génial !

Maman pose une main sur le genou de mon père, mais au lieu de lui reprocher d'avoir couiné, elle dit :

— Je me demande s'il nous laissera jeter un coup d'œil dans le cockpit et rencontrer le pilote. Il y a aussi un copilote, non ?

Mon père répond avant moi.

— Chérie, c'est un Learjet. Il y a forcément un copilote.

Mon téléphone bipe : Legend.

Je viens de rencontrer les pilotes. Tout est OK. Vous êtes loin ?

Je lève la tête et aperçois un panneau indiquant l'aéroport régional du Sud-Ouest. Hornsborough n'a pas d'aéroport, on a dû aller jusqu'à Burlington pour prendre l'avion.

5 min

J'ai laissé au placard mon jean et mon pull habituels. Je porte une jupe asymétrique, des leggings, des bottes noires à talons et un top gris argent de la couleur de mes lentilles du jour, avec par-dessus la veste en cuir noire que maman m'a prêtée. J'ai les cheveux lisses et la raie au milieu.

— Tu es vraiment mignonne, déclare maman, qui recommence à prendre des photos. N'est-ce pas, chéri ?

— Elle est toujours superbe, répond papa. Tu crois que Legend a fait customiser son avion ?

Je fais la sourde oreille tandis que mes parents discutent du jet de Legend. Mon portable bipe à nouveau. C'est un appel vidéo de Derica.

— Dylan, salut ! Ça fait plaisir de te voir !

— C'est ma Derica ? intervient maman en se tournant pour voir son amie. On prend bien soin de ton fils. Il est entre de bonnes mains, avec la famille Woods.

— Ça, j'en doute pas, dit la mère de Legend. Je t'appelle demain pour qu'on rattrape le temps perdu !

— Super ! fait maman avec un pouce levé.

Derica est assise à la table d'une immense cuisine entièrement blanche. C'est la maison de Legend ? Même si ça fait presque dix ans que je ne l'ai pas vue, elle n'a pas changé. Ses cheveux sont retenus en arrière en queue-de-cheval basse et elle porte un tee-shirt rouge avec Waldo écrit dessus. Sans rire, on dirait la grande sœur de Legend !

— Comment marche le violon, Dylan ?

— Très bien. Mais je commence à stresser à cause de mon audition…

— Legend n'arrête pas de dire que tu vas très bien. (Elle boit une gorgée de son mug.) Il n'a plus été le même, après l'accident, tu sais. Mais il a l'air en forme, en ce moment. Inspiré. Il dort ?

Est-ce qu'il dort ?

— Je pense, oui.

— Il est contre les médicaments, mais j'en ai quand même glissé dans son sac. Au cas où il en aurait besoin. Ils sont dans le sac bleu, celui avec les poignées rouges.

— OK.

Legend ne serait sûrement pas très content que je fouille dans son sac pour lui filer des médicaments qu'il ne veut pas prendre.

— Je suis trop contente de monter dans son jet privé !

— Tu voudras plus en descendre, crois-moi. J'étais vraiment en colère le jour où Legend m'a dit qu'il l'avait acheté, mais maintenant, je ne peux plus m'en passer. Quand il s'en sert et que je dois prendre un vol commercial, je suis perdue.

— Je crois qu'on est presque arrivés, Derica. On quitte l'autoroute.

— OK, on se parle plus tard, alors. Peut-être qu'on pourrait fêter Thanksgiving tous ensemble ? Ce serait sympa, non ? Vous me manquez.

Passer Thanksgiving avec Derica et Legend, comme au bon vieux temps…

— Je dirai à papa de préparer une dinde au tofu et des macaronis sans fromage pour Legend.

— On a mangé de la dinde au tofu au dernier Thanksgiving, et franchement, c'était pas mal, déclare-t-elle avant de prendre une nouvelle gorgée de thé. Bon, j'arrête de jacasser et je retourne à ma passionnante soirée Scrabble en ligne. Amuse-toi bien, Dylan !

— Compte sur moi !

Je sais que Derica m'appelle uniquement pour avoir des infos sur Legend. Mais cette conversation me fait regretter de l'avoir perdue de vue pendant toutes ces années. Pourquoi est-ce qu'elle a arrêté de me parler ? Et Legend ? Il n'a toujours pas répondu à cette question, maintenant que j'y pense. Je m'étire, et me rends compte que les tensions au niveau de mes épaules et de mon dos se sont envolées à la perspective de ce voyage.

♪

— Je suis désolée, je chuchote à Legend.

Papa est en train de poser avec les pilotes dans le cockpit pendant que maman prend des photos.

— Arrête de t'excuser. Tes parents sont trop drôles.

— Si tu le dis, je commente avant de m'installer dans un des sièges et de laisser mon corps s'enfoncer dans le cuir frais et moelleux. Oh, il est inclinable !

Habituellement, les fauteuils sont aussi durs que des panneaux de bois recouverts d'une simple couverture et forment un angle bien raide de quatre-vingt-dix degrés. Mais ceux-là sont juste… ouah !

— Legend ? j'ajoute en me redressant. Tu savais que ces sièges étaient… Nan ! Ils sont chauffants !

— Oui, oui, dit-il avec la nonchalance d'un mec riche et célèbre habituée à ce genre de confort.

— Trop cool !

Papa avait raison. L'avion est customisé. Tout est gris anthracite et rouge, et les tables ont toutes un monogramme rouge en forme de « L » (sérieux ?). Il y a aussi une kitchenette, un bar, une télévision à écran plat encastrée dans une paroi murale, des petites tables pour manger et travailler et des stations équipées d'iPad et d'ordinateurs portables.

— C'est trop chanmé. Et je ne dis jamais ce mot, d'habitude.

— Personne ne le dit.

Legend s'assied en face de moi dans un canapé moelleux, les yeux rivés sur son téléphone.

— Il va falloir que tu te déguises, non ? Une fois qu'on sera là-bas, je veux dire.

— Nan, ça devrait le faire. Il y a une entrée à l'arrière. Mon équipe a appelé. En plus, regarde ça.

Il attrape une casquette de base-ball posée à côté de lui et l'enfonce sur sa tête avant de rabattre la capuche de son sweat par-dessus.

— Une casquette et une capuche, et je pourrais être n'importe qui.

Je l'observe. Ses mains tatouées. Son jean déchiré au-dessus du genou. Son teint tellement lumineux qu'on dirait qu'il a fait une dizaine de soins du visage rien que cette semaine. Le sweat à capuche ne peut pas cacher qu'il est à cent pour cent légendaire.

— Comme tu veux.

J'incline le siège et ferme les yeux en me demandant ce que les employés du planétarium éprouvent à l'idée de sa venue.

— Attends…, fais-je en rouvrant les paupières. Ils ne vont pas prévenir les paparazzis ?

Legend lève le nez de son portable.

— Ils ne savent pas qui vient. Ils savent juste que c'est une personnalité, qu'elle a besoin d'intimité et qu'elle arrive avec son service de sécurité.

— Et les pilotes ? je murmure le plus doucement possible alors que les deux hommes répondent poliment à la centième question de papa. Et s'ils balancent l'info ?

— Ouh là, détends-toi, fait Legend en se penchant en arrière et en allongeant ses longues jambes. Ces types pilotent des jets privés. Ils ont l'habitude de côtoyer du monde. En plus, ils ont signé un accord de confidentialité. Tu comprends ? Tu sais que tu es pire que ma mère, dans le genre stressée…

— Désolée, je fais en enfonçant les épaules dans les coussins. J'arrête avec mes questions chiantes. (Je découvre un autre bouton. Mon siège se met à vibrer.) Ça fait aussi massage ?

Je ferme à nouveau les yeux.

— C'est trop de la balle !

— Arrête avec tes expressions périmées, l'intello.

— Ça y est, on nous vire ! déclare maman en sortant du cockpit avec papa.

Legend se lève.

— Vous êtes sûrs de ne pas vouloir venir avec nous ?

Maman et papa se regardent comme s'ils envisageaient sérieusement d'accepter la proposition, mais Legend est juste poli, non ? Mes parents ne peuvent quand même pas nous accompagner à Des Moines !

— Si vous venez, dis-je en me redressant brusquement, je suis sûre que tante Edith préparera un délicieux dîner à base de Jack Daniel's pour Mikey et Chloe. Elle tombera dans les vapes vers huit heures du soir et se mettra à ronfler. Priez pour que vos enfants ne fassent pas cramer la maison.

— On ferait mieux de rentrer, déclare papa en se penchant pour m'embrasser sur la joue. Amuse-toi bien, ma chérie. On t'aime.

Là-dessus, maman vient me tapoter le nez.

— Plus que ça, même. Profite bien. Tu as mérité de prendre un peu de bon temps. Alors, amuse-toi *vraiment*.

— Comptez sur moi pour ça, déclare Legend avant de s'adresser à moi. Je vais les raccompagner. Je reviens tout de suite.

Je les regarde par le hublot marcher et discuter. Il domine mes parents, du haut de son mètre quatre-vingt-douze. Il a raison. Avec sa casquette et son sweat à capuche, on ne le reconnaît pas du tout, de loin.

Son portable vibre. Je regarde l'écran et aperçois la photo de Leilani.

Re, moins d'une minute plus tard, c'est encore elle. Elle insiste. Et insiste à nouveau à peine quelques secondes plus tard.

Impressionnant…

Legend arrive en haut des escaliers pile au moment où le pilote sort du cockpit.

— Je vais tout verrouiller et préparer le décollage. Ça vous convient, monsieur ? demande-t-il.

— C'est parfait.

Le pilote remonte l'escalier et le verrouille tandis que je tends son portable à Legend.

— Ton… amie n'arrête pas d'appeler. Ça a l'air urgent.

— Ah, OK, merci.

Il le pose sur la table. Répondre aux appels insistants de Leilani est carrément le dernier de ses soucis.

— Devine ce que j'ai fait pendant que tu étais en cours, aujourd'hui.

— Tu t'es encore pris une raclée aux échecs !

— Oui, aussi. Mais à part ça.

Il se glisse sur le siège à côté de moi. Il sent si bon que j'ai envie de poser ma tête sur son épaule et de respirer profondément. Cette senteur m'évoque un mélange de vêtements fraîchement lavés, de savon, d'eau de Cologne coûteuse et… d'orange?

— Quelqu'un a créé un savon spécialement pour toi ou quoi? Pourquoi tu sens toujours trop bon?

— Tu sens toujours bon, toi aussi.

Il fait une bulle avec son chewing-gum orange. Ah, voilà pourquoi il sent l'agrume.

Son téléphone vibre. Encore? Décidément, Leilani ne lâche pas le morceau.

— Il faut que je réponde ou elle va envoyer une équipe de secouristes. J'en ai juste pour une seconde. (Il prend l'appel.) Quoi de neuf, Lei?

Je l'aperçois. Ses vagues soyeuses de cheveux bruns, longues et ramenées sur une épaule. Ses yeux verts lumineux. Sa peau impeccable et fraîche.

— Salut!

— On est sur le point de décoller. Je peux t'appeler plus tard?

— Tu es toujours dans l'Idaho?

— L'Iowa, corrige Legend.

— Oh, c'est où l'Iowa? demande-t-elle.

L'avion s'incline légèrement et les roues commencent à bouger. Nous sortons du hangar et roulons lentement vers la piste.

— C'est un des cinquante États américains, répond Legend. Écoute, il faut que je raccroche. L'avion va vraiment décoller.

— Attends…, dit-elle. Regarde ce qu'on m'a donné, aujourd'hui.

Il fixe l'écran d'un air absent.

— Un sac à main?

— C'est un Fendi! Il est trop beau, hein? Je pourrais l'épouser et avoir des enfants avec!

— Bonne idée, fait Legend avant de bâiller.

— J'ai même les chaussures assorties. (Elle tend la jambe et oriente le téléphone pour montrer ses escarpins.) Je vais mettre une photo sur Insta. Like-la pour que les gens voient qu'on est trop complices.

— Moi, liker une photo de sac à main et de chaussures ? dit Legend. Tu me prends pour qui ?

— OK. Mais t'es un gros relou. Oh, tu sais que Billie vient d'acheter une maison dans les Hamptons ? C'est trop un truc de vieux. C'est quasiment un village de retraités.

— Félicite-la pour moi, en tout cas.

« Bonsoir. Je suis votre pilote. C'est un plaisir de voler en votre compagnie ce soir. Il fait actuellement…

— Quoi ? Leilani… (Legend semble énervé maintenant.) Je t'entends plus. Le pilote est en train de parler.

— OK, juste un truc et je te laisse tranquille, dit-elle. Ezra, Elijah et Mone proposent d'aller skier à Aspen. Je leur ai dit que tu voudrais sûrement venir. Tu pourrais prendre ton jet et passer une journée avec nous ? Ou même deux ? Allez, dis oui !

— Je skie pas, marmonne Legend.

Elle sait qu'il est blessé, non ? Elle était dans la voiture avec lui…

— Je sais. Mais on pourra faire autre chose, dit-elle gentiment. Ezra a réservé un penthouse. Il est trop canon. Sur deux étages…

Je regarde par le hublot l'avion rouler vers la piste pour éviter d'entendre leur conversation.

— Tu es toujours avec la fille de l'Ohio ?

Je redresse la tête. Elle parle de moi ?

— De l'Iowa. Oui. Et elle s'appelle Dylan.

— Je peux la voir ? demande Leilani. Elle est à côté de toi ?

Mes yeux s'écarquillent. Elle veut me voir ? Elle va me trouver tellement… banale. Je passe une main dans mes cheveux et me mords la lèvre comme si je voulais la rendre aussi pulpeuse que la sienne.

— Désolé, fait Legend en me tendant le téléphone.

— Oh ! Euh… salut !

La sublime, l'éblouissante Leilani me fait signe.

— Oh ! Legend ne m'avait pas dit que la fille de l'Ohio était aussi mignonne.

— Merci, c'est gentil. Tu es… très mignonne, toi aussi.

C'est rien de le dire. Je lui fais un petit signe de la main moi aussi. Elle doit me trouver débile.

— Garde un œil sur mon pote, tu veux ? Débrouille-toi pour qu'il rentre sain et sauf et que je puisse le serrer dans mes bras…

Legend me prend le téléphone des mains.

— Les pilotes pètent un câble. Je dois raccrocher.

Il met fin à l'appel, et éteint même son portable.

J'avais raison, et Kiyoshi avait tort. Il a bien une petite amie. Lui et Leilani ont l'air très, très en couple.

— Ta petite amie a l'air adorable.

— Leilani n'est pas ma petite amie.

— Ah bon ?

Je me mords la lèvre à nouveau. Mais pour masquer un gigantesque sourire, cette fois. Ce n'est pas sa petite amie ! Mais… Je me gratte la tête de confusion.

— Elle le sait ?

— Elle le sait, mais… (Il fait une pause, comme s'il réfléchissait à la meilleure façon d'expliquer sa relation avec cette beauté rare de Leilani.) C'est… compliqué. C'est tout.

Ha ! C'est compliqué. Ça peut vouloir dire beaucoup de choses. Comme être un peu plus que des amis.

Legend se lève pour se diriger vers le petit frigo, qu'il ouvre d'un coup sec. Je me penche pour regarder à l'intérieur. Il y a toutes sortes de boissons : des eaux plates et gazeuses, des sodas et même des petites bouteilles de vodka et d'autres alcools inconnus. Je ne vois pas ce que Legend choisit, mais il ouvre une bouteille et la vide entièrement avant de la balancer à la poubelle.

— T'as pas l'âge légal de boire.

— C'est un shot de vitamine B et de ginseng mélangé à du jus de raisin. Je ne bois pas. Pas d'alcool, en tout cas. (Il regagne sa place près de moi.) M'en veux pas, mais Leilani est vraiment *too much*, parfois. Elle se comporte comme si on était toujours ensemble, déclare-t-il avant de pencher la tête en arrière pour fixer le plafond. Tu sais ce qui est dingue, D ? Je l'appelle Kaiya, par moments. Dans ma tête, je veux dire.

— Pourquoi ? C'est son deuxième prénom ?

— Non. C'est celui de la fille avec qui je suis sorti avant elle. Elle s'appelait Kaiya. Parfois, je l'appelle Ismaya, Raiyn ou Skylar. Ou alors je dois me concentrer à fond pour retrouver son prénom.

— Raiyn, Skylar et… Ismaya ? Ce sont des filles avec qui tu es sorti ?

— Entre autres, oui.

Entre autres ?

— Y en a eu tant d'autres ?

— Pas mal, oui. Tu me trouves horrible ?

Pas horrible. Juste horriblement cliché.

— C'est pour ça que vous avez cassé avec Leilani ? Pour que tu puisses sortir avec d'autres meufs ?

Par d'autres, je veux dire une bonne demi-douzaine !

— Non. C'est pas pour ça, répond-il en tirant sur les ficelles de son sweat à capuche. Dylan… elles sont toutes tellement pareilles qu'elles se confondent. Comme une impression de déjà-vu. Quand je sortais avec Ismaya, elle aussi, elle a embrassé un sac Fendi en disant qu'elle voulait avoir des bébés avec. Sans déc !

— Tu crois qu'un bébé mi-humain mi-sac en cuir a des anses à la place des oreilles ?

Legend éclate de rire.

— Et une fermeture Éclair à la place de la bouche ?

L'avion prend de la vitesse pour décoller. Je vérifie que ma ceinture de sécurité est bien attachée.

Legend pose une main sur mon genou et le serre doucement.

— Tu as peur ? Tu veux que je te tienne la main ?

— Non, c'est bon.

— Tellement courageuse. OK, d'accord.

Il s'écarte. Je me demande soudain si je n'ai pas raté quelque chose. Est-ce qu'il avait envie de me tenir la main ? Est-ce que j'aurais dû faire semblant d'avoir peur ? *Réfléchis, Dylan !* Tenir la main de Legend aurait pu m'aider à savoir si je l'aime vraiment. Mais bon, peu importe, car il sort avec tellement de filles qu'il en oublie leurs prénoms !

♪

Derica avait tort. Ce n'est pas agréable de voler à bord d'un jet privé. C'est carrément génial !

— Legend, comment on retourne à la vie normale, après ça ? Dans un avion normal ? En classe éco ?

Je regarde le ciel nocturne par le hublot. La lune se reflète sur les nuages.

— C'est comme si on s'envolait vers le paradis.

Legend est assis en face de moi, de l'autre côté d'une petite table en bois gravée d'un L rouge. Il grignote des chips de plantain.

— Ma mère a failli me tuer quand elle a appris que je l'avais acheté.

— Mais maintenant, elle l'adore.

— Exactement. Comment tu le sais ?

— Elle m'a appelée.

Il lève les yeux au ciel.

— Elle est trop curieuse. Il lui faudrait un nouveau hobby. Ou un mec.

Il plonge sa main dans le sachet.

— Tu veux jouer à vérité ou vérité ?

Je bois une gorgée d'une boisson à la fraise, qui a un goût de sucre et de confiture. L'Everest, ça s'appelle. C'est si énergisant que tu dois pouvoir l'escalader deux fois avec un truc pareil.

— OK.

Vérité ou vérité est un jeu auquel on jouait quand on était enfants. Je place ma boisson dans le porte-gobelet et me lève pour aller m'asseoir sur le canapé.

— Je crois que je pourrais vivre dans cet avion.

Je penche la tête en arrière pour me détendre.

— Très bien, Dylan Woods. Vérité ou vérité. Pourquoi est-ce que tu portes des lentilles colorées et des extensions ?

Je me redresse.

— T'es sérieux ? Je te l'ai déjà dit. J'aime changer de look.

— Dylan…, fait-il en croisant les bras sur sa poitrine. C'est vérité ou vérité. Et c'est *moi*. Ton ancien meilleur ami. Je te connais. Donne-moi la vraie raison sinon tu perds direct, et tu sais que le perdant doit masser les pieds de l'autre. Et je suis sûr que les orteils te font toujours flipper.

Les orteils me font carrément flipper.

— Les orteils, c'est trop bizarre ! (Je rajuste ma jupe et croise les jambes.) OK, très bien. La vérité, c'est que je ne me sens pas toujours… jolie. Parce que personne me le dit. À part mes parents. Et Kiyoshi.

— Et Leilani. Elle vient de te le dire, non ?

— Elle a dit que j'étais mignonne. Et crois-moi, elle a dit ça seulement parce qu'elle a vu que j'étais moins jolie qu'elle. Les filles peuvent être cruelles entre elles.

— Les gens te trouvent jolie, D. Peut-être qu'ils te le disent pas pour une bonne raison. Sans doute parce que ta façon de jouer du violon est beaucoup plus impressionnante. C'est comme pour Elon Musk. Si tu le croisais dans la rue, tu lui dirais pas : « Hé, t'es beau, mec ! »

— C'est vrai, je lui dirais : « Hé, tu me filerais pas une Tesla ? »

— « Allez, mec, laisse-moi faire un tour dans un de tes vaisseaux spatiaux ! »

On éclate de rire.

— Admets-le, Ledge. Notre société a quand même des critères de beauté. L'héroïne du film, par exemple. Elle ne me ressemble jamais. Le second rôle, y a moyen. Ou la pote farfelue. Et la voisine rigolote. Mais l'héroïne ? Ce serait pas moi. Du coup, j'imagine que les lentilles colorées, les extensions sont mon armure. J'ai l'impression de pouvoir affronter le monde, avec.

— Et si tu affrontais le monde sans ? Qu'est-ce qui se passerait ?

— Je sais pas. Je n'ai pas trop envie de savoir.

Legend se lève pour venir me rejoindre sur le canapé. Nos genoux se touchent.

— Écoute, il y a différents types de beauté, d'accord. Et peut-être que certaines personnes préfèrent un certain type de physique. Mais on s'en fout ! Il y a des milliards de personnes sur cette planète. Et elles ont toutes des goûts différents. Mais des cheveux crépus et des yeux marron, c'est vraiment trop beau. C'est même magnifique. Un vrai physique de star. En plus, ajoute-t-il en cognant mon genou avec le sien, être beau, c'est juste une question de chance, une loterie génétique. Certaines personnes ont une très grande beauté intérieure. Et c'est carrément mieux, si tu veux mon avis.

— Une très grande beauté intérieure ? Sérieusement ? je répète en lui lançant un petit coup d'œil en coin.

— C'est vrai ! Être quelqu'un de bien c'est plus intéressant qu'être canon.

— Arrête ! Des célébrités comme toi ne sortent jamais avec des filles « bien ».

— Les gens célèbres sortent avec les personnes qu'ils croisent. Les mannequins sont sûrement dans ce genre de cercles fermés. (Je lui assène un autre petit regard, qui le fait rire.) Mais si des célébrités rencontraient des virtuoses comme toi, alors crois-moi, elles sortiraient avec des gens comme toi.

Il se penche en avant et pose ses coudes sur ses genoux.

— Tu es ce que tu ressens, Dylan. Alors si des lentilles colorées et des extensions te permettent de te sentir bien, ça me va. Je ne te juge pas.

L'avion commence à descendre doucement. J'ai pas envie que ce voyage magique se termine.

— Je suis trop à fond, pour le Centre des sciences, déclare Legend. J'étais gosse, la dernière fois que j'y suis allé.

— Oui, je suis carrément excitée, moi aussi.

Nous restons assis là dans un silence confortable pendant un petit moment, jusqu'à ce que je reprenne la parole.

— C'est ton tour. Vérité ou vérité ?

Il se tient le menton de façon théâtrale.

— Allez, je vais prendre vérité.

— Un choix courageux. C'est quoi le problème avec Leilani ? Pourquoi votre relation est « compliquée » ?

Il tend la main.

— Promets-moi de ne jamais répéter ce que je vais te dire.

— Ouh là ! Ça doit être chaud pour que tu me demandes ça.

Je tends la main et on entrelace nos petits doigts en guise de serment. Le contact de sa peau me fait frissonner. Je retiens un soupir. L'étrange chaleur qui monte en moi chaque fois que je me retrouve près de Legend commence à m'envahir.

— Je sortais avec Leilani, et on était en train de parler de nous, le soir de l'accident. J'étais… (Il s'interrompt et passe une main dans ses cheveux.) Je cassais avec elle, en fait. J'étais en train de lui balancer tout ce que je t'ai dit tout à l'heure. Que je me souvenais à peine de son prénom. Que je la confondais avec les autres meufs. Elle l'a super mal pris. Elle était toute chamboulée. Et elle a perdu le contrôle de la voiture. On a fait une sortie de route et deux tonneaux. C'est le truc le plus flippant que j'ai vécu de ma vie.

— C'est *Leilani* qui conduisait ?

— Oui.

Il se lève et retourne s'asseoir dans le fauteuil en cuir pour regarder la nuit par le hublot.

— Alors pourquoi tout le monde pense que c'est toi qui étais au volant ?

— Juste après l'accident, elle a paniqué et m'a avoué qu'elle avait bu. Elle a dix-neuf ans, plein de sponsors, des contrats publicitaires sur les réseaux sociaux. Si on avait découvert qu'elle conduisait en état d'ivresse, sa carrière aurait été foutue. Du coup, j'ai endossé la responsabilité de l'accident. Et on a échangé nos places avant l'arrivée des secours et de la police.

Je plaque mes mains sur ma bouche.

— T'inquiète. Personne ne le sait. (Il regarde toujours à l'extérieur.) Même pas ma mère. Tout va bien.

— Tout va bien ? fais-je d'un ton incrédule. Tu es blessé à vie. Cet accident a mis Derica dans tous ses états. Et ce n'était pas ta faute !

— Peut-être que si. J'aurais pas dû gérer ma relation avec Leilani comme ça. J'ai fait pareil avec toutes les autres : je leur ai reproché d'être exactement la même fille que celle d'avant, et je les ai trompées. Bref, je leur ai menti. À chacune d'entre elles. Je ne pensais qu'à moi. Je me prenais pour le roi. Le monde tournait autour de moi. L'accident a été comme… un signe du destin. C'est pour ça que je reste en contact avec elle. Pour qu'elle sache qu'elle est mon amie. Elle l'est, d'ailleurs. Je tiens beaucoup à elle. Même si je veux plus qu'on sorte ensemble. Je veux plus être ce gars-là.

— C'est pour ça que tu as arrêté de me parler ? Parce que tu étais ce genre de mec ? Le mec célèbre trop cool et trop riche qui jette les gens comme des Kleenex ? J'étais plus assez bien pour toi, en fait. Du coup, tu es revenu pour rééquilibrer ton karma.

— Non, c'est pas pour ça que j'ai arrêté de te parler. (Legend se tourne vers moi.) Et je suis pas ici pour mon karma.

— OK.

Je lui ai déjà demandé, l'autre soir, pourquoi il n'avait jamais répondu à mes appels et à mes textos.

— Tu peux en parler, maintenant ? On joue à vérité ou vérité, après tout.

— D'accord, va pour vérité, dit-il doucement.

— Qu'est-ce qui t'a poussé à arrêter de me parler ?

— Carnegie Hall.

— Quoi ?

— Effet boule de neige.

Je fronce les sourcils. Je suis complètement paumée.

— On avait débarqué à L.A. depuis quelques jours, et j'ai croisé Alonya Abdulov par hasard dans une salle de concert. Tu sais qui c'est, non ?

Je sais très bien qui est Alonya Abdulov : une compositrice et une pianiste virtuose qui est *juste* une de mes idoles. Elle est connue dans le monde entier. Sa musique est reprise dans des films et des séries télé.

Je tuerais pour être comme elle.

— Tu me connais. Je vais vers les gens et je leur parle. Je ne savais même pas qui elle était.

Je souris en pensant au Legend de douze ans approchant Alonya Abdulov et lui disant : « Hé, t'es qui, madame ? »

— Elle a été cool ?

— Ultra cool. Je lui ai joué plusieurs morceaux sur lesquels je bossais, et elle en a kiffé un. Elle m'a invité à ce truc à Carnegie Hall. Elle nous a fait venir en avion, ma mère et moi. J'étais juste censé assister au concert, mais elle m'a fait monter sur scène. Du coup, je me suis retrouvé à jouer là-bas.

Je savais beaucoup de choses sur l'ascension de Legend, mais pas ça…

— Vraiment ? Je ne savais pas que tu avais joué à Carnegie Hall.

— Ce n'était pas un vrai concert, plus un genre de soirée. Alonya avait juste invité sa famille et des amis proches. Mais je te connais, je sais à quel point tu aimes la compétition. Si je t'avais dit que j'avais joué là-bas, et avec une de tes idoles en plus, tu l'aurais carrément mal pris. J'ai raison ? T'aurais eu le seum, non ?

— J'en sais rien, fais-je en secouant la tête. Sûrement. Peut-être… (J'appuie ma tête contre le dossier du canapé.) Mais c'est pas pour ça que tu as arrêté de me parler, quand même, si ? J'aurais géré ma jalousie. On aurait pu dépasser ça.

— D… Tu as grave la gagne.

— OK, c'est vrai. Mais j'aurais surmonté Carnegie Hall.

— Peut-être. Je le pense. Mais un des invités de la soirée travaillait pour Netflix et le morceau que j'avais composé a été acheté pour une série. J'avais douze ans. J'ai pu superviser l'enregistrement, qui a eu lieu au Walt Disney Concert Hall. Et je sais qu'être musicienne de studio est aussi un de tes rêves. Comment j'aurais pu te raconter ça ? Ensuite, j'ai vendu mon catalogue à une maison de disques et j'ai signé un contrat avec la Warner. Et il y a eu plusieurs enregistrements, après ça. Au Met, au Kimmel Center… (Il s'interrompt pour passer une main sur ses boucles bien coiffées.) J'ai eu l'impression de te trahir, à ce moment-là. De vivre ta vie rêvée. J'ai jamais voulu devenir quelqu'un d'important. Je voulais juste écrire de la musique pour faire danser les gens. Et j'ai eu l'impression de te voler tes rêves.

J'essaie de m'imaginer à douze ans, en train d'apprendre que mon meilleur ami joue à Carnegie Hall, au Disney Concert Hall, qu'il enregistre au Met… et au Kimmel Center. Est-ce que j'aurais réussi à gérer ses coups de fil ? Je pense que oui. J'aurais essayé, en tout cas.

— Puis je me suis retrouvé dans le boys band. On a commencé à voyager dans le monde entier. J'ai écrit *Oh, So Legendary*, ça a tout déchiré, et le phénomène Legendary a explosé. C'était dingue. J'étais Midas. Tu connais cette histoire, non ?

Je la connais. Le roi Midas, qui transformait tout ce qu'il touchait en or… Légendaire !

— Tout ce que j'ai touché s'est transformé en or.

Il fait une pause et secoue la tête.

— Et t'imaginer, ici, à Hornsborough… J'ai rien contre cette ville, mais ça me semblait trop petit. Pour toi. Tu mérites mille fois mieux. Tu es un diamant bleu. Mais au lieu de t'exposer dans un musée, on t'a fourrée dans un tiroir à chaussettes. Ou dans un sous-sol. Je me suis senti coupable de t'avoir laissée derrière moi.

Je reste sans voix durant quelques secondes. Pendant tout ce temps, Legend m'aurait évitée… par culpabilité ?

— C'est ma vérité, Dylan. Le problème a jamais été que tu n'étais pas assez bonne. Au contraire. Tu veux la vérité ? Je rêvais d'être aussi bon que toi. Tu étais tout ce que je voulais être depuis toujours : déterminée, talentueuse, hyper focus. Quelqu'un capable d'aller loin. Mais aussi le genre de personne capable d'offrir une carte cadeau à un sans-abri.

Il regarde à nouveau par le hublot.

— Regarde. On voit la ville. Elle est tout illuminée. Des Moines est trop belle, de nuit.

Je m'approche et jette un œil par-dessus son épaule. Les lumières dorées donnent l'impression de descendre dans un des royaumes magiques de Donjons et Dragons.

— Je suis désolée, Legend.

— Pourquoi ?

— D'avoir pensé que tu étais un millionnaire décérébré. Et d'avoir dit que tu te comportais comme un gamin pourri gâté. J'étais juste… furieuse que tu sois là.

— Attends… Tu ne voulais pas que je vienne ?

— Au début, non, fais-je en lui adressant un regard penaud. Toi et ta mère étiez les seuls Noirs que je connaissais, à l'époque, en dehors des paroissiens de l'église que papa et maman nous ont obligés à fréquenter pendant un moment.

— Oh, cette église…, fait Legend en souriant. Comment elle s'appelait, déjà ?

— L'église pentecôtiste du Saint-Esprit du Mont Sinaï.

J'avais huit ans quand maman et papa ont emmené toute la famille dans une église noire de Burlington, sur la recommandation d'une assistante sociale qui pensait que ça m'aiderait à me « connecter à ma culture ». La première fois qu'on y est allés, papa s'est évanoui à cause de la chaleur trois heures après le début de l'office. Les gens ont cru qu'il avait accueilli le Saint-Esprit, et l'ont laissé par terre.

— Bref. Vous avez déménagé avec ta mère, et j'ai cru que tu m'avais oubliée. Alors qu'en fait, vous vouliez me protéger.

— Je te jure que j'ai jamais cessé de penser à toi. Je t'ai jamais oubliée. Je me demandais tout le temps ce que tu faisais, comment tu allais. (Il lève les yeux vers moi.) Et pourquoi t'étais pas sur les réseaux sociaux ! J'aurais pu avoir des infos. Je te surveillais. J'attendais que ton talent éblouisse le monde.

— Je veux pas me laisser distraire. Peut-être que quand je serai à la Juilliard..., dis-je en souriant discrètement, si j'y arrive, je fêterai ça avec mon tout premier compte.

— Tu iras à la Juilliard. Tu vas y arriver, je le sais.

Legend semble le penser sincèrement, et ça me touche.

— Je voulais pas te mettre de côté. J'ai jamais voulu perdre le contact. Mais le temps a filé et... je suis désolé.

— Moi aussi. Si j'avais pas été aussi focus sur la compétition, tu aurais sûrement eu moins peur de me faire partager tes succès.

— Non. Être une compétitrice est une bonne chose. Ça te permettra de réaliser tes rêves un jour. Ne te contente jamais de moins que ce que tu mérites. Tu mérites le meilleur.

— Toi aussi, Legend.

Il se lève.

— Ne m'en veux pas pour ce que je vais faire, déclare-t-il avant de me prendre la main et de m'attirer vers lui si fort que je trébuche dans ses bras. Tu m'as manqué.

Je pose ma tête contre son torse. Sa force, la façon dont il me soutient m'étonnent. Être ici, avec lui, à cet instant précis… c'est comme être chez moi.

CHAPITRE 18

T'es arrivée ???!!!!!!!!!!!!!!

Quatorze. C'est le nombre de points d'exclamation dans le SMS de Kiyoshi. J'éclate de rire.

Oui. Truc de ouf! C'est plus long d'aller de l'aéroport au Centre des sciences en voiture que de faire Burlington-Des Moines en avion! Les bouchons…

Je veux TOUS les détails ! MAINTENANT !!!!!

Seulement cinq points d'exclamation. Kiyoshi doit commencer à se calmer.

Je kiffe ☺. À + tard pour les détails. Promis. XXX

Je regarde le Centre des sciences de l'Iowa par les vitres teintées du SUV. Il a l'air très, *très* fermé.

— Je comprends, dit Legend, le portable collé à l'oreille. Oui. J'apprécie vraiment. Tout à fait. Merci, madame.

Il raccroche et se tourne vers moi.

— Désolé…

Je pointe le bâtiment du doigt.

— C'est fermé ?

— Oui.

Je vérifie l'heure sur mon téléphone. Vingt et une heures passées.

— Qu'est-ce qu'on fait, du coup ?

— Comment ça ? (Il enfile sa veste.) On y va, bien sûr !

Vraiment ?

— On va entrer par effraction ?

— T'as pas changé, en fait. T'es toujours aussi marrante, dit-il en rigolant. T'inquiète, c'est ouvert pour nous. Des personnalités viennent de temps en temps. Le conseil d'administration est dans la boucle, dans ces cas-là. Et quand le CA a su que c'était moi, il a décidé de fermer le musée plus tôt. Ils me veulent pour eux tout seuls. Normal… t'as vu mon sex-appeal ? C'est toujours pareil…

— Ouah ! Quelle modestie !

— Je déconne ! Mais ils ont vraiment fermé avant pour moi. On va avoir le musée rien qu'à nous. Tout ce qu'ils demandent en échange, c'est qu'on prenne des photos pour qu'ils puissent faire de la promo, genre « regardez qui est venu visiter le Centre des sciences » ! Mais on sera déjà rentrés à Hornsborough quand les photos seront mises en ligne.

J'ai déjà vu des vidéos de Legend en déplacement. En général, il est cerné par des agents de sécurité et des hordes de fans hystériques.

— Et comme tu es mademoiselle Control-Freak, sache que les employés n'auront pas le droit d'avoir leurs téléphones portables avec eux.

Je lui lance un regard sceptique.

— Ils ne peuvent pas interdire aux gens de poster des trucs sur les réseaux.

— Tant qu'ils sont sur leur lieu de travail, si.

On ouvre ma portière. C'est le chauffeur, qui sera aussi le garde du corps de Legend, ce soir. Un grand baraqué qu'on verrait bien jouer dans *Rocky*. Ses épaules sont tellement carrées qu'elles pourraient déchirer son costume comme s'il était l'Incroyable Hulk…

Au premier coup d'œil, le musée ressemble à une espèce de Disneyland de la science et de l'industrie. Il y a des salles d'exposition avec des écrans interactifs géants à perte de vue, des murs et des colonnes peints en violet, vert et blanc, des plafonds hauts et des poutres métalliques façon loft industriel.

— Évite de courir partout et d'appuyer sur tous les boutons ! me chuchote Legend avec un clin d'œil.

Deux employés en uniforme sont postés à l'entrée, les yeux écarquillés d'excitation. Un homme et une femme en tenues très classes viennent nous accueillir.

— Bienvenue au Centre des sciences de l'Iowa !

La femme a des cheveux bruns courts et un regard pétillant de joie. Elle tend la main à Legend.

— Sallie Vaughn. Je suis la directrice générale du Centre, et voici Mark Chamberlain. Mark siège au conseil d'administration.

Celui-ci mate Legend comme un gamin de trois ans devant le père Noël.

— Un seul membre du CA a été autorisé à venir, fait-il. J'ai eu de la chance, c'est tombé sur moi !

Legend leur serre la main.

— Merci pour votre invitation. Je vous présente Dylan.

Je les salue rapidement, vu qu'ils se fichent sûrement pas mal de savoir qui je suis.

Sallie fait signe aux deux employés d'approcher.

— Voici Brian et Tara. Ils vous accompagneront pendant votre visite.

Là-dessus, Sallie sort un appareil photo dernier cri.

— Legendary, ça vous dérange si on prend deux, trois photos devant l'entrée ? Ce ne sera pas long. Vous pourrez aller au planétarium ensuite.

— Le planétarium a été entièrement rénové et rééquipé, ajoute Mark.

— Il paraît, oui. OK pour les photos.

Legend se tourne vers moi.

— Tu me donnes une minute ?

— Bien sûr. Prends ton temps.

Je reste plantée là, mal à l'aise, à côté de Tara et Brian.

— Vous voulez commencer par le film ? (Brian se tient si près de moi que je peux sentir son souffle dans mon cou.) Ensuite, on pourra vous montrer les salles d'expo. C'est trop cool que l'IMAX remarche, pas vrai, Tara ?

Celle-ci, la petite vingtaine, acquiesce de la tête.

— Ne fais pas attention à lui, me dit-elle.

— Oh, c'est rien, on va d'abord voir ce que Legend veut faire de toute manière.

Je m'éloigne un peu pour ne plus sentir l'haleine de Brian dans mon cou ni son eau de Cologne. Ce type incarne tout ce que je déteste.

— Au fait…

Brian se rapproche et recommence à me souffler dessus comme un bœuf.

— Comment t'as connu Legendary ?

Tara lui lance aussitôt un regard du style « mais qu'est-ce qui te prend ? »

— Laisse-leur de l'intimité !

Elle tire sur son polo pour l'obliger à reculer.

— T'es prête, Dylan ?

Legend s'avance vers nous pendant que Sallie et Mark regardent les photos près de l'entrée.

— À fond !

— Cool.

Legend se tourne vers Sallie.

— On pourra prendre des photos à l'intérieur, si vous voulez. À l'étage, peut-être, à côté d'une salle d'expo ou un truc du genre ?

Sallie trépigne de joie.

— Oh, ce serait super ! Quelle chance pour le Centre ! On a moins de visiteurs qu'avant. Les jeunes préfèrent jouer sur leurs téléphones portables ou regarder Netflix. Mais quand ils sauront que Legendary est venu ici…

Mark et elle échangent un coup d'œil.

— C'est une grande chance pour nous, ajoute l'homme. Merci, Legendary.

— Content de pouvoir vous aider.

Brian vient se planter devant Legend et moi. Il fait presque tomber Tara au passage.

— Suivez-moi ! fait-il tout en marchant à reculons. Le planétarium est par ici.

— On va voir des étoiles filantes ? demande Legend.

— Absolument, intervient Tara, qui se précipite derrière Brian pour le rattraper. Le nouveau film s'appelle *En immersion dans la Voie lactée*. Vous pourrez voir la galaxie entière et…

— C'est un truc de dingue ! l'interrompt Brian. Je l'ai vu genre dix-sept fois. T'as carrément l'impression d'être un astronaute. Certains spectateurs ont même des vertiges et vomissent !

— Heu… c'est arrivé une seule fois, précise Tara. Et la femme était méga enceinte. Rien à voir avec le film.

— Oh, il faut que vous voyiez ça. Y en a pour une seconde. (Brian s'arrête brusquement.) C'est une de nos salles les plus populaires. Le tunnel tactile…, déclare Brian avec un sourire niais. Vous inquiétez pas, c'est tout public ! Ha, ha !

— C'est quoi un tunnel tactile ?

La pièce ressemble à un couloir avec des images en couleur de mains imprimées sur les parois.

— Un long tunnel hyper tordu où on est obligés de ramper et de marcher à quatre pattes pour se déplacer, explique Tara. Il fait tout noir, on n'y voit rien du tout. Il faut se repérer grâce au toucher.

Legend secoue la tête.

— Je passe mon tour.

— Moi aussi.

Je frissonne. On est claustrophobes, Legend et moi.

— On peut aussi construire des voitures et faire la course dans la salle Lego, propose Brian. Les enfants kiffent trop.

— Brian, ils n'ont pas huit ans…

Tara flanque un coup de coude à son collègue avant de nous faire signe.

— Allez, venez.

On passe sous une bannière Lego géante suspendue au plafond. Je ressens l'énergie de tous les gosses hurlants qui ont joué ici.

— Je suis sûre que ma voiture battrait la tienne, je lance à Legend pour plaisanter.

— Hé, mec ! fait celui-ci à Brian. Tu pourras nous emmener à la salle Lego après le film ? J'aimerais bien calmer un peu ma pote et flanquer sa voiture dans un ravin.

— Excellent ! dit Brian, mort de rire. Si vous voulez voir une tortue, je pourrai vous montrer la section « Qu'est-ce que c'est ? ». On a aussi des poissons rouges et des blattes rhinocéros d'Australie trop chelous, et plein d'autres trucs du style.

— Des poissons rouges et des blattes ? répète Legend avant de siffler. Trop dingue ! On ira voir ça après.

On passe devant une salle « Vers l'infini et au-delà » et mon ami s'arrête.

— Qu'est-ce qu'il y a là-dedans ?

Il m'attrape par le coude et m'entraîne dans une pièce sombre consacrée à l'exploration spatiale : des lunes et des planètes pendent du plafond, des écrans interactifs géants bordent la zone, et des moniteurs avec toutes sortes de boutons colorés attendent d'être activés.

— Attendez… matez ça.

Brian nous dépasse et va se planter devant un écran avec une tablette circulaire.

— Il faut mettre sa main là-dessus.

Il désigne une plaque avec la découpe d'une main en creux. Je m'avance et pose la mienne. L'image du soleil et d'une douzaine de rayons se matérialise aussitôt à droite de la plaque.

— Ouah ! (J'avance mon autre main à travers l'hologramme.) Trop cool.

— Dis cheese, Dylan !

Je tourne la tête. Legend brandit son téléphone vers moi, et Brian vient aussitôt me coller.

— Cheese ! crie-t-il à pleins poumons. J'espère que t'as pris mon bon profil.

— Brian, tu pourrais essayer de te comporter normalement ? lance Tara en l'attrapant par le bras. Allez, on continue la visite.

On les suit dans le couloir.

— Au fait, vous êtes en couple ? ose la jeune fille.

— Qu'est-ce qui t'prend ? T'es sérieuse ? Tu peux pas leur demander ça ! rugit Brian. Les gens célèbres détestent trop qu'on leur pose ce genre de questions.

Là-dessus, il entraîne sa collègue sur le côté, mais ça ne m'empêche pas d'entendre ce qu'il lui dit à voix basse.

— Elle peut pas être sa petite amie, en plus. Il sort qu'avec des top-modèles.

Mon sang se glace dans mes veines. Legend n'a pas l'air d'avoir entendu.

— C'est trop tripant, pas vrai, D ?

Il m'observe.

— Wow ! Ça va ?

Ça va super, si on kiffe jouer le rôle du monstre dans *La Belle et la Bête*.

— Oui, oui…

Je lisse les plis de ma jupe et enfile la veste en cuir que ma mère m'a prêtée, même si je sais très bien que ça suffira jamais à me rendre aussi cool que Legend.

L'entrée du planétarium fait film de science-fiction, avec son panneau « Dôme IMAX du Planétarium ». J'essaie de zapper le commentaire désagréable, mais j'ai du mal. Je ne corresponds carrément pas aux modèles, sans mauvais jeu de mots, de beauté de notre société. Brian le sait. Moi aussi.

— Par ici, dit ce dernier.

Legend m'attrape le bras doucement juste avant d'entrer.

— Tu es sûre, D ? chuchote-t-il. Tu es blanche comme un cachet d'aspirine.

— T'inquiète, tout va bien. (Je m'oblige à sourire.) Je pensais juste à mon vœu.

Legend soupire de soulagement.

— Tant mieux, dit-il en me serrant l'épaule. Tu veux qu'on aille dîner, après ? Je suis sûr qu'on pourrait se trouver un petit resto au calme.

— Hum, hum… Désolée de vous interrompre, lance Tara, mais je dois vous laisser. C'est moi qui projette le film. J'ai la chance de contrôler le Soleil, la Lune et les étoiles. Enfin, quarante-cinq minutes par jour !

— Ravi de t'avoir rencontrée, dit Legend.

— Oh, c'est trop sympa ! Moi aussi, Legendary.

Elle lui fait un petit signe de la main avant de disparaître à l'angle.

— Suivez-moi !

Brian nous entraîne dans la salle.

L'écran gigantesque en forme de dôme englobe toute la salle, c'est impressionnant.

— C'est où, le meilleur spot ? demande Legend à Brian.

— Il n'y a pas de mauvais spot, mec. Mais perso, je préfère la rangée du milieu.

— *Ladies first*…, me dit Legend en s'arrêtant pour me laisser passer.

Je parcours l'allée jusqu'au centre, et m'installe dans un fauteuil bien moelleux. Pas autant que ceux du jet de Legend, mais hyper confortable quand même. Je penche la tête en arrière et fixe l'écran bombé. Il s'anime !

— Wow !

J'ai vraiment l'impression d'être dehors et de regarder le ciel de nuit. Sauf qu'au lieu de voir quelques étoiles comme en ville, il y en a des millions.

Legend s'installe à côté de moi.

— On n'est jamais trop grand pour ça, tu trouves pas ?

— Le spectacle dure environ trois quarts d'heure, annonce Brian depuis l'allée. Si vous avez besoin de quoi que ce soit, vous aurez qu'à m'appeler et j'apparaîtrai comme le génie dans Aladin ! Kiffez bien !

Je me tourne vers Legend.

— Merci pour tout ça. C'est une première, pour moi. J'ai jamais fait ce genre de truc.

— Moi non plus.

— Ah bon ?

Ses iris marron ressemblent à deux étoiles scintillantes.

— On peut faire tout ce qu'on veut quand on est Legendary, non ?

— Disons que c'est pas trop mon trip, dit-il en secouant la tête. Je préfère bosser. Et quand je bosse pas, je voyage pour le boulot, je répète, j'écris, et je répète. Les trucs qu'on voit dans les tabloïds, c'est presque toujours pour des soirées pros. Des moments comme ça, avec toi…

Il pose son bras sur l'accoudoir entre nous et frôle le mien.

— Ça n'arrive jamais.

Avec moi… Je retiens ma respiration et je ne bouge plus pour faire durer ce moment. Être aussi proches me donne des papillons dans le ventre. C'est trop bon… Je laisse cette sensation s'installer. Je crois que mon vœu sera de revivre ce moment.

— Au fait…, je murmure à Legend. Tu voulais me dire quelque chose quand Leilani a appelé. Tu te rappelles ? Tu as dit : « Devine ce que j'ai fait aujourd'hui ! »

— Ah oui ! Tu devineras jamais…

Il s'écarte et sort son téléphone de sa poche. Qu'est-ce qui m'a pris de poser cette question ?

— J'ai écouté la *Toccata et fugue en ré mineur*, déclare-t-il fièrement. Je la connaissais déjà, mais je l'ai réécoutée à fond.

Je me tourne vers lui, les sourcils froncés.

— Tu as fait quoi ?

— Si, si, je te jure. Et je me suis dit que cette musique était vraiment top.

Je me redresse dans mon fauteuil.

— Tu te fous de moi, c'est ça ?

— Non, pourquoi ? Du coup, j'ai eu une idée de dingue : me lancer dans la « fusion » comme ce bon vieux Wynton. J'ai écrit une chanson avec la mélodie de la toccata en ligne de base. T'imagines ? C'est super brut, mais écoute.

Il lance l'enregistrement.

— Je me suis servi de ton clavier numérique au sous-sol. J'ai branché mon portable dessus et j'ai enregistré ça. Je vais l'envoyer à mes producteurs quand je serai rentré, mais je voulais d'abord savoir ce que t'en penses.

Legend a une voix à la Stevie Wonder. À la fois réconfortante et pleine d'émotion. Et la chanson est incroyable. Elle a un côté R&B cool, mais classique, aussi. D'un autre monde. Je lui prends le portable des mains pour le coller à mon oreille. Je ferme les yeux et j'inspire comme si j'allais avaler la mélodie et fusionner avec elle.

— J'adore !

Je regarde le faux ciel tout en écoutant.

— Une fusion R&B et classique. Trop bien ! Regarde…, dis-je en tendant le bras. J'ai la chair de poule.

— Devine combien de temps j'ai mis pour l'écrire ?

— Combien ?

— Trente-six minutes ! annonce-t-il avec un grand sourire. Tu sais, je pense vraiment que si on s'y mettait, on pourrait concocter un truc trop cool pour ton audition. Laisse-moi t'aider, D, steuplaît. Tiens, le film commence…

— D'accord, je chuchote. Quand on sera chez moi, on bossera ensemble.

— Yes !

Le volume est fort, alors Legend se penche plus près de moi. Ce contact rapproché me fait frissonner.

— On va cartonner, ensemble, toi et moi.

Mon cœur palpite d'excitation ; une sensation que je n'ai pas éprouvée depuis des lustres. Pas avec mon violon en tout cas. Tout me paraît toujours tellement pesant, sérieux, et stressant. Mais l'idée de prendre des risques pour mon audition à la Juilliard, de jouer quelque chose de complètement différent… c'est pour ça que j'aime autant le classique. Et jouer un morceau écrit avec Legend, ce serait incroyable !

On reste assis en silence pendant un moment, à regarder les scènes défiler tout en écoutant la voix off. Certaines planètes ont l'air tellement vraies qu'on aurait envie de les toucher. Je ne résiste pas, d'ailleurs. Je tends la main au moment où Jupiter la géante surgit dans le ciel. Legend attrape mes doigts et se penche pour chuchoter à mon oreille :

— Tu cherches à toucher le ciel, Dylan ?

Je le regarde dans les yeux. Je ne sais pas quoi dire, tout à coup. Ma bouche est sèche et mon cœur bat si fort que j'en ai le souffle coupé. Notre proximité physique me tétanise. C'est ce que les astronautes doivent ressentir juste avant de décoller. Le compte à rebours se lance et on réalise que dans quelques secondes, on va franchir le mur du son et traverser l'atmosphère pour rejoindre un lieu où seuls quelques élus sont allés. Qu'est-ce qui m'arrive ? Il faut que je prenne l'air. Maintenant ! Je commence à transpirer, il va falloir que je mente. Dire que j'ai besoin d'aller aux toilettes, par exemple. Kiyoshi a raison. Je craque complètement sur Legend. Et pas qu'un peu.

— Il faut que j'aille aux…

— Regarde ! fait-il en pointant du doigt. Des étoiles filantes ! Fais un vœu, D.

Une multitude d'étoiles traversent le ciel à toute allure. Une pluie de météores qui s'appelle les Perséides.

— Ça y est ?

Legend fixe l'écran.

Mon vœu ? Et dire qu'on a fait tout ce chemin et que je n'y ai toujours pas réfléchi. Bon, la Juilliard, bien sûr. C'est ce que je veux par-dessus tout. Et une santé de fer. Une vie longue, aussi, et pleine de sens… même si elle aura forcément son lot de tragédies. Ça me fait penser à tante Edith, quand elle a dit qu'elle avait l'impression d'être arrivée au bout du chemin. J'aimerais qu'elle voie les choses autrement. Qu'elle continue d'y croire. Qu'elle ait conscience que chaque parcours a du sens, à partir du moment où on décide de lui en donner un.

— Ça y est, j'ai fait mon vœu ! me dit Legend en se tournant vers moi. Alors, c'est quoi le tien ?

— Je peux pas te le dire.

Je garde les yeux rivés sur l'écran. J'ai peur de regarder Legend, que les papillons reviennent, de transpirer à fond, de me sentir encore plus perdue…

— Pourquoi ? Je vais bien te dire le mien.

— Fais pas ça ! Il ne se réalisera jamais, sinon.

— Tu crois vraiment à ces conneries ? Bon, OK, j'me tais. Pour le moment.

Il pose une main sur mon genou.

J'ai l'impression qu'une flamme vient de s'échapper du soleil au-dessus de nos têtes et que ma jambe prend feu.

— Alors ? Vous avez prévu de vous revoir quand avec Josh ?

— Josh ?

Josh ? Ah oui, lui ! Je comprends soudain pourquoi Legend oublie le nom des filles avec qui il sort. Josh est vraiment la dernière personne à qui je pense, là tout de suite. Je fixe la main tatouée de Legend posée sur moi. Quand est-ce que j'ai prévu de revoir Josh ?

— Jamais, je pense.

Je tourne la tête vers Legend. Ses pupilles brillent encore comme des étoiles.

— Et toi, c'est quand ton prochain rencard avec Leilani ?

— Absolument jamais, répond-il en souriant.

J'ai carrément l'impression de flotter au-dessus du sol.

— Tu crois que Kiyoshi m'en voudra si je te garde un peu pour moi ?

Il recommence à chuchoter à mon oreille par-dessus la voix off, qui est en train de décrire le trou noir au centre de la Voie lactée.

— Parce que tu devrais être *ma* meilleure amie, pas la sienne. J'étais là le premier.

Nos fronts se touchent presque. Je rêve ou il se penche encore plus près ? Est-ce qu'il va m'embrasser ? La chaleur de son corps me fait suffoquer. Je dois fermer les yeux ou pas ? C'est ce que les gens font, normalement… Mais pile au moment où mes paupières commencent à se fermer, un flash m'éblouit.

— C'était quoi ?

Legend bondit sur ses pieds et inspecte nerveusement la salle.

Je l'imite sans très bien savoir pourquoi. Le planétarium est vide en dehors du garde du corps, qui est toujours planté à l'entrée.

— C'était sûrement dans le film.

— Ouais, fait Legend en se rasseyant, sûrement…

Il n'a pas l'air très convaincu. Qu'est-ce qui l'inquiète ?

Il penche la tête en arrière et se reconcentre sur le film. Fin du moment magique. C'est mort. De toute façon, c'était sans doute juste mon imagination. Un ami a bien le droit de poser la main sur le genou d'une amie.

Je me focalise sur l'écran.

Quand le film se termine, je me tourne vers Legend alors que le générique défile.

— C'était hallucinant.

— Carrément.

Il a l'air détendu. Enfin, en surface.

— Je pourrais le revoir un million de fois. Et faire un million de vœux, ajoute-t-il.

Alors que nous nous levons, Sallie, la directrice générale, arrive en grimpant les marches quatre à quatre. Elle a l'air embêtée.

— On a un…, commence-t-elle avant de s'interrompre pour reprendre sa respiration… un petit problème. Trois fois rien, vraiment.

Pourquoi, au lieu de me rassurer, cette phrase m'angoisse autant que si Sallie m'annonçait la fin du monde ?

— Quel problème ? demande Legend froidement.

— Eh bien, Brian, notre employé, n'a pas tout à fait suivi le protocole et… disons qu'il a pris l'initiative de… (elle s'interrompt à nouveau) poster une photo de vous.

— Une photo ? Quelle photo ? insiste Legend.

— De vous deux, explique Sallie. Ici, dans la salle. Sur son compte Instagram.

Legend gémit. Puis il soupire et se tourne vers moi.

— Le flash… C'était lui.

— On l'a obligé à la retirer, ajoute Sallie en secouant la tête. Mais j'ai peur que le mal soit fait. Avec Internet, de nos jours…

— Vous avez une sortie à l'arrière ? demande Legend.

— Oui, mais je ne vais pas vous mentir : elle est prise d'assaut.

Quoi ?

— Quelqu'un peut m'expliquer ce qui se passe ? je demande.

— Une foule d'adolescents hystériques attend Legendary dehors, m'explique Sallie. S'ils venaient pour visiter, ça me ferait très plaisir, mais là…

Legend m'attrape par le coude.

— Il faut qu'on file. Genre… maintenant. (Il me tend sa veste.) Partout, il va y avoir des portables braqués sur nous.

Je prends sa veste.

— Qu'est-ce que tu veux que je fasse de ça ?

— Mets-la sur ta tête.

Quoi ?!

— Fais-moi confiance, chuchote-t-il, sinon ils vont te balancer sur les réseaux et dans les journaux. Et c'est plutôt merdique, crois-moi.

— Qui ça « ils » ?

Je dois sûrement avoir l'air aussi énervée que lui. Mais je suis surtout complètement paumée.

— Fais-moi confiance, répète-t-il avant de m'attraper le bras doucement. Je vais te guider jusqu'à la voiture. Tu vas devoir garder la veste sur ta tête quand on sera à l'intérieur. Au moins jusqu'à l'autoroute.

Là-dessus, il dévale les marches si vite que je dois courir pour pouvoir le suivre.

𝄞

Je ne vois rien, mais les cris me vrillent les tympans, tellement ils sont forts. Des hurlements hystériques de filles et de garçons qui appellent Legend, lui disent qu'ils l'aiment, qui veulent un regard, un autographe, un contrat d'enregistrement, un bébé !

— Legendary !

— Legendary, je t'aime !

— Je te suis sur TikTok ! Je connais toutes tes choré !

— Legendary ! Par ici !

— S'il te plaît, parle-moi, Legendary !

— Reculez ! hurle le garde du corps. Reculez !

Legend me serre le bras si fort que je commence à avoir mal. J'entends encore des hurlements pendant quelques secondes avant de me retrouver à l'intérieur de la voiture.

Les gens frappent à la vitre et s'appuient contre le SUV tandis que le moteur rugit. On tangue tellement que j'ai peur que la voiture bascule !

Quelques secondes plus tard, les bruits habituels de la circulation ont remplacé les voix du millier d'adolescents en furie.

— C'est bon, je peux sortir de là-dessous ?

— Oh merde… Oui ! Déso.

Je retire la veste en cuir de ma tête et aperçois Legend, le portable collé à l'oreille, en train de se frotter la tempe comme s'il avait la migraine.

— Yo, Steph. Ouais, c'est ça. Le Centre des sciences de l'Iowa. Exactement. Et si on disait que je suis venu pour les jeunes ? Oui, c'est bien, ça. Avec une vieille amie de la famille. Insiste sur le côté famille, pour la story. Non, on ne balance pas son nom. Surtout pas. Comment tu veux qu'ils le trouvent ? Et fais un gros don au Centre. Ce sera plus crédible. T'as qu'à demander à ma mère de s'en occuper. On est en route pour l'aéroport.

J'essaie de faire la sourde oreille, mais comment ne pas écouter ? Je regarde dehors. Les voitures qui filent dans la nuit sont moins magiques qu'à l'aller. C'est pas que Legend ne veut pas être vu. Ça fait partie de sa vie. C'est juste qu'il veut pas être vu avec moi. Je remonte les manches de mon chemisier gris. Je l'avais trouvé top, quand je l'avais choisi. Mais il est plutôt moyen, en fait. Si j'avais mieux choisi mes vêtements, peut-être que Legend ne m'aurait pas cachée.

Je reçois un SMS de Kiyoshi :

T où ? Les détails !!!! MAINTENANT !!!!!!!!!!!!!!!!!

Je lui réponds :

En voiture. Vers l'aéroport.

Ct bien ?

Yes. Mais là, j'ai juste l'impression d'être dans des montagnes russes.
Je crois que je vais être MÉGA malade.

J'aimerais descendre du SUV pour vomir un bon coup. Legend ne veut pas être vu avec moi. Il ne veut pas que les gens sachent qu'il traîne avec moi. Il a…

— … honte, je chuchote.

— Quoi ?

— Tu as honte de moi ?

— Steph, je te rappelle.

Il se tourne vers moi.

— Pourquoi j'aurais honte de toi ?

— À toi de me le dire. C'est toi qui m'as mis une veste sur la tête. Je parie que tu ne fais pas ça à Leilani quand tu sors avec elle. Tu sais quoi ? J'en suis même sûre parce que j'ai vu un milliard de photos de vous deux et de toi avec plein d'autres meufs, genre…

— Ces meufs veulent qu'on les voie avec moi. C'est ce qu'elles recherchent. C'est pour ça qu'elles traînent avec Legendary. Dylan… C'est pas pareil, avec toi. (Il penche la tête en arrière.) J'essaie de te protéger, D.

— Tu essaies de me *protéger* ?

— Tu veux pas vivre toute cette merde, crois-moi.

— Je suis la seule à le savoir. T'as pas à décider à ma place. Plus maintenant.

— Dylan…

Il recommence à se frotter les tempes d'un air dépité. S'il pouvait changer de vœu, là maintenant, je suis sûre qu'il demanderait que ce moment s'arrête tout de suite.

— On pourrait arrêter de parler de ça ? Je commence à avoir hyper mal à la tête. Je veux juste te ramener chez toi. C'est tout.

— Parfait. On arrête de parler. Super idée.

— Tu fais un drame pour pas grand-chose, tu sais. Mais pas de problème, déclare-t-il tout en scrollant sa liste de contacts. Je comprends.

Il sélectionne un nom dans son répertoire.

— C'est ça. Y a aucun problème, Legend.

Je sors mes écouteurs de mon sac et les fourre dans mes oreilles.

Legend garde les yeux rivés sur son téléphone tout le reste du trajet.

CHAPITRE 19

— Dylan ! Tu veux bien éteindre ton portable ! Y en a qu'essaient de dormir !

— Hein ?

Je gémis et me retourne. Le téléphone posé sur ma table de nuit vibre. Tout est si calme – tu m'étonnes il est cinq heures du matin – que les vibrations font penser à de l'orage. Je regarde l'écran : vingt-deux textos et trois appels manqués de Kiyoshi.

— Désolée, Chlo. Essaie de te rendormir.

Je quitte la chambre pour aller m'enfermer dans la salle de bains. Ma meilleure amie décroche à la première sonnerie.

— Salut, dis-je en me frottant les yeux. Quelqu'un est mort ou quoi ?

— Non. Désolée de t'appeler si tôt.

Kiyoshi n'a pas son ton habituel. Et elle ne s'excuse jamais.

— T'as vu mes SMS ?

— Le premier ou le dix-septième ? fais-je en bâillant.

Je vais peut-être pouvoir bosser le violon pendant une petite heure avant que les autres se réveillent. Mais dans le cellier, vu que Legend doit dormir.

— Checke-les, dit-elle. Je t'ai balancé un lien. Tu devrais l'ouvrir maintenant.

Je bâille à nouveau et fais défiler les textos de Kiyoshi avant de tomber sur un lien TMZ. Qu'est-ce que c'est que ça ? Je clique dessus et lis le titre de l'article. Je serre mon téléphone pour ne pas qu'il tombe dans les toilettes tellement je tremble :

« Legendary revient aux basiques. Qui est sa dernière conquête ? »

— Oh, putain !

Je plaque une main sur ma bouche tout en repensant à mon engueulade avec Legend hier soir. Il avait carrément raison ! Je suis en une ! Deux photos accompagnent même l'article : une de Legend et moi collés l'un contre l'autre dans la salle de projection et une autre de moi avec sa veste sur la tête.

— « Legendary revient aux basiques ». Qu'est-ce que ça veut dire, d'après toi ?

— Ben… que tu es basiquement géniale, j'imagine ?

— Bien tenté, Kiyoshi…

Je lis l'article à toute vitesse :

Célèbre pour ses très nombreuses conquêtes parmi les top-modèles, Legendary a été aperçu hier soir dans l'Iowa (!) avec une « girl next door ». *Le prince du R&B aurait-il décidé d'abandonner les mannequins pour une femme au foyer ? Et qui est cette mystérieuse conquête du Midwest ?*

Je m'affale sur les toilettes.

— Kiyoshi, ça va pas du tout, là…

— Y a des articles du même style sur le *New York Post* et *Media Take Out*. Perez a dessiné de la bave de chaque côté de ta bouche et un cul qui pète par-dessus ton visage. C'est en page six de la version numérique.

— Arrête !

Legend avait raison. Mon image de fille de province banale est étalée partout.

— Attends… Tu connais mon génie dès qu'il s'agit de farfouiller sur Internet ?

— Oui, mais…

Je regarde la porte. Je rêverais de retourner dans ma chambre et de me rouler en boule sous ma couette jusqu'à demain.

— D'après moi, un seul article est officiel, pas plus. C'est celui de *Variety*. Il dit que Legendary est venu au Centre des sciences de l'Iowa accompagné d'une amie pour soutenir une association caritative et qu'il a pris des photos pour le site Internet du musée. Ah oui, et qu'il a fait un don de dix mille dollars.

Je m'en souviens. Legend en a parlé au téléphone quand on était dans la voiture.

— Mais d'après mes recherches, ajoute Kiyoshi, ton nom n'apparaît nulle part. Personne ne l'a balancé.

— Vraiment ? fais-je en me levant d'un bond. C'est bien, ça. Très, très bien, même !

— Et comme t'es pas sur les réseaux, rappelle Kiyoshi, on ne sait pas qui tu es.

— Ha ! Tu vois ? Ça me rend service, au final.

— En plus, on te voit pas, sur la photo. Je sais que c'est toi parce que j'étais au courant, mais franchement, ça pourrait être n'importe qui.

Je reçois un texto. C'est Legend.

T réveillée ?

Yep. Je bois du bon lait de ferme dans la salle de bains, comme une bonne fille de province.

Descends. STP.

— Kiyoshi, on se rappelle plus tard, OK ? Merci de m'avoir prévenue.

— Rappelle-toi, ce sont ces mecs qui ont un problème. Pas toi.

Je ne suis pas sûre de la croire, mais bon.

— Merci, ma BFF. À plus.

Je passe un coup de peigne dans mes extensions avant d'attraper une paire de lentilles transparentes dans l'armoire à pharmacie. J'ai dit à Legend qu'il n'avait pas besoin de me protéger, hier soir. Que c'était à moi de décider ce que je peux supporter ou pas. Très bien. Le moment est venu de le prouver. Je soupire et ouvre la porte.

♪

Tout le monde dort encore. Je chuchote :

— Legend ?

Je descends l'escalier, qui grince comme dans un film d'horreur. Legend est allongé sur le canapé, dans les mêmes fringues qu'hier. Il a le visage crispé de douleur et la sueur dégouline sur son front.

— Legend !

Je me précipite vers lui et pose une main sur son front. Zéro fièvre.

— Qu'est-ce que tu as ?

— Je n'arrive pas à dormir, marmonne-t-il. J'ai trop mal. Tu peux m'aider ? S'il te plaît, Dylan.

Il vient de balayer d'un coup le sentiment de trahison que j'éprouvais vis-à-vis de lui. Il souffre. Et je souffre aussi, du coup.

— Dis-moi juste ce que je dois faire.

— Contre le mur du fond… dans mon petit sac noir.

Il halète et grimace de douleur pratiquement à chaque mot.

— Dans la poche centrale… y a des médicaments.

Je me lève et me précipite vers ses bagages. Les mots de Derica me reviennent en mémoire. Elle a dit que les médicaments se trouvaient dans la poche latérale du sac bleu avec les anses rouges.

— Le sac noir ou le bleu ? je demande.

— Le noir…, répond-il en arrivant à peine à articuler.

Je l'ouvre : un flacon de comprimés blancs dépasse de sous une pile de vêtements soigneusement pliés. On dirait plus des vitamines que des vrais médocs.

— Tiens, dis-je en plaçant le flacon entre ses mains tremblantes. C'est quoi ?

— De l'écorce de saule.

— De l'écorce de saule ?

Il sort trois gélules et les avale avec une gorgée d'eau. Ensuite, il essaie de s'asseoir, mais il tremble trop.

— Legend, fais-je en posant une main sur son épaule. Qu'est-ce que tu fais ? Reste tranquille.

— Il faut que j'appelle mon agent. On peut encore sortir d'autres articles pour faire diversion.

Il laisse retomber sa tête sur l'oreiller et serre les poings de douleur.

— Je savais qu'ils s'en prendraient à toi, vu qu'ils font ça avec tout le monde. Mais pas comme ça. C'est vraiment pourri là, même pour ces abrutis. J'ai vraiment essayé de te protéger, tu sais. Je suis désolé.

— Legend, tu n'as pas besoin de me protéger. Je suis une grande fille. Je gère.

— Ces sites cherchent juste le plus de clics possible. Ils balancent des histoires qu'ils essaient de rendre intéressantes. Ne le prends surtout pas personnellement. S'il te plaît.

Il gémit de douleur.

— Oublie ça, fais-je. C'est pour toi que je m'inquiète.

— J'ai carrément l'impression de m'être pris la foudre, mais je devrais survivre.

Il plaisante alors que ses doigts agrippent la couette.

— Et ton stimulateur de moelle épinière ? Il ne fonctionne pas ?

— L'appareil trompe mon cerveau, mais ça marche pas à tous les coups.

Je lui prends le flacon d'écorce de saule.

— Ces trucs t'aident, au moins ?

— Je crois. (Il ferme les yeux.) Parle-moi. Aide-moi à penser à autre chose.

Qu'est-ce que je pourrais bien lui raconter ? Aucune idée, évidemment ! C'est comme si mon cerveau était vide et qu'aucun mot ne passerait plus jamais mes lèvres. Et puis ça sort tout d'un coup. Comme si je voulais crier à quelqu'un de faire attention parce qu'un camion lancé à vive allure risque de l'écraser.

— Je me suis inscrite seulement à la Juilliard.

Legend ouvre un œil.

— Je sais.

Quoi ?

— Comment ça ?

— Quand tu parlais avec ta copine du bahut, au centre commercial, t'as dit que tu kiffais la plage. C'est là que j'ai compris. En plus, tu es comme moi. Tu sais ce que tu veux. Rien ne te ferait changer d'avis.

Legend referme les yeux comme si mon aveu ne lui faisait ni chaud ni froid.

J'ai envie de lui montrer quelque chose, tout à coup. Je bondis du canapé.

— Attends-moi. Je reviens tout de suite.

— Dépêche-toi, j'ai saut à l'élastique dans une demi-heure.

Il n'a pas perdu son sens de l'humour, au moins. Je fonce vers un coin envahi de toiles d'araignées, de cartons empilés et de vieux machins que j'écarte pour dégager une fente dans le mur. Je récupère une boîte en métal rouillée et cabossée avec une étoile bleue à moitié effacée dessus. Je retourne vite vers Legend.

— Voilà!

Je soulève le couvercle et sors délicatement la photo d'une enfant de trois ans assise sur un escalier en métal rouge. Je la tends à Legend.

— Oh, mais c'est toi! T'es trop chou.

— Cette photo a été prise avant que je vienne vivre ici. On l'a trouvée il y a quelques années, collée dans mon ancien étui à violon.

Je me penche pour étudier le cliché de plus près comme si je le découvrais.

— Mate un peu ça. Je suis à New York, devant la Juilliard.

— Quoi?

Legend scrute l'image, cette fois.

— Regarde où je suis assise. Cet escalier rouge… Je m'en suis rendu compte le jour où maman m'a montré une photo de cet escalier alors qu'elle cherchait des infos sur l'école. C'est le même. Ça veut dire qu'avant de venir ici… la petite Dylan vivait là-bas.

— C'est génial! C'est un peu comme si tu allais rentrer chez toi.

— Oui, je confirme avec des larmes dans les yeux. On peut dire ça.

— Qu'est-ce que ta mère t'a dit?

— Rien. Qu'est-ce que Dylan Woods faisait à New York ? Mystère total ! Tu sais, je me suis jamais vraiment sentie chez moi ici, à Hornsborough. C'est peut-être parce qu'au fond, je cherche le chemin de ma vraie maison ?

J'essuie discrètement les larmes au bord de mes yeux.

— Tu es un diamant bleu qu'on a fourré au fond d'un tiroir à chaussettes, Dylan. Mais tu vas sortir de là. Et on pourra pas t'exposer n'importe où. Seulement à la Juilliard. Cet endroit est fait pour toi.

Il se tourne vers moi et entrelace ses doigts aux miens. Je regarde nos mains. On faisait ça tout le temps, avant. Pourtant, ça me paraît complètement nouveau. Mon ventre est une explosion de papillons. J'ai carrément l'impression de tomber, mais sur un gros nuage épais et moelleux. Je n'ai pas peur. Je pourrais tomber comme ça des milliers de fois.

— Dylan… t'as les yeux marron.

— Oui, je confirme avant de cligner très fort des paupières. J'ai mis des lentilles transparentes. Ça te plaît ?

— Ce sont mes préférées. Laisse-moi t'emmener quelque part ce soir. Ça ira mieux quand j'aurai dormi. La douleur finit toujours par passer.

— D'accord. (Je repense à la liste de commandements.) C'est quel numéro, déjà, danser sous la pluie ? Parce que je connais un endroit super cool, le Rainy Day Café et…

— Je parle pas de la liste, dit-il en me serrant la main. Juste de toi et moi. On n'a pas besoin de cette liste pour être… nous.

— Quoi ?

— Sortir avec moi ce soir. Ça te dirait ?

Un date avec Legend ?

— Sortir avec toi ? Genre… un rencard ?

Il rit. Enfin, on dirait plus un chien qui grogne et qui fait la grimace.

— Oui, Dylan. C'est ce qu'on fait quand on kiffe quelqu'un, en général. On lui file un rencard.

— Quand on kiffe quelqu'un ? Je te plais ?

Mes pensées se percutent comme des autos tamponneuses. Craquer pour Legend paraît dangereux, tout à coup. La Force pointe sa vilaine tête et cherche à nous séparer. En mode Détraqueur bien flippant et bien agressif.

— Depuis quand ?

— Depuis toujours, je crois. Mais c'est devenu très clair ces derniers jours.

— Rassure-moi, t'as pas l'intention de m'ajouter à la longue liste des filles dont tu zappes le prénom ?

— Bien sûr que non. C'est différent avec toi.

— À cause de mes extensions ?

Je sors mon téléphone et clique sur le lien que Kiyoshi vient de m'envoyer, un article de *Gossip* : « Quel dé-lisse ! La nouvelle petite amie de Legendary porte des cheveux synthétiques ! »

— Ils ne vérifient vraiment pas leurs sources ! je m'insurge en montrant ma tête. Ce sont de vrais cheveux !

— Je déteste *Gossip*.

— Tu vois ? dis-je en verrouillant l'écran de mon portable. Je n'ai pas ma place dans ton monde. Ça se confirme. Ces articles le prouvent.

— Tout ce que ces articles prouvent, c'est qu'on vit dans un monde complètement taré. Sors avec moi ce soir. On leur montrera qu'on n'en a rien à faire de leurs conneries et qu'on est trop soudés.

Trop soudés ? Mais pour combien de temps ? Jusqu'à sa prochaine conquête ? Jusqu'à la prochaine groupie de la tournée mondiale ou mannequin VIP ?

— Les gens te veulent toi, Legend. Ils veulent pas de nous. Ça risque de les décevoir.

Des larmes perlent sous ses yeux fermés. Il lâche ma main et pousse un petit cri de douleur. Je ne supporte pas de le voir souffrir comme ça. Je bondis du canapé et m'agenouille à côté du sac bleu aux anses rouges. Il y a bien deux flacons de comprimés.

Je lis les noms à rallonge inscrits dessus. Pourquoi les labos pharmaceutiques inventent toujours des noms à dormir debout ? Si je devais baptiser un médicament, je l'appellerais Tartelette à l'orange. Tout le monde pourrait dire ce nom-là !

— Tiens, fais-je en les fourrant dans ses mains.

Il ouvre doucement ses yeux rouges et larmoyants.

— T'as dégoté ça où ?

— Dans ton sac.

— C'est ma mère qui t'a dit où elle les avait planqués ?

Il me les rend.

— Je veux pas les prendre.

— Écoute, Ledge, l'écorce de saule, c'est sûrement top pour les fées des bois, mais ça, ça peut vraiment t'aider. C'est ce que ta mère a dit, en tout cas. Alors, prends-les !

— J'en veux pas !

— Pourquoi ?

— Si tu savais le nombre d'articles que j'ai lus sur des vies foutues en l'air à cause de ce genre de saloperies ? Les interviews que j'ai vues où les gens disaient : « Ça a commencé après ma blessure. Mon médecin m'avait prescrit du bla-bla-bla ! » On parle de narcotiques, là, D. Il est hors de question que j'en prenne. C'est mon choix. Je sais ce que je veux et ce que je ne veux pas pour moi. Tu devrais comprendre ça, toi.

— Prescrits par un médecin et pris de manière responsable, les médicaments ne sont pas mauvais. Personne ne devrait souffrir comme ça.

— Si j'ai mal, c'est que mon corps m'envoie un signal. Quand ton violon est désaccordé, tu te fais opérer de l'oreille ou tu l'accordes ? (Il gémit à nouveau de douleur.) Tu vas en cours, aujourd'hui ? Ne me laisse pas, Dylan. S'il te plaît, reste.

Il ferme à nouveau les yeux.

Merde, comment je vais faire ? C'est facile de s'occuper de Chloe et de Mikey quand ils sont malades, vu qu'ils prennent tous les médicaments qu'on leur donne. Mais comment gérer un patient têtu comme une mule ? Je réfléchis en regardant le plafond. Un massage pourrait être dangereux. Legend pourrait avoir encore plus mal si j'appuie au mauvais endroit. Quand tante E souffre à cause de ses rhumatismes, elle prend des bains de sels d'Epsom. Elle dit que ça soulage les douleurs et les courbatures. Ça pourrait marcher…

— Qu'est-ce que tu dirais d'un bon bain chaud ?

— Je sens mauvais ? demande-t-il les yeux toujours fermés, mais un sourire au coin des lèvres, ou tu veux juste me voir à poil ?

J'essuie du bout des doigts une larme qui roule le long de sa joue.. Sa peau est douce…

— Tu sens trop bon, je chuchote. Un peu comme l'adoucissant de mon enfance. Alors, t'en penses quoi ? L'eau chaude et les sels pourraient t'aider à te détendre. Et te soulager. Bon, je reviens tout de suite.

Je file à toute allure au premier étage pour récupérer les sels de tante E et cours rejoindre Legend. Il est toujours recroquevillé sur le canapé, en pleurs et en sueur, le corps frissonnant.

— Je vais faire couler le bain, OK?

Pas de réponse. Je me précipite dans la salle de bains et tire le rideau de douche. La baignoire est petite et un peu abîmée, mais elle est propre. Legend est sûrement habitué à mieux, mais il faudra faire avec. Je verse du gel douche sous le jet d'eau pour le faire mousser avant de vider la réserve de sels de tante E, puis retourne au chevet du malade.

— Legend? fais-je en m'agenouillant près de lui. Tu veux bien aller dans la salle de bains? (Il hoche la tête.) Passe ton bras autour de mon épaule, OK?

Le poids de son corps me fait grimacer, mais j'arrive à le guider jusque dans la salle de bains.

— Je serai juste à côté, si tu as besoin de moi.

Il s'affale sur les toilettes sans répondre. Heureusement que le couvercle était rabattu. Je serais bien incapable de les repêcher, lui et son mètre quatre-vingt-dix. Son corps tremble si fort que j'en ai la chair de poule. Je ne sais pas ce qui me retient d'appeler les urgences.

— T'inquiète, Dylan. C'est ma vie. Ma nouvelle vie. J'ai l'habitude.

— OK, mais…

— Je peux pas lever les bras. Je risque de hurler de douleur et de réveiller toute la maison.

— Bon, tu te souviens quand tu avais trois ans et que ta mère t'aidait à te déshabiller?

— Nan…

— Imagine que c'est une urgence médicale. Et que le film est tout public.

Je retire ses bras des manches de son tee-shirt.

— Attention…

Legend grimace de douleur.

— Désolée…

Il est officiellement torse nu face à moi. Si mes parents entraient maintenant, je pense qu'ils se feraient des idées.

— OK. On a fait la moitié.

J'essaie de regarder ailleurs. Le jeûne intermittent devrait être obligatoire pour tout le monde.

— Tu penses que tu pourras gérer le reste ?

— T'essaies de me voir à poil depuis que j'ai débarqué chez toi, dit-il en soulevant doucement les paupières. Félicitations. T'as réussi.

— Je suis du genre à savoir ce que je veux, je te rappelle.

Je ferme le robinet et teste la température de l'eau. Aïe ! C'est hyper chaud ! Mais Legend a sûrement besoin de ça.

— T'inquiète. La douleur va passer.

Il commence à déboutonner son jean avec ses doigts tremblants avant de lever les yeux vers moi.

— Tu comptes rester pour la seconde partie du spectacle ?

— Désolée, monsieur le strip-teaser, mais j'ai pas de cash sur moi. Je serai juste derrière la porte, en cas de besoin.

— Tu peux m'aider à me lever, au moins ? T'inquiète, je te ferai pas payer.

Je m'avance pour le soutenir. Il est hyper lourd, mais je ne montre rien. Une fois Legend debout, je quitte la salle de bains. Les secondes passent quand j'entends enfin un bruit d'eau. Legend a réussi à se glisser dans la baignoire. Je soupire de soulagement.

— Je vais bien ! lance-t-il d'une voix faible et hésitante. Et pas la peine de flipper. Je suis trop grand pour me noyer.

Une autre idée me vient, tout à coup. Mais ça pourrait vraiment mettre Legend en colère, vu que ça briserait une promesse. Je déverrouille mon téléphone quand même.

— Je vais préparer du thé !

Je sélectionne le nom de Derica tout en grimpant l'escalier à toute allure.

— Allô ?

— Derica !

J'entre dans la cuisine et je referme soigneusement la porte derrière moi.

— Je te réveille pas, au moins ?

— Oh, non. Je suis matinale. Tout va bien ?

— Oui, ça va. Mais…

— T'es pas trop bouleversée à cause de ces articles, j'espère ?

Une fois dans le cellier, j'attrape le thé vert sur l'étagère du bas.

— J'en ai vu quelques-uns. Ça va. En fait, je t'appelle parce que…

— Ils font ça avec tout le monde, tu sais. Ils savent quel angle d'attaque choisir pour leurs lecteurs. Je suis désolée pour tout ce qu'ils ont écrit sur toi. Mais t'es ni banale ni une petite provinciale ni…

— Derica, Legend a passé une très mauvaise nuit.

En dépit de la bombe que je viens de lâcher, Derica reste calme et posée.

— Tu lui as donné les médicaments ? Je t'ai dit où ils étaient, non ? Tu sais, dans son sac bleu avec les anses rouges.

— Il veut pas les prendre. J'ai essayé, mais il s'est carrément énervé.

— Bon… (Elle s'interrompt un moment pour réfléchir.) Dis-lui que j'insiste pour qu'il…

— Derica, c'est pas lui qui conduisait.

Je m'affale sur une caisse de Gatorade, le téléphone dans une main et la boîte de thé vert dans l'autre.

— C'était Leilani. Tu la connais ?

— Oui, répond-elle doucement.

— C'est elle qui a provoqué l'accident de voiture.

Un silence de mort accueille mon aveu.

— Derica ?

— Je t'ai entendue, Dylan, déclare-t-elle avant de soupirer. Je t'ai entendue.

Je lui raconte tout. Enfin, tout ce que je sais. Elle ne dit pas un mot. À moins qu'elle ait raccroché et que je parle toute seule depuis trois minutes ?

— Derica, t'es toujours là ?

— Oui, oui.

Je respire.

— T'es en colère ?

— Non. Je suis juste déçue qu'il ne me fasse pas plus confiance. Où est-ce qu'il est ? Je peux lui parler ?

Je me lève et attrape une briquette d'eau.

— Il prend un bain avec des sels d'Epsom. Et il ne veut prendre que de l'écorce de saule.

— Legend a besoin de vrais médicaments. Il est blessé à la colonne vertébrale.

— C'est ce que je lui ai dit !

Je pose le thé sur le comptoir et verse le contenu de la briquette d'eau dans la bouilloire.

— T'inquiète pas, je vais rester à la maison aujourd'hui et je vais m'occuper de lui.

— C'est pas la peine. Legend a raison, la douleur va finir par passer.

Je remplis la boule à thé et la laisse tomber au fond d'une tasse.

— Qu'est-ce que je dois faire alors ?

J'attrape le sachet de gingembre sur l'étagère du haut dans le frigo.

— Juste ce que tu dois faire, Dylan. C'est-à-dire les bons choix.

Hein ?

— On ne contrôle qu'une chose, dans la vie : nos choix. Et même quand on fait tout comme il faut, la vie peut quand même devenir un vrai cauchemar. Alors, imagine où des mauvais choix peuvent conduire…

Je l'imagine très bien.

— Laisse-le dans son bain. Ça va peut-être le soulager, qui sait ? Et toi, tu files en cours. Je vais parler à ta mère. Dis-lui qu'il ne se sent pas bien. Elle veillera sur lui.

L'idée de me retrouver coincée au bahut alors que Legend souffre à la maison est une torture.

— D'accord. Je vais me préparer.

— Merci d'avoir appelé, ma chérie. Tu as très bien fait.

Je raccroche, je verse de l'eau chaude dans un mug et ajoute des lamelles de gingembre avant d'aller porter la tasse à Legend.

— Toc, toc ! fais-je en ouvrant la porte de la salle de bains. Ça va, là-dedans ?

— Plus ou moins, répond-il. Je vais sentir comme tante Edith toute la journée. Mais ça fait du bien.

— Parfait. Je t'ai préparé du thé. Avec du gingembre et sans sucre.

— Oh, trop bien ! (Je l'entends tirer le rideau de douche.) C'est bon, tu peux entrer.

Un bras entièrement tatoué dépasse du rideau. Je glisse la tasse dans sa main tendue.

— Attention, c'est chaud.

— Merci, Dylan.

Je m'attarde un moment. J'aimerais rester avec lui toute la journée.

— Je dois me préparer pour aller en cours.

Il soupire.

— Je sais.

— Je t'appelle plus tard pour prendre des nouvelles, OK?

J'appellerai après chaque cours. J'appellerai *pendant* les cours. Je n'irai pas bien tant que je ne saurai pas qu'il va mieux.

— Dylan, attends!

Je me fige, la main posée sur la poignée de la porte.

— Oui?

— Ton vœu, au planétarium… J'espère vraiment qu'il va se réaliser.

CHAPITRE 20

Ricardo, Mary-Ann et Kiyoshi me regardent m'asseoir et disposer mes partitions sur mon pupitre. Ils sont plantés là, silencieux, comme s'ils avaient perdu leur langue.

Je lève les yeux. Ils ont craqué ou quoi ?

— Quoi ?

D'autres élèves arrivent dans l'auditorium en riant et en bavardant, les étuis de leurs instruments bien serrés contre eux tandis qu'ils rejoignent leurs sections.

— Comment ça, quoi ? chuchote Kiyoshi.

— Ne fais pas comme si y avait pas de problème, intervient Mary-Ann.

— Mais y a pas de problème ! Personne n'a de problème !

— Ah ouais ? fait Kiyoshi en posant une main sur sa hanche. C'est chelou parce que, apparemment, Boromir t'a demandé de sortir avec lui. Genre un vrai rencard. Pas pour la liste de commandements. Et tu as dit non, c'est ça ?

— En gros, oui. C'est pas mal résumé.

Ils continuent de me dévisager.

— Sérieux, mais qu'est-ce que vous avez ?

— T'en as rien à faire de nous et de nos sentiments ! pleurniche Ricardo. On avait dit qu'on se consulterait pour prendre de grandes décisions dans la vie, non ?

— Sortir avec Boromir, c'est pas tout à fait ce que j'appellerais une grande décision.

— Eh ben figure-toi qu'on n'est pas d'accord ! aboie Mary-Ann.

— Attendez une seconde, je dis en me redressant. Vous avez pas lu les articles ou quoi ?

Je fais défiler les SMS que Kiyoshi m'a envoyés ce matin. Je clique sur un lien.

— Ce site écrit carrément que je suis une « relation natale ». Je sais même pas ce que ça veut dire.

— Rien du tout. (Mary-Ann m'arrache le téléphone des mains et mate les photos.) On te voit trop mal sur la photo au planétarium. Et carrément pas sur celles où t'as une veste sur la tête. Ça pourrait être n'importe qui. Impossible de savoir qui est la meuf avec Legendary.

— Mais trop !

On se retourne tous. Abigail s'affale sur la chaise à côté de la mienne.

— Quand je pense que Legendary est sorti avec une nana d'ici, commente-t-elle en posant son étui à violon près de ses pieds. Pourquoi il m'a pas choisie moi ? Franchement, elle a l'air trop banale sa copine !

— Ça vous fait un point commun ! balance Kiyoshi avec un petit sourire.

— Ouah, ça tire à balles réelles ! lance Ricardo.

— On se voit après les cours, D, me dit Kiyoshi en me tapotant l'épaule. On discutera de ta décision débile…

Mary-Ann me rend mon téléphone avant de s'éloigner avec les autres, l'air aussi sombre qu'eux.

— Sans vouloir te vexer, fait Abigail en les suivant du regard, tes potes sont vraiment trop chelous.

Sans lui répondre, j'envoie un message à Legend. Le septième de la journée. Pourquoi il répond pas ?

C'est juste pour prendre des nouvelles.
Ça va mieux ? Réponds. Je m'inquiète.

Je fixe l'écran et j'attends les trois points qui indiqueront qu'il répond. Mais rien. Mon SMS n'est même pas marqué « distribué ». Peut-être qu'il dort encore ? Il doit être carrément crevé.

— J'ai répété pendant quatre heures, hier soir, déclare Abigail en sortant son diapason pour accorder son violon. J'ai les mains en compote.

Elle a bossé pendant quatre heures ? Eh ben moi, pas une minute ! J'ai passé la journée loin de mon instrument. Et comme Legend était mal, je n'ai pas bossé ce matin non plus. Mes épaules se tendent, mon ventre se serre et ma tête me lance, tout à coup. Pratiquer est devenu une addiction. J'ai carrément des symptômes de manque ! Sérieux… Qu'est-ce qui déconne chez moi ?

— T'as bossé combien de temps, toi, hier soir ? demande-t-elle comme si on était en compétition.

Ou comme si elle savait que j'en ai strictement rien à faire.

— Hmm ?

Je retends mon archet. Pour une fois qu'Abigail cherche à me parler. Est-ce que je peux être franche avec elle ?

— Je sais plus.

Je frotte mon bloc de colophane sur la mèche de mon archet.

— Intéressant…, fait Abigail en posant sa partition sur notre pupitre. Je n'oublie jamais ce genre de choses.

— Bonjour à tous !

Mme Tjaden surgit dans l'auditorium. Elle porte en bandoulière un immense sac débordant de livres de musique et de partitions. Elle tient un grand cahier vert, qu'elle balance sur son pupitre.

— Tous à vos places !

Elle se gratte la tête avec sa baguette. Ses mèches blondes se dressent sur son crâne comme des antennes. Ou comme celles de M. Schwarz.

— On a tellement de choses à voir aujourd'hui et tellement de temps pour ça ! lance-t-elle avec un sourire malicieux. Je plaisante. (Elle me montre du doigt.) Dylan, ma chère, tu veux bien nous donner un *la*, s'il te plaît ?

Je cale mon instrument sous mon menton et je pose mon archet sur ma corde de *la*. Le *la* de vingt-deux violons, quatorze altos, dix violoncelles et deux contrebasses résonne aussitôt.

— Très bien, fait Mme Tjaden en tapotant sa baguette contre son pupitre pour nous faire taire. Devinez quel jour nous sommes ?

Elle ne dit plus rien pendant quelques secondes pour le suspense.

— Le jour du défi !

Abigail lève aussitôt la main.

— Je défie Dylan Woods !

Quoi ? Les autres élèves suffoquent. Je me concentre sur mon pupitre pour zapper les regards surpris tournés vers moi. Mon cœur bat si fort que j'ai du mal à respirer. Les élèves plus âgés de l'orchestre me défiaient déjà quand j'étais une première année. Ils ont toujours perdu.

Mme Tjaden recommence à se gratter la tête avec sa baguette.

— Pardon ?

— Quel est le problème ? fait Abigail en posant son violon sur ses genoux. J'ai bien le droit de défier Dylan, non ?

— J'imagine que oui…, fait Mme Tjaden avant de hausser les épaules.

Elle *imagine* que oui ? Je roule des yeux. Tout le monde sait que Mme Tjaden attribue les places dans l'orchestre en fonction de critères bien précis. Elle n'« imagine » pas qu'Abigail a un meilleur niveau que moi, si ? En plus de mon cœur qui bat la chamade, je grince des dents et j'ai mal au crâne, maintenant.

— C'est bon, Dylan ? me demande Mme Tjaden en me dévisageant.

— Aucun problème.

Je réponds d'un ton joyeux pour ne pas montrer ma surprise et ma contrariété. Abigail est une bonne violoniste. Mais elle n'est pas meilleure que moi.

— Très bien. On y va, alors.

Mme Tjaden tourne les pages de son cahier à musique.

— Le défi du jour est donc relevé par les violons. Mlle Abigail Millstein défie Mlle Dylan Woods pour la place de premier violon.

Un murmure parcourt l'orchestre. Un son doux, au début, un peu comme du tonnerre qui gronde au loin. Puis il s'emballe et devient super fort, comme une crise d'hystérie.

Mme Tjaden tapote à nouveau son pupitre avec sa baguette.

— Silence… Silence !

Elle tourne une autre page dans sa partition.

— Bien.

Elle chausse ses lunettes pendues à une chaînette autour de son cou avant de balayer la page des yeux.

— La première épreuve sera sur… voyons voir…

Et elle change encore de page.

— Les mesures une à vingt-sept (Abigail met son violon sous son menton) d'une *Petite musique de nuit*, de Mozart. Ce sera parfait !

Mme Tjaden a l'air décidée, cette fois.

— Tu veux bien commencer, Abigail ?

Celle-ci se racle la gorge et fait la moue comme si elle jouait d'un instrument à vent et qu'elle allait souffler dans une anche en bois. Ensuite, elle ajuste le pupitre, sa chaise, sa queue-de-cheval…

— Abigail, dépêche-toi ! lance Mme Tjaden d'un ton exaspéré. Tout le monde t'attend.

— Désolée, madame Tjaden, fait-elle d'un air tout sauf désolé. C'est ma manière de me préparer.

Ses parents sont tous les deux chirurgiens à Hornsborough. Du coup, Abigail est l'heureuse propriétaire d'un violon Scott Cao d'une valeur de dix mille dollars. Le son de son instrument est naturellement profond. Les violons bon marché comme le mien ne peuvent pas rivaliser, même de loin. Je peux produire un son de cette qualité avec du travail et de la concentration, mais je n'imagine même pas comment mes morceaux pour la Juilliard sonneraient sur un instrument pareil.

Son interprétation du mouvement demandé est quasi parfaite, honnêtement. Mais après avoir bossé Paganini pendant des heures, je trouve Mozart méga simple. Par contre, sa posture est pas top, sa prise est trop serrée, et son poignet d'archet serait beaucoup trop mou au goût de M. Schwarz. Lui avait l'habitude de crier « poignet ! » et de me faire porter un élastique pour le redresser. Je frémis encore en repensant à mes premières années de cours. Abigail est mal placée, son cou est trop incliné et ses épaules tombantes. Mon professeur tirerait sur sa queue-de-cheval et crierait « c'est horrrrible ! », s'il voyait ça.

Elle termine par un puissant coup d'archet descendant. Le silence retombe. Personne dit rien. Sauf Mme Tjaden.

— Hmm…, fait-elle en retirant ses lunettes et en adressant un signe de tête à ma voisine de pupitre. Bravo, Abigail. Tu as beaucoup travaillé. Ça s'entend.

— Merci, madame Tjaden. (Abigail sourit et pose son instrument sur ses genoux.) Le secret, c'est de toujours savoir combien de temps. Je tiens des comptes détaillés. C'est fondamental.

Je lui lance un petit regard en coin. C'était bien, il faut le reconnaître. Mais elle va avoir des problèmes posturaux si elle continue…

— Dylan ? lance Mme Tjaden en pointant sa baguette vers moi. Tu es prête ?

Prête ? Les morceaux que je travaille en ce moment font passer ceux de l'orchestre pour des comptines pour enfant.

— C'est parti.

Je sors un carré de soie de mon étui et le place sur ma mentonnière avant de poser mon instrument sur mon épaule. J'aimerais me sentir plus concernée par ce défi. Pourquoi Legend ne m'a pas répondu ? Est-ce qu'il a moins mal ? Est-ce qu'il va bien ? Et moi, je vais bien ? Pourquoi j'ai dit non au mec le plus célèbre de la planète ? Qu'est-ce qui ne tourne pas rond chez moi ?

— Dylan ? répète Mme Tjaden.

— Hmm ? Oh, désolée.

J'étire les doigts et commence à jouer. Mon interprétation est parfaite et ma posture magnifique. Mes doigts glissent sans effort, mes coups d'archet sont fluides… quand mon téléphone se met à vibrer dans mon sac à la onzième mesure. Tout le monde doit l'entendre parce que la sonnerie qui suit est super forte. Mon archet rebondit sur mon instrument avant de me glisser des mains et de tomber par terre.

Tout le monde retient son souffle. Merde… Ça m'est jamais arrivé.

— Euh, désolée, dis-je en regardant Mme Tjaden. Est-ce que je peux recommencer, s'il vous plaît ?

— Bien sûr, Dylan. Mais tu devrais éteindre ton téléphone.

Je sors mon portable et prends une seconde pour jeter un coup d'œil au message. Ce n'est pas Legend, mais ma mère. Je le lirai plus tard. Je joue les onze premières mesures sans interruption ni archet volant, cette fois. Mon phrasé est superbe, mon intonation divine. Quand soudain, à la douzième mesure, ma corde de *la* casse et s'effiloche comme un élastique.

Un murmure parcourt la classe.

— Ma corde de *la* vient de casser.

— Je vois ça, dit Mme Tjaden. Tu as ce qu'il faut pour la remplacer ?

— Euh, j'ai toujours des cordes supplémentaires, d'habitude. Mais j'ai vidé mon étui hier avant de partir à…

À Des Moines. Pour mon petit road-trip avec Legendary. Vous savez, le mec le plus célèbre de la planète. Oui, c'est moi, la fille des photos. Celle avec une veste sur la tête. La fille de sa province natale, nourrie aux bons produits de la ferme !

— … au travail. Et j'ai oublié de remettre les paquets de cordes neuves.

— Aïe, aïe, aïe, fait Mme Tjaden en se grattant la tête.

— Mais c'est bon, je peux encore jouer.

Une violoniste de mon niveau peut s'en sortir sans corde de *la*. C'est pas génial, mais c'est faisable si on joue la troisième et la quatrième position sur la corde de *ré*.

— Je sais, mais je n'aime pas trop cette solution. Je préférerais qu'on remplace ta corde. Est-ce que quelqu'un a une corde de *la* à prêter à Dylan ? demande Mme Tadjen à la classe.

Au moins six violonistes lèvent la main.

— Les miennes sont en acier, dis-je.

Puis l'abaissent aussitôt.

Abigail lève la sienne.

— Elle peut prendre une de mes cordes de rechange. Elles sont en nylon, mais ça ne devrait pas poser de problème. Le nylon sonne beaucoup mieux que l'acier, à mon avis.

— Trois cordes à âme en acier et une en nylon ? Non, ça n'ira pas, déclare Mme Tjaden en secouant la tête. On va devoir reprogrammer ton défi, Dylan.

— Mais... c'est pas juste ! s'écrie Abigail. Dylan n'a pas ce qu'il faut le jour du défi. Soit elle joue avec le matériel disponible soit vous me déclarez premier violon !

— Oh vraiment ? C'est comme ça que tu vois les choses ? réplique Mme Tjaden avec les sourcils froncés. Ce n'est pas à toi de décider. Tu es l'élève et moi le professeur. Et on va faire ce que je dis. Votre défi est reporté.

— Mais madame Tjaden...

— Abigail... (Mme Tjaden lui jette un regard noir.) Fin de l'histoire. Je ne veux plus t'entendre. (Elle s'adresse à moi ensuite.) Quant à toi, Dylan, veille à avoir des cordes de rechange dans ton étui à chaque répétition.

Abigail attrape le manche de son violon à dix mille dollars comme si elle voulait le fracasser sur ma tête.

La violoncelliste troisième soliste lève la main.

— J'aimerais relever le défi !

Mme Tjaden acquiesce.

— Très bien, Charmaine, je le note. Bien, passons à...

— Ouah, Dylan, quelle chance ! chuchote Abigail pendant que Mme Tjaden discute avec les violoncellistes. Sauvée par une corde cassée !

Je me tourne vers elle.

— Sauvée ? (Elle est pas sérieuse !) Comment ça ?

— Allez, quoi, murmure-t-elle en retour, ce défi était pour moi. C'est mon tour d'être premier violon, et tu le sais.

— Ton tour ? De quoi tu parles ? d'une partie de balle au prisonnier dans la cour de récré ?

Je glisse la main dans mon sac, attrape mon téléphone et le rallume. Un message de Kiyoshi s'affiche.

Ça va ? Tu avais l'air un peu à l'ouest.

Ah bon ? Mes épaules s'affaissent malgré moi. J'ai rêvé ou Kiyoshi m'avait juré qu'une petite journée loin de mon violon ne poserait pas de problème ? Alors que je m'apprête à envoyer une douzaine d'émojis en pleurs à ma BFF, le nom de ma mère se met à clignoter à l'écran. Bizarre… Maman m'appelle jamais quand je suis au bahut. Je clique pour prendre l'appel quand mon écran devient noir. Eh merde… Plus de batterie. Mais les cours sont presque finis et je pourrai recharger mon téléphone dans la voiture. J'essaie de me concentrer sur le défi des violoncellistes.

Legend doit dormir. Il en a bien besoin.

Maman m'appelle sûrement pour me donner de bonnes nouvelles.

Évidemment qu'Abigail ne mérite pas d'être premier violon.

Je vais tout déchirer, pendant le défi.

Tout va bien. Tout va super bien.

♪

Je fouille le coffre de ma voiture : de vieilles bouteilles d'eau vides, des livres, des cahiers, des stylos, des crayons et… un rapporteur. Il faut vraiment que je nettoie cette caisse. Normalement, il devrait y avoir un chargeur supplémentaire. Mais je le trouve nulle part ! Je pourrais tuer Mikey. Ou Chloe. Bon, peut-être pas les tuer.

Une fois au volant, je vois l'heure au tableau de bord : 15 h 10. Mon cours avec M. Schwarz est à 16 heures. En conduisant vite, je pourrai repasser par la maison pour récupérer un chargeur, vérifier que Legend va bien, et filer en ville à toute vitesse. C'est jouable.

On frappe à la vitre. C'est Mme Tjaden, sans manteau, les cheveux au vent, tremblante de froid. Je baisse ma vitre.

— Madame Tjaden ?

— Je suis vraiment contente de te trouver, Dylan ! Tu as une seconde ?

Je regarde à nouveau l'heure. Pas du tout, mais bon…

— Oui, bien sûr. Qu'est-ce qu'il y a ?

Je descends de la voiture et m'avance vers elle.

— Je sors de réunion avec la principale.

Je fronce les sourcils.

— OK.

— La mère d'Abigail Millstein a appelé pendant la réunion.

Oups.

— D'accord…

— Elle dit que sa fille ne bénéficie pas de… (Elle marque un temps d'arrêt pour regarder le ciel.) Comment elle a formulé ça, déjà ? Ah oui, « d'un environnement de travail susceptible d'exploiter ses compétences nouvellement acquises et de la faire progresser dans le cadre d'une compétition saine et juste ». (Elle hoche la tête.) C'est ce qu'elle a dit.

— Je comprends pas.

— La mère d'Abigail dit que c'est à sa fille d'être premier violon.

Encore cette histoire ! Mon ventre se serre. Comme si je n'avais pas assez de soucis comme ça.

— C'est une blague ?

— Je crains que non. J'ai dit à la principale que ton niveau dépassait largement celui d'Abigail. Mais Mme Millstein estime que mon opinion n'est pas objective. Elle m'accuse de favoritisme… et de racisme.

— Quoi ? Vous seriez raciste envers moi ?

— Non. Envers Abigail !

— Je ne vois même pas comment c'est possible.

— Apparemment, Abigail aurait l'impression d'être discriminée parce qu'elle est blanche, répond Mme Tjaden en riant nerveusement. Et ça la traumatiserait. Mme Millstein menace de faire un procès à l'école si sa requête n'est pas sérieusement examinée.

Un procès ? Je me penche pour regarder l'heure sur le tableau de bord : 15 h 15. En partant maintenant et en roulant à cent trente kilomètres à l'heure, je pourrai encore arriver à la maison à temps. Mais je risque de me prendre une amende pour excès de vitesse. Voire d'atterrir dans un fossé.

— Dylan ?

— Désolée, mais qu'est-ce que j'ai à voir là-dedans, exactement ?

— Ils ont réfléchi à deux options pour éviter les avocats.

Que des avocats puissent perdre leur temps à cause des caprices d'une adolescente me paraît délirant, mais bon.

— OK, lesquelles ?

— Première option, la principale assistera avec la mère d'Abigail et M. Churchill au défi reprogrammé. Mais la voix de M. Churchill prévaudra. Puisque mon objectivité est remise en question, c'est lui qui désignera la gagnante.

— C'est le prof de musique qui jugera notre défi ?

J'hallucine. M. Churchill joue du tuba ! Qu'est-ce qu'il y connaît aux instruments à cordes ?!

— Et la seconde ?

— On annule le défi et tu laisses ta place à Abigail. Elle la veut vraiment. Elle ne lâchera rien. À mon avis, fait Mme Tjaden en croisant les bras, on devrait envisager cette solution. On sait tous qui est la meilleure violoniste, de toute manière, non ? (Elle m'adresse un clin d'œil.) Du coup, ça ne voudra rien dire, mais on aura la paix. Et tu récupéreras ta place au prochain défi.

Je regarde Mme Tjaden comme si je ne la connaissais pas. C'est peut-être le cas, d'ailleurs. Je l'ai toujours considérée comme quelqu'un de sage. Comme un mentor, même. Mais à la regarder se tortiller les cheveux et se mordre nerveusement la lèvre en attendant de voir si je vais me soumettre à l'option « filer à Abigail ce qu'elle demande même si elle ne le mérite pas », j'ai l'impression que mon mentor s'est tiré à l'autre bout de la planète.

— C'est tout ce qui compte pour vous dans cette histoire ? Avoir la paix ?

— Je ne sais pas quoi te dire, Dylan, répond-elle en soupirant. Je n'ai jamais été très douée pour gérer des gens comme les Millstein. Et franchement, est-ce que ce serait très grave de lui laisser ta place quelque temps ?

— Mme Tjaden, j'imagine qu'à un moment dans ma carrière, je vais me retrouver dans un orchestre symphonique où, comme vous le savez sûrement, il y aura un premier violon.

Elle me regarde par-dessus ses lunettes.

— Oui, je sais, merci.

— Bref, le premier violon dans un orchestre symphonique a les compétences nécessaires pour occuper cette place. Travailler main dans la main avec le chef d'orchestre et être le leader indispensable de l'orchestre.

— Je comprends, Dylan, dit-elle. Mais on ne parle pas d'un orchestre symphonique, là, juste de celui du lycée. Et vous êtes des enfants.

— Techniquement, non. J'ai dix-huit ans, et Abigail aussi.

— Ce que je veux dire, c'est que tu vas avoir une carrière incroyable. Un tas d'opportunités extraordinaires t'attendent. Tu n'as que dix-huit ans. Ce n'est que le début ! Tu pourrais même être concertiste un jour. Ce que j'essaie de te dire, c'est que donner à Abigail la possibilité d'être premier violon dans notre orchestre n'empêchera pas ça. En fait, ce serait même très généreux de ta part.

J'imagine Abigail assise à la place de premier violon avec sa posture tout droit sortie de l'enfer, et moi à celle de deuxième. Et je me vois très bien les pulvériser, elle et son violon à dix mille dollars. Ce ne serait pas généreux. Ce serait un crime contre le talent, comme dirait Kiyoshi.

— Madame Tjaden, si on avait tous notre tour quand on estime le mériter, alors la finale du Super Bowl se jouerait entre les deux pires équipes de la Terre et la dernière place remporterait la médaille d'or. Et la Juilliard serait bien mignonne et prendrait n'importe qui sans audition. Sauf que ça ne marche pas comme ça.

Elle enlève ses lunettes et se frotte les yeux. Nous restons là sans rien dire pendant un moment avant qu'elle reprenne la parole :

— Je suis tellement fatiguée de me battre avec des parents comme la mère d'Abigail. Je n'ai plus la force.

— Sauf qu'avec l'option un, vous n'aurez pas à vous battre. Je m'en chargerai.

— Tu es sûre ?

Honnêtement, je n'ai jamais été aussi sûre de toute ma vie.

— Tout le monde doit mériter sa place. Abigail aussi.

— OK, très bien.

Elle hoche la tête comme si elle se réveillait enfin et qu'elle ressortait sa casquette de mentor.

— C'est programmé pour la semaine prochaine. M. Churchill va choisir trois extraits parmi les morceaux qu'on travaille en ce moment. Tu ne sauras pas lesquels avant le jour J.

— Ne vous inquiétez pas. Je serai prête.

— Je n'en doute pas une seconde, Dylan.

Je la regarde s'éloigner vers l'école avant de me rasseoir dans ma voiture : 15 h 24. Je n'ai plus le temps de passer chez moi. Je pourrai toujours voir Legend plus tard. Et ensuite, je travaillerai le violon toute la soirée. Cinq heures au lieu de trois. Tous les jours de ma vie à partir d'aujourd'hui. Personne ne me prendra ce que j'ai si durement gagné. J'ai travaillé trop dur.

Je suis trop proche de mon but.

CHAPITRE 21

— Attendez !

J'arrive à me faufiler dans l'ascenseur juste avant que les portes se referment.

Une femme à l'air sympathique, avec des longs cheveux bruns et des yeux aussi bleus que mes lentilles me sourit.

J'appuie sur le bouton du quatrième étage, même s'il est déjà allumé.

La femme tient la main d'une petite fille noire aux yeux écarquillés mille fois trop grands pour son visage. Elle me regarde comme si j'étais Legendary.

— Excuse-moi…, fait la femme en se tournant vers moi. Tu ne serais pas Dylan, la fille de Holly Woods, par hasard ?

Ouah ! Ce genre de choses n'arrive jamais.

— Oui, on se connaît ?

— Je suis Shannon King, dit-elle en me tendant la main. Ta mère a proposé que tu sois la marraine de ma fille, Ebony. Tu sais, pour le groupe de soutien à l'adoption transraciale et le programme de mentorat ?

— Oh… (J'avais complètement oublié.) Oui, bien sûr ! Ravie de vous rencontrer.

— Ta mère ne tarit pas d'éloges sur toi. J'ai l'impression de rencontrer une vraie star.

Elle regarde la petite comme si elle était tous ses rêves et ses espoirs incarnés.

— Merci d'avoir accepté d'être le mentor de ma fille. Ebony, chérie, c'est la jeune femme dont je t'ai parlé. Tu sais, celle qui joue du violon ?

J'attrape la sangle de mon étui à violon et je m'agenouille pour regarder Ebony dans les yeux. Elle est vraiment petite, pour une enfant de six ans. Je lui en donnerais trois ou quatre. Ses cheveux sont coiffés en quatre grosses queues-de-cheval bien emmêlées, exactement comme les miens avant que maman demande à Derica de s'en charger. Est-ce que ce serait abusé si je proposais à Shannon de m'occuper des cheveux d'Ebony ?

— Il paraît que tu joues du piano ? je lui dis avec un grand sourire. C'est quoi ton morceau préféré ?

Elle ne répond pas et me fixe avec un regard apeuré.

L'ascenseur arrive au quatrième étage. Je suis Ebony et sa mère.

— Mutisme sélectif…, m'explique discrètement Shannon. Elle comprend tout ce qu'on lui dit. Elle a juste décidé de ne plus parler pour le moment. On respecte son choix. J'espère que les leçons de piano l'aideront à sortir de sa coquille. C'est pour ça qu'on est là. Je viens l'inscrire à un cours.

— Je suis sûre que ça va être super. J'ai cours de violon, là tout de suite, mais je demanderai vos coordonnées à maman. J'espère qu'on pourra organiser…

— J'ai une idée, m'interrompt Shannon. Le rendez-vous avec le professeur de piano et la visite des locaux ne devraient pas prendre plus de dix minutes. Ça te dérange si Ebony assiste à ta leçon pendant ce temps ?

— Euh, on vient de se rencontrer… J'ai peur qu'elle ne soit pas très à l'aise.

— Tu plaisantes ? Je suis sûre que ça lui ferait trop plaisir. Ebony, chérie, tu veux bien aller avec Dylan ? Elle a cours de violon. Tu pourrais rester avec elle en attendant que maman ait terminé. Ça te dit ?

La petite fille ne répond pas, mais elle fait un pas vers moi et me tend le bras tout en me regardant droit dans les yeux.

— OK, on fait comme ça ! dis-je.

Je lui prends la main. Une petite main toute fragile que je pourrais réduire en miettes, si je la serrais trop fort.

— Oh, c'est trop mignon… Elle a l'air très à l'aise avec toi déjà. J'en ai pour dix minutes. Vous serez dans quelle salle ?

— La 322. Si vous entendez un homme crier en allemand, c'est que vous êtes au bon endroit.

Elle rit.

— Amuse-toi bien, mon cœur.

Elle s'éloigne et je regarde la petite.

— Prête ?

Elle cligne des yeux sans rien dire. Je décide de prendre ça pour un oui avant de l'entraîner dans l'autre direction.

— Mon prof de violon s'appelle M. Schwarz. Il fait un peu peur, mais il est tout doux à l'intérieur. Un vrai chamallow.

Dans la salle de répétition, M. Schwarz est en train d'annoter des partitions. Il se retourne à notre arrivée, et observe Ebony d'un air perplexe comme si elle était une extraterrestre.

— Elle s'est perdue ? me demande-t-il d'un ton sérieux.

— Non. C'est ma filleule. Ne vous inquiétez pas, elle est super sage. On ne l'entendra pas. Sa mère va venir la chercher d'ici quelques minutes.

J'aide Ebony à enlever son manteau et à s'asseoir sur une chaise pliante.

— Je te passerais bien mon téléphone pour que tu joues avec, mais il n'a plus de batterie. Si tu t'ennuies ou si tu veux ta maman, tu n'auras qu'à me faire signe, OK?

Aucune réponse. Ebony me dévisage en clignant des yeux.

Je pose mon étui à violon sur une chaise quand la mémoire me revient. Eh merde…

— J'ai cassé ma corde de *la*, aujourd'hui. Pendant un défi, en plus.

M. Schwarz hausse un sourcil gris.

— On vous a défiée?

— Ma partenaire de pupitre dit que c'est son tour d'être premier violon. Si vous aviez vu sa posture… Vous auriez eu envie de la tuer!

— J'ai un jeu de cordes supplémentaire, répond M. Schwarz en fouillant dans son sac. Les défis, c'est pour les enfants. Votre professeur devrait vous attribuer vos places en fonction de votre niveau. Imaginez si quelqu'un défiait Frank Huang, le premier violon de l'orchestre philharmonique de New York. C'est absurde…, dit-il en secouant la tête.

— Eh bien, je ne suis pas Frank Huang visiblement, dis-je en remplaçant ma corde cassée. Mais je suis bien d'accord avec vous. C'est juste que mon « niveau de compétence » est remis en question.

— Ce genre de gens! fait mon prof en secouant la tête et en levant les yeux au ciel. *Schwachköpfe*.

Je ne parle pas l'allemand, mais je sais que ça veut dire « imbécile », parce que M. Schwarz dit ça tout le temps.

— Ça va, Ebony?

Elle ne répond toujours pas. Elle a les yeux grands ouverts, le regard fixe et elle cligne régulièrement des paupières. Bon… Ça a l'air d'aller.

— Ce serait parfait si tous les enfants étaient aussi calmes, déclare M. Schwarz.

On commence par quelques gammes en guise d'échauffement avant de passer au *Presto* de la *Sonate n° 1*, de Bach. Je jette de petits coups d'œil à ma filleule. Elle a l'air calme et concentrée, mais elle m'observe d'un air sidéré. Comme si elle découvrait la musique classique et que cette découverte allait changer sa vie pour toujours. Ebony va vivre des moments incroyables quand elle regardera et écoutera des orchestres symphoniques et aujourd'hui, c'est le premier jour de ce voyage magnifique. D'ailleurs, j'ai l'impression qu'elle sourit. Le morceau se termine avant que j'aie pu le vérifier. M. Schwarz commence aussitôt à lire ses notes et j'écoute attentivement.

Il se penche pour attraper son violon et me faire une petite démonstration. Il se lance dans une partie particulièrement difficile du *Presto* avec une facilité sidérante.

— Vous entendez la différence ? C'est subtil, mais…

J'approche mon archet de mes cordes et j'imite mon professeur. Effectivement, il y en a bien une.

— Bravo, Dylan ! fait-il en hochant la tête d'approbation. Vos attaques et votre intonation sont vraiment spectaculaires ! Je suis content de vos progrès. C'était très beau.

Je souris. Ça a super bien sonné, c'est clair. Mais qu'est-ce qui a fait la différence ? Qu'Ebony soit là ? C'est comme si ce moment était plus important à cause d'elle. Elle m'a aidée à me concentrer sur ce que j'avais à faire. Mmh… Je devrais peut-être l'emmener avec moi à la Juilliard.

— Ma partenaire de pupitre a un violon Scott Cao de la série Signature. Vous pensez que j'impressionnerais plus les jurés avec un instrument pareil ?

— Le son de votre violon Maestro est plutôt riche et résonant. Mais votre niveau mériterait d'investir dans un violon de meilleure qualité. Ça vous faciliterait la vie.

— Désolée de vous interrompre, lance la mère d'Ebony en frappant à la porte.

— Pas de soucis. Ebony est un ange.

La petite fille glisse de sa chaise pour foncer dans les bras de Shannon.

— On s'appelle pour organiser une petite rencontre, déclare-t-elle avant d'enlacer sa fille et de l'embrasser sur la joue.

Je récupère le manteau d'Ebony et m'agenouille à côté d'elle pour l'aider à l'enfiler. C'est dingue ce qu'elle paraît fragile… Mikey et Chloe étaient beaucoup plus grands et beaucoup plus costauds, à son âge. Je me demande si sa taille a quelque chose à voir avec ce qu'elle a vécu.

— Je suis trop contente d'avoir passé ce moment avec toi. J'espère qu'on pourra refaire ça bientôt. Ça te dirait ?

Elle cligne des yeux. Ça doit vouloir dire « d'accord ». Quand soudain, elle tend la main et touche mes cheveux.

Je sursaute. Elle passe ses petits doigts dans mes extensions ! Ensuite, elle attrape ma main et la pose sur ses tresses comme si elle voulait les retirer. Elle me dévore des yeux.

— Allez viens, ma chérie, dit Shannon en attrapant Ebony par le bras.

— Dylan ? Tout va bien ? demande M. Schwarz.

— Oui, ça va, merci.

Ça ne va pas du tout, mais j'essaie d'avoir l'air convaincante. J'ai l'impression d'avoir avalé une enclume. Je suis incapable de me lever. Pour la première fois depuis que je porte des extensions et des lentilles colorées, je me demande quel message j'envoie aux petites filles noires comme Ebony.

♫

Je ne me suis jamais retrouvée aussi longtemps sans portable. C'est comme si j'étais amputée d'un bras. Ou comme si mon cerveau avait buggé. Je me précipite dans la maison.

— Maman ?

Pas de réponse. Je pose mon violon à côté de mon sac et fonce dans la cuisine.

— Y a quelqu'un ?

La maison est étrangement calme. Où est-ce qu'ils sont tous passés ? Je branche mon téléphone sur un chargeur près de la cuisinière avant de courir au sous-sol.

— Legend ?

Je ne sais pas pourquoi je frappe si fort à la porte.

— Y a quelqu'un ?

Je l'ouvre et je dévale l'escalier à toute allure. Personne. Les bagages ont disparu. Les couvertures sont pliées sur le canapé. Le cordon du radiateur est enroulé comme si on allait le ranger. Je parie que maman a monté les affaires de Legend dans la chambre de Mikey. Il a vraiment besoin d'un lit. Je me précipite à l'étage.

— Dylan ?

Maman est dans la cuisine avec deux sacs de courses remplis à ras bord.

— Pourquoi tu n'as pas décroché tout à l'heure ?

— Plus de batterie. Mikey ou Chloe m'ont piqué mon chargeur.

Je lui prends un sac des mains et le pose sur le comptoir.

— Tu n'as pas pu parler à Legend, alors? Parce qu'il n'a pas arrêté de t'appeler, lui aussi.

— Il est là-haut, non?

— Oh, chérie..., fait maman avec un regard super triste. Il est parti.

Quoi?

— Pour New York. En début d'après-midi, pendant que tu étais en cours. Derica a insisté pour qu'il rentre plus tôt. On a tous pensé que c'était ce qu'il y avait de mieux pour lui. Elle a pris rendez-vous avec son chirurgien pour qu'il règle son stimulateur de moelle épinière. J'espère que ça le soulagera. C'était horrible de le voir souffrir comme ça.

Je m'appuie contre le bar et commence à appliquer toutes les techniques de relaxation que j'ai apprises au fil des années: Respirer à fond. Penser à des trucs positifs. Compter de un à dix et de dix à un. Libérer les tensions physiques en pensant à la réussite et au succès... Ça marche que dalle!

— Ça va, Dylan?

— Oui, oui.

Non, non, en fait! Derica sait que c'est pas Legend qui conduisait, maintenant. Du coup, elle a dû lui pardonner et lui dire de rentrer. Elle va signer ses contrats, et il pourra commencer à préparer sa tournée mondiale. Surtout qu'après son intervention chirurgicale, il sera comme neuf. J'ai l'impression d'avoir douze ans et de lui dire au revoir une deuxième fois. Sauf que là, je sais très bien qu'on se retrouvera plus jamais tous les deux. Pas comme ces derniers jours. Sans la Terre entière sur le dos. Ensemble. Dans notre bulle. Juste nous.

— Je suis désolée, chérie. Il a vraiment cherché à te joindre, tu sais. Il n'a pas arrêté de t'appeler pendant que je l'emmenais à l'aéroport. Le pauvre… Il était vraiment stressé. Je pensais qu'il réussirait à te joindre une fois dans l'avion. Il a dit qu'il insisterait.

J'en peux plus.

— Celui qui a inventé ces exercices de relaxation est un vrai *Schwachkopf!*

Je m'affale sur un tabouret et fourre ma tête dans mes mains avant d'éclater en sanglots.

— Oh, Dylan…, dit maman en se précipitant vers moi. Ne pleure pas. Je suis sûre qu'il va t'appeler dès qu'il sera à New York.

— Et s'il ne le fait pas ? (Je m'étouffe à moitié.) La dernière fois qu'il est parti, j'ai plus entendu parler de lui. Et tout ça à cause de moi.

— Qu'est-ce que tu racontes ? Dylan, enfin, c'est impossible.

— Il me l'a dit. Il m'a évitée parce qu'il était flippé. Il avait peur que je vive mal son succès et tous les trucs trop cools qui lui arrivaient. Et tu sais quoi ? Il avait raison. Je l'aurais mal pris, à tous les coups. Pourquoi est-ce qu'il faut toujours que je sois meilleure que tout le monde ? Je ne veux plus être comme ça, maman.

Elle fait pivoter le tabouret pour me prendre dans ses bras. Je pose ma tête sur son épaule et me laisse aller. Maman ne dit rien. Elle se contente de me caresser le dos.

— Il n'y a rien de mal à être comme ça, Dylan, sincèrement.

Je ne sais pas combien de temps je reste assise là à pleurer avec la tête sur son épaule. Mes yeux sont des cascades de larmes. Je pleure à cause de la Juilliard. À cause de cette débile d'Abigail. À cause de toutes les méchancetés que ces sites à la con ont balancées sur moi. Et à cause de tout ce qu'on ne s'est pas dit, Legend et moi.

Je finis par me calmer. Mais au lieu de dire à ma mère que je passe pour une fille de province pantouflarde sur tous les réseaux sociaux, que j'ai un problème avec Abigail, que sa mère menace de faire un procès au bahut pour discrimination raciale ou que mon cœur me donne l'impression de brûler de douleur parce que Legend est parti, je dis :

— Si tu avais vu comment elle me regardait.

— Qui ça, chérie ?

— Ebony.

— Ebony… Ta filleule ? Tu l'as rencontrée ?

— Oui, par hasard, au Redstone Building. Sa mère venait l'inscrire à des cours de piano.

Maman me tend un mouchoir.

— Elle a touché mes cheveux, maman. Enfin, mes extensions. Et ensuite, elle a touché les siens. Son regard, à ce moment-là. Si tu avais vu ça… Je suis vraiment naze, comme marraine.

Je me remets à pleurer. Fontaine de merde…

— Qu'est-ce qui lui est arrivé, maman ? Pourquoi elle est aussi petite ?

— La plupart du temps, quand on adopte un enfant, on ne connaît pratiquement rien de sa vie avant l'intervention des services de protection de l'enfance. C'est le cas pour Ebony.

— Mais elle ne parle pas, je fais en reniflant.

— C'est sûrement parce qu'elle a vécu un traumatisme ou parce qu'elle souffre d'anxiété sociale. Ça pourrait aussi être de la peur… va savoir ?

Maman caresse mes extensions.

— Écoute, Dylan. Je sais que ce n'est pas à cause de tes cheveux ni d'Ebony. Derica m'a parlé des sites. J'ai lu les articles et j'ai vu les photos. Et Mme Tjaden m'a envoyé un mail concernant le défi et le procès potentiel. Et pour couronner le tout,

Legend est parti sans te dire au revoir. Cette journée a été vraiment très dure pour toi, chérie.

— Qu'est-ce que tu ressentirais si tout ce que tu n'aimais pas chez toi faisait la une des infos nationales ? Je suis juste une fille ordinaire. Une petite provinciale de l'Iowa.

Je pleure si fort que j'ai du mal à respirer.

— Et comme si ça suffisait pas, Mme Tjaden veut filer ma place de premier violon à Abigail. Elle dit que c'est son tour. J'y crois pas ! C'est comme si ce que je suis, qui je suis, ne comptait pas à ses yeux.

— Dylan…

— C'est bon, t'inquiète, parce que je vais leur montrer à qui ils ont affaire, je déclare avant de me moucher. Je vais cartonner à l'audition d'entrée à la Juilliard, et ils verront tous qui je suis, ce jour-là.

— Premièrement, commence maman d'une voix étranglée par les larmes, je trouve légèrement exagéré de comparer ces sites débiles aux infos nationales. Tu es juste incroyable. Deuxièmement, j'ai porté plainte contre TMZ pour diffamation.

— Sérieux ?

Il n'y a que maman pour arriver à me faire sourire alors que je tremble comme une feuille à force de sangloter.

— Tu ne peux pas… porter plainte… contre TMZ.

— Oh, que si. Et j'ai aussi porté plainte contre les autres sites. Je vais leur apprendre, moi, à dire n'importe quoi sur ma fille.

Sur ces paroles, maman va chercher de la glace aux cookies et au caramel dans le congélateur. Elle flanque le pot sur le comptoir à côté de moi avant d'attraper deux cuillères dans le tiroir.

— C'est de la glace vegan au lait de noix de cajou. Je me demande quel goût ça a… On ne va pas jeter les courses de Legend, alors autant essayer.

J'enfonce lentement la cuillère dans la glace grisâtre mouchetée de morceaux de biscuits sombres. Mmm… C'est frais et crémeux, mais croustillant et sucré, aussi. Exactement comme une glace normale. Meilleur, même.

— Et troisièmement, ma chère Dylan Woods, au risque de te choquer, sache que la Juilliard n'a pas pour but de faire de toi quelqu'un d'important. Des tas de losers sortent de cette école, crois-moi.

— Tu déconnes ! Des génies de renommée mondiale sont passés par la Juilliard.

— Ils étaient géniaux avant d'y entrer. La Juilliard leur a juste permis de développer leur talent. Pourquoi ils refusent autant de monde, d'après toi ? Parce qu'ils savent très bien qu'une fille lambda de l'Iowa ne deviendra jamais une musicienne extraordinaire uniquement grâce à eux. C'est pour ça que la sélection est aussi sévère ; ils vérifient que vous avez les qualités nécessaires *avant* d'entrer. Ils ne vont pas faire de toi quelqu'un de spécial. Tu l'es déjà, Dylan.

Et pile quand je pensais que mon stock de larmes était vide, mes yeux me piquent à nouveau.

— Quatrièmement, Mme Tjaden n'est pas la méchante dans cette histoire.

— Elle veut donner ma place à Abigail !

— Pas du tout, fait maman en secouant la tête. Elle veut juste se sortir d'une situation pénible. Tout le monde n'est pas comme toi. Tout le monde n'est pas prêt à se battre pour ce qui est juste. Si c'était le cas, il n'y aurait plus d'avocats, de juges ou de médiateurs. Très peu de gens ont le courage de se battre pour ce qui est vrai, juste et équitable. Parfois, on peut être convaincu de quelque chose et avoir tout le monde sur le dos. Mais les gens comme toi font progresser le monde. La voiture, l'avion, l'électricité… Ces inventions seraient restées de simples rêves si leurs inventeurs ne s'étaient pas battus contre vents et marées.

Elle fouille dans son sac et sort la boîte en métal que je planque au sous-sol. Elle prend la photo à l'intérieur et la pose devant moi.

— Je l'ai trouvée sur la table basse quand je suis descendue ranger après le départ de Legend.

Je prends le cliché très délicatement comme s'il allait tomber en poussière.

— Je l'ai montrée à Legend ce matin.

— Et tu lui as dit que tu ne t'étais pas inscrite dans d'autres écoles…

— Comment tu le sais ? Il te l'a dit ?

— Non, répond maman en croisant les bras. M. Schwarz m'a appelée. Il a pensé que c'était important qu'on soit au courant, ton père et moi.

Je soupire. Pfff ce cafteur de M. Schwarz… Cette journée ne pourrait pas être pire.

— J'aurais fini par vous en parler.

— Pourquoi tu ne nous as rien dit, Dylan ? Tu avais peur qu'on ne comprenne pas ? On sait bien ce que la Juilliard représente pour toi.

— J'en sais rien ! J'ai dû avoir peur que vous me fassiez la morale. Vous êtes les personnes les plus raisonnables et les plus rationnelles que je connaisse. Et s'inscrire à une seule école n'est ni raisonnable ni rationnel.

— Ce n'est pas parce qu'on est des parents raisonnables et rationnels qu'on n'écoute pas nos enfants. Beaucoup de jeunes diplômés prennent une année sabbatique. Si jamais tu n'entres pas à la Juilliard, on appellera ça comme ça. Et on continuera de te payer des cours avec M. Schwarz jusqu'à ta prochaine audition. On pourra se le permettre vu qu'on économisera de l'argent, si jamais tu restes.

L'idée de passer une nouvelle année à Hornsborough et de ne pas étudier à la Juilliard donne un sale goût à ma glace.

— Maman… T'inquiète, d'accord ? J'ai décidé de bosser à fond et d'avoir un niveau de ouf. Je vais juste devoir travailler beaucoup plus. Pas seulement pour la Juilliard, mais pour le défi, aussi.

— Ça semble une bonne idée.

Maman remet la photo dans la boîte en fer-blanc.

— Je sais que tu as dix-huit ans et que techniquement, tu es une adulte, mais je peux te donner un conseil ?

Je hoche la tête.

Elle me regarde droit dans les yeux et pose une main sur mon épaule.

— Arrête de travailler. Fais une pause. Maintenant.

— Quoi ?

— Ne prépare pas ce défi à la noix. Arrête de te rendre malade pour la Juilliard. Si tu ne maîtrises pas déjà les morceaux pour ton audition, c'est que tu n'es pas faite pour ça. Et si ton niveau est bien meilleur que celui d'Abigail, ce qui est le cas, tu n'as aucune raison de t'inquiéter. OK ?

Je pense aux douze morceaux qu'on bosse à l'orchestre. Il y aurait tellement de choses à réviser.

— Je vais découvrir le morceau le jour J. T'imagines, si je les connais pas tous à cent pour cent ?

— Chérie, si Usain Bolt devait courir ailleurs que dans un stade, je suis sûre qu'il courrait quand même très vite. Et beaucoup d'artistes font des pauses, et reviennent encore plus forts. Peut-être que ce qu'il te manque aujourd'hui en tant qu'artiste, c'est du vécu. Même les plus grands compétiteurs lâchent prise, par moments. Mets de la vie dans tes morceaux d'audition. Là, tu impressionneras les jurés de la Juilliard.

J'enfonce à nouveau ma cuillère dans la crème glacée. Je me demande à quoi les deux prochaines semaines pourraient ressembler si je ne bosse pas à fond. Un poids énorme quitte mes épaules, tout à coup. C'est comme si j'étais de retour dans le jet de Legend et que je volais au milieu des nuages en sirotant un Everest ! C'est pour ça que Legend est revenu. Après toutes ces années, il a eu besoin de faire une pause. Et il a eu besoin de la faire avec moi.

— Désolée de changer de sujet, mais qu'est-ce que c'est bon ! Je ne savais même pas que le lait de cajou existait.

— C'est hallucinant. (Je prends une autre bouchée.) Un pur délice.

— Dylan, chérie, est-ce que je peux faire quoi que ce soit pour être une meilleure mère ?

Je la regarde sans rien dire pendant une seconde, sidérée.

— Quand on est parent, on passe son temps à dire : « Tu devrais faire ci, tu devrais faire ça. Tu ne devrais pas faire comme ci, tu ne devrais pas faire comme ça. Nettoie-moi ça. Va étudier à tel endroit… » À quand remonte la dernière fois où on vous a dit : « Hé, mon cœur, qu'est-ce que je peux faire, ou pas, pour toi ? » Tu vois ce que je veux dire ? C'est l'occasion d'être franche avec moi. Dis-moi ce que je pourrais faire pour m'améliorer.

Comment elle pourrait m'aider ? Maman me laisse toujours tranquille quand je bosse le violon. Elle s'occupe de moi quand je suis malade. Elle crie sur les profs quand ils sont méchants avec moi (bon, plus depuis le collège). Elle rit à mes blagues débiles, même les plus nazes. Elle cuisine pour moi. S'occupe de la maison pour moi. M'aide à réviser mes cours… Bref, c'est la meilleure mère de la Terre.

— Si une pause s'impose, est-ce que tu pourrais dire à papa que je ne pourrai plus travailler à la quincaillerie pendant quelque temps ? J'ai trop de trucs, là. Je sais que j'ai besoin d'argent pour l'école, mais je bosse là-bas depuis que j'ai seize ans et…

— C'est comme si c'était fait.

— Vraiment ?

À l'idée de ne pas pointer à la quincaillerie après les cours et de balancer au fond d'un placard ce polo qui gratte et ce pantalon de travail, un immense sourire illumine mon visage. Je suis sur la bonne voie.

— Et est-ce que tante E pourrait garder Mikey et Chloe, disons, jusqu'à mon audition ?

Maman se tait pendant une minute pour réfléchir à la question.

— Je vais peut-être les inscrire à une activité extrascolaire. Ou alors, je vais les emmener au boulot avec moi. Comme ça, ils passeront leurs après-midi à lire.

J'imagine Mikey et Chloe à la bibliothèque, en train de bouder et de se demander ce qu'ils ont fait pour mériter une torture pareille.

— Encore une chose…

— Dis-moi, chérie.

Je montre mes cheveux.

— Tu pourrais annuler mon rendez-vous chez le coiffeur ? Je pense que je vais arrêter de porter ces machins.

— Oh…, lâche-t-elle d'un air surpris. Tu es sûre ?

— J'aimerais voir à quoi je ressemble quand je suis moi.

Mon téléphone vibre sur le bar. Je sursaute.

— Désolée. Je suis à cran en ce moment.

Maman sourit.

— Quand ton père et moi, on a commencé à sortir ensemble, j'ai foncé dans un mur en voulant attraper le téléphone qui sonnait et je me suis assommée.

J'éclate de rire. C'est un message de Legend.

Je suis à New York. Merci pour tout. On termine la liste bientôt, d'ac ? X

— Dylan ? Tu fais une drôle de tête.

Il est hors de question que je me remette à pleurer. Il y a tellement de non-dits. Merci pour tout ? C'est pas ce qu'on dit à la serveuse du restaurant à la fin d'un repas !

— C'est Legend.

— Il va bien ?

— Apparemment, dis-je en verrouillant mon téléphone. Il est à New York.

— Tu vois ? Il t'a contactée. Je te l'avais dit.

— T'avais raison.

— Avoir raison…, répète maman en haussant les épaules. C'est l'avantage des parents.

Normalement, je devrais aller au sous-sol pour bosser mon violon.

— Est-ce que je peux aller chez Kiyoshi ?

— Bien sûr, vas-y ! Reste aussi longtemps que tu voudras. Prends des affaires. Passe quelques jours chez elle. Vous devriez mettre au point votre propre liste de commandements, toutes les deux. Lâchez-vous. Faites les folles.

Je regarde maman en riant.

Elle m'attrape doucement par l'épaule.

— Vous n'allez pas vous perdre de vue, Legend et toi, d'accord ? Pas cette fois.

Mon ventre se noue à l'idée qu'elle puisse se tromper.

— Tu le penses vraiment ?

— J'en suis sûre, dit-elle en écartant une mèche de cheveux de mon visage. Et tu vas y arriver. Une carrière géniale t'attend, Dylan. Mais pour l'instant, tu es une artiste qui prend une pause bien méritée et dont le violon est en congé.

Le fait qu'elle prononce ces mots à voix haute m'arrache un soupir de soulagement.

Elle me serre dans ses bras.

— Je t'aime tellement.

Je pose ma tête sur son épaule.

— Moi aussi, maman.

CHAPITRE 22

— Deux secondes, meuf!

Kiyoshi lit le minuscule mode d'emploi imprimé en corps trois et demi sur la bouteille d'après-shampoing.

— Ça dit que tu dois le laisser agir pendant vingt-cinq minutes.

— Personne ne lit ces trucs.

Je passe ma tête sous le robinet. Mes extensions gisent partout par terre.

— J'en peux plus. L'odeur de fruits m'irrite carrément la gorge.

L'eau chaude tombe en cascade sur ma tête. Debout à côté de moi, Kiyoshi rince le produit pour tout retirer de ma chevelure hirsute.

— Tu viendras pas râler si jamais tu ressembles à la fille sur la bouteille. Elle est à califourchon sur un cheval et elle a l'air de trop kiffer. Et d'avoir attendu vingt-cinq minutes. Ça y est. Tout est rincé. Tes cheveux sont trop beaux. Touche.

Je tends la main pour caresser mes boucles humides. Ça fait tellement longtemps que je ne les ai pas touchées. Chaque fois que j'allais chez la coiffeuse, elle enlevait mes extensions et en remettait des nouvelles dans la foulée. Je me masse le crâne. Ça ne démange pas et je n'ai pas mal à la tête à cause du poids des tresses. La tension dans ma nuque a carrément disparu. Je dois peser trois kilos de moins. Je me regarde enfin dans le miroir.

Mes cheveux font trois fois le volume de ma tête. Des boucles crépues pointent dans tous les sens.

— Cool ! Qu'est-ce que t'en penses ? je demande à Kiyoshi.

— T'es trop belle ! Tu pourrais chanter avec les Black Eyed Peas.

— Tu trouves ? Ça fait star ?

— Mais trop ! On devrait prendre des photos, les mettre en ligne, et attendre les likes, mais vu que madame est pas sur les réseaux, je sais pas trop quoi faire de toi. Mais tu ressembles carrément à une rock star mystérieuse en virée pour une soirée tapis rouge. En tout cas, on peut officiellement rayer le commandement numéro trois de notre *bucket list* : faire un truc tellement différent avec nos cheveux que les gens hallucinent quand ils nous voient.

Je regarde les cheveux de Kiyoshi. Ils sont violets, roses et rouges alors qu'ils étaient encore noirs il y a deux heures. On dirait une licorne.

— Les gens vont hyperventiler, au bahut, quand ils vont nous voir. En attendant, je ferais bien de peigner et d'entortiller ces cheveux avant qu'ils soient secs.

— Tu sais comment coiffer tes cheveux naturels, au moins ?

— J'ai maté des vidéos sur YouTube. Je devrais pouvoir y arriver.

Je m'agenouille pour jeter mes extensions.

— C'est quoi la prochaine étape sur notre liste ?

On frappe à la porte.

— Kiyoshi ?

— Oui, maman, c'est ouvert !

Mme Nakano pousse la porte et passe la tête dans l'embrasure.

Elle me sourit. J'espère que ça veut dire qu'elle n'en a pas marre de moi alors que ça fait une semaine que je squatte chez elle.

— *Konnichiwa*, Dylan.

— *Konnichiwa*, madame Nakano.

Elle regarde sa fille.

— *Watashi okotte imasu!*

— Sérieux, maman? Tu vois pas qu'on est légèrement occupées?

— *Kamawanai! Shukudai wo shinasai!* crie Mme Nakano.

Elle me montre du doigt avant de s'adresser à nouveau à sa fille en japonais. Elle a l'air super énervée. Quand Kiyoshi et sa mère se disputent, c'est toujours en japonais. Je reconnais quelques mots…

Juilliard.

Hamburger.

Bracelet à breloques.

Eau des toilettes?

Et… oups! Mon nom. Est-ce que j'aurais légèrement abusé de leur hospitalité?

J'espère que non! Je regarde tour à tour la mère et la fille. C'est dingue ce qu'elles se ressemblent. Je me demande ce que ça fait d'être la copie conforme de ses parents. D'être sûre à cent pour cent d'appartenir à une famille. Comme des petits pois dans une cosse. Personne n'a jamais regardé des petits pois dans une cosse en se demandant s'ils sont bien tous des petits pois. Mme Nakano a les cheveux longs et grisonnants, mais Kiyoshi et elle sont des petits pois. Aucun doute là-dessus. On dirait presque des jumelles. Ma famille et moi, on est plutôt… un assortiment de gâteaux apéro. Mais ça me va carrément.

— OK, maman, d'accord! Mais sors, s'il te plaît.

Kiyoshi chasse sa mère d'un signe de la main en soufflant d'exaspération.

Sa mère me regarde d'un air détendu et me sourit avant de me dire sur un ton trop gentil:

— Je suis heureuse de t'avoir avec nous, Dylan. On se voit au dîner. C'est nuggets de poulet et frites, ce soir.

Elle ferme la porte derrière elle. Kiyoshi se met à râler.

— C'était quoi, ça ?

— Apparemment ma chambre pue l'eau des toilettes et je devrais la nettoyer. Comme si ça pouvait pas attendre ton départ.

— Tu vas détester ce que je vais te dire, mais ta mère et toi, vous êtes trop cools, ensemble.

— Euh…, marmonne Kiyoshi d'un air perplexe.

— Vous matchez trop. Comme des petits pois dans leur cosse.

— Comme des petits pois dans leur cosse ? Elle m'a demandé si une licorne m'avait vomi sur la tête ! Puis elle m'a dit : « Comment ça se fait que Dylan a pas plus d'influence sur toi ? » Parce que moi je suis juste en mode OK, je suis acceptée à l'université de Northern Iowa. C'est pas le Royal College of Music, comme ma sœur, mais on s'en fout. Qu'elle me fiche la paix !

— Attends, Kiyoshi, tu vas à l'UNI ?

— Ouais…, répond-elle en jouant avec sa longue queue-de-cheval arc-en-ciel. J'ai reçu ma lettre d'admission il y a quelques jours. Mais on s'est lancées dans notre liste, et je ne voulais pas gâcher le bonheur de ma BFF.

— Ça m'aurait boostée, tu veux dire !

Je me précipite vers elle et je la serre très fort dans mes bras.

— Tu es contente ? je lui demande en me reculant pour la regarder dans les yeux. Tu vas être heureuse, là-bas, hein ?

— Voyons voir… Nathan sera à Northwestern dans l'Illinois, soit à exactement quatre heures et trente-six minutes d'ici. Et toi, tu seras à New York, soit à seize heures et trente-deux minutes. Heureuse ? Certainement pas ! Tu sais quoi ? Je me demande carrément pourquoi la vie est si cruelle ! (Elle se laisse tomber lourdement sur le rebord de la baignoire.) Je ne veux pas que ma vie change, Dylan !

Je m'assieds à côté d'elle et passe un bras autour de ses épaules.

— On ne sait pas si je vais aller à New York. Et si jamais je ne suis pas prise, je viendrai te voir à Cedar Falls un week-end sur deux.

— Tu vas aller à la Juilliard, Dylan. Ensuite, tu vas te marier avec Legend et tu vas avoir plein de bébés super-héros qui seront capables de voler.

Me marier avec Legend ? Ha ! Je lui tends mon téléphone.

— Je ne vois très bien pas comment je vais faire pour me caser avec un mec qui ne m'appelle pas et qui ne m'envoie même pas de SMS, je lui confie en voûtant les épaules. J'ai tout gâché. Je l'ai repoussé. Et maintenant, il m'abandonne comme une vieille chaussette. Comme la première fois.

— De quoi tu parles ? Il ne t'abandonne pas ! Le mec est en train de se faire opérer, non ?

Je hausse les épaules.

— J'en sais rien. J'ai zéro info.

— Envoie-lui un message !

— Sûrement pas ! S'il veut me parler, il sait où me trouver. Je suis sûre qu'il a repris sa vie. Et retrouvé des gens avec qui il a beaucoup plus de trucs en commun.

— Dylan, arrête ! Vous matchez trop, tous les deux ! Vous êtes deux surdoués avec un talent de ouf. Un jour, vous serez les maîtres du monde !

— C'est ça, et j'imposerai à tout le monde d'écouter de la musique classique au moins une heure par jour. Montrez-moi votre carte de musique classique, immédiatement !

Kiyoshi éclate de rire.

— Blague à part, ça va.

Blague à part, ça ne va pas. Personne ne m'a jamais manqué comme Legend ces derniers jours. Surtout le soir, comme dans « Jealous », la chanson de Labrinth. Et même la nuit. Je me sens jalouse de tout ce qui pourrait l'approcher.

— Je finis de me coiffer pour qu'on puisse aller faire une overdose de caféine au Rainy Day pour notre nuit spéciale films d'horreur. Et paf, prends ça, point six de notre liste ! Je pars bientôt pour New York. Franchement, j'hallucine. Tu te rends compte ?

— Et si tu ne savais plus jouer ? lance Kiyoshi pour plaisanter.

— Je jouerai « Petit papa Noël ». Et je déchirerai grave !

On éclate de rire.

— Comment la chanson la plus débile de tous les temps a pu devenir aussi populaire ? demande Kiyoshi sérieusement.

Mon téléphone vibre. Mon cœur bondit à l'idée que ça puisse être Legend. Sauf que ce n'est pas lui. C'est Josh.

Salut, Dylan. J'ai fait quelque chose de mal ?
Tu ne réponds pas à mes textos. J'espère que tu vas bien.

Je tourne le téléphone vers Kiyoshi.

Elle grimace.

— Laisse tomber les nuggets frites. Va voir Josh. On se retrouve plus tard. OK ?

— OK.

L'idée d'une soirée avec Josh ne m'emballe pas des masses. Mais je sais ce que ça fait d'être ghosté. Pas question que je lui fasse ça. En plus, il fait froid et humide, donc y aura du soleil, au Rainy Day. Ce sera mieux, pour notre « rupture » officielle.

𝄞

Quand Josh arrive, je lui fais signe. J'avais raison, pour le soleil. La baie vitrée du Rainy Day affiche des vagues bleues qui clapotent mollement sur le sable blanc. Ça sent la crème solaire, la banane et l'ananas et on entend même des mouettes au loin. On a carrément l'impression d'avoir été télétransportés à Tahiti ou dans un autre paradis tropical du genre.

— Salut…, fait Josh en s'asseyant en face de moi. Merci d'avoir accepté de me voir.

Il a l'air super triste. Il enlève son manteau et fixe la table pour éviter mon regard.

— Tu as commandé ?

— Je nous ai pris deux chai latte à la noix de coco. Si ça te dit pas, je les boirai, t'inquiète. J'ai prévu de faire une overdose de caféine.

— Une overdose de caféine ? C'est-à-dire ?

— Laisse tomber. C'est une longue histoire.

— OK. Le chai à la noix de coco, ça me va. Ça a l'air bien perché, mais je vais goûter. Je te dois combien ?

— Rien. C'est moi qui invite.

— Merci, dit-il en me regardant, cette fois. Pourquoi tu gardes ta casquette alors qu'il fait soleil ?

— J'ai retiré mes extensions. Mes cheveux sont encore mouillés.

— Oh ! Je peux voir ?

Je retire ma casquette. Mes torsades retombent sur mes épaules.

— Top !

— Merci, Josh. Honnêtement, ça compte pour moi. Ça fait bizarre de plus avoir les cheveux raides et longs. C'était un genre de bouclier, je suppose.

— Tu es belle avec n'importe quelle coiffure, déclare-t-il avant de se pencher en arrière sur sa chaise. J'imagine que tu connais les dernières news sur Legendary ? Vu que vous êtes hyper proches.

Les dernières news sur Legendary ? J'ai les mains moites et la gorge sèche, tout à coup. Je déglutis.

— Comment ça ?

— Il a annoncé les dates de sa tournée. Elle démarre cet été à Amsterdam. Je l'ai vu dans une interview sur Buzzfeed cet après-midi. Tu vas y aller ?

Mon cœur se serre. Derica a donc signé les contrats. Et il n'est pas enfermé à l'hôpital. Il fait sa vie. Il donne carrément des interviews ! Je me tourne vers la baie vitrée. Une vague bleue et écumeuse caresse doucement le sable blanc juste au moment où mon estomac se serre. Il aurait pu me le dire, quand même. Pourquoi il l'a pas fait ? Pourquoi il donne pas de nouvelles ? Il recommence à me ghoster, c'est ça ?

— Non. Je n'ai pas prévu de suivre sa tournée.

Un serveur en short et chemise hawaïenne s'approche de notre table pour déposer deux grandes tasses de thé avec des pailles en carton.

— Et voilà ! Faites-moi signe si vous avez besoin d'autre chose.

— Merci, dis-je au serveur.

— Je croyais que c'était ton ami, balance Josh d'un ton sinistre. Même si ce n'était pas très clair sur les photos de vous deux…

— C'est juste un ami. Les photos sont trompeuses. Crois-moi.

— Mais tu le kiffes, non ? demande Josh en attrapant sa paille. Pardon, c'est pas mes affaires. (Il prend une gorgée de thé.) Mmm, c'est bon. Goûte.

Il a raison. Le thé sucré a des notes de noix de coco, de cannelle et d'épices.

— Mmm… c'est délicieux !

Josh tambourine la table des doigts.

— Tu sais ce que je me dis, par moments ?

— Non, quoi ?

— Je me demande ce qui se passerait si je me cassais un doigt.

— Hein ?

— Ma vie entière dépend d'eux.

J'hallucine !

— Je n'avais jamais pensé à ça. Mais si tu te cassais un doigt, il finirait par guérir.

— Et si je le perdais dans un accident, comme le père de mon ami Anthony Kelinoi ? Il travaille dans une usine d'emballage de viande à Davenport. Il a perdu un doigt dans un hachoir.

Je grimace.

— C'est horrible !

— Et si ça m'arrivait, Dylan ? Je serais foutu. Toute une vie de travail pour rien.

Il hyperventile. Il se frotte la poitrine comme s'il avait mal et n'arrête pas de déglutir.

— Josh, je n'ai jamais entendu parler d'un flutiste qui aurait perdu un doigt. Ça pourrait arriver, bien sûr. Mais tu pourrais aussi bien être emporté par un tsunami. Ou te faire kidnapper par des Tuskens. Mais les chances que ça arrive sont minces, voire nulles. Ça va aller, tu sais. Évite juste les hachoirs à viande.

— Parfois, j'ai carrément envie d'arrêter de respirer.

Hein ?

— Comme quand je joue, par exemple. Je préfère être à court d'air plutôt que de respirer, même si j'ai la tête qui tourne.

Le phrasé est plus important pour moi que la respiration ! C'est chelou, non ?

OK. Il hyperventile vraiment. Et son visage est tout rouge. Je regarde par-dessus mon épaule. Notre dernière sortie s'est terminée avec un kit de premiers secours. Il a définitivement besoin d'un truc du même genre, là, tout de suite. Mais quoi ? Dans les films, les gens respirent dans des sacs quand ils se sentent mal. Je ne suis pas sûre que ça marche, mais ils doivent bien avoir des sachets en papier kraft, ici.

— Dylan…, fait Josh, à court d'air. Est-ce que tu es amoureuse de Legend ? S'il te plaît, réponds-moi franchement.

Il attrape sa tasse et avale son chai comme si c'était de l'eau avant de la reposer avec des mains tremblantes.

— Il fait chaud, non ?

Je ne réponds pas. Je ne sais même pas si c'est une question. Je suis encore bloquée sur celle d'avant. Est-ce que je peux être honnête avec Josh alors que je ne le suis pas avec moi-même ? Oui, j'aime Legend. Et comme il l'a lui-même dit, peut-être depuis toujours, moi aussi. Heureusement, je n'ai pas le temps de répondre vu que Josh change de sujet.

— J'ai toujours voulu être un grand flutiste.

— Il n'y a rien de mal à ça, Josh, je dis hyper gentiment pour l'aider à se calmer. Au contraire, même.

— Mais imagine que je n'y arrive pas ? (Il inspire à fond.) Qu'est-ce qui se passera si je ne suis pas assez doué ? Si ma vie est un gâchis ? Imagine ! Je ne veux pas que ma vie soit un gâchis, Dylan.

J'observe Josh. Il tripote ses cheveux, secoue la tête, tapote nerveusement le sol avec son pied et… se frappe carrément la tête contre la table ! Nos voisins le regardent. Je ne l'avais pas vue venir, celle-là ! Je ne crois pas qu'il pète les plombs. Je ne le juge pas. Cette petite scène ne me gêne pas parce que je mettrais ma main à couper que Josh souffre de la même maladie que moi. Un cas sérieux de balai-où-je-pense. Kiyoshi avait raison. C'est insupportable !

— Josh…, fais-je en me penchant pour lui attraper la tête. S'il te plaît, arrête. Les gens nous regardent.

— Désolé. Y a un truc qui tourne pas rond chez moi, je sais…

— Ne t'excuse pas, je dis en me rasseyant. Je peux te donner un conseil ?

— Oui, bien sûr.

Son visage est tout rouge et couvert de plaques, et ses cheveux, qui étaient soigneusement coiffés en arrière à son arrivée, sont en pétard.

— Range ta flute et fais un break, dis-je d'un ton hyper sérieux. Y a rien de mal à faire une pause. Ta vie ne sera jamais un fiasco total. Tu veux juste offrir de la belle musique à ce monde. Et il a carrément besoin de gens comme toi. Mais si tu ne prends pas un peu de recul, tu risques de te casser un doigt, de te faire embarquer par un tsunami ou de sentir le sol se dérober sous tes pieds. Tous les grands artistes font des breaks.

— Tu es sûre ? (Il essuie ses larmes.) Parce que j'ai mon audition pour Oberlin ce week-end.

— Je croyais que tu détestais cette ville ?

Il hoche la tête.

— Ouais, je sais.

— Pas de raison de stresser, alors ! je lance avant d'attraper mon sac à main. Je suis désolée que ça n'ait pas marché entre nous. Je ne te ghostais pas. J'étais juste… préoccupée.

Je prends une autre gorgée de chai.

— Tu es un super mec. Vraiment. J'espère qu'on pourra être amis. Ça me ferait super plaisir.

Son visage s'éclaire. On dirait qu'il n'a jamais pensé qu'on pouvait devenir amis, lui et moi.

— On s'appelle, d'accord ? dis-je en me levant. J'aimerais vraiment savoir comment ça se passe au Philharmonique de Vienne, OK ?

Il se lève à son tour.

— Et moi, comment ça se passe à la Juilliard.

Je le regarde s'éloigner vers l'entrée du café tout en finissant mon thé d'une traite. En conduisant vite, je pourrai arriver chez Kiyoshi à temps pour les nuggets frites. Mais le clapotis des vagues m'hypnotise. Je regarde fixement l'eau bleue puis je me rassieds et sors mon téléphone sans m'en rendre compte.

Je l'ouvre et fais défiler mes SMS avec Legend. Le dernier est toujours là. « Merci pour tout ». J'écris :

Salut, ça va ?

Trop formel. J'efface.

Hello ! Alors, comment s'est passée ton opération ?

Argh… Trop chelou. Je supprime.

Yo. Qu'est-ce que tu fais ? Je chille trop.

Sérieux ? Qu'est-ce qui va pas chez moi ? Et où est Kiyoshi quand on a besoin d'elle ? Je regarde une nouvelle vague glisser doucement sur le sable. Je sais exactement quoi écrire, en vrai.

Tu me manques.

Je clique sur envoyer.

CHAPITRE 23

Dans les poches de mon sweat à capuche, mes doigts frôlent mon téléphone. Qui ne sonne pas, ne bipe pas, ne vibre pas. Presque vingt-quatre heures, et toujours aucune réponse de Legend.

Mais je vais bien.

Hyper bien.

OK, j'exagère. Je vais assez bien.

C'est pas grave. Il m'appellera plus tard. J'essaie de convaincre qui, exactement ? Pourquoi il répond pas ?!

— Hé, gamine. On se les gèle, lance tante Edith. Tu peux être sympa et te magner le train ?

— Tante Edith, il fait trois degrés…

Chloe est près du feu avec les autres, à faire griller des chamallows sur de longues piques en métal.

— C'est carrément la canicule !

Ma sœur a raison. Cette température à cette période, c'est les tropiques ou presque. D'ailleurs, je me demande si je vais pas enlever mon sweat. Je continue d'étudier les pièces sur l'échiquier géant. Je pourrais placer la tour en F5. Ça empêcherait tante Edith de défier ma reine et ça me permettrait de contrôler le centre. Mais elle pourrait prendre mon fou, du coup. Je repense à Legend. Et si jamais il ne me répondait pas du tout ? Mon dernier texto était peut-être *too much*. J'aurais dû la jouer plus cool.

— Tu fais quoi ?

Oui, c'est ça, j'aurais dû la jouer détente.

— Dylan, tu veux que je t'en prépare d'autres ? me demande mon père en tisonnant le feu. Le sucre donnerait un petit coup de fouet à tes neurones.

Je regarde les flammes orange danser dans la nuit et j'écoute le crépitement des bûches brûlantes. Comment un truc aussi apaisant, doux et chaud peut devenir mauvais pour la santé quand on grille des trucs dessus ?

— Je crois que je viens de sentir une goutte de pluie.

Tante Edith regarde le ciel.

— Et comme je suis la méchante sorcière du *Magicien d'Oz* et que la pluie me fait fondre, il va peut-être falloir terminer cette partie demain.

— Edith, arrête tes bêtises !

Maman aide Chloe à enfoncer un autre chamallow sur sa pique.

— C'est très bon pour l'âme, un peu de pluie.

— Pour l'âme peut-être, mais pas pour mes cheveux, fais-je en écartant une boucle avant de rabattre ma capuche.

— Hé, Dylan… tu sais que tout le monde parle que de ça, au bahut ? me lance Ricardo.

Lui, Mikey et Mary-Ann jouent à Roblox, blottis les uns contre les autres.

— J'espère que t'as senti toutes ces bonnes vibes.

— Tu m'étonnes…

Pour la première fois, je me suis pointée au bahut avec mes cheveux naturels, aujourd'hui. Après avoir maté une dizaine de tutos sur YouTube, j'ai opté pour le « chignon haut sur cheveux crépus naturels ». J'ai eu droit à tellement de compliments que j'ai dû être créative pour dire merci et ne pas sonner comme un disque rayé.

Oh… c'est trop sympa de ta part.

C'est vrai ? Tu le penses vraiment ?

Ouah ! Adorable !

Nan, c'est trop...

Mais quand j'ai dit « *arrêtez, ça me gêne, je ne sais plus où me mettre !* », j'ai réalisé que j'avais basculé du côté obscur de la Force et je suis revenue au bon vieux *merci*.

Une voiture s'arrête devant la maison et tante E s'exclame :

— Je reviens ! Ma commande est arrivée.

— Edith... tu t'es fait livrer à dîner ? fait maman en plongeant la main dans un grand sac de chocolats. Y a plein de restes, tu sais ?

— Des spaghettis aux boulettes de viande, c'est bon pour des gamins en colonie de vacances. Des acras de morue et des palourdes frites, là ça devient intéressant.

Je profite de son absence pour étudier tranquillement la partie d'échecs en cours, zappant mes potes qui discutent et rigolent avec ma famille. Attendez une seconde... Mes sourcils se haussent malgré moi et ma bouche s'ouvre lentement. Nan ! Je m'avance sur le plateau. Pourquoi j'ai pas vu ça avant ? Y a une diagonale ouverte vers mon roi ? Tante E l'a fait exprès, ou je vais enfin réussir à la BATTRE après six années de défaites ?

Je déplace ma reine en H4.

Oh.

La.

Vache.

— Échec..., je chuchote en sautant en l'air. Hé, les gars ! Venez voir ! je crie.

Des gouttes tombent sur mon visage, mais comme je suis pas une méchante sorcière, l'eau n'a aucun effet. Je suis la Petite Sirène. Je suis un pirate dans les Caraïbes.

— Je suis Aquaman !

Je saute, je cours, je crie, je hurle et je me lance même dans un floss débile.

— Tu viens pas de battre ta tante, quand même ? commente papa en me rejoignant.

— Pas encore, mais regarde ! dis-je en pointant une pièce du doigt. Échec ! Tout ce qu'elle peut faire, maintenant, c'est bouger son pion. Ou son cavalier. Mais on s'en fout parce que je les choperai à mon prochain coup. Et ce sera carrément échec et mat ! Je crois que je viens de battre tante Edith !

— Les échecs, c'est juste chiant.

Mikey grignote des chamallows grillés, fasciné par son iPad.

— Mais trop ! confirme Ricardo. Vous devriez jouer à Fortnite, avec tante E. Ça, c'est du jeu.

— Je suis la meilleure ! je lance en tournant sur moi-même comme une ballerine. Venez vous frotter à moi et je vous mettrai la pâtée à tous les jeux, même aux échecs ! je crie en levant les bras en l'air avant de faire un moonwalk.

Maman éclate de rire.

— La dernière fois que je t'ai vue faire ça, t'étais dans le jardin avec Legend. Vous étiez tout jeunes

Pourquoi il a fallu que maman prononce ce nom ? Mais pourquoi ?

— Dylan ?

Tante Edith revient, mais pas avec un sac en papier kraft. Avec une enveloppe A4.

— Ça vient d'arriver. Y a un paquet, aussi. Mais je suis vieille. Et il est lourd. Du coup, je l'ai laissé sur le porche.

— C'est sûrement les produits pour cheveux que j'ai commandés. Merci, tante E, dis-je avec un petit sourire. À part ça, tu devrais jeter un petit coup d'œil à la partie.

Elle scrute l'échiquier.

— Qu'est-ce que c'est que ce bordel ? Tu te prends pour Sam Hill ou quoi ?

Je ne sais pas qui est Sam Hill, mais j'éclate de rire.

— Je reviens tout de suite ! Ne touche à rien avant mon retour !

Elle grogne, mais ne quitte pas le plateau des yeux.

Y a pas moyen qu'elle me batte, cette fois. J'en suis sûre à quatre-vingt-dix-neuf virgule neuf pour cent.

À la lumière du porche, je repère une grosse boîte posée contre la porte. Une grande boîte comme ça pour mes produits ? Et la planète, alors ? J'ouvre la porte d'entrée en poussant le carton à l'intérieur. Je me pose sur le canapé et commence par ouvrir l'enveloppe.

À l'intérieur, je trouve une copie de la photo de moi sur les marches de la Juilliard. En dessous, il est écrit : « Que faisait Dylan Woods à New York à l'âge de trois ans ? »

Qui m'a envoyé ça ? Ma mère ? L'enveloppe contient aussi une feuille pliée en deux. Quelqu'un a écrit dessus : « 7# : résoudre un mystère non résolu ».

Je déplie la feuille. Mes oreilles se mettent à bourdonner, j'essaie de déglutir, mais c'est comme si j'avais oublié comment faire. Les mots se mélangent dans ma tête et mes pensées s'entrechoquent comme des vagues lors d'une tempête. Je m'enfonce dans le canapé et lis la lettre.

Scott L. Cukier, détective privé

Cher monsieur Dean,

Pour faire suite à votre demande, veuillez trouver ci-dessous les informations que j'ai pu rassembler concernant Dylan Woods.

Dylan Nicole Kyles. Née le 9 septembre 2004. Nom du père : Tory Kyles. Nom de la mère : Nicole Desi Kyles. Décédés dans un accident de voiture. Certificats de décès répertoriés pour l'année 2007.

Nicole Kyles, la mère, a été diplômée de la Celia Cruz Bronx High School of Music en 1996. Pour une raison inconnue, la copie de l'acte de naissance de Dylan comporte une erreur, le lieu de naissance indiqué étant Hornsborough, Iowa.

Le certificat de naissance original indique le King's County Hospital Center à Brooklyn, New York City.

N'hésitez pas à me contacter si vous voulez d'autres d'informations concernant cette affaire ou pour toute autre investigation.

Très cordialement,

Scott Cukier

Je relis le courrier plusieurs fois avant de le glisser dans l'enveloppe. Mes tempes palpitent et mon cerveau est en ébullition. Je vois flou, sûrement à cause des larmes qui me brûlent les yeux. Je secoue la tête pour chasser cette pensée absurde : Legend vient de résoudre le mystère non résolu de notre liste, et ce mystère, c'est moi. J'étais assise sur les marches de la Juilliard School parce que j'ai la musique dans le sang ! Et je suis originaire de New York. Je me couvre la bouche pour ne pas hurler. Legend avait raison. New York, c'est chez moi !

Je regarde le paquet posé sur la table basse. J'arrache le scotch et soulève les rabats. Une petite carte avec écrit « #8 Changer la vie de quelqu'un en positif » repose sur des centaines de cacahuètes en polystyrène.

Legend a déjà changé ma vie en mieux. Jamais je pourrai lui faire un cadeau à la hauteur de celui qu'il vient de m'offrir.

Curieuse, je sors l'objet de la boîte. *Oh putain! Dites-moi que je rêve!*

Un étui à violon!

Je l'ouvre avec des mains tremblantes et jette un coup d'œil à l'intérieur. Les larmes me montent aux yeux. Je ne sais même pas si je vais oser le toucher. Ce violon devrait être exposé dans un musée. Il ne devrait pas traîner là, dans du papier bulle. Le bois est magnifique et le vernis brillant comme une voiture tout juste lustrée. Je le prends doucement dans mes bras comme un nouveau-né et me mets à caresser le cordier finement ouvragé. Les cordes sont des Evah Pirazzi Gold. Je le sais à cause de la corde de *sol* en or. Une corde en or? Ouah! j'ai toujours rêvé d'avoir des cordes de ce modèle-là, mais j'ai jamais pu m'en payer. Un jeu coûte plus de cent dollars. Mes doigts glissent vers les volutes magnifiquement découpées. Ça me fait penser à une baguette magique sculptée à la main de chez Ollivander. J'ai envie de sauter partout et de crier: «C'est le mien! Ce violon est à moi!»

Cet instrument a l'air très ancien. On dirait un exemplaire unique vieux de plusieurs dizaines d'années. J'observe l'étui quand j'aperçois une feuille au fond: Aristide Cavalli, 1856-1931.

J'ai déjà entendu parler des violons Cavalli. Ils sont super rares et se vendent uniquement aux enchères, en général! Je suis sûre que Legend a dû le payer dans les vingt mille dollars. Minimum. Je sais pas si maman et papa vont me laisser accepter un cadeau de ce prix-là… Est-ce que je peux l'accepter? Je suis partagée entre l'envie de tester le son et celle de filer rejoindre les autres pour tout leur raconter. Qu'est-ce qu'ils vont penser? Et qu'est-ce qu'ils vont dire?

On frappe à la porte.

— FedEx!

Encore un cadeau?

— Euh… une seconde!

Je remets délicatement le violon dans son étui.

— Attends-moi là. Je reviens tout de suite, je lui chuchote comme s'il pouvait m'entendre.

Je fonce vers la porte d'entrée.

— J'ai une lettre pour Dylan Woods!

— C'est moi.

Je lève les yeux.

— Legend?! fais-je d'une voix étranglée.

Il m'adresse un sourire solaire. J'arrive plus à le regarder d'un coup, comme s'il était peut-être, et je dis bien peut-être, un genre d'hologramme en jean skinny déchiré avec des zips au-dessus des genoux et un tee-shirt à manches longues Damian Marley. C'est impossible qu'il soit là. Il y a quelques semaines encore, les temps forts de ma journée étaient ceux où je finissais d'empiler des bidons d'assouplissant sur les rayonnages de la quincaillerie. Il y a quelques semaines, la lettre de la Juilliard m'avait donné la sensation d'avoir vraiment ma place sur cette planète. Et aujourd'hui, je me retrouve plantée là, à sentir mon cœur battre à cause d'émotions complètement nouvelles.

— Salut, Dylan.

Il est réel. Et il est là! Je suis tellement sonnée que je ne dis rien pendant une minute. Ou deux. Ou trois? Honnêtement, je sais pas combien de temps je reste comme ça avec les mains plaquées sur la bouche, à me demander si je peux me jeter dans ses bras et le serrer de toutes mes forces.

Il brandit la liste.

— Danser sous la pluie… Heureusement pour toi, j'ai checké la météo avant de venir. Il ne va pas vraiment pleuvoir, ou très peu. Mais tant pis. Dylan Woods, dit-il en me tendant la main, voulez-vous m'accorder cette danse ?

Je pourrais lui dire que je lui réserverais toutes les danses jusqu'à la fin de ma vie, mais ce serait sûrement *too much*.

— OK, je réponds en souriant.

Il me prend la main et je le laisse m'entraîner doucement vers le porche.

— Legend… le détective privé… le violon… Je ne sais pas si… je ne suis pas sûre de… Oh, la vache ! J'y arrive pas ! je bafouille en secouant la tête. Excuse-moi. Je ne sais pas quoi dire.

— Bon, déjà, je connais rien aux violons. Mais celui-là semblait le meilleur. C'est pour ça que je l'ai choisi. Le vendeur avait aussi un Stradivarius, mais il coûtait un million de dollars. Du coup, je me suis dit, ouais, bon, je veux même pas entendre comment il sonne.

Il rit.

— Mais tu m'as acheté un Cavalli. C'est trop ! Je pourrai jamais te faire un aussi beau cadeau ! Et je suis pas sûre que mes parents me laissent l'accepter…

— Je leur ai demandé leur avis avant de l'acheter. Et ton prof de violon était en visio avec moi quand je l'ai choisi. M. Schwarz, c'est ça ? Plutôt cool, comme mec.

— M. Schwarz ? J'hallucine…

— Sinon, fait-il en me montrant son téléphone. J'ai eu ton message. Je t'ai répondu.

— Ça m'étonnerait, je réplique en essuyant mes larmes d'une main tremblante. J'ai pas reçu de message.

— Je te promets que je t'ai répondu. (Il sort son téléphone de sa poche arrière.) Tu vois ? C'est marqué « Envoyé ». Checke ton portable.

C'est bizarre.

— Je n'ai rien reçu…

Je récupère mon portable dans la poche de mon sweat. Un message s'affiche. Legend !

Tu me manques aussi.

Je lève les yeux.

— Tu vois ? il dit en m'attrapant le bras. Je te l'avais dit.

Je tombe dans ses bras en me demandant si la Dylan de douze ans aurait un jour pensé que son meilleur pote, Langston Dean, lui flanquerait des papillons dans le ventre. Elle l'aurait jamais cru. « Ça va pas la tête ! Langston Dean ? C'est mon meilleur ami ! » Aujourd'hui, je pose la tête contre son torse, et je sais que c'est lui. Ça a toujours été lui.

— Enfin…

Il soulève mon menton pour que je le regarde dans les yeux. Je connais Legend depuis toujours, mais c'est comme si je le voyais pour la première fois. J'ai carrément l'impression que mon corps me lâche, tout d'un coup. J'arrive plus à déglutir. Ma vue se brouille. Je peux plus respirer.

— Dylan, tes cheveux…

Je tire nerveusement sur une de mes boucles crépues.

— Ça te plaît ?

— J'adore ! T'es trop jolie, D.

Je penche la tête sur le côté avec un petit regard en coin. Il se moque de moi ou quoi ? Ledge sort avec les plus belles femmes de la planète. Et je ne leur arrive pas à la cheville.

C'est quoi ce regard ?

— C'est juste que… je connais ton style de meuf.

— Mon style, hein ? (Il me serre la main.) Mon style, c'est les filles méga jolies, intelligentes, talentueuses, drôles, qui jouent du violon, et sont nulles aux échecs. (Il éclate de rire.) Sérieux, D… Tu me plais. Tu plaisais déjà au petit Langston. Mais il savait qu'il n'avait aucune chance.

Il passe un bras autour de ma taille.

— Mais maintenant que je suis Legendary, murmure-t-il à mon oreille, peut-être que mon vœu va se réaliser. Parce que tu es celle que j'ai toujours voulue et que je veux toujours aujourd'hui.

Les gouttes de pluie qui tombent ressemblent soudain à de de petits miracles venus du ciel. Legend me prend la main pour me faire tourner. Je ne sais pas comment je me suis retrouvée dans cette situation, mais j'espère que je vais y rester.

— Bon, vérité ou vérité, Dylan ?

— Vérité…

Un petit courant d'air se faufile sous mon sweat. Je frissonne. Legend m'attire un peu plus près. On commence à se balancer doucement sur une mélodie qui résonne seulement dans nos têtes.

— Et moi, je te plais ?

— Mmh…, je fais en me mordant la lèvre et en haussant un sourcil comme si je réfléchissais vraiment. Je sais pas. Peut-être. Un peu.

— Oh ! allez, D. Un peu, c'est tout ?

C'est à son tour de pencher la tête sur le côté.

J'éclate de rire.

— OK. Oui ! tu me plais. C'est bon, comme ça ?

— Trop cool !!!!!

Il caresse ma joue du revers de la main avant de se pencher en avant, et de poser ses lèvres sur les miennes.

Je ferme les yeux. C'est pas un rêve. Ni un hologramme. Et la Force n'est plus contre moi. Il pleut, il fait frais, mais Legend me réchauffe. Ses lèvres sont si douces. Ses mains aussi. Il mêle ses doigts aux miens, et je me retrouve dans une autre dimension où je suis la plus belle fille du monde. Et où le plus beau garçon du monde m'a choisie, moi.

Quelqu'un se racle la gorge. On s'écarte aussitôt, pour tomber face à :

maman,

papa,

Chloe,

Mikey,

Kiyoshi,

Ricardo,

et Mary-Ann.

Oh. Mon. Dieu. Où sont les îles désertes quand on a besoin d'elles ?

Maman a les yeux écarquillés, et papa l'air idiot. Mikey et Chloe gloussent comme des gamins de cinq ans. Et Kiyoshi, Ricardo et Mary-Ann sont plantés là, bouche bée.

— Bonjour, Legend, lance maman avec un petit sourire en coin. Ça fait plaisir de te revoir.

— Oh… (Legend passe une main sur ses boucles.) Bonsoir ! Merci de… euh… m'accueillir encore.

— Tu restes combien de temps ? demande papa. Parce qu'on peut aller acheter ce qu'il faut pour faire des burgers-champignons.

— Ne vous souciez surtout pas de moi. Vous êtes tous très occupés, déclare Legend avant de me regarder. En fait, on m'attend à Los Angeles demain après-midi.

Mon cœur se serre à l'idée d'être à nouveau séparée de lui. Mais il entrelace ses doigts aux miens, et je réalise qu'il est là. Il. Est. Là.

— Je passais juste en coup de vent. J'avais promis à Dylan qu'on bosserait ensemble sur un morceau.

Notre morceau. Il n'a pas oublié… Je le regarde avec un sourire radieux.

— J'ai réservé une chambre dans un hôtel en ville…

— Un hôtel ? répète maman en s'étranglant à moitié. Tu plaisantes, j'espère ? Tu vas dormir ici. Fin de la discussion.

— Vous êtes sûre ? Je voudrais pas m'imposer.

— J'en suis sûre, dit maman. Et on est tous déçus que tu doives partir demain.

J'aimerais qu'il puisse rester plus longtemps, moi aussi. Mais le monde l'attend.

— Dylan, fait papa avec un air sombre. Désolé de plomber l'ambiance, mais ta tante est en train de faire la danse de la brosse à dents dans le jardin. (Il se tourne vers Mikey.) C'est comme ça qu'on dit ?

— Non, c'est le floss, papa, corrige Mikey.

— Ah oui, le floss ! Dylan, elle a vérifié ton coup et apparemment, tu l'aurais pas battue du tout. Désolé, chérie.

— Non ! J'étais sûre à quatre-vingt-dix-neuf virgule neuf pour cent de lui avoir mis la raclée, cette fois !

Legend rit.

— *Yes !* Tante Edith est terrible.

— Bon, amusez-vous bien avec votre morceau.

Maman attrape papa par le coude.

— Ouais, amusez-vous bien ! lance Chloe en ricanant avec Mikey.

— Mais laissez la porte du sous-sol ouverte ! déclare papa. Parce qu'il y a des chances qu'on descende vous voir. À n'importe quel moment !

— Chéri, arrête…, marmonne maman en entraînant le reste de la famille dans la maison.

Kiyoshi revient enfin à la vie.

— On se fait une soirée D&D bientôt, Legendary ?

— Carrément ! dit Legend. Mais on fera ça chez moi. Ça vous dirait ?

Les copains échangent des regards aussi hallucinés que le mien tout à l'heure.

— Ce serait top ! lâche Mary-Ann avec enthousiasme.

— Ouah ! (Je rêve ou Ricardo est en train de pleurer ?) Ce serait carrément génial.

Ils nous disent au revoir avant de disparaître à l'angle de la maison.

— C'était super gênant, fait Legend en riant.

Maman, papa, Mikey, Chloe et mes amis, témoins de mon premier baiser avec Legend ? On pourrait trouver un scénario plus angoissant, mais… je vois mal lequel. Je soupire, soulagée qu'ils soient partis et heureuse de l'avoir pour moi toute seule.

— Trop ! Mes parents sont au courant pour le détective privé ?

— Non. (Il passe un bras autour de mon épaule.) J'ai pensé que ça te concernait toi en priorité. Que tu leur dirais quand tu te sentirais prête.

Il a raison. J'ai besoin de digérer cette info d'abord.

— Legend, j'ai l'impression de vivre un rêve. Je ne sais pas comment te remercier pour tout ça.

On grimpe les marches du porche côte à côte.

— Pas la peine de me remercier. Je ferais n'importe quoi pour toi. Je suis sincère, D.

Legend se retourne et m'embrasse à nouveau doucement. Je recule de surprise. Mais il passe un bras autour de ma taille et me serre contre lui.

— Désolé, fait-il en collant son front au mien. Je voulais en profiter maintenant que ta famille n'est plus là.

— Oui, moi aussi…

Je pose une main sur mon ventre. Les papillons qui s'agitent là-dedans ne se calment pas du tout. J'ai l'impression d'être tout illuminée à l'intérieur. Je dois briller comme un sabre laser.

— Et si on allait tester ton violon ? Et voir si M. Schwarz et le luthier savent de quoi ils parlent…

— Et pourquoi pas une petite transition avant d'enchaîner avec le thème d'Hedwige, et après avec celui du *Lac des Cygnes* ? Ça pourrait sonner grave bien.

Legend joue rapidement une mélodie sur le clavier.

— Quelque chose dans ce genre.

Je cale mon violon sous mon menton. Le Cavalli a un son si plein, si résonant. Super riche. Je peux plus m'en passer. Je pourrais en jouer jusqu'à la fin des temps. Je reproduis la mélodie que Legend a jouée.

— C'est vraiment top, D ! Ça marche à fond. Tu kiffes ?

— C'est magique. J'adore. Mais ça fait seulement deux morceaux pour mon moment badass. Et les deux sont de John Williams. Il faudrait varier un peu.

— La musique du film *Le Chocolat*, t'en penses quoi? Rachel Portman a trop assuré. Et c'est une femme.

— Et si on mettait aussi une BO écrite par un compositeur noir?

Les yeux de Legend s'écarquillent.

— Pourquoi pas *Shaft*?

Il commence à jouer la mélodie au piano. Je l'accompagne au violon.

— D, ils vont trop kiffer!

— Mais imagine s'ils connaissent pas *Shaft*?

— Ce sont des profs de musique à la Juilliard, comment ils ne connaîtraient pas? Franchement, ce serait abusé.

— T'as raison. Isaac Hayes pour la victoire! Et peut-être que pour la fin, je pourrais jouer quelques mesures du *Blues de Miss Celie*.

Legend se tourne vers moi.

— J'connais pas.

— C'est tiré du film *La Couleur pourpre*. C'est de Quincy Jones.

Je joue la fameuse mélodie au violon. Legend acquiesce.

— Wow! Ma mère pleurait toujours sur cette chanson. À chaque fois, je lui disais: « Mais maman, pourquoi tu mates encore ce film? Tu pleures chaque fois! »

Il écrit de nouvelles mesures sur la portée, et je me penche par-dessus son épaule. Il y a une erreur.

— C'est un *si bémol*. Écoute.

Je rejoue la mélodie au violon. Legend efface la note.

— Excusez-moi, Miss Détails.

— Je vous en prie, mon brave.

Il rit.

— Arrête! Tu te crois revenue au bon vieux temps des champs de coton ou quoi?

— Vous trouvez? je fais en m'asseyant à côté de lui sur le banc de piano. Eh bien, sachez que je me montrais juste courtoise, cher ami.

— Arrête!

— Soit. J'arrête là, très cher.

Legend se met à rire.

— Sans déc, heureusement que t'es mignonne!

Je rigole à mon tour.

— Yo! Reste tranquille, mec. Tu parles à une gadji de Brooklyn, là. Balek, gros!

— Ah ouais? Les meufs de Brooklyn parlent comme ça? Vraiment?

Il rit encore.

— Tu vas te faire virer direct de la Juilliard s'ils t'entendent parler comme ça.

— Il faudrait déjà que j'y entre. Ne nous emballons pas.

— Tu vas y arriver, Dylan.

On reste assis en silence pendant un moment pendant que Legend écrit la mélodie.

— Tu crois vraiment que je peux y arriver, Ledge? J'ai à peine quelques jours pour apprendre ce nouveau morceau.

— Évidemment que j'en suis sûr. Tu vas jouer un peu de Quincy Jones, d'Isaac Hayes, de Rachel Portman, de John Williams. Plus tous les morceaux classiques que tu kiffes. Et tu as le Cavalli. Si quelqu'un peut le faire, c'est toi.

Je fixe le violon.

— Legend, ce violon est incroyable. Abigail va péter les plombs quand elle va le voir, demain.

— C'est qui Abigail?

Je gémis.

— C'est ma partenaire de pupitre. Elle s'assoit comme ça.

J'imite sa posture. Legend grimace.

— Ouh là. Elle va avoir de méga troubles musculo-squelettiques avec une posture pareille.

— Exactement !

Je pose mon violon sur mon genou.

— Elle me défie pour prendre ma place de premier violon demain. Et j'ai pas du tout bossé pour ça.

— T'en as pas besoin. Tu vas déchirer.

Legend lève une main pour écarter une boucle qui retombe devant mon nez.

— Je vais avoir pas mal de boulot à Los Angeles. Je vais devoir y rester quelque temps.

— Et moi, je vais aller à New York.

— Je pourrai revenir, après la Juilliard. Je veux passer le maximum de temps avec toi avant de partir. OK ?

— Première étape, Amsterdam, c'est ça ?

— C'est ça. Viens avec moi…

Il me tapote l'épaule.

— Allez ! Tu vas prendre un peu de temps pour toi, après ton audition, non ? Tu pourrais venir avec moi, à cette période-là.

Aller à Amsterdam avec Legend ? Est-ce que maman et papa me laisseraient partir dans un autre pays, pour des vacances sans surveillance au lieu de travailler et d'économiser pour l'école ? En plus, qu'est-ce que je ferai pendant que Legend travaillera ?

— Je vais demander à mes parents.

— Regarde, dit-il en montrant la fenêtre. On est restés debout toute la nuit. Le soleil se lève.

— Je vais m'écrouler en cours, aujourd'hui.

— Je vais te faire un café. Avec du jus de gingembre.

Je grimace.

— Tu veux ma mort, c'est ça ?

Il rit tout en m'observant. Comme si mon visage était beaucoup plus intéressant qu'en réalité. Et puis il soupire. Pas comme s'il était désespéré, mais plus comme s'il venait d'arriver sur une plage de sable blanc au bord d'une mer turquoise, après une rando de trois heures.

— T'es incroyable, Dylan. Et tellement belle.

Et tellement belle… J'aime la façon dont ça sonne.

CHAPITRE 24

En traversant le couloir bondé, je m'agrippe à la poignée de mon étui à violon. Je me frotte les yeux tout en bâillant.

— La vache, Dylan !

Stephanie et Lisa sont plantées devant moi.

— Tu as l'air crevée.

Stephanie joue avec une de ses longues mèches auburn.

— Tu es réveillée, au moins ?

— Plus ou moins. Je suis debout depuis plus de vingt-quatre heures. Je suis tellement cassée que je pourrais m'écrouler par terre.

— Évite ! On a encore deux cours à se taper, fait Lisa avant de plisser les yeux. Attends... Tu es sortie avec un mec, c'est ça ?

Je souris.

— Oh, la coquine ! C'est qui ? Allez, dis-le-nous !

— J'invoque le droit de garder le silence en l'absence de mon avocat. Mais si jamais j'ai traîné avec un garçon, et je ne dis pas que c'est le cas, c'était juste une petite soirée entre potes.

— Oh, nul ! couine Lisa.

— Au fait, tes cheveux sont trop beaux, dit Stephanie.

— Carrément, confirme l'autre.

— Merci. C'est une afro twist out.

— Ah ouais ? C'est génial, en tout cas. Ça te va trop bien. Je kiffe grave !

Stephanie tend la main pour toucher mes cheveux. Je fais un pas en arrière.

— Désolée… J'aime pas trop qu'on me touche les cheveux. Sauf si c'est Legend. Lui, il peut toucher mes cheveux autant qu'il veut.

— Oh, pardon ! fait la jeune fille en retirant sa main. Je déteste quand on me fait ça, moi aussi. Je sais que c'est différent, mais les gens me touchent les cheveux tout le temps.

— Ah bon ?

Je sais pas pourquoi ça m'étonne, vu sa chevelure.

— On ne sait pas où leurs sales pattes ont traîné. Et la distanciation sociale, bordel ? Non, mais reculez, quoi !

— C'est trop ça ! dis-je en rigolant.

— Désolée, ajoute Stephanie. Vraiment. Mais tes cheveux sont trop top.

— Et toi, tu aimes ? me demande Lisa. Tu te dis pas, genre, OMG, je suis trop une rock star ? Parce que c'est carrément ça.

— Merci, c'est gentil ! Kiyoshi dit que je pourrais chanter avec les Black Eyed Peas.

Stephanie et Lisa échangent un regard ébahi avant de se tourner vers moi.

— Ou avec Fifth Harmony.

Je prends une pose théâtrale qui fait rire les filles.

— OK, mesdames, je dois vous laisser, je vais être en retard à l'orchestre, sinon. On se voit plus tard ?

— C'est mon anniversaire, la semaine pro, dit Lisa. Tu veux venir ? Allez, steuplaît, dis oui.

— Avec plaisir. Je peux venir avec Kiyoshi ?

— Carrément. Amène ton mec aussi, dit Lisa en souriant. On aimerait trop le rencontrer…

— Je vous promets rien. Mais sait-on jamais !

J'hallucine. Je suis restée moi-même, et ça l'a fait. Stephanie et Lisa sont hyper cools, en fait. Ça me dérangerait pas de faire des défis TikTok avec elles. Ça pourrait même être sympa. Je remonte le couloir jusqu'à l'auditorium et je tombe des nues quand j'ouvre la porte. Si je tenais pas un violon à vingt mille dollars, je l'aurais laissé tomber aussi. La salle est pleine à craquer. Il y a tous les musiciens de l'orchestre et tous ceux de la fanfare de l'école. Mais genre tous. Assis par terre, dos au mur, entassés dans les coins. Tous les regards se braquent sur moi au moment où j'entre. Ça murmure, ça chuchote, ça me pointe du doigt. J'aperçois Mary-Ann et Ricardo. Ils lèvent leurs pouces pour m'encourager.

— C'est un défi-défilé.

Je me retourne. Kiyoshi est debout juste derrière moi.

— Hein ?

— *Zoolander*, ça te dit quelque chose ? Derek et Hansel ? Tout le monde a vu ce film. Sauf que là, c'est toi et Abi-gogole. On est venus pour la voir se ramasser.

— Quel sens du drame !

— En parlant de drame, comment va ton amant ? murmure-t-elle en gloussant. Dylan et Boromir assis l'un près de l'autre et s'embrassant… Je veux tout savoir !

J'aimerais trop pouvoir entraîner ma meilleure amie dans un coin et tout lui raconter en détail. On devrait vraiment ajouter « parler de garçons toute la nuit en mangeant des pizzas » sur notre *bucket list*.

— On se fait une soirée pizza, ce soir ? J'ai trop de trucs à te raconter.

— Mais grave !

Elle applaudit d'excitation avant de pointer mon violon du doigt.

— Et comment va monseigneur Cavalli ?

— Il meurt d'envie de sortir de son étui.

— J'ai trop hâte de l'entendre ! Zappe ton amoureux, OK ? Reste bien concentrée pendant le défi. J'espère que t'as suivi mes conseils et que tu t'es pas entraînée ! Bon, je vais aller m'asseoir sinon je vais tomber dans les pommes.

Elle se dirige vers sa place, au dernier rang de la section des premiers violons.

Je jette un coup d'œil à la salle. En plus d'être remplie d'élèves, Mme Laghari, la principale, est assise près du piano. Et la femme assise à côté d'elle doit être Mme Millstein, la mère d'Abigail. Elle porte un tailleur-pantalon et des escarpins. Et a gardé son sac à main sur l'épaule. Elle compte se barrer avant la fin ou quoi ? Elle m'adresse un sourire plutôt glacial au moment où nos regards se croisent. Je ne prends même pas la peine de lui sourire en retour. Je rejoins ma chaise à côté d'Abigail.

— Salut, Dylan, me lance-t-elle avant de montrer mon étui. Tu as un nouvel étui ? Plutôt joli.

— Un nouvel étui… et un nouveau violon.

J'ouvre mon étui et en sors M. Cavalli.

Abigail a les yeux qui lui jaillissent de la tête.

— Est-ce que c'est… des cordes en or Evah Pirazzi ?

— Ces vieux machins ? dis-je en les grattant doucement. Ouais, c'est ça.

— Tu l'as emprunté ? C'est à qui ce violon ?

— À moi, je réponds en sortant mon archet. On me l'a offert.

— Excuse-moi, mais qui offre ce genre de cadeau ? balance-t-elle en rejetant sa queue-de-cheval par-dessus son épaule.

— Un ami. Comment t'expliquer… C'est quelqu'un avec qui tu passes du temps parce que cette personne t'aime bien, parce qu'elle te trouve sympa et qu'elle apprécie ton…

— C'est bon, je sais ce que c'est, Dylan !

— Ah ouais ? Parfait, alors.

Je commence à tourner les chevilles de M. Cavalli pour l'accorder. Mme Tjaden tapote son pupitre avec sa baguette.

— Silence, s'il vous plaît. Silence !

Le bruit se calme.

— Comme vous le savez tous, nous nous apprêtons à vivre un moment particulièrement intéressant, et c'est peu dire : un défi très rare pour la place de premier violon. M. Churchill…

Elle désigne le prof de fanfare qui lui répond d'un signe de la main. Tous ses élèves l'applaudissent à fond. Mme Tjaden plante une main sur sa hanche.

— J'aimerais qu'on m'explique pourquoi mes élèves ne m'applaudissent pas comme ça.

Alors, les élèves de l'orchestre se mettent à applaudir, à crier, à huer et à brailler. La prof sourit.

— C'est mieux ! Bien… M. Churchill sera l'arbitre du défi d'aujourd'hui.

Je m'assois le dos bien droit sur ma chaise, pleinement consciente que tous les regards sont braqués sur moi. Tout le monde m'observe pour vérifier que je ne craque pas sous la menace de perdre une place largement méritée. J'aimerais pouvoir leur faire un petit discours. Ça donnerait un truc du genre : « Votre attention, chers élèves et amis. Pour la première fois de ma vie, je sens que je n'ai absolument rien à prouver. Donc si par miracle Abigail devient premier violon ce soir, sachez que je m'en contrefous carrément. »

— Monsieur Churchill, lance Mme Tjaden en descendant de l'estrade. Ils sont à vous.

L'homme n'est pas très grand, plutôt rondouillard, et affiche une magnifique calvitie du style boule à facettes.

— Bien. Bon après-midi à tous. J'ai choisi trois morceaux différents. D'abord un extrait de l'ouverture de *Roméo et Juliette*.

On travaille ce morceau depuis le début de l'année. En plus, je l'ai joué avec l'orchestre symphonique des jeunes pour un concert au Redstone Building l'année dernière. Je pourrais le jouer en dormant.

— Ensuite la *Symphonie indienne* du compositeur mexicain Carlos Chávez. (C'est une œuvre que nous travaillons rarement parce qu'il faut des vents, des cuivres et des percussions, et notre orchestre est exclusivement composé de cordes. J'ajouterai que Mme Tjaden l'a aussi mis de côté parce que la plupart des élèves ne le comprennent pas très bien. Je ne suis pas comme eux.) Enfin, je vous propose un *Divertimento* de Mozart.

Il connaît son sujet. C'est déjà ça. En revanche, il a choisi les trois morceaux les plus difficiles de notre répertoire.

— Qui veut commencer ?

Je lève la main direct.

— Moi !

— Je voulais passer en premier ! hurle Abigail.

On dirait Veruca Salt dans *Charlie et la Chocolaterie*…

— C'est moi qui l'ai défiée. C'est à moi de commencer. N'est-ce pas, madame Tjaden ?

— Ce n'est pas moi qui décide, répond celle-ci avec un soulagement palpable.

— Je supervise ce défi, dit M. Churchill avant de tendre le bras dans ma direction. Si Mlle Woods veut ouvrir les festivités, alors soit. Commençons par *Roméo et Juliette*.

Je vérifie que mes cordes sont bien accordées, et me lance dans l'ouverture de Tchaïkovski. Je la connais par cœur. Au point que je regarde à peine la partition. Mon interprétation est parfaite. Sauf que je ne sais pas ce qui me prend, tout à coup – c'est peut-être l'euphorie de ne pas avoir joué depuis longtemps ? –, mais au dernier *glissando*, j'enchaîne avec *Oh, So*

Legendary. Les élèves réagissent tous aussitôt et se mettent à taper dans leurs mains en rythme. M. Churchill tapote sa baguette contre son pupitre.

— Très bien, très bien… ça suffit. Mademoiselle Woods, s'il vous plaît!

— Désolée.

Je baisse mon instrument, mais je suis encore à fond. Comme si j'avais bu des litres de café fort.

— J'avais jamais réalisé que ces deux morceaux étaient dans la même tonalité.

— Effectivement. Judicieuse remarque, mademoiselle Woods, commente M. Churchill avant de se tourner vers Abigail. Mademoiselle Millstein? Nous vous écoutons.

Abigail règle le pupitre, resserre sa queue-de-cheval, redresse sa partition, se racle la gorge, avant de se mettre ENFIN à jouer. Ça sonne plutôt pas mal. Sa posture est toujours horrible, mais qui le voit à part moi? Tout le monde, en fait! Des petites gouttes de sueur perlent à la racine de ses cheveux et sa jambe droite tressaute de nervosité. J'ai presque de la peine pour elle; sa mère, la principale et tous les élèves en musique du bahut la fixent. Je me penche vers Abigail:

— C'est un *allegro*. Surtout, tiens bien le tempo. Ce sera dix fois plus expressif.

— Excuse-moi? réplique-t-elle d'un ton sec.

Je hausse les épaules.

— Oh, pardon. C'était juste un conseil d'amie.

— La *Symphonie indienne*. Dylan, c'est à vous. Et pas d'improvisation cette fois, s'il vous plaît.

Je place mon instrument sous mon menton et joue l'extrait en suivant un tempo trois fois plus rapide. Mes doigts se déplacent si vite que j'ai terminé en moins de trente secondes.

Et voilà ! L'auditoire m'applaudit à fond lorsque j'abaisse mon instrument.

— Eh bien, quelle agilité ! dit M. Churchill en ajustant ses lunettes. Votre articulation et votre intonation étaient particulièrement impressionnantes à ce tempo, mademoiselle Woods.

— Merci, monsieur Churchill.

Et moi qui pensais que ce joueur de tuba serait incapable d'entendre les difficultés spécifiques du jeu d'un instrumentiste à cordes.

Abigail lève la main.

— Excusez-moi, mais on le joue pas aussi vite, normalement. Dylan devrait le rejouer, non ?

— Oh, mais je peux aussi le jouer lentement.

Je recommence depuis le début super lentement. Tous les élèves sont morts de rire.

— Bon, ça suffit ! crie M. Churchill en tapotant le pupitre avec sa baguette. Cette petite démonstration ne sera pas nécessaire, mademoiselle Woods. Nous avons compris l'essentiel. (Il se tourne vers Abigail.) Mademoiselle Millstein, c'est à vous.

Elle soupire à fond et remet son instrument sous son menton. Elle n'osera sûrement pas jouer au même tempo que moi vu qu'elle en est incapable. J'écoute son interprétation. Pas mal… Enfin, si on n'a pas l'oreille absolue comme moi. Je mettrais ma main à couper que sa corde de *mi* est désaccordée. (Et que plusieurs notes ont été « oubliées », aussi.)

M. Churchill a la tête penchée lorsqu'Abigail termine.

— Abigail, est-ce que je pourrais entendre votre corde de *mi*, s'il vous plaît ?

Elle fait glisser son arc sur la corde. Oups ! J'avais raison. Elle est carrément fausse. Mon visage se crispe malgré moi.

Les cordes désaccordées me font le même effet que des crissements d'ongles sur un tableau noir.

— Sortez votre accordeur et remontez votre *mi* d'un poil, lui conseille-t-il.

Abigail s'exécute aussitôt.

— Voilà ! C'est mieux.

Je bâille. M. Schwarz a raison, en fait. Les défis, c'est pour les gamins.

— Et pour finir le *Divertimento*. Vous pouvez commencer, Dylan.

Je joue la partie sélectionnée avant d'enchaîner avec la chanson des Trolls qu'on joue avec le quatuor. Tout le monde approuve, vu le tonnerre d'applaudissements qui traverse l'auditorium. Pendant une seconde, je m'imagine en train de jouer à guichets fermés au Carnegie Hall. Je suis complètement exaltée. Faire un break avec le violon était une super idée. Je réalise à quel point j'aime jouer, du coup.

— Mademoiselle Woods ! (M. Churchill tape sa baguette sur son pupitre pour faire taire tout le monde.) Bien que votre maîtrise de la musique des Trolls soit impressionnante, sachez qu'elle n'influencera pas la décision finale des jurés.

Il se tourne vers Abigail en soupirant, comme s'il était déjà passé à autre chose.

— Mademoiselle Millstein, vous êtes prête ?

Elle se racle la gorge de façon théâtrale avant de se lancer. Mais même un sourd saurait qui vient de pulvériser le défi.

M. Churchill et Mme Tjaden échangent un regard.

— Bien. Merci à tous. Le résultat du défi sera affiché demain.

— Oh, allez ! lance un des élèves depuis le fond de la salle. On sait que c'est Dylan qui a gagné !

— Mais trop ! Est-ce qu'on pourrait bosser la chanson des Trolls en cours ? Et la jouer au prochain concert ?

Tout le monde se met à discuter avec animation tandis que M. Churchill et Mme Laghari accompagnent Mme Millstein vers la sortie. Elle s'arrête pour serrer l'épaule de sa fille au moment où elle passe devant notre pupitre. Puis, elle m'adresse un signe de tête ! Je prends ça pour des excuses et lui retourne son signe de tête par politesse. Bye-bye, les Millstein !

— Hé, Dylan ! Joue-nous encore la chanson de Legend !

J'attaque aussitôt les premières mesures du tube planétaire. Certains élèves se lèvent, d'autres bondissent carrément sur leurs pieds et quelques-uns sortent leurs instruments pour m'accompagner. Leurs harmonies se mélangent parfaitement avec la mélodie. Beaucoup dansent et frappent dans leurs mains en rythme. Certains chantent même à tue-tête. L'ambiance a carrément changé dans l'auditorium !

Abigail est affalée sur son siège, toute seule dans son coin. Je vais la chercher.

— Allez, Abigail ! Tu kiffes cette chanson. Viens avec nous !

Elle commence par soupirer, puis se redresse et cale son violon sous son menton. Son impro est plutôt stylée. Sympa !

— *Oh, so Legendary ! Oh, so Le-gen-da-ry !* on chante tous.

Je sais que j'ai gagné et que je suis toujours premier violon. Mais surtout, je sais ce qui me motive vraiment : la musique. La vie serait carrément moins cool, sans elle.

CHAPITRE 25

On y est. Après tout ce temps, ça y est. Enfin !

On s'arrête à l'angle de la Soixante-Sixième et de Broadway et je regarde par la vitre de la voiture que Legend nous a réservée. J'admire les bâtiments historiques du Lincoln Center qui s'élèvent vers le ciel. Je suis déjà venue à New York, puisque j'y suis née. Mais là, c'est comme si c'était la première fois. Je me demande ce que la petite Dylan a pu percevoir de l'atmosphère bouillonnante de ce quartier historique de Manhattan. Est-ce qu'elle a regardé les piétons marcher et les cyclistes zigzaguer au milieu de cette circulation de dingues avec le même étonnement que moi ?

Je lisse ma robe Catrin. Maman m'en a acheté deux, une jaune orangé et une mauve parce qu'elle ne savait pas quelle couleur m'irait le mieux. Comme j'en savais rien non plus, on a laissé Derica décider. Elle a choisi la première parce qu'elle « se mariait parfaitement avec ma peau brune ». Et elle m'a prêté des sandales à lanières brunes très classes.

— Vous pouvez nous laisser ici, indique gentiment Derica au chauffeur depuis le siège avant. Je vous enverrai un message quand vous pourrez venir nous chercher.

— Oh ! On descend ici, c'est ça ?

Maman attrape son sac à main.

— Oui. La Juilliard est juste là, à l'angle.

Je la vois ! On dirait une œuvre d'art moderne avec son architecture asymétrique et ses panneaux de verre du sol au plafond.

Maman me tapote le genou en souriant. Elle a réussi à ne pas parler ou presque. Elle sait que j'ai besoin de calme, les jours d'audition. On descend de la voiture avant de traverser la rue à toute vitesse. Plus que quelques pas, et on se retrouve devant l'entrée principale de l'école. Des étudiants avec des étuis de toutes les tailles entrent et sortent du bâtiment, en jeans et en tee-shirts, avec le bruit de la ville en toile de fond.

— Je suis pas trop habillée ?

— Tu es magnifique, ma chérie, m'assure maman.

— Absolument, ajoute Derica en écho. Tu es belle comme un cœur.

— OK.

Je passe une main sur mes cheveux pour vérifier qu'ils sont toujours bien en place. Vu la dose de gel que Derica a utilisée pour me faire des tresses à la française ce matin, ils ne bougeront pas avant deux jours. Au moins.

— Merci d'être là pour moi, Derica.

Celle-ci était à Los Angeles avec Legend, mais elle a pris l'avion pour venir nous soutenir. Maman et elle sont restées debout jusqu'à minuit passé à discuter et à boire du vin. Du coup, j'ai pu bosser mon violon à fond. Maman avait raison. Mon petit break n'a pas eu d'impact négatif, au contraire. Je me sens plus concentrée et préparée que jamais !

Une fois la porte d'entrée franchie, une bannière géante avec BIENVENUE écrit dans plusieurs langues nous accueille. Il y a un café sur le côté, où une fille est assise et sirote un thé. Je la reconnais direct.

— Maman…, je chuchote. Tu vois la fille, là-bas ? Je crois que c'est Jenifer Chen.

Maman regarde partout autour d'elle.

— Qui ça ?

— Elle a gagné plein de concours ! Elle fait partie de l'élite du violon. Oh mon Dieu ! Oh mon Dieu !

Je regarde ses vidéos sur YouTube depuis deux ans. Je serais satisfaite d'être dernier violon dans son orchestre. Ce serait déjà incroyable.

Une fille plus âgée que moi aux cheveux noirs s'approche de nous. Elle porte une robe de coton noir toute simple et une sacoche comme celle d'Abigail. C'est Oksana, ma pianiste ! On bosse ensemble sur Zoom depuis quelques semaines.

— Dylan ?

Elle arrive à notre hauteur, la main tendue.

— Je suis vraiment ravie de te rencontrer. Zoom c'est bien, mais la vraie vie, c'est mieux, tu trouves pas ? commente-t-elle avec son accent russe. Suis-moi, je vais te montrer notre salle de répétition. On pourra s'échauffer, comme ça.

— OK, parfait.

Je commence à flipper. J'attends ce moment depuis que je suis toute petite. Mon rêve devient réalité et j'ai l'impression de décoller du sol.

Oksana se tourne vers Derica.

— Vous devez être la mère de Dylan. Ravie de vous rencontrer.

Derica et maman échangent un sourire amusé. Maman lui tend la main.

— Je suis la mère de Dylan.

Oksana cligne des yeux. Je vois pratiquement les rouages de son cerveau tourner alors qu'elle essaie de comprendre la situation. Mais elle se contente de hocher la tête et de serrer la main de maman.

— Toutes mes excuses.

— Je suis une amie de la famille, dit Derica. Je suis venue soutenir le moral des troupes.

— Il y a un café, juste là-bas. Vous pourrez nous y attendre. Et il y a aussi plein de restaurants, dans le coin, si on marche un peu.

Oksana regarde l'heure sur son téléphone.

— Dylan passe en premier après le déjeuner. Ça nous laisse quelques heures pour répéter. Je suis contente que tu aies pu arriver plus tôt.

— Bon, je crois qu'on y est. (Je me tourne vers maman et Derica.) On se retrouve dans quelques heures.

Maman me lance un regard de tristesse, d'excitation, d'inquiétude mêlées et… de tout un tas de trucs encore. Dont des larmes.

— Je ne sais pas quoi dire, avoue-t-elle en me prenant la main. Qu'est-ce qui me prend ? C'est pas comme si je ne t'avais jamais accompagnée à une audition. Bonne chance, ma chérie. Donne tout, ma tigresse.

Elle essuie ses larmes avant de me serrer fort dans ses bras.

— Je suis très heureuse de pouvoir partager ce moment avec toi ! Et très fière !

Derica pose une main dans mon dos.

— Je t'envoie plein d'énergie positive et d'amour, Dylan. Tu mérites vraiment ce qui t'arrive.

Elles se dirigent vers le café. Derica a un bras autour de l'épaule de maman qui s'essuie les yeux avec un mouchoir en papier tout froissé.

J'aimerais lui courir après pour la supplier d'arrêter de pleurer. Ça me fend le cœur de la voir dans cet état.

— T'inquiète. Les parents pleurent tout le temps, dans ces moments-là. C'est normal.

Oksana m'entraîne vers l'ascenseur.

— Mes parents m'ont adoptée, dis-je en me sentant obligée d'expliquer.

— Ah oui ? Je m'en doutais, répond-elle. Moi aussi. Quand j'avais cinq ans. Je viens de Kazan.

Cette complicité avec Oksana m'apaise un peu.

— C'était Jenifer Chen, au café, non ?

— Qui ça ?

— Jenifer Chen... Elle a gagné plein de concours. Elle est super douée.

— Toi aussi ! J'adore répéter avec toi. Tu as étudié où ?

— Oh, chez moi, dans l'Iowa. Mais j'ai participé à des concours un peu partout. Surtout au niveau régional. Et j'ai un prof particulier. Un vrai magicien !

Les portes de l'ascenseur s'ouvrent au quatrième étage. Quelqu'un est en train de jouer derrière une porte fermée. Je reconnais le morceau. C'est un concerto pour alto de Bartók. Si un film montrait quelqu'un couvert d'araignées poursuivi par un fantôme dans une ville sinistre, c'est ce morceau qu'on entendrait. Il est bien flippant. En tout cas, la prestation est juste hallucinante. Les flocons d'avoine et les œufs que j'ai mangés ce matin me plombent l'estomac, tout d'un coup. On est loin de l'orchestre du lycée, ici. Tous ceux qui passent des auditions sont excellents.

— Tu as eu ton cours d'essai ? me demande Oksana en ouvrant la porte d'une petite salle de répétition.

— Si on veut.

Quand on est convoqué pour une audition à la Juilliard, on a droit à un cours avec un des profs. Ça permet de créer des liens et de se préparer à ce qui nous attend.

— Mes parents n'avaient pas les moyens de me payer le voyage. Du coup, je l'ai eu, mais sur Zoom.

— Je suis sûre que ça t'a aidé quand même.

Oksana dispose ses partitions sur le piano droit. On balaie ensuite mon répertoire. Je ne lui parle pas du morceau badass.

J'ai peur qu'elle soit contre. Déjà que je flippe de le jouer... Répéter me rassure carrément tant je suis à cran. Mais je me sens prête. Aussi prête que possible, en tout cas.

— Tu veux rejouer quelque chose ? Tu m'as l'air au point.

— Non, c'est bon, je crois.

Je suis pas du genre à m'entraîner beaucoup les jours de concours.

— T'aurais un conseil contre le trac ?

— En général, il disparaît dès qu'on commence à jouer, dit-elle en se levant. Je vais prendre un café. On se retrouve en bas.

Elle regarde son téléphone.

— Ton audition est dans trente minutes au deuxième étage.

Trente minutes ?! Ça fait mille huit cents secondes !

— Merci, Oksana. Si jamais tu croises ma mère en bas et qu'elle pleure toujours, tu peux lui dire que je vais bien ?

— Bien sûr.

Je range mon violon dans son étui et sors mon téléphone de mon sac. Aucun message de Legend. J'imagine qu'il doit avoir une bonne raison. Je préfère penser ça en tout cas. Mon cerveau risquerait de partir en vrille, sinon. Qu'est-ce qu'il fait ? Avec qui il est ? Je n'ai vraiment pas de temps pour ça. En plus, il m'a dit qu'il bosserait toute la journée. Et Derica est là. C'est un peu comme si elle le remplaçait. Tout va bien. Je crois...

Je décide de lui envoyer un message quand même.

J'y suis. Hiiiiiiiiiiiiiiii. Au secours !

J'ajoute un smiley pour lui faire comprendre que j'ai pas vraiment besoin d'aide. J'éteins mon téléphone et décide d'enfreindre ma règle habituelle de « ne pas trop en faire les jours d'audition ». Je rejoue certains morceaux. Encore. Et encore.

On frappe à la porte. Une femme aux cheveux noirs coiffés en chignon, un porte-documents sous le bras, entre dans la salle.

— Dylan Woods ?

Je déglutis.

— Oui.

— Les jurés vous attendent. Votre pianiste y est déjà.

Ça y est. Toute une vie à bosser comme une folle, à rêver, prier et rêver encore et… on y est. Bon sang, j'espère qu'Oksana a raison et que le trac va partir, parce que j'ai carrément mal au cœur ! Pourquoi j'ai pas pris de soda ? J'ai l'impression que je vais être malade.

— À votre place, je prendrais votre étui, me conseille la femme. Une corde pourrait casser ou votre archet pourrait avoir besoin de colophane. Allez savoir.

Elle a raison. Je suis mon ange gardien jusqu'à l'ascenseur, direction le deuxième étage. Oksana tient son recueil de partitions bien serré contre elle.

— Ils vous attendent, dit la femme au porte-documents en nous faisant signe d'entrer. Bonne chance !

Je pose mon étui sur une chaise vide et sors mon violon avec des mains tremblantes. J'ai jamais eu autant le trac. Même pas au concours national pour jeunes solistes l'année dernière. Je n'avais pas gagné, ce jour-là. Mais une mention honorable, c'est loin d'être pourri, vu le niveau de ce genre de compétition. Qu'est-ce que j'avais fait pour empêcher mes mains de trembler ?

Oksana se penche vers moi et me chuchote à l'oreille :

— Respire à fond, Dylan. Recentre-toi. Il ne s'agit pas de toi. Seulement de la musique. Concentre-toi là-dessus.

Je suis son conseil. C'est tout simple, mais ça marche !

— Et souviens-toi que tu es prête. La chance n'a rien à voir là-dedans. Allez, c'est parti.

La salle de répétition est très grande, avec des pupitres, des timbales et des xylophones dans leurs housses alignés contre le mur du fond. Je ne sais pas pourquoi, mais chaque fois que j'ai imaginé cette audition, j'étais sur scène avec un projecteur braqué sur moi, les jurés étaient assis dans des fauteuils de théâtre avec des blocs-notes devant eux et ils me regardaient tous par-dessus leurs lunettes avec des airs mauvais. Dans la vraie vie, ils ont tous l'air plutôt sympas. Tous… les quinze. La vache! Je savais pas qu'il y aurait autant de monde. Ils sirotent des boissons, assis autour d'une longue table. Oksana s'installe au piano et je m'avance au centre de la pièce.

— Bonjour, dis-je avec une petite voix de fourmi tout droit sortie d'un Disney.

Une femme aux cheveux blancs et courts ouvre un dossier.

— Dylan Woods, de Hornsborough, dans l'Iowa, c'est bien ça?

Techniquement, je suis de Brooklyn, mais bon.

— Oui, c'est moi.

Je serre si fort M. Cavalli que je l'entends presque me crier de me calmer et de le laisser respirer.

Je reconnais Meredith Barker. C'est elle qui m'a donné mon cours d'essai sur Zoom. Elle me fait signe et me sourit. Oh, merci, Meredith! Ce sourire me donne des ailes.

— Ça fait plaisir de te revoir, Dylan, dit-elle. Fais comme si on n'était pas là.

Les autres jurés s'esclaffent. Quand soudain, j'aperçois Itzhak Perlman. Il est là, la vache! Je n'y crois pas! Itzhak Perlman est un violoniste israélo-américain qui se produit un peu partout à travers le monde: à la Maison-Blanche, à la cour d'Angleterre, à l'opéra de Sydney. Nommez un endroit, et vous pouvez être sûr qu'il y a joué. Et plutôt deux fois qu'une. Pas de quoi se sentir impressionnée. Sans parler des seize Grammy Awards et quatre Emmys qu'il a reçus. Nan, pas intimidant du tout, le mec !

— Commençons par le mouvement *Presto* du concerto de Mozart, si vous voulez bien, suggère la femme aux cheveux blancs. Bonne chance. Nous vous écoutons. Quand vous voulez.

Oksana m'a dit que la chance n'avait rien à voir là-dedans et que le trac s'envolerait comme par magie dès que je me mettrais à jouer. Pourvu qu'elle ait raison ! Je soulève mon archet et le fais glisser sur les cordes pour vérifier qu'elles sont bien accordées. C'est bon, je peux y aller. Mon bras est souple et rapide. Mon archet aussi léger qu'une plume. Je suis connectée à la musique. Je *suis* la musique. Le morceau se termine. Pourquoi les jurés n'applaudissent pas comme des fous ? Ils restent juste assis, là, à me dévisager… et à siroter leurs boissons.

— Bien. Et maintenant, la Chaconne de la *Partita n° 2*, s'il vous plaît.

La dame aux cheveux blancs a l'air de s'ennuyer, comme si écouter des musiques aussi belles ne lui faisait rien.

Du coup, je joue Bach comme s'il était là, dans la pièce, en train de m'écouter. On m'arrête au bout de quelques pages.

— Et maintenant, le Paganini.

— La sonate de Beethoven.

— Dylan, pourriez-vous reprendre la Chaconne de la *Partita n° 2*, mais à partir de la page trois, cette fois ?

— Et le mouvement lent du concerto de Tchaïkovski.

— Le Bartók.

Je joue tout ce qu'on me demande. Pour certains morceaux, on m'arrête au bout de quelques mesures, pour d'autres on me laisse aller jusqu'au bout. Je suis tellement plongée dans la musique que c'est comme si on m'avait transportée dans un monde parallèle où le temps et l'espace n'existeraient pas.

Où je ne ressens plus rien et tout en même temps. Où je compte, mais où la musique compte encore plus.

— Merci, Dylan.

Je sors de ma transe. J'ouvre les yeux. C'est fini ? Les jurés prennent des notes. Oksana range ses partitions. Un enseignant que je ne connais pas s'adresse à moi.

— Merci, Dylan. Ravi de vous avoir rencontrée.

D'autres jurés m'adressent des remerciements du même genre.

C'est tout ? Pas d'applaudissements. Pas de standing ovation. Zéro rappel ?! C'est le silence total. À part la petite voix dans ma tête qui crie : « Vas-y, Dylan ! Vas-y ! »

— Excusez-moi, je pourrais ajouter quelque chose ?

Ils ont tous des expressions amusées.

— Bien sûr, dit la femme aux cheveux blancs en posant son stylo et en me regardant comme si sa voix intérieure disait « j'espère pour toi que ça vaut vraiment le coup ».

— Souvent, les gens me demandent pourquoi j'aime autant la musique classique. « Pourquoi t'écoutes de la musique vieille de plusieurs siècles ? » Ils trouvent qu'elle n'est plus d'actualité. Je n'ai jamais su expliquer pourquoi la musique classique est si importante pour moi. J'aime la bande originale de *Trolls*, bien sûr. Mais j'aime Schubert aussi.

Quelques rires fusent. Je continue sans me démonter.

— Je sais que je prêche des convertis. Mais la musique classique sera toujours actuelle. Elle aura toujours sa place. Je n'ai jamais su l'expliquer, jusqu'à ce morceau que j'ai arrangé avec un ami. Il m'a permis d'exprimer pourquoi la musique classique transcende le temps et l'espace et pourquoi elle nous accompagne dans tout ce qu'on fait. Et comme vous risquez de me dire que je ne peux pas le jouer, je vais le faire sans attendre.

Je replace aussitôt mon instrument sous mon menton et j'entame l'arrangement qu'on a mis au point, Legend et moi. Je donne tout. J'imagine même qu'Ebony est assise là, près de moi, avec ses yeux écarquillés et ses petites queues-de-cheval qui se balancent en rythme avec la musique. Et puis je m'imagine moi, à trois ans. Ici, à la Juilliard. Assise sur un simple escalier en métal rouge, sans savoir qu'un jour on me convoquerait pour une audition devant tous les membres du département violon. Je joue pour elle aussi. En fait, je joue pour toutes les petites filles noires qui décideront un jour de se mettre au violon, à l'alto, au violoncelle ou à la contrebasse. Pour leur montrer que la musique classique fera chanter leur cœur.

J'ai les larmes aux yeux, quand je termine. Les jurés restent sans voix, jusqu'à ce qu'un type aux cheveux bruns me lance :

— C'était *Shaft*, non ? J'adore la BO de *Shaft* !

La dame aux cheveux blancs sourit.

— Vous avez préparé autre chose, Dylan ?

— Non, j'ai terminé, dis-je en secouant la tête. Je vous remercie de m'avoir écoutée.

Là-dessus, je me dirige vers la sortie avec Oksana. Je crois entendre la femme aux cheveux blancs murmurer :

— Je me demande à quelles autres écoles elle a postulé…

Je jette alors un petit coup d'œil par-dessus mon épaule et vois Itzhak Perlman se pencher vers elle pour lui répondre :

— J'espère qu'elle va nous choisir. Je la prendrais bien dans ma classe.

— Oh mon Dieu, Kiyoshi, si t'avais vu mon archet trembler à la répète ! J'étais trop nerveuse.

— T'as dû faire une mini crise d'angoisse. Ça m'est déjà arrivé. C'est super que ta pianiste t'ait aidée.

— Carrément. (Il faudra que je pense à envoyer des fleurs à Oksana pour la remercier.) Elle est super.

Je me retourne sur le ventre. Je suis allongée sur le canapé blanc moelleux du bureau de Legend, qui sert aussi de chambre d'amis.

— Mais on s'en fout parce que Itzhak Perlman te veut dans sa classe ! couine Kiyoshi.

— Je suis sûre qu'à quatre-vingt-dix-neuf virgule quatre-vingt-dix-neuf pour cent qu'il a dit ça. J'ai rêvé ma vie, si ça se trouve.

— En parlant de rêves, qu'est-ce que Legend a dit ?

Je pose mon menton sur ma main. Je n'ai pas très envie d'avouer à Kiyoshi qu'il ne m'a pas contactée de la journée. Le jour le plus important de ma vie !

— Il bosse à Los Angeles, du coup, on s'est pas trop parlé. Je lui ai envoyé un texto avant d'y aller.

— Et il t'a répondu ?

— Non.

Le silence retombe pendant un moment. J'espère que Kiyoshi ne pense pas la même chose que moi. Que s'il me répond pas aujourd'hui, il sera catapulté direct dans l'enfer des petits amis trop pourris. Il a intérêt à avoir une bonne excuse. Son portable est peut-être tombé dans les toilettes ? Ça m'est arrivé, une fois.

— C'est pas grave, dit Kiyoshi d'un ton optimiste, je vais aller farfouiller sur Internet et découvrir ce que ton amoureux trop sexy fait de ses journées. Il doit être méga booké. Bouge pas, je vais chercher mon ordi.

— Dylan, chérie ? fait maman en passant une tête. Derica a réservé chez Grenouille. C'est un restaurant français. Et elle dit qu'on peut y aller à pied.

— OK. Je termine juste avec Kiyoshi et j'enfile un truc moins « je viens d'auditionner à la Juilliard ».

— T'inquiète pas pour ça. On est à New York, fait Derica en contournant maman. La moitié des gens qui sont ici viennent passer des auditions ou des entretiens d'embauche.

— Hé, Kiyoshi, on doit aller au resto et…

— Attends. Ha ! Internet tient toujours ses promesses. Ton mec a vraiment l'air super occupé. Je fais défiler les images.

— Kiyoshi, j'ai pas envie de stalker Legend.

— Ah ouais ? Ben moi si. Il est allé à une espèce de soirée piscine et…

Elle dit plus rien, tout à coup. Un silence de mort s'installe avant qu'elle finisse par reprendre la parole.

— Euh… Tu sais quoi ? T'as raison. C'est nul de stalker les gens. Profite bien de ton dîner new-yorkais !

— Kiyoshi Nakano ! Dis-moi ce qui se passe ! Tout de suite !

Je me redresse en plaquant mon téléphone si fort contre mon oreille que ça me fait mal.

— Ou je chercherai moi-même.

— D'accord !

Elle a un ton sérieux carrément rare chez elle.

— Fais ça. Cherche toi-même. Ce serait mieux.

Ce serait mieux ? Ses mots me font l'effet d'un coup de poing dans le bide.

— OK. Je fais ça. On s'rappelle.

Dès que j'ai raccroché, j'ouvre Google Images sur mon téléphone et tape Legendary et la date du jour. Il y en a des tonnes. On le voit à la terrasse d'un restaurant avec l'océan en arrière-plan. Une fille est assise à côté de lui. Ce n'est pas Leilani. C'est la future impératrice interstellaire de la galaxie. Elle est trop belle, un truc de dingue ! Elle a l'air à fond sur Ledge. Et d'après les photos, il est à fond sur elle aussi. Sur certaines, il lui caresse carrément le genou ! Il chuchote à son oreille. Ils rient. Ils se tiennent la main en entrelaçant leurs doigts. Bref, comme nous y a quelques jours.

C'est une bonne idée qu'on sorte dîner. Parce que j'ai carrément envie de vomir.

Après tout, ces photos, c'est peut-être juste une mise en scène. Je suis dans son appart, et sa mère est là. Je suis clairement pas sur le même plan que ces filles-là. Cette nouvelle nana est sûrement là par hasard. Elle a dû lui sauter dessus, et il a juste voulu être sympa.

Sympa au point de lui prendre la main et de lui murmurer à l'oreille ? Je me raconte des histoires. Cette fille n'est pas là par hasard. C'est une amie. Une très bonne amie. Minimum. Je soupire.

Je continue de jouer les Kiyoshi et tape le nom de Legend et la date d'hier dans la barre de recherche. Des dizaines de photos s'affichent. Legendary est sur le tapis rouge, cette fois. Seul. C'est mieux. À part ça, à chaque fois qu'on le voit à une fête ou à un évènement, il est accompagné. Je remonte au jour d'avant et je tombe sur un concert en plein air sur le roof-top du Venice Beach Resort. Il y a des filles partout, carrément accrochées à lui. Et le jour d'avant… Encore une soirée tapis rouge, et encore des filles. Une princesse Jasmine par ici. Une

Moana par là. Hé, il y a même une reine Elsa ! Legend semble vivre sa meilleure vie sur chaque photo. Comme si l'attention de ces meufs le boostait. Il est dans sa zone de confort à cent pour cent. Dans son élément, clairement.

Pour être honnête, j'ai déjà tenu la main de Ricardo et j'ai déjà chuchoté à son oreille. OK. Mais soyons réalistes, Ricardo est un Terrien alors que cette fille est de… Vénus, genre ? En gros, toutes les filles à qui Legend adresse la parole viennent d'une autre planète.

Une main se pose sur mon épaule. C'est Derica qui mate mon téléphone.

— Oh, c'est toi !

Je verrouille aussitôt l'écran. Derica vient de me surprendre en train de stalker son fils !

— Je peux t'expliquer.

— Pas la peine, fait-elle en s'asseyant face à moi. Je connais assez mon fils pour savoir que tu viens de voir plein de photos de lui avec tout un tas de filles. Et avec une en particulier…, dit-elle en pointant mon téléphone. Je peux voir ?

J'acquiesce.

— Elle s'appelle Baby. C'est son vrai prénom. C'est aussi la plus jeune productrice dans le milieu. Elle travaille pour le label de Legend. Je sais juste qu'ils sont en affaires mais je ne sais rien côté privé.

— J'ai honte de l'avoir espionné. Mais une amie m'a parlé des photos et du coup, j'ai voulu vérifier. Mais je m'en fous, sincèrement.

— T'es sûre, Dylan ?

Elle se lève et va s'installer dans le fauteuil en cuir blanc de Legend. Elle porte un tee-shirt rouge avec « Sans blague ! » brodé dessus, un jean déchiré et des bottes en cuir à talons hauts. Le look mère standard, ça a pas l'air d'être trop son truc.

Mon téléphone bipe. Un SMS de Legend. Pas trop tôt !

Yo ! Comment ça s'est passé ? Balance les détails ! X

Sérieux ? C'est le message qu'il m'envoie alors que je viens d'auditionner à la Juilliard School ? Il sait à quel point cette audition compte pour moi. Je le bassine avec ça depuis qu'on est gamins. Et monsieur me demande de lui balancer les détails ? Comment il peut être aussi froid ?

— Dylan ?

Je lève les yeux.

— Désolée.

Je verrouille l'écran de mon téléphone comme si j'étais gênée que quelqu'un puisse voir ce SMS.

— Peu importe ce que Legend et toi allez devenir. Je t'aime et je t'admire, Dylan. Et je veux que tu saches que c'est normal de trouver que tout ça est tout sauf normal.

Elle a raison. Il était dans un lieu public avec une fille canon. Il devait bien se douter que des gens prendraient des photos. Comme il se doutait que je les verrais, à un moment donné. Mais est-ce qu'il a fait quelque chose de mal pour autant ? Ou est-ce qu'il passe juste un moment cool avec une bonne copine ?

— Je trouve juste ça assez froid de sa part, c'est tout.

— Si tu trouves que c'est grave, alors ça l'est. Ça me rappelle quand je suis sortie avec un mec qui mettait des jours à me répondre. Il avait toujours une bonne excuse et passait son temps à minimiser. Sauf que ça me posait vraiment un problème.

Elle croise les jambes et s'enfonce dans le fauteuil.

— Regarde bien ces photos. C'est la vie que Legend a choisie. Il est confronté non-stop à des situations où il doit faire un choix. Mais à dix-huit ans, je sais pas s'il fera toujours le choix le plus intelligent. Tu peux gérer ça ?

— Honnêtement, j'en sais rien.

— Alors, prends le temps de réfléchir. J'aime mon fils. Mais j'ai aussi engagé un avocat et mis ses biens sous tutelle. Tu crois que je me suis demandé si ça plairait ou non à monsieur ? Mes désirs et mes besoins comptent aussi. Tout comme les tiens. (Elle se lève.) On peut garder cette conversation entre nous ?

J'acquiesce.

— Je préfère.

Elle s'avance vers moi avant de me serrer fort dans ses bras.

— Je suis désolée, Dylan. J'espère que tu pourras me pardonner.

— Désolée de quoi ? T'as rien fait de mal.

— Pendant toutes ces années, j'ai été tellement occupée à aider mon fils à réaliser ses rêves que j'ai oublié de te dire à quel point tu comptes pour moi. Je ne referai pas cette erreur. Je t'aime. Je suis là, d'accord ? Quoi qu'il arrive. Je le pense vraiment.

L'entendre me dire que je compte, c'est tout ce dont j'ai besoin. Ça y est, c'est reparti, je chouine encore !

— Tu m'as manqué, Derica.

Elle me serre super fort comme si elle allait plus jamais me lâcher. Puis elle finit par s'écarter avant de quitter rapidement la pièce.

Je relis le message de Legend, à moitié flou à cause de mes larmes. Ça me donne toujours la nausée. Mais à un moment ou un autre, il m'appellera et m'expliquera tout. Je dois juste attendre sa version. La vraie. C'est tout. J'entends déjà son ton rigolard quand il justifiera son silence le jour le plus important de ma vie et sa proximité avec la productrice, qui ne seront pas un problème d'après lui, bien sûr.

Désolé, j'étais super occupé.

Cette fille ? C'est juste une amie, D !

Je lui parlais à l'oreille parce qu'il y avait trop de bruit.

Elle tient les gens par la main. Elle est comme ça. Qu'est-ce que tu voulais que je fasse ?

C'est la vérité. Crois-moi, D.

Le plus drôle, c'est que je lui fais confiance. J'ai confiance dans le fait qu'il est à cent pour cent Legendary.

Et il y aura toujours des photos. Non-stop. Si je choisis de faire partie de l'aventure, je serai toujours celle assise là, à attendre qu'il m'envoie un message ou qu'il m'appelle pour m'expliquer la dernière photo en date. Je me rends compte que ce manège avec Legend risque de ressembler un peu à celui de Wisconsin Dells. Celui avec le toboggan et la trappe au bout. J'avais vomi trois fois, ce jour-là. Mon estomac se retourne rien que de penser aux montagnes russes qui m'attendent. Derica a raison. J'ai le droit de trouver que quelque chose ne va pas. Pourquoi je choisirais un manège qui rend malade alors que je vise les étoiles ?

Le monde m'attend.

J'étudie le message de Legend pendant un long moment. Et je le supprime.

CHAPITRE 26

Quatre semaines plus tard

— Dis donc, toi, tu sais que tu nous fais de l'ombre à ta mère et moi ?

Papa sirote du champagne dans la grande salle de banquet du Redstone Building.

— Désolée, papa.

J'attrape mon verre de cidre et les bulles me chatouillent les lèvres.

— Je plaisante ! fait-il en me prenant par l'épaule. Je voulais juste dire que tu nous voles la vedette. Mais je suis très heureux que ce coup bas vienne de ma fille.

— Félicitations, Dylan !

C'est une femme qui travaille avec maman.

— Tes parents nous ont appris que tu étais acceptée à la Juilliard. C'est génial, bravo !

— Merci, c'est très très gentil de votre part !

Ma tentative pour trouver une façon intelligente de dire merci vient encore de basculer du côté obscur de la Force.

— J'apprécie vraiment beaucoup, beaucoup !

— Beaucoup, beaucoup ? me chuchote papa à l'oreille.

— On est très contents pour toi. Une nouvelle vie t'attend !

Elle glisse une enveloppe devant moi.

— Tiens, c'est de notre part à Charles et moi. Un petit cadeau pour fêter ton succès. Tu n'auras qu'à l'ouvrir plus tard.

— Oh, mon Dieu !

Je la place sur la pile géante de cartes que j'ai reçues depuis le début de la fête, c'est-à-dire depuis une heure.

— Vous êtes trop chou.

— Elle a aussi obtenu deux bourses d'études, les informe papa en époussetant le revers de son smoking noir.

— Deux bourses ? s'exclame la femme avant d'échanger un regard impressionné avec son mari. C'est génial ! Tu nous donneras de tes nouvelles quand tu seras là-bas, d'accord ?

— Vous n'aurez qu'à me suivre sur TikTok ! dis-je sérieusement. Et sur Insta. DylanWoods_JuilliardGirl.

— Parfait !

Je regarde papa qui sourit.

— Quoi ?

— Dylan Woods sur TikTok ? Pincez-moi !

— Parfaitement. Et comme ça, vous saurez tout et vous pourrez même me surveiller de loin, avec maman.

— Cette femme ne m'a même pas souhaité un bon anniversaire ? Je rêve ! C'était une fête pour ta mère et moi, à la base ! plaisante-t-il.

Ma mère s'approche. Elle est sublime avec son chignon glamour, son maquillage pro et sa robe de star argentée avec des escarpins assortis.

— Je peux te voler ton père, Dylan ? On nous attend sous l'arche de ballons pour les photos.

Papa ajuste son nœud papillon argenté.

— Quoi ? On s'intéresse à nous ? C'est pas trop tôt !

Il m'embrasse sur le front.

— Pas touche au champagne, jeune fille. Et contente-toi de dire merci, la prochaine fois que tu reçois une carte. Un merci tout simple, ça marche à tous les coups, crois-moi.

— Bien reçu cinq sur cinq !

Je pose mon verre sur la table et regarde mes parents s'éloigner bras dessus bras dessous. Vingt-cinq années de mariage, ça doit être les noces d'argent ? Ça expliquerait pourquoi tante Edith a mis au point cette espèce de réplique de magasin de luxe. Des serviettes de table aux centres de table ornés de roses peintes au pistolet en passant par les décorations et les couverts, tout est couleur argent. Même le moindre caillou respecte le code couleur. Maman et papa accueillent un couple avec deux jeunes enfants. Ma mère a la tête posée contre le torse de papa alors qu'ils rient et papotent avec leurs amis.

Vingt-cinq ans qu'ils sont mariés, et ils sont toujours fous amoureux. Ils ont de la chance. Mon téléphone vibre. Mon cœur bondit et je déglutis pour faire disparaître la boule au fond de ma gorge. Ce n'est pas lui. Évidemment, vu que ça fait des lustres qu'il envoie plus de SMS. Depuis ma grande tirade par mail – le plus long mail de l'Histoire. Tous les codes de la rupture y étaient !

C'est pas toi, c'est moi… Je te souhaite de trouver la personne qui te correspond vraiment…

Bref, je lui ai expliqué pourquoi notre histoire ne marcherait jamais selon moi.

Tante Edith, carrément sublime dans sa robe en dentelle noire qu'elle porte avec une paire de rangers, bien sûr, me rejoint.

— Tante E, ta fête est top ! Je suis juste triste de n'y être pour rien. Vous devriez vous lancer dans l'évènementiel, toi et les gamins.

— Arrête ton char. C'est toi, la star de la soirée.

Elle attrape un pichet d'eau et se sert.

— C'est pas de la vodka, au moins, tante E ?

— Ça fait presque trois semaines que je suis sobre, gamine. C'est juste de l'H2O. Promis, juré.

Je souris.

— Je suis trop fière de toi, tante E. Grâce à toi, mon vœu s'est réalisé.

— Je me remets en selle lentement mais sûrement. Mais c'est moi qui suis fière de toi et de ton admission à la Juilliard !

Ma lettre d'admission trône au milieu de la table dans un cadre en verre. Chaque fois que je la regarde, je me sens gonflée à bloc comme un sachet de chamallows XXL. C'est un objet sacré et délicat, qui mériterait d'être conservé dans un musée.

— Votre attention, s'il vous plaît…

Mikey vient de grimper sur l'estrade. Il ajuste le pied du micro tout en regardant une feuille de papier. Avec son smoking et ses cheveux blonds gominés, on dirait une version ado de James Bond.

— Comme vous le savez, on fête le vingt-cinquième anniversaire de mariage de mes parents.

Les invités se mettent à applaudir.

— Mes parents sont plutôt cools, poursuit Mikey, même s'ils vieillissent, ont des cheveux gris et écoutent encore les Bee Gees.

Tout le monde s'esclaffe. Tante Edith se penche vers moi.

— J'adore les Bee Gees.

— Quand des parents sont amoureux, c'est vraiment cool, pour leurs enfants. La vie a été trop cool pour nous, en tout cas. Parce que tout était plein d'amour. Et ça, ça fait toute la différence. Parce que la seule chose dont on a vraiment besoin dans la vie, c'est d'amour.

Je m'essuie les yeux pour retenir mes larmes.

— Bien sûr, on a besoin de nourriture et d'eau, aussi. Mais l'amour, ça nourrit aussi. Du coup, quand je serai grand et que je me marierai, j'espère que je resterai aussi amoureux que ma mère et mon père. Parce que je sais que ça fait toute la différence.

D'autres applaudissements fusent.

— Maintenant, je vais passer le micro à ma grande sœur, Dylan. Elle vient d'être acceptée à la Juilliard, et on est tous super fiers d'elle parce qu'elle a bossé comme une tarée pendant des plombes et qu'elle le mérite à fond.

Un tonnerre d'applaudissements retentit. Je rejoins l'estrade en tenant le bas de ma robe longue violette. Mes talons hauts noirs à lanières claquent sur le parquet à chacun de mes pas. Je serre Mikey dans mes bras avant d'aller chercher mon violon sur une chaise. Ce n'est pas M. Cavalli, mais l'ancien. Il fera très bien l'affaire, car je sais comment le faire sonner. J'espère seulement que M. Cavalli va bien, où qu'il soit. Le silence s'installe pendant que j'accorde mon instrument. Puis je vais me planter devant le micro.

— Félicitations, les parents!

Ma voix résonne super fort dans la salle de réception. Je me recule un peu.

— J'ai arrangé ce morceau avec un… ami.

J'inspire à fond pour ne pas fondre en larmes. Le discours de Mikey a mis ma sensibilité à fleur de peau.

— C'est un de ceux que j'ai joués au concours d'entrée à la Juilliard. N'hésitez pas à applaudir en chœur, si vous reconnaissez un air. Ça ne me déconcentrera pas, promis.

Avant même que je commence à jouer, des applaudissements et des cris d'encouragement s'élèvent. Je regarde vers la table de Mary-Ann, Ricardo, Kiyoshi et Nate. Ils se lèvent pour applaudir et hurlent à pleins poumons. Ce sont vraiment mes plus grands fans. Je rêve ou Ricardo s'essuie les yeux parce qu'il… pleure? Sans déconner!

Et tout à coup, je sens une chaleur. Une chaleur dévorante. Et la pomme, la cannelle, le savon et… l'assouplissant de mon enfance! Je me tourne lentement.

Legend est assis devant le vieux piano droit. Il me fait un petit signe de la main avant de se lever et de se précipiter vers le micro.

— Je suis juste venu l'accompagner. Faites comme si j'étais pas là.

Puis il me regarde en souriant.

— Salut, Dylan.

Et il se penche pour m'embrasser sur la joue.

Un frisson remonte le long de ma colonne vertébrale et parcourt tout mon corps, du sommet de mon crâne jusqu'à la pointe de mes orteils. Legend retourne s'asseoir au piano sans me laisser le temps de réagir.

OK, on va faire comme ça, alors.

Je me penche pour attraper une bouteille d'eau que quelqu'un a laissée là pour moi. Je prends une petite gorgée, mais c'est comme si j'essayais d'arroser le Sahara, tellement ma gorge est sèche. Enfin, je me lève et je commence. Ou ON commence, disons.

Legend improvise clairement, parce que nous n'avons jamais bossé ces harmonies ni cet accompagnement. Mais ça fonctionne. On est synchro. On ne fait qu'un. La musique fait partie de lui comme elle fait partie de moi. On est en harmonie, tous les deux. Le thème de *Star Wars* reçoit quelques applaudissements, mais celui d'Hedwige déchaîne les foules. Celui de *Shaft* est super bien accueilli aussi. J'entends presque Legend me dire: «J'te l'avais dit!» *Miss Celie's Blues* reçoit carrément un tonnerre d'applaudissements. Alors comme ça, la bonne société de Hornsborough mate *La Couleur pourpre* ? Les invités se lèvent pour ma toute première *standing ovation*. Legend m'adresse un petit signe de tête alors que les applaudissements me pulvérisent les tympans. J'essuie une larme qui roule sur ma joue et m'enfuis de l'estrade en courant.

♫

— Dylan, attends !

Je cours vers la sortie du Redstone Building en talons avec mon violon en bandoulière. On dirait la cousine de Cendrillon.

— Dylan !

Eh merde ! Le prince charmant m'a rattrapée. Je me retourne lentement pour lui faire face.

— Est-ce qu'on peut…

Il est essoufflé.

— Est-ce qu'on pourrait parler, s'il te plaît ?

— Tu as super bien joué, je lui dis avec un sourire discret. C'est très gentil d'être venu à la fête d'anniversaire de mes parents. Je suis sûre qu'ils sont trop contents.

— Quoi ?

— T'as reçu mon mot de remerciement pour notre séjour à New York ? Je te l'ai envoyé le lendemain.

— Dylan, pourquoi tu parles comme un robot ? Bien sûr que j'ai eu ta carte. Elle est arrivée avec le violon que je t'avais offert. Pourquoi tu m'as renvoyé M. Cavalli ? Et pourquoi tu me fuis ? C'est dingue ! Je galère jamais comme ça, d'habitude !

Il fait un pas vers moi.

— Écoute, je sais que tu as vu certaines photos sur Internet et que tu as paniqué. Et je sais que je t'ai pas contactée le jour de ton audition. Enfin, comme j'aurais dû le faire, disons. Mais je me suis excusé. Je suis sincèrement désolé. Donne-moi une chance de faire mieux. T'en va pas avant qu'on vive… quelque chose, tous les deux, OK ?

— Comment tu sais que j'ai vu des photos ?

J'ai rien dit dans mon mail. Et Derica avait promis que ça resterait entre nous. J'ai du mal à croire qu'elle ait pu revenir sur sa parole.

— Après avoir reçu ton mail de rupture pourri, puis ton violon une semaine après, et t'avoir appelée un million de fois et laissé des milliards de messages, j'ai eu la brillante idée de demander à Kiyoshi. J'aurais vraiment voulu que tu me parles, Dylan. Cette fille, Baby… Je bosse avec elle. On est amis, c'est tout. J'arrive un peu tard avec la vraie version de l'histoire, mais y a rien d'autre à dire. Et franchement, c'est pas méga passionnant. Je peux l'appeler et te la passer pour qu'elle t'explique, si tu veux. Et je suis désolé d'avoir mis des plombes avant de te contacter le jour de ton audition. Je ne suis pas parfait. Je fais des erreurs. Comme tout le monde.

— « Balance les détails » ? Mais c'était quoi, sérieux ?

— Excuse-moi. S'il te plaît, pardonne-moi. Ne m'en veux pas. S'il te plaît.

— Legend…

Je lève les yeux. Des téléphones sont braqués sur nous. Des fêtards qui traînent dans le hall prennent des photos de Legend et le montrent du doigt comme s'il était un éléphant dans un zoo. Niveau d'intimité : zéro. Je baisse d'un ton.

— Je te promets que je suis pas en colère.

— Alors qu'est-ce qu'il y a ? Pourquoi tu fous en l'air tout ce qu'on avait ? Qu'est-ce que j'ai fait de mal ? Dylan, parle-moi.

— C'est juste que… tous les soirs où tu étais à L.A., tu es allé à des fêtes et…

— Correction, à des soirées pros.

— Très bien, à des soirées pros. Tu es sorti tous les soirs et y avait des photos de toi avec des filles différentes partout, le lendemain.

— Près de moi. Pas avec moi. Jamais. Pas une seule. J'ai changé, tu sais. Je suis allé à tous ces évènements seul, et je suis reparti seul. J'étais seul toutes les nuits que j'ai passées loin de toi.

— C'est exactement de ça que je parle. Pourquoi ? Pourquoi t'y es allé seul ? Pourquoi tu es reparti seul ? Pourquoi tu passes tes nuits seul ?

— Comment ça ? Ben, parce que je suis avec toi…

— Mais t'étais pas avec moi. T'étais à l'autre bout du pays, et tu me parlais même pas. T'es pas obligé de me répondre, Ledge, tu sais.

— Et si je veux le faire ?

Il enfonce ses mains dans les poches de son pantalon noir très classe.

— Écoute, je vais à ces soirées parce qu'elles me permettent de réseauter. Et il y a des filles. C'est vrai. Et peut-être que l'ancien moi serait reparti avec une nana différente chaque soir. Mais le nouveau moi est amoureux.

Amoureux ?

Les fêtards nous filment carrément comme s'il était parfaitement normal d'interférer dans ce moment clairement privé.

— On peut se tirer de là ? me demande-t-il. S'il te plaît ?

J'acquiesce. Il m'entraîne dans la nuit, sur l'escalier en pierre. Le printemps est déjà là. L'air est frais et vivifiant. Les étoiles scintillent dans le ciel clair. Je réalise qu'on s'est déjà retrouvés ici, Ledge et moi. Le jour où il s'était déguisé en Bill le fermier et où Chloe nous avait filmés depuis la voiture. Ça paraît tellement loin.

— Legend…

— Dylan, je suis amoureux de toi.

Je le dévisage. Même si j'ai passé la plus grande partie de mon enfance à imaginer la place que la musique occuperait dans ma vie, j'ai eu le temps de fantasmer sur ce genre de moment aussi. Je me demandais ce que ça ferait d'entendre un garçon me dire qu'il m'aime. Et pour une raison étrange, ça se passe pas comme dans mes rêves. J'ai pas envie de pleurer ou de me blottir dans ses bras. J'ai pas envie qu'il me fasse danser sous la pluie ou qu'on aille pique-niquer dans un champ de trèfles à quatre feuilles pendant que des écureuils, des renards et des petits lapins grignoteraient notre raisin et notre pain bio au levain.

— Je ne te crois pas.

C'est bien de pouvoir dire sa vérité. Une partie de moi se sent carrément soulagée. Comme quand on arrive à l'aéroport une minute avant la fin de l'embarquement et qu'on monte dans l'avion juste à temps. Mais une autre partie de moi sait que la vérité pulvérise les illusions. Et les illusions sont drôles, excitantes, chaudes et douces. Qui ne voudrait pas vivre ça ?

— Comment tu peux dire ça, Dylan ? Comment tu peux savoir ce que je ressens ? Je suis vraiment prêt à faire des sacrifices pour toi. Parce que, maintenant, je sais ce que ça fait d'aimer quelqu'un.

— OK. Mais est-ce que tu sais ce que ça fait de faire le tour du monde ?

Legend me regarde, perplexe.

— Qu'est-ce que tu veux dire ?

— Tu vas faire ta première tournée mondiale. Amsterdam. Manchester, Glasgow. Puis Berlin, Barcelone…

— Arrête, je connais ma tournée. Où tu veux en venir ?

— T'as une idée de ce que ça fait d'être en Écosse un jour et à Barcelone deux jours plus tard ? T'as déjà dansé toute la nuit à Ibiza ? Regardé le lever du soleil sur la plage de Punta Galera ? Fait de la planche à voile sur le fleuve Shannon ? Et une rando dans l'Atlas au Maroc, juste pour le plaisir de te retrouver sous une cascade ?

Je fais une pause pour essuyer une larme au coin de mon œil.

— Ou… je ne sais pas, rouler en voiture sur un chemin de terre défoncé à la Barbade, assis à côté d'une vieille femme avec une cage remplie de poulets ?

— Des poulets ? Là, tu m'as perdu. Mais où tu veux en venir, putain ?

— S'allonger sous le soleil de la Côte d'Azur ou dormir dans un hôtel de glace. Est-ce que tu as vécu ça, Legend ?

— Non, pas vraiment.

— J'ai mérité d'aller à la Juilliard. Toi t'as mérité de vivre la vie de Legendary. Et elle est là, à ta portée. Tu devrais en profiter à fond. Explorer. T'amuser. Sans t'excuser.

Je m'interromps un instant. La grande illusion. Legend et Dylan. J'ai l'impression de me réveiller d'un rêve. On a toujours envie de s'y accrocher. De s'en souvenir. Juste pour pouvoir appeler un ami et lui dire « Hey, j'ai fait le plus beau des rêves ! », et partager les moments magiques qu'on a vécus dans ces aventures nocturnes. Mais les pensées de la journée les chamboulent, et le rêve nous fuit. Je cligne encore des yeux pour retenir des larmes. Une grosse boule se forme dans ma gorge.

— Je comprends pourquoi j'ai pas eu de nouvelles. Parce que, quelque part au fond de toi, tu voulais être libre de profiter de tout ça. Et tu savais que tu pourrais pas le faire si tu m'avais dans les pattes.

— Dylan…

Je lève la main.

— C'est la vérité. Et tu le sais.

Je soupire. Ledge soupire à son tour.

— J'ai pas envie de passer les six prochains mois à attendre tes SMS ou tes appels vidéo pour que tu m'expliques pourquoi des princesses Jasmine, des Moana et des reines Elsa sont avec toi sur des photos. Je veux pas passer mon temps à me demander si tu me baratines ou pas. Et je vois pas pourquoi tu devrais te justifier.

Il ne dit rien. Mais j'imagine très bien ce qu'il peut penser. Quelque chose du genre : *Dylan a raison. On devrait pas être obligés de faire ça, ni elle ni moi.*

Des ados se sont regroupés dehors. Sûrement des copains de Mikey et Chloe. Ils nous montrent du doigt et prennent des photos. Ils sont carrément surexcités.

— Hé, Legendary ! Tu veux m'épouser ? balance une des filles.

Il regarde le groupe de gamins.

— Vous êtes sérieux ? Vous devriez tous être couchés, à cette heure.

Les enfants rient.

— Il nous parle ! crie la fille qui l'a demandé en mariage.

— Tu es venu comment ? je demande.

— J'ai loué une voiture à l'aéroport. Le chauffeur m'attend au coin de la rue. Je faisais juste une escale. Je vais devoir y aller.

Bien sûr. Je passe mon bras sous le sien.

— Je te raccompagne.

Il fait signe aux jeunes.

— Allez vous coucher, les filles. Sérieusement, il est 22 heures.

Elles gloussent et nous disent au revoir de la main pendant qu'on s'éloigne.

On marche tranquillement dans la rue, silencieux malgré tout ce qu'on voudrait se dire. Au coin de la rue, un pick-up gris est garé le long du trottoir.

— C'est ça, ta voiture de location ?

Il sourit d'un air gêné.

— C'est la seule qui restait.

On reste plantés là un moment, à nous demander comment nous dire au revoir. Legend finit par prendre la parole.

— Attends une seconde.

Il ouvre la portière de la voiture et attrape M. Cavalli sur le siège arrière.

— Legend, non, je peux pas accepter.

— S'il te plaît. Sinon, je vais le jeter ou m'en servir pour faire du feu.

— Mais…

— Dylan, c'est ton violon. Prends-le. Allez…

Je hoche la tête.

— Merci, Legend.

— On reste en contact, OK ? Vraiment.

— C'est aussi valable pour toi.

— Bien sûr, promet-il en passant une main sur ses boucles. Si jamais tu veux des billets pour un de mes concerts aux États-Unis, tu n'auras qu'à me faire signe.

Il se penche et me serre dans ses bras. Le sentir si près de moi alors que je dois lui dire au revoir… Je déglutis. Legend se recule et me regarde droit dans les yeux.

— Tante Edith m'a parlé, l'autre jour. Un truc que quelqu'un de très spécial lui aurait dit. C'était puissant.

— Ah oui ?

Je me mords la lèvre. S'il te plaît, Dylan, ne pleure pas.

— Qu'est-ce qu'elle a dit ?

Il lève la main pour écarter une mèche de cheveux de devant mon visage.

— Elle a dit : « Une vie, c'est comme une chanson. Toujours pleine de sens, même si elle peut paraître tragique, par moments. » Un truc du genre.

Les larmes s'échappent. Traîtresses ! C'est moi qui ai dit ça à tante Edith.

Legend regarde par terre.

— Je te promets de trouver du sens dans tout ça.

Il se penche pour m'embrasser sur la joue. Ses lèvres s'attardent un instant. Puis il s'en va. Une rivière nous sépare très vite après ça. Je le regarde s'éloigner. Un océan. Sa voiture disparaît dans la nuit.

Le monde entier.

ÉPILOGUE

Une main se pose sur mon épaule. Je me retourne aussitôt : c'est ma coloc.

— Hey, Emi ! dis-je en retirant mon casque. Qu'est-ce qui se passe ?

Elle a l'air super énervée. Comme d'habitude. Elle désigne mon téléphone en train de vibrer sur mon bureau.

— Oh ! désolée. Ça t'a pas empêchée de te reposer, au moins ?

Le regard qu'elle me jette indique carrément que c'est le cas. J'attrape mon portable : dix appels manqués de Kiyoshi. Merde ! Je bondis de ma chaise pour foncer la rejoindre en bas du bâtiment, mais quand je me retourne, elle est déjà là, dans ma chambre. Ses cheveux longs arc-en-ciel ne sont plus qu'un souvenir. Maintenant, ils sont noir de jais, et coupés si court qu'ils atteignent à peine le bas de ses oreilles.

— Ta coloc m'a fait entrer, lance-t-elle en souriant avant de foncer dans mes bras. Tu m'as trop manqué, ma BFF !

— Toi encore plus ! je hurle en retour. Attends… Comment t'as fait pour passer la sécurité ?

— J'ai fait la moue et dit que j'avais perdu ma carte. Je dois avoir l'air d'une artiste, et digne de confiance avec ça.

Elle entre et elle fait le tour de la chambre qu'Emi et moi partageons avec quatre autres personnes.

— Trop sympa, la piaule. Et la vue depuis le salon est dingue. Tout ce que je vois de mon dortoir, c'est un grillage et un parking en béton.

— Ouais, la vue est plutôt impressionnante. Mais maintenant que ta sœur vit en ville, tu vas pouvoir en profiter tout le temps !

— Carrément ! Le bon prétexte pour un petit trip vacances.

— Ça te va trop bien, les cheveux courts.

— Je voulais en faire don, mais comme ils étaient teints, personne n'en a voulu. Je retenterai le coup l'année prochaine. Donc, plus de teintures d'ici là !

Elle remarque alors Emi assise sur la couchette du haut.

— *Nihonjin desu ka ?*

Emi acquiesce.

— *Majide ?! Gachi ? Kiyoshi Nakano.*

Emi sourit sans doute pour la première fois de… toute sa vie. Elle répond longuement en japonais à Kiyoshi, et elles se lancent dans une longue discussion incompréhensible pour moi. J'en profite pour éteindre mon ordi portable, enfiler une veste en jean par-dessus mon débardeur et de jolies bottes en cuir par-dessus mon jean troué. Je fonce ensuite dans la salle de bains mettre un peu de mousse coiffante dans mes cheveux, un peu de gloss et d'eye-liner, et je suis prête ! Je me jette un coup d'œil dans le miroir. On dirait trop une New-Yorkaise. On pourrait carrément penser que je suis née ici.

— OK ! fais-je. Je suis prête. C'est quand tu veux.

Kiyoshi se tourne vers Emi.

— *Faito, Emi !* T'as pigé, meuf.

— Oui, j'ai pigé, répond Emi en riant.

— Je l'ai pas entendue aligner autant de mots de tout le semestre. Elle me déteste, en fait, dis-je à Kiyoshi tout en marchant vers la porte.

— Mais nan. Elle t'aime bien. Elle m'a juste dit que la quantité de travail est ouf et que son anglais n'est pas très bon. Du coup, quand elle arrive dans la piaule, elle a juste envie de s'allonger. Elle se sent pas hyper bien, ici, pour le moment. T'as rien à voir là-dedans.

— Il faut que tu m'apprennes le japonais.

— Ça fait des années que j'te le dis, meuf!

— Apprends-moi un truc facile à retenir. Du genre « je suis désolée, je vais essayer d'apprendre le japonais ».

— OK. Tu n'as qu'à dire: « *Watashi wa baka da.* »

Je répète pour être sûre d'avoir bien compris.

— Ouais, c'est bon, dit Kiyoshi en souriant. Tu peux lui sortir ça.

Je retourne dans la chambre en courant.

— *Watashi wa baka da, Emi.*

Ma coloc explose de rire. Je fronce les sourcils et retourne dans le couloir. Kiyoshi est aussi morte de rire.

— Qu'est-ce que j'ai dit à Emi?

— Que tu es une crétine.

Je lui flanque un coup d'épaule.

— Tu es la pire des meilleures amies, tu sais ça?

— Désolée. C'était méchant, dit-elle en riant encore. Excuse-moi.

Les portes de l'ascenseur s'ouvrent.

— Attends! Emmène-moi voir l'escalier métallique rouge! Il faut absolument que je voie ça avant de partir!

On passe la sécurité et une fois dehors, on rejoint le bâtiment est de l'école. Après avoir traversé plusieurs salles de répétition, on atterrit devant l'emblématique escalier métallique rouge, qui s'élève jusqu'au cinquième étage. Kiyoshi sort son téléphone.

— Il faut que je prenne une photo. Comme ça, on pourra faire un collage de Dylan à trois ans et Dylan à dix-neuf ans.

Je m'assois sur l'escalier et je souris. Je me sens étrangement reliée à la petite Dylan, tout à coup. J'aimerais pouvoir remonter le temps pour lui dire que tout ira bien et qu'il ne faut pas qu'elle s'inquiète. Qu'on va y arriver.

— Allez, on y va, sinon on va être en retard pour *Cher Evan Hansen*.

— À propos du film…, marmonne Kiyoshi en faisant la grimace.

— Tu veux plus le voir ?

— Il restait plus de places. C'est ma faute. J'ai trop traîné avant de les acheter.

— Tu veux qu'on aille au TKTS et qu'on prenne des billets pas chers pour le spectacle de ce soir ? J'ai juste envie de vivre une soirée new-yorkaise avec toi.

— On peut dire que t'as de la chance. La frangine a des contacts depuis qu'elle joue au Philharmonique de New York. Elle a pu nous choper deux billets pour aller voir Wynton Marsalis au Gramercy Theatre.

Au nom de Wynton Marsalis, ma joie de voir ma meilleure amie pour la première fois depuis des mois est un peu gâchée. Legend avait dit qu'il garderait le contact. Bon, moi aussi.

— Tu trouverais ça chelou si on y allait ? me demande Kiyoshi. Je sais que c'est Legend qui t'a fait découvrir sa musique.

Non, je trouverais pas ça bizarre. C'est juste que la musique de Wynton risque de me faire penser à la nuit où Legend me l'a fait écouter pour la première fois. On était assis dans ma voiture devant la maison de Kiyoshi. Le chauffage ne suffisait pas à vaincre la température polaire, mais on n'avait pas froid. J'avais jamais froid, quand Legend était près de moi.

— Non, t'inquiète. Je pense carrément plus à lui, de toute manière.

C'est un mensonge. Loin des yeux, loin du cœur, c'est ça ? Tu parles ! J'ai l'impression que la nuit où il a dit qu'il m'aimait remonte à hier. Et je lui ai dit de partir ! Quelle conne !

— OK, cool ! fait Kiyoshi en frappant dans ses mains, surexcitée. Parce que Legend n'est même pas aux États-Unis. Je crois qu'il est au Brésil ou un truc dans le genre. En tournée depuis tellement longtemps. Le pauvre, il doit trop avoir le mal du pays.

Avoir mal. Voilà une expression qui me parle. Mon ventre se serre. J'ai vraiment aucune envie de passer la soirée à penser à Legend.

— Mais t'as tourné la page, pas vrai ?

Bien sûr… Je pense à lui dès que je me réveille et juste avant de m'endormir. Il peut débouler dans mes pensées à n'importe quel moment de la journée. Je repense tout le temps à notre dernière soirée ensemble. Je voudrais trop pouvoir la revivre. J'en profiterais pour tout lui dire. *Je suis amoureuse de toi, moi aussi.* Pourquoi je lui ai pas dit ça ? C'était la vérité. Même si j'étais pas sûre qu'il soit capable de m'aimer de la bonne manière.

— Trop. Je suis carrément remise.

J'ai eu assez de regrets ces cinq derniers mois pour toute une vie. Stop. Changer. De. Sujet.

𝄞

— On est placées où ? je demande une fois dans le théâtre.

L'ouvreuse a dû m'entendre parce qu'elle nous fait signe.

— Je peux voir vos billets, s'il vous plaît ?

Kiyoshi lui présente son téléphone.

— Vous êtes au premier rang. Les meilleures places… Suivez-moi.

— Wow, Kiyoshi, je chuchote alors qu'on traverse la salle obscure. C'est cool d'avoir des relations au Philharmonique de New York. On a carrément les meilleures places.

— Mao est premier violoncelle solo. Ça a ses avantages.

— Tu la remercieras de ma part.

On s'installe et je me mets aussitôt à regarder les instruments sur scène : un piano à queue, un trombone, un saxophone, une basse, une batterie, plus trois trompettes de différentes tailles pour Wynton et tout un tas de micros installés autour de la scène. Gramercy est minuscule. On a l'impression de pouvoir toucher chaque instrument. C'est tellement rare que je ne répète pas, que je ne prépare pas un exam de théorie musicale ou que… je ne pense pas à Legend. Je veux profiter de ce moment à fond ! Les lumières s'éteignent quand Wynton arrive sur scène, dans un costume bleu foncé, suivi des autres membres de son groupe. Des applaudissements enthousiastes, des sifflets et des acclamations retentissent dans toute la salle.

Quand le brouhaha retombe, le musicien se présente et dit même qu'il est diplômé de la Juilliard. J'applaudis comme une folle en entendant ça. Puis ils attaquent le premier morceau. Avec Kiyoshi, on rit et on danse comme on le faisait à Hornsborough quand on était sûres que personne nous regardait. Il y a quelque chose de spécial dans l'air, ce soir. Comme si ce lieu était sacré, qu'on était libres de chanter faux et de faire des pas de danse tout moches. Le set se termine sous un tonnerre d'applaudissements.

— Il faut que j'aille aux toilettes, me crie Kiyoshi dans l'oreille. Je reviens ASAP.

— OK. Dépêche-toi !

Les applaudissements commencent à retomber.

— Merci, merci, dit Wynton dans le micro. Je vous ai réservé une petite surprise, ce soir.

Il fait une pause pour boire une gorgée d'eau.

— Un de mes vieux amis vient de décider que la quarante-neuvième étape de sa tournée mondiale se ferait ici avec moi, sur la scène du Gramercy.

Je me redresse lentement dans mon fauteuil. Une tournée mondiale ?

— Alors je vous demande de faire une ovation à… Legendary !

Quoi ?

Le silence envahit la salle, avant que les spectateurs se mettent à applaudir et à crier comme jamais. Et soudain, il est là. Dans la lumière aux côtés de Wynton. En jean noir et blouson de cuir rouge et noir.

Je me tourne vers le fauteuil vide de Kiyoshi. Elle était au courant ? Elle m'a piégée ? Ou est-ce qu'il s'agit juste d'une coïncidence hallucinante ?

Legend prend la parole.

— Comme certains d'entre vous le savent, c'est-à-dire les deux, trois personnes qui me stalkent sur les réseaux…

Le public éclate de rire.

— J'ai dû écourter ma tournée. J'ai eu un grave accident de voiture il y a quelque temps, et je n'ai pas encore totalement récupéré. Du coup, j'ai décidé de prendre du temps pour moi. Et pour les gens que j'aime. J'ai pensé que cette soirée serait le moment idéal pour terminer cette tournée de dingue. Et mon pote Wynton m'a proposé de m'incruster dans son concert.

Des acclamations fusent à nouveau. Je cherche Kiyoshi du regard. Je la vois nulle part. Est-ce que Legend sait que je suis ici ?

— Pendant ma tournée, j'ai pu prendre des jours de repos entre les spectacles. J'en ai profité pour faire des trucs cools. Vous voulez savoir quoi ?

La foule applaudit. Legend sourit.

— J'ai dansé toute la nuit à Ibiza. Et j'ai regardé le soleil se lever sur la plage de Punta Galera.

J'hyperventile, et j'ai pas de sac en papier ! Respire à fond. Compte de un à dix et de dix à un. Ça fonctionne pas !

— Quand j'étais à Londres, poursuit Legend, j'ai pris le thé au château de Windsor, et le lendemain, j'ai fait du surf volant avec des amis sur la rivière Shannon, en Irlande. J'ai fait de la randonnée dans les montagnes de l'Atlas, au Maroc, juste pour le plaisir de me baigner dans une cascade. C'était tôt le matin. Le soleil était tellement orange que l'eau ressemblait carrément à de la lave.

Il s'interrompt un instant, comme si d'autres souvenirs lui revenaient, mais qu'il ne pouvait pas en parler.

— J'ai dormi dans un hôtel de glace. Admiré le Taj Mahal, en Inde, et fait le lézard sur une plage de la Côte d'Azur, même si je suis naturellement bronzé et que les gens me regardaient bizarre.

D'autres rires éclatent dans la foule.

— Si tous ces moments ont été juste incroyables, il y avait toujours un problème. Et chaque fois le même.

Soudain, un projecteur s'allume et se braque…

Sur moi !

Je plaque mes mains sur ma bouche.

— La fille que j'aime n'était pas auprès de moi, dit-il avec douceur.

Il fait une pause pour m'adresser un petit signe de la main.

— Salut, Dylan.

Je lui retourne son geste et j'essuie mes larmes.

— J'ai aussi fait un tour en bus sur une route défoncée à la Barbade, dit Legend sans me quitter des yeux, mais y avait pas de vieille avec des poulets en cage à côté de moi. C'était cool quand même.

Je ris et pleure en même temps. Je rayonne comme un soleil. Je lutte comme une dingue pour ne pas me lever de mon siège et me précipiter dans ses bras. Je devrais peut-être le faire. Ledge a visiblement la même pensée, parce qu'il traverse la scène droit vers moi. Il franchit les océans et les rivières qui nous ont séparés pendant ces longs mois.

Il est là, près de moi. Sa chaleur me dévore au moment où il s'agenouille à mes côtés.

— Dylan, dit-il en me regardant droit dans les yeux. J'ai fait tout ce que tu m'as dit de faire. Et devine quoi ? Je t'aime toujours. Et je me suis même occupé du dernier commandement sur notre liste : faire quelque chose d'amusant, mais de dangereux. Je suis tombé amoureux de ma meilleure amie. Et j'ai survécu.

Il prend ma main.

— Alors, vérité ou vérité, Dylan ?

Je regarde autour de moi. Tous les regards sont braqués sur nous. J'entends les clic-clic-clic de centaines de téléphones qui prennent des photos ou qui nous filment. J'aperçois Kiyoshi ! Elle se tient près d'une sortie, avec un immense sourire sur le visage. Elle saute comme une folle sur ses pieds en faisant de grands signes surexcités. Elle fait un cœur avec ses mains.

C'est la meilleure BFF de tous les temps !

Je me retourne vers Legend.

— Vérité.

Ma voix résonne dans le micro qu'il tient toujours.

— Est-ce que tu m'aimes aussi ? dit-il en se penchant. Tu peux dire non. Pas de problème. C'est pas comme si des centaines de gens nous regardaient.

Il y a tellement de flashs et de caméras qui clignotent que j'y vois à peine. Mais j'arrive à croiser son regard. Ses yeux bruns scintillent comme des étoiles, ou comme les balises d'un phare guidant les bateaux dans la nuit.

J'essuie mes larmes. J'ai attendu tellement longtemps de pouvoir le dire. De pouvoir l'avouer. De lui dire ma vérité.

— Je t'aime aussi, Legend.

La foule est en délire quand il me relève. Heureusement qu'il me prend dans ses bras, car je risque de m'effondrer.

— Tu m'as manqué, je murmure en le serrant dans mes bras. Tu peux pas savoir à quel point.

Je ne le lâche pas. Je ne le lâcherai pas, cette fois.

Il me chuchote à l'oreille.

— On va faire une nouvelle liste. Pour de nouvelles aventures. Pour « nous ».

Je lève les yeux vers lui.

— C'est parfait.

À ces mots, il pose ses lèvres sur les miennes. Et soudain, entre les acclamations, la chaleur de Legend, l'odeur de pomme, de cannelle et d'assouplissant, je sais ce que ça fait d'être aimée. Parce que c'est *pas* une illusion, cette fois. C'est de l'amour.

Et c'est tout ce dont on a besoin dans la vie.

FIN

REMERCIEMENTS

J'ai commencé à jouer de l'alto à l'âge de neuf ans. Dans les salles de cours de musique exiguës de mon enfance, puis dans les salles de répétition du lycée, les orchestres symphoniques des jeunes et, pour finir, dans l'orchestre de l'université Loyola Marymount (au dernier rang de la section des altos, s'il vous plaît !). Ensuite, j'ai obtenu mon diplôme en musique et j'ai aujourd'hui une fille qui est une pianiste de talent (et qui, grâce à son oreille absolue, se fait un plaisir de me signaler la moindre fausse note). La musique a toujours été un phare qui m'a guidée. Et, comme Dylan, j'ai toujours rêvé de rendre l'éducation musicale accessible au plus grand nombre. C'est pourquoi j'ai créé l'association à but non lucratif Culture for Kids, à Los Angeles. Elle offre aux enfants en âge d'aller à l'école des billets d'entrée et des moyens de transport pour assister à des spectacles *live* dans la région, auxquels nous apportons un volet éducatif. Pour leur montrer que la musique peut être plus qu'un passe-temps, c'est-à-dire aussi une profession : au sein d'un orchestre symphonique, dans la fosse d'orchestre d'un théâtre, en tant que musicien de studio, chef d'orchestre, compositeur, enseignant… les possibilités sont infinies. Du coup, je suis ravie que Dylan existe, elle qui trouve tant de force et une telle raison d'être dans le but qu'elle s'est fixé dans la vie : étudier la musique.

Bien entendu, l'histoire de Dylan n'aurait pas été possible sans l'aide de très nombreuses personnes. Tout d'abord mon agent, Uwe Stender (Steve), qui aime et qui adhère tellement au genre d'histoires que j'aime raconter. Je n'aurais rien pu faire sans son souci scrupuleux du détail. J'ai tellement de chance de bénéficier de son amitié et de ses conseils. Merci, Uwe. Et je suis désolée que tu doives dire que tu t'appelles Steve, au restaurant, parce que personne n'est jamais capable de prononcer Uwe correctement. *Schwachköpfe!* Et merci à toute l'équipe de Triada US. Merci à mon équipe chez Alloy – Viana Siniscalchi, Josh Bank, Sarah Shandler et Romy Golan. Un merci tout particulier à Viana, qui a été un soutien et un guide extraordinaires (et qui ne se plaint jamais malgré les centaines de milliers de mails que j'envoie ☺). À mon équipe éditoriale chez Amazon – Tiffany Shelton (Tiffany, c'est un rêve de travailler avec toi!) et Carmen Johnson –, merci à vous deux d'avoir cru en Dylan autant que moi. Et à Sylvia McCluskey et Mindi Machart – merci beaucoup pour votre attention scrupuleuse aux détails.

Un immense merci aussi à Tyler Freidenrich et Taj Tenfold, l'équipe qui a conçu la couverture du livre.

À mes bêta-lecteurs. Vous n'êtes vraiment pas des bêta-lecteurs comme les autres. Vos réflexions, commentaires, questions et préoccupations ont contribué à façonner le cœur de cette histoire: Katya Lidsky, Michael Willuweit, Maria Oka et Shane Oka. (Shane, le japonais de Kiyoshi est de toi, à la base. Mais toutes les erreurs sont de moi.) Un merci tout particulier à James Preucil pour son expertise concernant la Juilliard School. Encore une fois… toutes les erreurs sont de moi. Et un énorme merci à mes experts Donjons & Dragons, Don Zolidis et Diane Magras. Pensez à moi la prochaine fois que vous organiserez une partie! Merci également à Kevyn Richmond, Paul Powers et Margaret Mary O'Neil Hazan pour toutes vos super idées de vacances. Des vacances que vous avez réellement vécues.

Margaret, je crois que celles où tu t'es retrouvée dans un bus à côté d'une dame qui transportait une cage remplie de poulets sont vraiment mes préférées.

Merci à ma famille de l'Iowa pour son aide avec tout ce qui concerne l'Iowa. Je sais que je viens de là, mais comme ça fait vingt-cinq ans que je suis partie, les détails sont légèrement flous. Donc, un immense merci à l'équipe de l'Iowa : maman (Candy Jo Cheers), Shona Davis, Michael Shivers Jr., Kiara Shivers, et papa (James Davis Sr.). Merci à ma fille, Cameron Davis, d'avoir écouté les premiers chapitres dans leur version brute, et de m'avoir fait des retours comme : « Attends… hein ? J'comprends pas. » LOL. Chérie, tes conseils sont géniaux ! Je t'aime. Et un merci supplémentaire à mon neveu Michael Shivers Jr. (Mikey) grâce à qui Legendary n'a pas dit des choses comme « c'est trop de la balle ! ». (Je sais, je sais… j'ai encore un pied dans les années 80 !)

Et merci à vous, mes lecteurs, d'avoir fait ce voyage avec Dylan et Legend. Et à tous ceux qui pensent que la musique pourrait être une carrière pour eux. Elle peut l'être !

Alors accrochez-vous !

Je vous dis à une prochaine,

Dana L. Davis

À PROPOS DE L'AUTRICE

Dana L. Davis est une autrice, actrice et voix off qui vit et travaille à Los Angeles. Elle a joué dans *Heroes*, *Coach Carter*, *Franklin & Bash*, *Veronica Mars* et de très nombreuses autres productions cinématographiques et télévisées. Parmi les films d'animation auxquels elle a participé, citons *Star Butterfly*, *Craig de la crique* et *She-Ra et les princesses au pouvoir*. Dana est une altiste de formation classique et la fondatrice de l'association à but non lucratif Culture for Kids, basée à Los Angeles, qui fournit aux enfants des quartiers défavorisés des billets gratuits et des moyens de transport pour assister à des spectacles dans le comté de Los Angeles.

Don't stop the music est son premier roman traduit en France.

À PROPOS DE LA TRADUCTRICE

Née près de Paris, Alexandra Maillard a grandi dans un environnement bilingue. Elle découvre très tôt le plaisir de la lecture grâce aux très nombreux livres qui occupent l'appartement familial. Ils ne l'ont plus quittée depuis, au point d'occuper une place centrale dans sa vie d'adulte, d'abord dans l'édition, puis dans la traduction (notamment avec la série *Je te hais…*), pour un lectorat âgé de 7 à 77 ans.

DÉCOUVRE AUSSI CHEZ AUZOU

À l'internat du lycée Plein-Vent, tout le monde a un secret. Et la nouvelle arrivante, Philomène, ne fait pas exception. Mais peut-on vraiment échapper à son passé ?

Cet ouvrage a été mis en pages par Nord Compo
à Villeneuve-d'Ascq